El pantano
de las
mariposas

Federico
Axat

El pantano de las mariposas

Federico Axat

Ediciones Destino
Colección Áncora y Delfín

Obra editada en colaboración con Editorial Planeta – España

Diseño de portada: Departamento de Arte y Diseño.
Área Editorial Grupo Planeta
Fotografía de portada: © 2013, Magdalena Berny
Fotografía del autor: © Alejandro Seif

Primera edición impresa en España: junio de 2013
ISBN: 978-84-233-4687-5

Primera edición impresa en México: julio de 2017
ISBN: 978-607-07-4147-0

Impreso en los talleres de EDAMSA Impresiones, S.A. de C.V.
Av. Hidalgo núm. 111, Col. Fracc. San Nicolás Tolentino, Ciudad de México
Impreso en México – *Printed in Mexico*

A mis padres,
Luz L. Di Pirro
y Raúl E. Axat

Nunca he vuelto a tener amigos
como los que tuve a los doce años.
¿Acaso es posible?

Gordie Lachance
en la película *Cuenta conmigo*

Prólogo

1974

Mis manos se elevan, como dos flores blancas, juegan con el aire dulce impregnado por el cuero de los tapizados y templado por la calefacción. Mamá conduce; se vuelve a intervalos regulares y me dedica una sonrisa que trato de capturar. Me habla de la lluvia, que martillea el techo de chapa, de un letrero apenas visible y de cosas que no entiendo, pero sobre todo me habla del Pinto, una palabra que he aprendido recientemente y que repito con entusiasmo.

—¡Pinto!

—¡Sí! —dice mamá—. Es nuestro. ¿Verdad que es precioso? Nunca más volveremos a tomar el autobús.

«Autobús» es otra palabra cuyo significado conozco pero que no he conseguido pronunciar aceptablemente. Me limito a abrir mucho los ojos y a observar a mamá en el espejo retrovisor, que ella ha acomodado para poder verme. El rosario de madera que pende de él me hipnotiza durante un instante.

—¡Pinto! —vuelvo a gritar.

La oscuridad nos aprisiona en su puño esponjoso. Los limpiaparabrisas funcionan a su máxima potencia y apenas pueden contrarrestar los embates del diluvio. Cuando una fisura de luz desgarra la noche, una cornamenta de ramas azuladas atraviesa el coche. Los relámpagos me asustan, y éste en particular hace que descargue un puntapié involuntario y que Boo, el oso de peluche que suele acompañarme cuando salgo de casa, caiga desde el asiento trasero. Aguardo unos segundos, a la espera del trueno fracturado que no tarda en hacerse oír, e intento inclinarme. Boo es una forma gris e informe en el suelo. Las correas de mi silla adosada al asiento trasero no me permiten alcanzarlo. Con esa desesperación característica que antecede al llanto, observo a mamá, que aferra el volante con fuerza, ligeramente inclinada hacia delante, escrutando la lengua de asfalto que a duras penas nos marca el camino, y pienso que no es momento de importunarla. Tengo un año pero puedo darme cuenta de eso.

Paseo la vista por el interior del coche y con el rabillo del ojo capto mi propio reflejo a la derecha, en el cristal empañado. El gorro blanco de lana es lo primero que me llama la atención. Se asemeja a la vela de un barco navegando en el oscuro bosque que desfila detrás. Esti-ro el brazo en esa dirección pero mis dedos no llegan a tocar la ventanilla, no importa cuánto lo intento. En cambio descubro que soy capaz de comandar a distancia ese triángulo fantasmal. Agito la cabeza con vehemencia y la vela del barco imaginario hace lo mismo, capeando las olas negras y traicioneras de la noche. Lo hago una y otra vez. Con cada intento, mis capacidades de mando se van perfeccionando.

—Alguien se lo está pasando en grande allí atrás.

Interrumpo el zarandeo frenético. La voz de mamá tiene ese efecto; el mundo parece detenerse cuando ella habla. Me dedica otra de sus sonrisas contagiosas, esta vez por encima del hombro.

Mi vocabulario se reduce a un puñado de palabras, ninguna de las cuales me sirve para explicar que he estado imaginando un velero que nos hace compañía, y mucho menos que puedo comandarlo a voluntad con el movimiento de mi cabeza. Decido, como tantas otras veces, limitarme a sonreír. Pero entonces recuerdo a Boo, tendido boca abajo en el suelo, y me estremezco.

—Boo —balbuceo.

—¿Qué le ha sucedido? —pregunta mamá mientras desatiende un instante la carretera y me mira.

Rápidamente lo comprende. Mamá se incorpora, regresa la vista al frente e introduce el brazo derecho por el espacio entre los dos asientos delanteros, para lo cual debe adoptar una posición ligeramente contorsionada. Entonces advierto cómo su mano derecha palpa el asiento primero y uno de mis tenis después. Sonrío cuando sus dedos ejercen una suave presión en torno a mi pie diminuto.

—¿Éste es Boo? —pregunta ella, divertida.

Río con ganas y propino una torpe patadita que me libera de la mano prensil. Me inclino todo lo que las correas de sujeción me permiten y observo la mano de mamá —ostensiblemente alejada de Boo—, que tantea ahora el suelo del coche. Quiero decir algo para guiarla en la dirección correcta, pero mi atención se centra en la exploración. Los dedos de mamá se asemejan a una araña blanca y enorme que despiertan en mí una curiosidad inusitada, como el reflejo de mi gorro en la ventanilla instantes atrás. De pronto advierto con regocijo que se lanzan en la dirección correcta: la gran araña avanza con paso lento y decidido en pos de su presa. Mamá debe inclinarse todavía más, para lo cual reduce la velocidad del coche y se las arregla para mantener la línea de vista sobre el salpicadero. Emite un quejido cuando hace el último esfuerzo y finalmente su dedo índice se posa sobre una de las orejas de Boo. Sin embargo, aun en mi precario entendimiento de la situación, sé que aquello no es suficiente. El dedo de mamá rasca el suelo del coche intentando tirar de aquel trozo de tela, pero no lo consigue.

—Boo —digo en un susurro ahogado. Quiero explicar que no lo necesito, que puedo esperar hasta llegar a casa para recuperarlo, pero sólo soy capaz de repetir su nombre.

Y entonces sucede algo que activa en mí un mecanismo instintivo, un miedo visceral hace que mi cuerpecito rollizo tiemble como una hoja otoñal ante una ráfaga helada. Es la misma sensación que me genera la oscuridad, o la soledad, pero acentuada. Mamá se ha inclinado más de la cuenta y ha perdido el contacto visual con la carretera. Su mano se cierne sobre Boo, al que apresa con determinación, y eso hace que el Pinto zigzaguee peligrosamente. Abro los ojos al máximo. Mi vista se clava en el espejo retrovisor. El rosario se sacude violentamente.

Tras una vacilación, mamá hace que su mano, que finalmente ha conseguido capturar a Boo, regrese al asiento delantero con la velocidad de una serpiente. Su silueta se endereza con un movimiento rápido y vuelve a aferrar el volante con las dos manos. El Pinto recupera el rumbo ayudado por una corta aceleración. Vuelvo a respirar con normalidad. La lluvia sigue arreciando, los truenos se quejan en la distancia y la chapa del techo bulle en un crepitar de picotazos, pero en el interior del Pinto la sensación de peligro comienza a desvanecerse.

Mamá se vuelve, ensayando una sonrisa tranquilizadora, y me extiende a mi oso de peluche, al que acojo en mi pecho. Nuestras miradas se conectan. Es en esos momentos cuando no importa que apenas pueda pronunciar unas pocas palabras, porque todo queda dicho con ese poder telepático que comparten las madres con sus bebés. Su sonrisa se ensancha. «Mamá es hermosa», pienso, y me detengo en su rostro terso, de ojos grandes, mentón afilado y pómulos rosados; en su espesa cabellera rojiza. Cada detalle se graba a fuego en mi mente para poder reproducirse más tarde..., en sueños.

Es entonces cuando el parabrisas del Pinto se convierte en una bola de luz. Un golpe monstruoso en uno de los laterales hace que el coche salga despedido hacia un costado con violencia, como desplazado por el manotazo desinteresado de un gigante. La carrocería gira sobre un eje imaginario y surca la noche cruzando el carril contrario. La luz cegadora es reemplazada por una masa oscura de ramas y troncos gruesos que rotan frente al parabrisas hasta quedar cabeza abajo. Inmediatamente siento la presión de las correas de sujeción de mi silla, aplastándome el pecho, y Boo se escabulle de mis manos. Mamá grita. Su cuerpo se sacude hacia uno y otro lado. Se produce un instante de expectación mientras el Pinto nuevo, que mamá ha comprado con un plan de pagos casi inaccesible —un esfuerzo titánico para una madre soltera que se gana la vida como enfermera—, corta el aire describiendo un tirabuzón y se incrusta en un roble comprimiéndose como una lata de refresco. La inercia hace que la carrocería dé un medio giro adicional y el techo se hunda al dar de lleno en otro árbol.

Todo ha sucedido a una velocidad asombrosa. El silencio que sucede al accidente es tan profundo que la lluvia y los truenos tardan en volver a hacerse oír.

Al principio no veo nada. Parpadeo una y otra vez sin otro resultado que una negrura absoluta. El murmullo de la tormenta es mi único nexo con la realidad. Cuando intento moverme, las correas me lo impiden. Descubro con horror que ni siquiera puedo gritar o romper en llanto; apenas hincho el pecho, un insoportable ardor me hace callar. Finalmente sacudo la cabeza, como minutos atrás lo hiciera con alegría para maniobrar mi velero imaginario, pero ahora con el único propósito de liberarme de la aterradora capucha de oscuridad. Entonces mi frente choca con algo. Decido permanecer inmóvil mientras los contornos comienzan a bosquejarse. Lo que tengo delante es una gran abolladura del techo que forma una curva milagrosa sobre mi cuerpo. Mamá debe de estar al otro lado, razono con desesperación. No puedo oírla, pero debe de estar allí.

El coche descansa sobre uno de sus lados, pero mi silla sigue afirmada en el centro del asiento trasero. Moverse en semejante posición, con el techo a escasos centímetros y las correas ejerciendo presión, resulta imposible. Estiro el cuello todo lo que puedo, hasta que mis ojos están muy cerca de la chapa, y así logro divisar el espacio entre los dos asientos delanteros. Lo que veo me hiela el corazón.

El rostro de mamá se ha convertido en un globo blanco de ojos inexpresivos atrapado en una telaraña roja. Su mirada vacía me atraviesa.

—Mami —musito con un hilo de voz.

No puedo dejar de mirarla. El cuello me duele a causa de la posición pero no puedo apartar mis ojos del único ser querido que tengo en el mundo.

En algún momento pierdo el conocimiento, o eso creo.

No sé cuánto tiempo después, escucho un forcejeo al otro lado de la abolladura. Intento gritar pero el dolor en el pecho me silencia.

El cuerpo de mamá es arrastrado. Su rostro ensangrentado desaparece.

Alguien se la ha llevado.

Alguien... o algo.

Primera parte

Presunción
1985

I

El caserón de la calle Maple había estado abandonado desde que tengo uso de razón. Lo había visto centenares de veces desde mi bicicleta, con su fachada tiznada asomando detrás del robusto muro de piedra. En la escuela no faltaba quien asegurara conocer a alguien que se había colado en plena noche con un grupo de amigos, que la mansión tenía galerías secretas, pasadizos, que estaba embrujada. Decían que por las noches las puertas y ventanas que aún quedaban en pie se abrían y se cerraban solas, que espectros lívidos aparecían por los rincones y que los ángeles de piedra que decoraban las fuentes del jardín bajaban de sus pedestales y vagaban entre la maleza crecida. Eran historias que se retroalimentaban de sí mismas y de la inventiva y las ansias de popularidad de algunos niños. Personalmente, me tenían sin cuidado. Me gustaba pasar el rato frente al portón de rejas de la entrada, contemplar el candado de acero, el sendero de piedra que llegaba hasta la imponente construcción, o el invernadero adosado al que prácticamente no le quedaban cristales sin romper.

El día que encontré a un ejército de hombres descargando muebles y cajas rotuladas de dos camiones gigantescos sentí cierta decepción. Eso fue en plena época de clases, y escabullirme de mis obligaciones no fue sencillo, pero logré seguir el proceso de mudanza con bastante esmero desde un árbol que se convertiría en mi mirador privado.

Por aquel entonces avisté al que, intuí acertadamente, sería el dueño de casa: un hombre delgado vestido como un diplomático, de cabello peinado con fijador y el andar de un gendarme. Se presentó unas pocas veces durante las semanas que duró la mudanza, dio algunas indicaciones, pero no participó demasiado del circo. Todo fue delegado en un hombre de unos cuarenta años, cuyo rostro creí reconocer de algún lado, y que se dedicó con ahínco al operativo. Además de los cargadores, llegó un equipo de limpieza formado por una tropa de mujeres con brazos como los de Rocky, traseros grandes como cojines y el andar coordinado de hormigas. También se sumó un batallón de jardineros que, como pude constatar desde el árbol que había escogido como punto de observación, tenía mucho que hacer en aquellos jardines anárquicos. Varios peones se ocuparon de reponer tejas faltantes, pintar las paredes exteriores, pulir el mármol de las escalinatas y tantos otros trabajos. En un mes, la casa había perdido ese aspecto maléfico tan característico.

La familia se mudó un templado día de otoño que la fortuna me llevó a presenciar. Un Mercedes negro se detuvo frente a la escalinata principal, y el diplomático se apeó para rodear el coche y abrir la puerta del acompañante. Una mujer joven con ínfulas de reina observó la fachada con desdén; llevaba lentes oscuros y un pañuelo colorido en el cuello que me llamó particularmente la atención. Sostenía un bebé en brazos. Su marido hacía ademanes grandilocuentes en dirección a la casa cuando la puerta trasera del coche se abrió, y fue entonces, al ver apearse a una niña más o menos de mi edad, que supe que había habido un propósito divino detrás de mi inusitado interés por la llegada a la ciudad de aquella familia rica.

Así conocí a Miranda, de quien me enamoré perdidamente, posiblemente en ese preciso instante.

En poco tiempo, el desembarco de la familia Matheson era vox pópuli, y la verdadera historia en torno a ellos, mucho menos espeluznante que las que pululaban en el patio de la escuela, empezó a hacerse oír. Preston Matheson, que resultó no ser un diplomático sino un hombre de negocios, regresaba desde Canadá a la casa familiar donde había vivido hasta los veintinueve años. Nadie conocía las razones de su regreso, pero tampoco por qué se había ido años atrás. Ni siquiera había vuelto cuando sus padres murieron relativamente jóvenes de enfermedades fulminantes. En la tienda de Donovan escuché a un hombre que le decía a otro que esas cosas eran frecuentes en las familias adineradas. Yo no lo sabía porque en la granja nunca teníamos dinero.

Miranda se convirtió en mi obsesión. Desde el día en que la vi, de pie junto a ese coche reluciente, cada instante que la observé caminando por los jardines, detrás de las cortinas de su habitación o en el invernadero, donde tomaba clases particulares, fueron tesoros que guardé celosamente. Memoricé sus vestidos, peinados, gestos, e imaginé su voz, sus juegos favoritos y todo aquello que la distancia no me permitía saber de primera mano. El árbol que hizo posible que me entrometiera en la vida de los Matheson de semejante manera era un olmo enorme situado fuera de la propiedad, justo en una esquina, que ofrecía una magnífica vista de la entrada y de una de las caras laterales de la casa. Con el paso de los días aprendí a escalar su tronco en segundos, y qué ramas resultaban más convenientes de acuerdo con mis necesidades del día. Había dos o tres donde podía tenderme cómodamente y esperar un atisbo del cabello rubio de Miranda, su silueta detrás de alguno de los cristales o cualquier otra cosa. En mi paraíso verde, una gran cantidad de tiempo se consumía en esperas.

Hacia finales de la primavera de 1985 había logrado dejar atrás con relativa sencillez el séptimo grado, y mi conocimiento de la rutina de la familia Matheson era considerable. Llevaba dos meses de observación paciente y había logrado reunir el valor suficiente para llevar adelante algo que estuvo en mi mente casi desde el principio.

Ese día en que el calor veraniego todavía no nos había echado las zarpas y soplaba una agradable brisa, repetí el ritual de siempre, oculté mi bicicleta detrás de una fila de botes de basura y la miré con cierta tristeza: mi vieja Optimus no desentonaba en absoluto en medio de la basura. Cualquiera que la viera pensaría que alguna de las familias pudientes de esa zona residencial había decidido finalmente deshacerse de ella después de conservarla en el desván por alguna razón incomprensible. Me alejé por la calle Maple, con mi mochila a cuestas, intentando disimular mi falta de pertenencia. Era una tarde apacible y no me crucé con nadie, lo cual me privó de una excusa para echar atrás el descabellado plan que pretendía llevar adelante. Sabía que si algún niño salía de cualquiera de las casas monstruosas cuyos jardines me desafiaban, sería suficiente para echar a correr y olvidarme de todo. No haría falta que me lanzaran una mirada ponzoñosa o que hicieran algún comentario acerca de mi ropa gastada, su sola presencia haría que mi amedrentado subconsciente ordenara una retirada inmediata.

Antes de cruzar Redwood Drive clavé la vista en el olmo que día tras día me servía de escondite. Avancé sin mirar hacia los lados, sopesando seriamente la posibilidad de cancelar mis planes para ese día, cuando el aire se desgarró delante de mis narices y el rugido de un motor se mezcló con un claxon enardecido. Me detuve inmediatamente, mi cuerpo rígido como una tabla y mis pies convertidos en columnas de acero. Contuve la respiración mientras el coche que acababa de virar desde Maple y había estado a punto de atropellarme se perdía en la distancia. Observé con resignación que se trataba de un Pinto. Hacía cinco años que la Ford había interrumpido la fabricación de esos cacharros y, sin embargo, todavía pululaban como moscas. Los odiaba.

Respiré profundamente. Con los dedos pulgares calzados en las correas de mi mochila me dispuse a reanudar la marcha, bordeando el muro de los Matheson hasta llegar a la entrada señorial. El imponente portón de hierro forjado aumentaba mi vulnerabilidad, pues desde cualquier ventana de la casa podrían verme. El alma me abandonó cuando comprendí que había olvidado sacar de la mochila el paquete que llevaba conmigo. Extraerlo allí mismo, a la vista de cualquiera, me resultó imposible. Decidí recorrer unos metros más, quitarme la mochila y explorar el contenido hasta dar con la cajita de cartón que había preparado la noche anterior. Entonces me dispuse a regresar sobre mis pasos, para lo cual fingí un olvido histriónico dedicado a una audiencia inexistente, y volví al portón, esta vez con el envoltorio en la mano. Lo deposité encima del buzón y repasé las siete letras.

Miranda.

Una vez bajo la protección del olmo, la incertidumbre casi me vence y dos veces estuve a punto de bajar para recuperar el paquete. Si no lo hice, fue porque una de las sirvientas debía de estar a punto de regresar del mercado y, si me veía merodeando en el portal de la casa, mi situación se complicaría de un modo inimaginable. Además, en el invernadero, Miranda ya había iniciado su ritual de estudio de la tarde, y no iba a perdérmelo por nada del mundo.

El invernadero era una prolongación acristalada del ala este, que los jardineros habían poblado de vistosas plantas para deleite de Sara Matheson, que había hecho de aquel sitio su refugio de relajación, o eso me parecía a mí. En una esquina, apartada de las estanterías atiborradas de macetas y productos de jardinería, una mesa redonda había sido dispuesta para que Miranda tomara sus lecciones. Una mujer de semblante fúnebre —a quien yo había bautizado como la señora Lápida— se encargaba de instruirla dos veces a la semana. El resto de los días, Miranda procuraba estudiar en soledad, algo que conseguía con resultados dudosos a juzgar por las constantes distracciones que me había tocado presenciar. Éste era uno de esos días en que estaba sola, y la verdad es que no parecía muy interesada en el libro que tenía delante. Las circunstancias no podían ser mejores, pensé con regocijo.

De la mochila extraje un estuche de piel al que manipulé como si se tratara de un cartucho de dinamita. Lo abrí con cuidado y dos ojos de cristal enormes me clavaron una mirada acusadora. Extraje los prismáticos consciente de que un error de cálculo haría que aquel prodigio de la óptica se precipitara más de cinco metros y se estrellara en la vereda junto con mi futuro en la granja de los Carroll. Pertenecían a Randall Carroll, que los había heredado de su padre y éste a su vez del suyo. Tomarlos subrepticiamente de su buró había sido una acción arriesgada, y posiblemente estúpida, cuyas represalias apenas podía empezar a imaginar.

Pero me obligué a no pensar en los problemas que aquellos prismáticos podrían ocasionarme, y en cambio aprovecharía las ventajas de tenerlos conmigo por primera vez. Me aseguré de enlazar la correa en mi cuello y luego me aposté en una bifurcación. Un claro entre las ramas me ofrecía una excepcional visión del invernadero, en especial de la esquina en la que Miranda simulaba estudiar. Levanté los prismáticos y observé.

Al principio, el damero de cristales rectangulares me desconcertó. Barrí el invernadero, apenas deteniéndome ante el colorido de algunas flores, hasta toparme con la mesa tapizada de libros primero y uno de los brazos de Miranda, después. Lo escalé con el corazón galopando de excitación. La nitidez de la imagen era asombrosa. Cuando llegué a su rostro me quedé de piedra. Una sonrisa tibia asomaba y desaparecía, como el sol en un día nublado. Nunca me había sentido tan cerca de Miranda. Era como estar a su lado, robándole instantes sin que ella lo supiera; «como si yo fuera invisible», pensé con una mezcla de fascinación y vergüenza. Cuando bajé los prismáticos por primera vez, la visión distante que tantas satisfacciones me había dado en el pasado me pareció ahora insulsa e insuficiente. Volví a observar a través de las lentes mágicas, y esta vez me sumí en una exploración concienzuda de aquella niña preciosa, escrutando cada centímetro de su rostro, peinando su cabello y los pliegues de su vestido rosa una y otra vez. Sabía que la experiencia no se repetiría, pues no volvería a correr el riesgo de sustraer los prismáticos nuevamente, así que debía aprovecharla.

Mi sorpresa fue mayúscula cuando Miranda se puso de pie de un salto y echó un vistazo a los jardines, asegurándose de que los únicos observadores eran los estáticos ángeles de piedra que lanzaban agua por la boca. Caminó hasta el amplio pasillo central del invernadero, se plantó en el centro y, tras una ligera reverencia, comenzó a moverse grácilmente, sacudiendo la larga cabellera rubia y batiendo la falda con las manos. Daba saltitos hacia uno y otro lado, como una gacela, mientras movía los labios o cantaba, difícil para mí saberlo. Cada tanto giraba como un trompo, sus brazos extendidos, y su vestido se hinchaba para dejar al descubierto sus piernas delgadas. Seguí la danza con fascinación. Entonces algo sucedió en el invernadero. Miranda se detuvo en plena pirueta y corrió de regreso a la mesa. Se arregló el cabello con las manos y fijó la vista en el primer libro que encontró. Aparté los prismáticos para disponer de una visión global y advertí la razón de la inopinada interrupción. En la puerta vi a una de las sirvientas, y por segunda vez en pocos minutos el corazón me dio un vuelco. Aquella muchacha menuda de rostro asustado se suponía que debía estar en el mercado. Si ya había regresado, entonces...

Calcé los tubos de acero en mis ojos hasta que las cuencas me dolieron. Escruté con desesperación el uniforme de la sirvienta, el delantal blanco y su rostro culpable. La mujer decía algo, posiblemente se excusaba por la intromisión. En sus manos sostenía el paquete que minutos antes había estado en mi mochila. Se acercó a la mesa, lo dejó allí y se marchó.

Miranda observó el envoltorio durante un largo rato. Por un momento pensé que lo dejaría allí abandonado, pero era un pensamiento absurdo, porque nadie, ni siquiera una niña rica que lo podía tener casi todo con un simple chasquido de dedos, podía resistirse al misterio y la sorpresa. Finalmente tomó la cajita de cartón y desató la cinta azul celeste que yo había utilizado para mantenerla cerrada. Se quedó mirando su nombre escrito en la tapa y entonces hizo algo sorprendente, al menos para mí. Primero levantó la cabeza y volvió a mirar hacia los jardines en busca de alguien que pudiera estar observándola. Cuando se aseguró de que no era así, retiró la tapa y la dejó a un lado. Se quedó mirando la cajita con las manos en el regazo y la cabeza gacha, como si examinara un camino de hormigas. Su mano asomó sobre la mesa y tomó la gargantilla plateada. La sostuvo frente a su rostro con algo parecido al desprecio, aunque me obligué a pensar que era fruto de la sorpresa y no del desagrado por una baratija de hojalata que, aunque me había costado semanas enteras de ahorro, no era más que bisutería. La medialuna que pendía del centro era tan diminuta y delgada que ni siquiera las inquebrantables leyes de la óptica eran capaces de revelarme su existencia desde mi posición. ¿En qué había estado pensando yo para hacerle ese regalo? Era ridículo pretender impresionar a Miranda con una alhaja de tres dólares del bazar Les Enfants. ¿Por qué no me había dado cuenta antes? Miranda dejó la gargantilla a un lado y descubrió que en el fondo de la cajita había algo más. Desplegó la hoja doblada y la leyó.

Mientras sus labios se movían, recité en mi cabeza las palabras que conocía de memoria.

Me basta con soñar tu sonrisa,
sentir en un pétalo tu piel,
imaginar tu rostro en la lluvia.
La razón no engaña al corazón.

En uno de los momentos de mayor incertidumbre que pueda recordar, Miranda volvió a colocar la nota en su sitio y agarró la gargantilla otra vez. Con un poco de dificultad, logró abrir el broche y se la colocó. Posó una mano sobre la medialuna y sonrió.

Se me escaparon algunas lágrimas mientras la imitaba, llevándome una mano al pecho, donde otra medialuna igual a la suya, reposaba debajo de mi camiseta.

Bajé los prismáticos. Me recosté en la rama del olmo y contemplé el corazón que había tallado en la corteza, en un sitio donde nadie más que yo podría encontrarlo jamás.

MIRANDA
y
SAM

2

En circunstancias normales hubiera optado por pasar el resto de la tarde en el bosque en compañía de mi amigo Billy Pompeo, pero el peso de los prismáticos me torturó durante el trayecto hasta la calle Cook, donde tomé la decisión de enfilar hacia la granja de los Carroll. Cargar con ellos más de lo necesario era como esperar al último momento para lanzar una granada. Por la tarde, la granja era un sitio relativamente tranquilo, y bien podría presentarse una buena oportunidad para devolverlos al buró de Randall.

La propiedad en la que había vivido desde que tenía un año, y a la que me costaba referirme como «mi casa», estaba a dos kilómetros de la ciudad por un camino desvencijado llamado Paradise Road. Una tremenda contradicción porque aquella zona empobrecida de agricultores no tenía nada de paradisíaca. Llegué pedaleando con alegría, celebrando el éxito de mi obsequio a Miranda, hasta que pude ver a Randall Carroll apoyado contra la cerca, esperando a alguien, o a mí, y supe que algo no andaba bien. Vestía sus acostumbrados pantalones de trabajo sujetos con tirantes y el eterno sombrero de paja. Masticaba nerviosamente un tallo. Una florecilla blanca bailaba delante de sus labios.

Rex, un pastor alemán capaz de percibir como nadie el estado de ánimo de las personas, yacía a los pies de su dueño con el hocico apoyado sobre las patas delanteras.

—Hola, Sam —dijo Randall.

Me bajé de la bicicleta.

—Hola. ¿Ha sucedido algo? —pregunté suavizando mi impaciencia.

Randall se quitó el tallo de la boca y me observó con su característico coctel de melancolía, paciencia y resignación.

—Te estábamos esperando, Sam.

—¿Quiénes?

—Todos.

Tragué saliva. Había dos razones por las que una reunión multitudinaria podía tener lugar. La primera era la bienvenida a la granja de un nuevo niño, hecho que normalmente era sabido con anticipación y que a primera vista no encajaba con la actitud esquiva de Randall. La segunda era el anuncio de alguna medida disciplinaria. Temblé ante la perspectiva de una restricción horaria que pudiera poner en riesgo mis visitas a la casa de Miranda.

—¿Un nuevo hermano? —probé.

Randall se incorporó. No había cruzado la barrera de los cuarenta y cinco años pero en ese momento su rostro exhibía un cansancio anciano. Se acercó y me colocó una mano en el cuello, apenas alejada de la mochila.

Me detuve en seco.

Los prismáticos.

¿Serían los prismáticos el motivo de tanto revuelo? Quizá Randall intuía que yo podía tener algo que ver y me estaba ofreciendo una oportunidad de redención. El hombre siempre había sentido por mí una debilidad especial. Ésa podía ser la razón por la que me esperaba allí afuera y no con el resto. Abrí la boca para confesar, pero en el último momento cambié de opinión; mejor contar con todos los hechos antes de enterrarme en el lodo hasta la coronilla.

—Primero voy a dejar la bicicleta en el granero —dije.

—No, déjala aquí en el porche. Ya podrás llevarla más tarde.

Asentí con la cabeza.

Entramos.

3

El escenario en el comedor era más alarmante de lo que había temido. Descarté de inmediato que se tratara de la presentación de un nuevo hermano, sencillamente porque no había ningún niño nuevo, asustadizo y engalanado con sus mejores harapos, esperando ser recibido. Rostros de exasperación y fastidio se volvieron hacia mí.

—Ha llegado su majestad —dijo Mathilda Brundage con su habitual tono ponzoñoso. Risitas fugaces estallaron aquí y allá.

—¡Silencio! —espetó Amanda Carroll.

Amanda estaba de pie en el centro del inmenso comedor. A uno y otro lado estaban los trece ocupantes de la casa, seis niños y siete niñas entre los que yo contaba con queridos aliados y enemigos acérrimos. Me acerqué. Le lancé una mirada fulminante a Mathilda, una niña fastidiosa un año mayor que yo con la que llevaba años de litigios, y que aprovechó que Amanda no la veía para sacarme la lengua. En respuesta me rasqué la oreja extendiendo el dedo corazón y me aseguré de que lo viera. Luego busqué con la vista a Randy, mi leal amigo. Randy tenía ocho años y sentía por mí una devoción casi reverencial. Cuando llegó a la granja, un par de años antes, fui yo quien lo puso al corriente de los peligros y cuidé de él. Eso me había asegurado su confianza y cariño. Ahora estaba encogido como un polluelo mojado, y cuando nuestras miradas se cruzaron, bajó la cabeza visiblemente contrariado. Randy no era ajeno al terror paralizante que era capaz de transmitir Amanda Carroll cuando estaba enojada.

Y ese día lo estaba. Era una mujer imponente, con la capacidad vocal de un tenor y un espíritu infatigable. Algo que cada niño debía saber cuando llegaba, y que se transmitía de boca en boca como primera regla de supervivencia, era que en la granja de los Carroll la voz de mando la llevaba ella. Las cosas se hacían a su manera, siempre. Amanda nunca golpeó a un solo niño, al menos que yo supiera, pero podía zarandearte como a un cascabel y taladrarte con la mirada. Y luego estaban los castigos, por supuesto, cuya escala final era Milton Home o High Plains, dos orfanatos tenebrosos que hacían de la granja de los Carroll el país de las maravillas. En los últimos años, cuatro o cinco desafortunados habían ido a parar a estas dos sucursales del infierno. Amanda no era una mujer de amenazas vanas.

Cuando golpeó la mesa con el puño, varios rostros se tensaron, incluido el mío.

—¡Estoy indignada! —gritó con su vozarrón de trueno.

La pequeña Florian lloriqueó; tenía apenas ocho meses y había llegado a la casa hacía cuatro. Claire, la mayor de todos nosotros, la cargaba en brazos.

—Tengo que acostarla —se excusó Claire, que a sus dieciocho años había asumido un papel casi maternal con Florian.

—Ve —aceptó Amanda—. Pero regresa.

—¿Es necesario que yo también esté?

—Sí.

Claire apretó los dientes y partió en dirección a la planta alta con la pequeña en brazos. Llevaba tanto tiempo en la casa y sus responsabilidades eran tan distintas a las del resto, que muchas veces no la considerábamos como una más.

—Las reglas en esta casa son claras —dijo Amanda con solemnidad—. No es necesario que las compartan, sólo que las cumplan.

Murmuró cada palabra, la boca apretada y el ceño fruncido. Examinó los rostros de todos, con ojos que echaban fuego y postura desafiante. Randall había decidido mantenerse al margen y ocupar uno de los sillones junto a la ventana. Nosotros seguíamos el discurso sobrecogidos; no habiéndose revelado todavía el motivo de la reunión, no había nadie que no temiera que las medidas pudieran ser en su contra. Examiné los rostros y vi en ellos el mismo terror que debía de reflejar el mío, hasta que llegué al de Orson, un niño de trece años con las hormonas de un equipo de futbol. Creí advertir una ligera curvatura en sus labios y me estremecí. Si Mathilda era mi enemiga entre las niñas, Orson lo era sin duda entre los niños. Hacía cinco meses que aquel chico odioso había logrado engatusar a los Carroll para que lo sacaran de Milton Home, todo a base de cartas lacrimógenas y aparente buena conducta; pero yo sabía que el desgraciado fingía todo el tiempo, que detrás de su predisposición y falsa sonrisa había un alma perversa.

Lo observé con fijeza, esperando leer en su rostro alguna señal delatora. Su acné avanzado y su porte de tótem no me intimidaban.

—¿Me estás prestando atención, Sam? —preguntó Amanda.

Asentí con un suspiro. Otra vez estallaron risitas nerviosas. Supuse que Orson estaría regocijándose con todo aquello. Me pregunté si me habría visto sustrayendo los prismáticos y esperado a mi ausencia para abrir la boca.

—Esta mañana he bajado al sótano con dos cestos de ropa —continuó Amanda—. Doy gracias al Señor de que he sido yo y no alguno de ustedes. En el suelo había un desparramo de cosas. Uno de los soportes de la estantería junto a la lavadora ha cedido y el estante más alto se ha desplomado, arrastrando al siguiente.

Hizo una pausa premeditada para evaluar a su audiencia. Yo fui incapaz de relacionar ese suceso con los prismáticos que todavía llevaba en mi mochila. Las cosas marchaban en otra dirección y no era capaz de imaginar en cuál.

—No me explico cómo pudo suceder tal cosa porque el estante no tenía demasiado peso. Las mismas revistas viejas de siempre. Entonces descubrí algo en el suelo que debió de estar escondido sobre las revistas.

Amanda apoyó las manos sobre la mesa y volcó su peso en sus gruesos brazos. Con la lentitud de una tortuga giró su cuello mientras nos examinaba, agrupados a derecha e izquierda. En ese momento regresó Claire.

—¿Alguien tiene algo que decir al respecto? —preguntó Amanda.

La frase flotó como bruma densa.

Sentí alivio. No sólo no había escondido nada en el sótano —lo cual hubiera sido bastante estúpido porque en la granja había al menos dos mil sitios mejores—, sino que además no imaginaba quién podía ser el ideólogo de la patética idea. Esto hacía que mi sorpresa y desconcierto fueran genuinos. No tenía nada que confesar ni nadie a quien delatar. Estaba a salvo.

—Estoy dispuesta a ser condescendiente si el o la responsable habla ahora —ofreció Amanda.

Una voz me susurró al oído.

—¿Conde-qué?

—Cállate —repliqué.

—¿Qué es exactamente lo que has encontrado, Amanda? —preguntó Claire, visiblemente molesta por no haber sido puesta al corriente antes que el resto.

Amanda no le prestó atención. Seguía con el cuerpo inclinado hacia delante, las manos sobre la mesa, sin quitarnos la vista de encima.

—Perfecto —anunció—. Mi oferta de misericordia está a punto de expirar.

Levanté la vista hacia el gigantesco crucifijo de yeso que presidía todas nuestras comidas. Misericordia del Señor sería precisamente lo que necesitaría el culpable

33

a partir de ese momento. Quienquiera que fuera, cometía un error garrafal al no abrir la boca en ese instante. Cualquiera que llevara en la granja tanto tiempo como yo, sabía que la oferta de Amanda era la única posibilidad de evitar un destino fatídico. Deseé con todas mis fuerzas que fuera Orson, que su estúpida arrogancia lo hubiera llevado a escoger un escondrijo dentro de la casa, y que por inexperiencia no confesara cuando debía. Doble error.

Amanda introdujo una mano en el amplio bolsillo frontal de su delantal. Empezó a extraer algo lentamente.

—Cuando descubra al dueño de esto —amenazó—, no quiero que me diga que no se lo advertí.

Exhibió un libro.

Y entonces mi corazón se detuvo.

¡*Mi libro!*

No sé en qué medida logré esconder mi sorpresa; posiblemente no mucho. Hasta la noche anterior, aquel libro había estado en uno de los cajones de mi habitación, dentro de una caja floreada que había pertenecido a mi madre donde conservaba objetos personales. ¿Cómo había llegado el libro al sótano? Me asaltaron un sinfín de preguntas. Era cierto que aquélla no era una lectura ortodoxa —era la razón por la que había optado por guardar el libro en la caja floreada—, pero nunca había creído necesario esconderlo fuera del perímetro de la granja, y mucho menos que pudiera despertar semejante reacción en Amanda. Se trataba de un ejemplar de *Lolita*, de Nabokov. En la portada había una muchacha un par de años mayor que yo, chupando una paleta y mirando a la cámara por encima de unos lentes con forma de corazón. Justamente había sido aquella imagen la que me había llamado la atención.

Tres veces por semana, acudía en mi bicicleta a casa de los Meyer para leerle y hacerle compañía a Joseph, mientras su esposa Collette aprovechaba para visitar a sus amigas o reunirse con los del club de lectura. Cuando le pregunté a ella por *Lolita* me aclaró que en su momento había sido un libro controvertido, que narraba la historia de un hombre maduro que se obsesionaba con una muchachita muy joven llamada Dolores. Se lo pedí, y ella accedió a prestármelo, advirtiéndome que no sería una lectura que Amanda aprobaría. La señora Meyer, lectora compulsiva y posiblemente escritora frustrada, sabía de mi incipiente afición por la escritura y cuando me entregó el ejemplar me dijo: «Sam, sé que tienes la madurez suficiente para disfrutar de un gran libro. Y éste lo es». Le dije que tendría cuidado con él y que se lo devolvería lo antes posible.

—¿Un libro? —preguntó Randy, y todos se volvieron hacia él. Mi protegido no entendía cómo alguien podía interesarse por un libro teniendo la televisión.

Amanda apoyó violentamente el libro sobre la mesa.

—¡Allí! —gritó señalando la pequeña biblioteca junto a la puerta—, allí mismo tienen libros adecuados para iniciarse en la lectura. ¡Y están todos muriéndose de risa! Hemingway, Twain, Dickens, Salgari, Verne. ¡Clásicos! Además, saben que pueden acudir a la biblioteca pública, donde el señor Petersen los asesorará gustoso.

Yo apenas la escuchaba. Mis pensamientos se arremolinaban. Amanda acababa de decir algo muy cierto: en la granja de los Carroll la lectura no era un pasatiempo popular. Fuera de las lecturas obligadas de la Biblia, casi nadie elegía pasar el rato en compañía de una buena historia. Ya podía sentir las miradas de sospecha dirigidas hacia mí.

—Hace unas horas he ido a la biblioteca —dijo Amanda achicando los ojos; algo se traía entre manos—, y he hablado con Petersen...

Dejó la frase en suspenso. Petersen, al que todos los niños de Carnival Falls conocían como Stormtrooper * por su

* Soldados imperiales en el universo de *La guerra de las galaxias,* característicos por su armadura blanca.

palidez y su gusto por vestirse con suéteres ajustados blancos o beige —o una combinación de ambos colores—, era un esbirro de Amanda que la pondría sobre aviso si alguno de nosotros retiraba un libro «inapropiado».

—Me ha dicho que este libro no pertenece a la biblioteca —continuó Amanda—, lo cual supuse al no encontrar el sello. Pero voy a averiguar de dónde ha salido. Y cuando eso suceda, el o la responsable se arrepentirá. Se los voy a preguntar por última vez, ¿a quién pertenece este libro?

Sentí que se me escapaba un hilo de orina. El horror apenas me permitía mantenerme en pie y aparentar tranquilidad. Enredé las manos en el regazo para que no temblaran. ¿Cómo había llegado ese libro al sót...?

Entonces recordé la sonrisa de Orson, la señal de regocijo ante lo que estaba a punto de tener lugar. El libro no había viajado por arte de magia de mi habitación al sótano, eso estaba claro, y algo me decía que el estante no había sucumbido ante el peso de los años, sino que había sido forzado para que así pareciera. Miré a Orson de soslayo. Ahora su expresión era indescifrable.

Mathilda era otra posibilidad, especulé. Cuando clavé los ojos en ella la sorprendí con una mueca maliciosa estampada en el rostro.

Orson o Mathilda.

¿Ambos?

Más importante que eso era dilucidar por qué urdir semejante estratagema cuando claramente hubiera sido más sencillo revelar a Amanda la localización real del libro. ¿Habrían supuesto que de esta manera yo no confesaría mi pecado y eso endurecería la pena? Era posible, pero un poco rebuscado. Entonces razoné que había una sola manera de echar el plan por tierra: confesar. Y hacerlo en ese instante. A fin de cuentas, el libro era controvertido, cierto, pero yo podría decir que no lo sabía, que lo había tomado prestado de la biblioteca de los Meyer por curiosidad, que la portada me había llamado la atención y que ni siquiera lo había leído.

Amanda aguardaba. ¿Llevaba más de un minuto a la expectativa? ¿Cuánto más esperaría?

Abrí la boca para hablar. Mis ojos se posaron en el libro y...

¡Es una trampa!

Una voz salvadora estalló en mi cabeza. Cerré la boca de inmediato. Aunque el ejemplar de *Lolita* estaba a más de tres metros de donde yo estaba, pude apreciar una cosa fuera de su sitio, un detalle que me salvaría el pellejo. Era un trozo de papel que asomaba apenas entre las páginas. Si Orson había descubierto la existencia del libro (ahora casi no me quedaban dudas de que él estaba detrás de todo), su plan habría contemplado que yo confesaría, exactamente por las mismas razones que había ensayado en mi cabeza hacía segundos; el problema era que al hacerlo también me haría responsable, sin saberlo, de lo que el desgraciado había colocado dentro. Y yo creía saber qué podía ser, claro que sí.

Días atrás había visto a Orson merodeando por el bosque junto a Mark Petrie, otro espécimen de su misma calaña rastrera. Algunos aseguraban que Petrie tenía un arsenal de revistas pornográficas escondidas en un árbol hueco, que compartía con un grupo selecto con el que formaban una especie de club. Yo no las había visto, por supuesto, ni me interesaba hacerlo, pero si Orson había sido aceptado en El club de la chaqueta, o como fuera su nombre, entonces podía haber accedido a una fotografía de aquellas revistas con facilidad. Aunque mi conocimiento en materia sexual era prácticamente nulo (justamente ése era uno de los aspectos que buscaba remediar con lecturas como *Lolita*), entendía perfectamente que una fotografía cochina explicaría mucho mejor la reacción de Amanda. No era el libro lo que la escandalizaba, ¡sino la fotografía! Quizá era darle demasiado crédito a Orson como estratega, pero no iba a apostar mi futuro a ello. No, señor.

No confesaría.

—Perfecto —dijo Amanda mientras devolvía el libro al bolsillo de su delantal—. Sabré a quién pertenece este libro. Por Dios que removeré cielo y tierra hasta averiguarlo. Y cuando eso ocurra, las consecuencias serán máximas. ¿Oyeron? ¡Máximas!

Dio media vuelta y se marchó, dejándonos con el corazón en las manos. Nadie se atrevió a pronunciar palabra o siquiera moverse durante un buen rato. Todos entendimos perfectamente a qué se había referido con lo de consecuencias máximas. En lo personal siempre me había aterrado la posibilidad de pisar un orfanato; había escuchado de primera mano las historias de estrambóticos rituales de iniciación, bromas pesadísimas o incluso abusos de autoridad... Mentiría si dijera que todo esto no se me cruzó por la cabeza en cuanto Amanda nos dejó en la sala, pero también recuerdo haber tenido otra idea mucho más aterradora.

Pensé que si abandonaba la granja no volvería a ver a Miranda.

4

Mi habitación había sido concebida originalmente como despensa, aunque nunca llegó a ser utilizada como tal. Cuando tuve edad suficiente para abandonar la cama en la habitación de los Carroll, fue Randall el que pensó que podría hacer algunos arreglos menores en el cuartucho junto a la cocina, que hasta entonces había sido el vertedero de basura de toda la casa. El espacio no abundaba en la granja.

Fue así como, ingenio mediante, el cubil de seis metros cuadrados se adaptó para mi desembarco. Una litera elevada con un mueble en la parte de abajo y un escritorio minúsculo constituyeron todo el mobiliario. Desde el punto de vista de la comodidad dejaba bastante que desear; apenas tenía sitio para moverme, debía cruzar la sala cada vez que necesitaba ir al baño y por la mañana el ajetreo en la cocina actuaba como despertador natural. Pero todo esto me importaba un pepino. Era mi habitación, y no debía compartirla con nadie. Las otras, seis en total, estaban en la planta alta y albergaban a dos o tres niños cada una. La situación me había generado algunos inconvenientes, envidias e intentos de arrebatármela. Mathilda lo había probado casi todo, desde plantear que aquella habitación debía ser rotativa hasta formular acusaciones exageradas o falsas para desprestigiarme. Recientemente, Orson también se había incorporado a la lista de aspirantes.

Una de las ventajas de tener habitación propia era la de poder meditar en soledad, algo que esa noche necesitaba sobremanera. Yacía en la cama, repasando una y otra vez el incidente de la tarde: Amanda exhibiendo el libro que Collette Meyer me había prestado y estrellándolo contra la mesa con desprecio, la ligera curvatura en los labios de Orson, la fotografía sobresaliendo del ejemplar de *Lolita*. Apenas podía creer que la secuencia fuera real y no el resultado de un sueño estrafalario y cruel.

La primera cuestión que me inquietaba era que los responsables de la endemoniada trampa tenían que haber descubierto la existencia del libro observándome por la única ventana de mi habitación. Me di la vuelta y clavé la vista en ella. Muchas veces olvidaba cerrar las cortinas y no costaba pensar que alguno de mis enemigos se hubiera tomado la molestia de acechar tras el cristal a fin de hacerse con algún secreto con el que extorsionarme. Puesto que yo había leído *Lolita* la noche anterior, y Amanda lo había encontrado esa misma mañana en el sótano, era obvio que mis enemigos habían hecho una visita relámpago ese mismo día.

Me di cuenta de que casi sin proponérmelo pensaba en mis enemigos, y no sólo en uno.

No haber confesado que el libro era mío había sido una jugada afortunada, pero en el futuro tendría que extremar las precauciones. Por lo pronto, a primera hora del día siguiente visitaría a Collette para explicarle la situación, rogándole que negara toda vinculación con el libro si Amanda se lo preguntaba.

Fui hasta la puerta y apagué la luz. Esa noche había luna. Me aseguré de cerrar la cortina y regresé a la cama. Poco a poco, mis párpados se fueron cerrando y mi cuerpo se deslizó por un tobogán aterciopelado. El sueño estaba a punto de vencerme cuando el último hilo de coherencia se tensó, devolviéndome al mundo real, y con la velocidad de un rayo me senté en la cama, como si hubiese recibido una descarga de adrenalina.

El libro.

¿Qué sucede con el libro?

Había algo más.

¿Qué?

Respiraba con dificultad.

Collette Meyer tenía la costumbre de escribir su nombre en todos sus libros, y *Lolita* no había sido la excepción. *¿¡Cómo lo has olvidado!?* Pude ver en mi cabeza la caligrafía clara y regordeta de Collette en la solapa de la sobrecubierta. Después recordé la visión del libro en manos de Amanda, con la fotografía emergiendo entre las páginas, e intenté dilucidar, sin éxito, si tenía la sobrecubierta o no. ¡Pero estaba claro que no la tenía! Amanda no hubiera pasado por alto algo tan evidente.

Mis planes se desmoronaban. No sólo no podría cortar los hilos que me ligaban con ese libro, sino que Orson y Mathilda tenían en su poder algo que podría condenarme sin posibilidad alguna de redención: la sobrecubierta.

Me aplastarían como a una hormiga.

Esa noche apenas conseguiría dormir un par de horas.

5

La última vez que fui al baño el reloj de la sala marcaba las cinco y media. Me dormí después, no sé bien cuándo, para despertar con una sacudida pasadas las nueve. Me vestí apresuradamente con la misma ropa que el día anterior y me asomé por la puerta de la habitación. En la cocina, Claire le daba instrucciones a Katie, quien con dieciséis años era la que le seguía en edad. Me acerqué y permanecí detrás de ellas, observándolas. No había rastro de Amanda y eso me inquietó.

—Lava aquellos jitomates —ordenaba Claire—. Será mejor que dejemos el almuerzo listo y nos ocupemos del gallinero, que está hecho una mugre.

Katie asintió sin rechistar. Llevaba seis años en la granja y cargaba en sus espaldas con una historia terrible. Su padre se había pegado un tiro antes de afrontar la bancarrota, y su madre, que vivía sedada, estaba internada en un hospital psiquiátrico. Cuando Katie se refería a su padre, lo hacía con una mezcla de amor y furia que siempre me llamó particularmente la atención. De su madre no hablaba mucho. Una vez al mes, Randall la llevaba en coche a Concord para que la visitase. Las tragedias familiares la habían apagado; en su rostro había una constante pátina de tristeza, una cualidad distante y sombría que la hacía misteriosa, al menos a mis ojos. Era de lejos la más bella de la casa; varios le habían asegurado que podría dedicarse al mundo de la moda si quisiera, o convertirse en actriz. Yo estaba de acuerdo.

—Hola, Sam —me dijo Katie mientras trasladaba el bote de jitomates de la mesa a la encimera.

Claire se volvió al escuchar mi nombre.

—¿Vas a ayudar o te quedarás mirando? —dijo con una severidad que resultaba una caricaturesca versión de Amanda.

—Debo ir a casa del señor Meyer —anuncié.

—Oh, sí. Martes, claro. Tú sí que te lo pasas en grande leyéndole a ese viejo. Con tal de no ayudar aquí...

Claire me lanzó una mirada acusadora y siguió con lo que estaba haciendo. Había en su comportamiento un dejo de exageración que no terminaba de resultar creíble. Katie se volvió y me dedicó una sonrisa cómplice..., a veces la manera de ser de Claire nos hacía gracia.

—¿Amanda no está en casa? —pregunté.

—No —dijo Claire, esta vez sin mirarme.

—¿Dónde está?

Claire se volvió otra vez. Se secó las manos en un trapo y me miró durante unos segundos sin pronunciar palabra.

—Sam... —dejó la frase en suspenso. Sus ojos se convirtieron en ranuras.

—¿Qué? —pregunté, aunque intuía lo que vendría.

—Tú no tendrás algo que ver con ese libro pornográfico, ¿verdad?

Reí sonoramente.

—¿Yo? ¿Qué interés podría tener en un libro así?

Claire no pareció convencida con mi defensa. Me siguió escrutando unos segundos.

—¿Sabes qué pienso? —dije en tono confidente.

—¿Qué?

Katie dejó de remojar los jitomates y se volvió abiertamente para observarme. La miré y asentí con la cabeza para que ella también escuchara mi teoría.

—Creo que ese libro lleva allí años —mentí con total naturalidad—. ¿Recuerdan a ese niño raro que fue de regreso a Milton Home? ¿Cuál era su nombre? ¿Maxwell? Apuesto a que el libro era suyo.

—Puede que tengas razón —convino Claire.

—Para mí es de Orson —nos sorprendió Katie.

—¿Orson? —pregunté—. ¿Lo has visto merodeando por el sótano o algo?

Contuve la respiración. Nada bueno podía surgir si Katie en efecto lo había visto. El bastardo tendría la sobrecubierta de *Lolita*, recordé con fastidio.

—No, no lo he visto —reconoció ella—. Pero es capaz de tener ese libro, y más cosas también. He visto cómo me mira éstas...

Se señaló los pechos.

Claire negó con la cabeza desaprobando el comentario, pero Katie insistió:

—Contigo es igual. No digas que no. Te mira todo el tiempo.

—¿Quién las mira todo el tiempo? —preguntó una voz a mis espaldas.

Me volví.

Era Mathilda.

Acababa de bañarse. Tenía el cabello mojado y se lo peinaba con las manos, la cabeza ladeada. Esbozaba una sonrisa enigmática y sus ojos se enfocaban en el infinito. Era una mirada cautivadora, pensé, capaz de hacer que un chico hiciera lo que ella quisiera. Sentí un escalofrío.

—Nadie —repliqué—. Debo irme. El señor Meyer me espera.

Ellas empezaron a hablar de otra cosa y aproveché para escabullirme a mi habitación. Me calcé la mochila, en la que todavía conservaba los prismáticos, y me dirigí a la segunda planta. No había nadie a la vista y fue sencillo devolverlos a su sitio.

Minutos después salía de la granja en mi bicicleta.

Mientras pedaleaba sin pausa pensé que mis prioridades para ese día no habían cambiado. Tenía que hablar con Collette y suplicar su colaboración, sólo que ahora habría una complicación adicional: si Orson me delataba y enseñaba la sobrecubierta del libro como prueba, Collette quedaría en evidencia. Descargué mi furia contra la Optimus, que se quejó con un chirrido en la rueda trasera y un temblequeo en el manubrio. Me hallaba en una posición difícil. Lamenté no tener tiempo para pedir consejo a Billy. Mi amigo se masajearía la barbilla como si fuera el mismísimo Sherlock Holmes, luego intentaría dirimir la cuestión utilizando palabras difíciles cuyos significados ambos desconocíamos, pero en el fondo, dejando de lado sus habituales espectáculos gestuales, era inteligente y especialista en resolver dilemas de este tipo. Tenía pensado reunirme con él por la tarde en el bosque, pero el instinto me decía que mi conversación con Collette no podía esperar tanto.

Cuando llegué a su casa, con la lengua fuera y sudando, descubrí que no sólo mi instinto había estado en lo cierto, sino que ya era tarde.

En la entrada particular de la casa de los Meyer vi la camioneta de Amanda.

La inercia me ayudó a recorrer los últimos metros. Una luz de esperanza se encendió cuando creí advertir detrás de la puerta mosquitera a dos siluetas que se alejaban. Coloqué la mano delante del radiador del vehículo y el aire caliente me templó de optimismo. Quizá no era demasiado tarde después de todo.

—¡Sam!

Alcé la cabeza. Observé en todas direcciones al mismo tiempo. Randy me saludaba desde el asiento trasero de la camioneta.

Me acerqué a la ventanilla.

—Hola, Randy, no te había visto. ¿Cuándo llegaron?

—Había dos cajones con víveres en la parte trasera, por lo que supuse que Randy habría acompañado a Amanda al mercado.

—Ahora mismo —confirmó el niño mientras bajaba la ventanilla—. Amanda ha dicho que...

—Escucha, Randy —lo interrumpí—, debo pedirte un favor muy grande.

—¿Cuál?

—No le digas a Amanda que me viste, ¿okey?

—Pero...

—Luego te lo explicaré todo.

—No lo sé. Es que...

—Es por una buena razón. Luego te lo explicaré. Ahora necesito que me prometas que no le dirás a Amanda que me has visto.

Randy lo pensó unos segundos, pero yo sabía que terminaría aceptando. Era posiblemente el único de los niños de la casa al que quería como a un hermano, y el sentimiento era mutuo.

—Está bien —accedió—. No diré nada.

—Gracias —dije, y sin más dilación me escabullí por el costado de la casa hasta el jardín trasero.

Supuse que las mujeres irían directamente a la cocina y no me equivoqué.

Las unía una profunda amistad y no había entre ellas necesidad de formalismos. Aunque sus gustos y los círculos que frecuentaban eran diferentes, existía entre ambas un respeto muy grande, especialmente de Collette hacia Amanda por llevar adelante el hogar de acogida de la forma en que lo hacía.

Caminé por el porche trasero hasta una de las ventanas. Cuando me asomé, en efecto, las dos mujeres estaban sentadas a la mesa redonda de la cocina, Collette de espaldas a mí, Amanda de frente. Todo había sucedido tan deprisa que no tenía idea de cuál sería la mejor manera de proceder, de minimizar los daños. Supuse que podría intervenir si la conversación viraba hacia terrenos indeseados, o huir en mi bicicleta si las cosas se echaban a perder del todo.

Amanda no se anduvo con rodeos. De su bolso extrajo el ejemplar de *Lolita* y lo dejó sobre la mesa.

—¿Es tuyo, Collette? —inquirió.

Contuve la respiración.

Collette giró el libro sin levantarlo, lo abrió y le echó un vistazo a la primera hoja. Supe que había reconocido el libro de inmediato (a fin de cuentas me lo había prestado apenas unos días antes) y que estaría sopesando cómo proceder. Lamenté no haber podido prevenirla, aunque su actitud me reveló que al menos su intención inicial era protegerme. Era una mujer inteligente y habría supuesto que si Amanda la interrogaba con esa solemnidad era porque algo había sucedido.

—Lo leí hace años —dijo Collette—, puede que haya estado en mi biblioteca alguna vez, pero no lo recuerdo. ¿Te lo he prestado en algún momento? No es el tipo de lectura que esperaría encontrar en tu buró, Amanda.

Sonreí. La formulación de aquella contestación me pareció perfecta. Collette no negó la posibilidad de que el libro fuera suyo, pero tampoco lo confirmó. A estas alturas no tenía sentido seguir observando y exponerme a que me descubrieran, así que me arrodillé en el otro lado de la ventana. Con escuchar era suficiente.

—Yo no leo esta basura —sentenció Amanda.

Collette dejó escapar una risita.

—Lo sé, lo sé. ¿De veras no quieres algo de beber? Todavía tengo media hora para la cita con las chicas. Puedes decirle al pequeño Randy que venga. Le daré un bizcocho.

—No, gracias. Tengo cosas que hacer.

—Siempre tienes cosas que hacer...

—No me cambies de tema, Collette, ¿entonces este libro no te pertenece? ¿No hay posibilidades de que Sam lo haya tomado «prestado»?

—Pues si lo ha hecho, no creo que sea tan grave.

Escuché el sonido de una silla al arrastrarse y luego un suspiro de Collette, por lo que supe que ella se había puesto de pie. Me permití asomarme un instante y vi que se acercaba al refrigerador para tomar un recipiente.

—No sé qué pensar —decía Amanda, más para sí que para su amiga.

—¿Por qué no me dices qué ha sucedido? Yo apostaría mi colección de cajas de música a que ese libro no ha salido de mi biblioteca. Suelo escribir mi nombre en alguna parte, casi siempre en la primera página, y la de ése está en blanco.

—Es verdad. Tú tienes esa manía desagradable de arruinar los libros.

Collette colocó el recipiente sobre la mesada y con delicadeza tomó un bizcocho de chocolate. Luego lo envolvió en una servilleta de papel.

Me permití seguir observando.

—Las chicas no advertirán que falta uno —dijo Collette depositando la servilleta con el bizcocho sobre la mesa—. Dáselo a Randy, por favor.

Amanda asintió en silencio.

—Te tomas las cosas muy a pecho, Amanda. Vamos, dime qué te preocupa tanto de ese libro.

—No es el libro lo que me preocupa —confesó Amanda—. Lo encontré en el sótano por casualidad. Dentro había una fotografía... obscena. La conservé hasta hoy por la mañana, cuando no pude soportarlo más y la lancé al escusado. No puedo quitármela de la cabeza. Eran dos mujeres completamente desnudas, manoseándose..., una tenía una especie de arnés con una prótesis. Aberrante.

Collette dejó escapar una risita. Aunque tenía al menos veinte años más que Amanda, su manera de ver las cosas era ciertamente mucho más liberal.

—No te burles.

—Perdón. Si te sirve de consuelo, querida, no creo que Sam tenga algo que ver con esa fotografía que mencionas.

—No lo sé. A veces pienso que... —Amanda se puso de pie y negó con la cabeza—. Les he dicho a todos que agotaría los recursos para llegar al fondo y eso es lo que estoy haciendo.

Collette asintió.

—Sam debe de estar por llegar de un momento a otro —anunció.

—Lo sé. Prefiero que no me vea aquí. Gracias por el bizcocho.

—Te acompaño hasta la puerta.

—No hace falta. Saluda a las chicas de mi parte.

«Las chicas» habían sido también amigas de la madre de Amanda. Advertí tristeza en su rostro al referirse a ellas.

—Siempre me preguntan por ti —dijo. Pero le habló al vacío. Amanda ya se había marchado.

Collette permaneció pensativa. El bramido del motor de la camioneta se hizo audible a la distancia.

—Entra, Sam, por favor —dijo.

—¿Desde cuándo sabes que estoy aquí? —pregunté desde el otro lado de la ventana.

—Desde que abrí el refrigerador.

Sonreí. Abrí la puerta trasera del porche y crucé el umbral en silencio.

—No tengo nada que ver con la fotografía, Collette. Lo juro —dije cuando estuve a su lado.

—Lo sé.

6

Encontré a Joseph Meyer en la habitación de las cajas de música.

Empujé la puerta con suavidad y los tintineos delatores se amplificaron. Al menos pude distinguir dos melodías conocidas, pero era difícil precisar cuántas eran ejecutadas en ese momento con la infalible precisión de aquellos ingenios dignos de relojeros. El señor Meyer estaba sentado tras el escritorio junto a la única ventana, de espaldas a la puerta. Cuando advirtió que alguien entraba se incorporó y permaneció alerta, pero no se volvió. Tenía setenta y siete años, lo que a mí en aquel momento me resultaba una cifra fabulosa, pero su aspecto, siempre cuidado, le permitía quitarse algunos. Cada quince días, un peluquero a domicilio le retocaba el cabello, que normalmente mantenía a raya con una buena dosis de fijador, y el bigote, un techito a dos aguas trazado a lápiz que constituía su orgullo y razón de ostentación. Invariablemente se regaba con una colonia secreta, cuyo nombre me ocultaba, pero que siempre he asociado en mi cabeza con la senilidad, la hombría de bien y aquel ser encantador.

—¿Quién es? —preguntó con voz firme. Seguía alerta, olfateando el aire.

—Soy yo, señor Meyer, Sam Jackson.

Hubo unos segundos de incertidumbre en los que me permití sonreír. Cuando se volvió a mirarme tenía una ceja en alto. Con la mano me indicó que pasara.

Aquella habitación habría pertenecido al hijo de los Meyer si hubieran concebido uno. En cambio se convirtió en un despacho, que Joseph utilizó en sus épocas de abogado, y más tarde en el santuario de las cajas de música de Collette. La colección, que había pertenecido a su padre y que ella se encargó de conservar y aumentar, estaba dispuesta en una serie de estanterías perimetrales. Eran cuatro niveles en total. En aquel momento, dos o tres bailarinas rotaban sobre una base de madera, un ángel batía sus alas y un perro movía los ojos de derecha a izquierda. Otras emitían sus peculiares tañidos sin ninguna parte móvil que las delatase.

Poco a poco se fueron extinguiendo.

Me detuve justo detrás del señor Meyer, que observaba con fascinación la que era, con toda seguridad, la *vedete* de aquella colección. Se trataba de una verdadera obra de arte fabricada en Suiza, que el padre de Collette recibió como parte de pago por sus servicios en un caso de quiebra. Según sabía, aquella caja de música había encendido la pasión coleccionista que el hombre terminó, eventualmente, contagiando a su hija. Era un artefacto mecánico del tamaño de un reproductor de discos de vinil. Tenía una cubierta metálica con bisagras, que al abrirse se mantenía en posición vertical y permitía que dos placas articuladas se abrieran hacia los lados. Esto hacía que, una vez desplegada completamente, la cubierta se convirtiera en una pantalla más grande que el propio aparato, donde estaba reproducida una multitud jocosa. La superficie metálica de la caja de música disponía de una serie de ranuras circulares concéntricas por las que unas atracciones circenses se desplazaban. Había un malabarista, un equilibrista que circulaba en monociclo, un domador con su león, dos payasos y un hombre con zancos. Todas eran figuras de hojalata pintada que se desplazaban a diferentes velocidades. Collette me había explicado que una de las curiosidades de aquella caja de música era un sistema de cuerdas independientes que permitía reproducir la musiquilla durante más de cinco minutos y activar a cada personaje por separado. Joseph los había puesto en movimiento a todos. El hombre zancudo batía las manos; lo propio hacía el domador, que gesticulaba seguido por el feroz león; la rueda del monociclo giraba; el malabarista sacudía una serie de bolas conectadas entre sí por finísimos alambres; los payasos se detenían cada tanto y hacían muecas.

—Es una maravilla —decía Joseph hechizado con las figurillas bidimensionales.

—Claro que sí —reconocí.

Se volvió apenas y me lanzó una mirada entre indignada y preocupada.

—No parece impresionarte demasiado. ¿Ya la habías visto antes? A ti te ha dejado entrar, ¿verdad?

La pregunta me pescó con la guardia baja.

—¿A quién se refiere?

—Tú sabes a quién me refiero.

El aroma dulzón de la colonia era embriagador. En la ventana que teníamos enfrente, una rama alta rascaba el cristal y más allá el coche de los Meyer se alejaba calle abajo, con Collette al volante.

—Me pregunto si volverá —dijo el anciano más para sí que para mí.

—Claro que volverá, señor Meyer.

Él se limitó a escuchar la melodía, que no era precisamente alegre sino más bien melancólica. A mí siempre me había resultado maravillosa.

—Es la primera vez que entro en esta habitación —dijo Joseph para luego agregar en estado de ensoñación—: por fin conozco el secreto que se esconde detrás de esta puerta. Me pregunto por qué nunca me dejó ver este mundo de miniaturas tristes.

Guardé el silencio de rigor y luego coloqué una mano sobre su hombro.

—¿Qué le parece si vamos a la sala o al porche y leemos un poco? —sugerí.

—Lo siento —respondió el señor Meyer con tristeza—, mi vista ya no es la que era. Ni siquiera con anteojos
puedo leer la letra pequeña.

—Yo le leeré en voz alta, no se preocupe.

El rostro se le iluminó.

7

Conocí a Billy en el segundo grado de la escuela Lelland, e inmediatamente conectamos. En mi caso, como miembro del hogar de acogida de los Carroll, el lugar en el fondo de la escala social de la escuela pública estaba garantizado, y la selección de amistades era básicamente un proceso de decantación, no de elección. Billy se me acercó un día y me ofreció un sándwich de salami y queso que su madre le había preparado esa mañana —y que le seguiría preparando durante cada mañana de los años siguientes, sin excepción—. Según la señora Pompeo, a Billy le encantaban, y para mi futuro amigo, que odiaba el salami y el queso, era mejor aceptar las cosas que decía su madre que discutirlas; era una regla de supervivencia bien aprendida ya en aquel entonces, a sus siete años. Acepté el sándwich sin miramientos y lo devoré con fruición, ante la mirada absorta de Billy, que debió de pensar que yo era una especie de salvaje.

Así se selló nuestra amistad, con un sándwich de salami y queso.

Al igual que yo, aunque por razones diferentes, Billy nunca encajó con el resto. Por aquel entonces, él era un niño diminuto, desgarbado y temperamental, que se negaba a participar en las actividades más populares entre los de nuestra edad. Aseguraba que los deportes eran mentalmente destructores porque circunscribían la capacidad humana a decisiones instintivas casi animales —aunque no lo expusiera de esta manera, pero casi—, y los practicaba sólo bajo presión de la escuela. Aborrecía la televisión, y permanecer en casa era para él una tortura que recién empezaría a contemplar hacia finales de la década de los ochenta, cuando descubriera su pasión por las computadoras. Mientras tanto prefería vagar por el bosque, que conocía mejor que nadie, elaborar mapas y proyectos descomunales que jamás llegaba a concretar y a los que me arrastraba con palabras grandilocuentes y promesas gloriosas. La imaginación de Billy era inconmensurable.

—¿Dónde te habías metido? —le pregunté cuando finalmente hizo su aparición entre los arbustos.

—Mi madre me obligó a tomarme esas estúpidas fotografías otra vez —gruñó—. Me prometió que éste será el último año, pero no me lo creo.

Empujó su bicicleta hasta donde yo estaba y la apoyó en un tronco. Dejó su mochila a un costado y se tendió a mi lado. Yacíamos con nuestras cabezas a escasos centímetros, formando una «V». Observábamos un techo de ramas.

—A mí me gustan esas fotografías —dije con la mirada perdida en el bosque moteado de luz.

Billy se inclinó ligeramente, apoyándose sobre los codos, y me lanzó una mirada fulminante.

—¿Me estás tomando el pelo? Son la degradación personificada. Encima tengo que verlas todos los días cuando entro a casa, porque a mi madre no le basta con guardarlas en una caja, no, señor, tiene que colgarlas todas en la pared, una al lado de la otra, para que el mundo pueda ver cómo me desarrollo dentro de esa ropa ridícula de marinerito y...

No pude contener la risa.

—Genial, me estás tomando el pelo, y yo encima dándote explicaciones. Ya sabía que no podían gustarte esas fotografías —masculló—. ¿Sabes qué es lo peor de todo?

—¿Qué?

—Que ninguno de mis hermanos mayores tuvo que pasar por eso. ¿Cómo lo explicas? Sólo yo debo acudir una vez al año al estudio del señor Pasteur (que me he enterado que es un nombre falso, porque en verdad se apellida Peluffo, o algo así) para que me empolve como nalga de bebé y me disfrace del pato Donald.

—Tú eres especial, Billy.

—Sigue burlándote de mí.

—No me burlo. Por lo menos tienes un tío con mucho dinero.

Permaneció pensativo un minuto, posiblemente porque uno de sus tíos en efecto tenía mucho dinero, hasta que comprendió mi referencia al tío avaro de Donald; entonces me dio un suave codazo en las costillas.

Guardamos silencio durante un buen rato. El claro en el que nos encontrábamos se había convertido en nuestro reducto, aunque Billy prefiriera llamarlo a veces «centro de operaciones». Yo le decía que debía de ser un lugar mágico, porque lograba que él mantuviera la boca cerrada durante más de cinco minutos. Lo curioso es que el claro no tenía nada de especial. En los bosques de Carnival Falls había decenas de lugares mejores que ése. Había un tronco caído y estaba rodeado de arbustillos y· álamos centenarios, y eso era todo. Pero era tranquilo, pues se hallaba más allá de lo que en Carnival Falls todos conocían como el Límite: un cordón boscoso perimetral a la ciudad de unos doscientos metros de ancho. Las recomendaciones para los niños eran no salirse de esa franja. Circulaban leyendas de exhibicionistas o violadores merodeando por el bosque, y era un hecho probado que algunos niños se habían perdido durante varios días. Billy, por supuesto, decía que todas esas historias habían sido puestas en circulación por los adultos para inspirarnos temor. A veces me aterraba pensar que Amanda o la señora Pompeo supieran lo lejos que llegábamos en nuestras excursiones, pero Billy era un verdadero expedicionario; tenía mapas elaborados por él mismo, su brújula y, cuando era necesario, implementaba un ingenioso sistema de marcas para poder regresar al inicio de cualquier travesía. Su método consistía en colgar trozos de tela de las ramas bajas de los árboles, y en cada uno de ellos escribir con plumón la dirección cardinal en la que habíamos caminado desde la marca anterior. Esto nos permitía cubrir trayectos larguísimos, de varios kilómetros, y regresar sanos y salvos. Billy hasta llevaba consigo una brújula de repuesto.

—¿Vas a decirme qué es eso tan importante que ha sucedido? —preguntó de repente.

Había hablado con Billy por teléfono la noche anterior para programar una reunión de emergencia. Tragué saliva.

—Hace unos días le pedí prestada una novela a la señora Meyer —comencé—. Se titula *Lolita*, y trata de un hombre que se enamora de una niña, que hasta donde he podido avanzar en la lectura no es precisamente una santa.

—Sam, tú y tus novelas —me interrumpió—. Me quieres decir para q...

—¡Billy!

—¿Qué?

—Déjame hablar.

—Okey.

—Collette me alertó de que a Amanda podría no gustarle, así que escondí el libro en mi habitación y no le comenté a nadie que lo tenía.

—Ni siquiera a mí.

Alcé la mano.

—Deja los reproches para después, Billy.

—Sólo digo.

Allí recostados, como tantas otras veces en que habíamos compartido secretos e intimidades, hablar se hacía sencillo. Expresar las cosas en voz alta me liberaba de un modo que en ese entonces me resultaba increíble.

—Ayer regresé a la granja después de... hacer un recado para la señora Meyer. —Billy no sabía de mis actividades en la mansión de los Matheson, así que me permití esa pequeña mentira—. Amanda había reunido a todos en la sala. Me estaban esperando. En ningún momento sospeché que podía tener algo que ver con el libro.

—¿Dónde lo habías escondido?

—En la caja floreada, en uno de los cajones de mi cómoda.

—¿Así sin más?

—Te he dicho que no era tan grave. Déjame terminar.

—Lo siento. Continúa.

—Ni te imaginas lo enfurecida que estaba Amanda. Dijo que por la mañana había bajado al sótano con un cesto de ropa y descubrió que uno de los estantes se había desplomado junto con las cosas que tenía encima, entre ellas algo que pertenecía a alguien de la casa, y que quería que el responsable confesase en ese preciso instante. —Hice una pausa.

—¿Qué tiene que ver eso con el libro? Me has dicho que... —Billy enmudeció. Como accionado por un resorte se sentó y me clavó una mirada inquisitiva—. ¿El libro estaba allí, en el sótano?

Asentí.

—Esto se está poniendo interesante —dijo Billy, perplejo.

—Amanda sacó el libro del bolsillo de su delantal y lo lanzó sobre la mesa. ¡Tendrías que haber visto su expresión! Nos dijo que era la última oportunidad para que el o la culpable confesara, pero nadie en su sano juicio hubiera hablado en ese momento.

—Supongo que la señora Carroll no mentiría con lo del estante. ¿Has bajado al sótano para verificarlo?

—No —reconocí. Era un buen punto. Lamenté no haberme dado cuenta de algo tan obvio, pero ésta era la ventaja de tener a Billy de mi lado. Él pensaría las cosas por mí.

—Lo harás después —dijo Billy—. Lo más probable es que alguien haya descubierto tu libro y preparado esa farsa en el sótano. ¡Te han tendido una trampa de las buenas, Sam! ¿Crees que puede haber sido Mathilda?

—Puede que esa maldita esté involucrada —conjeturé—, pero no ha actuado sola.

—¿Crees que el orangután de Orson pueda estar detrás? No lo creería capaz ni de ganar al tres en línea con tres marcas de ventaja.

—Hay algo más que debes saber.

Billy seguía el relato sentado a mi lado, como un psicoanalista que escucha las desventuras de su paciente.

—¿Qué? —preguntó.

—Como te imaginarás, no pude ver el libro en detalle, pero había algo que sobresalía apenas entre las páginas. Una fotografía, me pareció..., como de una revista.

Mi amigo guardó silencio.

—Billy, piénsalo, tú conoces a la señora Carroll, no es muy diferente a tu madre. Aun teniendo en cuenta de qué trata el libro su reacción fue exagerada. ¡Ni siquiera ha tenido tiempo de leerlo! Echaba espuma por la boca. Lo único que se me ocurrió en ese momento es que Orson le haya pedido esa fotografía a Mark Petrie y la haya colocado allí, como parte de un plan.

—Debimos haber seguido a esos dos por el bosque para descubrir dónde esconden las revistas, si es que ese rumor es cierto.

—¿De qué nos serviría ahora?

—Bueno, podríamos constatar que ahora falta una fotografía.

Otro detalle en el que nunca hubiera pensado.

—No es mala idea —acepté.

—Hay algo que no entiendo, ¿no puedes hablar con la señora Meyer y explicárselo todo? Si ella no confiesa, nunca podrán llegar a ti.

—Eso mismo he hecho esta mañana. Collette no dirá nada.

—¿La señora Carroll confirmó lo de la fotografía?

—Sí.

—¿Tú la viste?

—No, sólo escuché la descripción de Amanda.

—¿Qué dijo?

—¡Basta, Billy! No importa lo que dijo.

Billy no se sintió ofendido en absoluto.

—Déjame decirte que acusarte a ti con una fotografía pornográfica no parece muy inteligente que digamos. Eso sí me huele a algo propio del bruto de Orson.

Yo prefería no pensar en ello.

—Hay algo que no entiendo. —Billy sacudió la cabeza—. Si la señora Meyer ha negado que el libro sea suyo, ¿dónde está el problema? Si Orson decide acusarte, será tu palabra contra la de él. Está clarísimo quién tiene las de ganar.

—Hay un detalle. Todos los libros de Collette Meyer tienen sus iniciales en alguna parte. En el caso de *Lolita*, estaban en la sobrecubierta.

—Ellos tienen la sobrecubierta —concluyó Billy, fascinado.

Ellos.

Se puso de pie y caminó en círculos. Lo observé durante un rato, pensando en lo mucho que había crecido Billy en el último año. Aunque compartí con él cada día de escuela, fue en ese momento cuando tomé conciencia de los cambios en su complexión. Ya no era el niño delgado de antes.

—Orson o Mathilda ¿han hecho algo extraño últimamente? —me disparó Billy de repente.

—No, pero apenas los he visto. Durante el almuerzo me lanzaron algunas miradas desdeñosas, pero eso es normal. He intentado evitarlos.

—Bien.

Siguió maquinando en silencio.

Cerré los ojos y pensé en Miranda. Tenía intenciones de ir a su casa esa misma tarde, aunque normalmente dejaba pasar algunos días entre una visita y otra; sabía que mi presencia en el vecindario podía ser advertida y ocasionarme problemas, especialmente si algún vecino dejaba caer el comentario a Amanda en la iglesia o en algún otro lado. Pero necesitaba verla y, sobre todo, comprobar si conservaba la gargantilla que le había regalado. Entrelacé los dedos y apoyé las manos en mi pecho. Noté la forma de la medialuna debajo de mi camiseta, y pensar en la otra mitad me ayudó a olvidar los problemas que me aquejaban.

—Esto es lo que debes hacer —dijo Billy.

Abrí los ojos. Billy estaba arrodillado a mi lado, mirándome con ojos maquiavélicos.

—Dime.

—Primero que nada, mantente lejos de Orson y de esa bruja de Mathilda. No intentes enfrentarte a ellos. Es probable que sea eso lo que están esperando. A estas alturas han de saber, si han sido ellos los que están detrás de todo esto, que tú has advertido la treta que han montado. No les daremos ese gusto. Sigue haciendo las cosas con normalidad, como si nada hubiese pasado. Si vamos a averiguar qué andan tramando esos dos, será mejor que lo hagamos a nuestra manera. ¿Comprendido?

—Sí. No tengo dos años.

—Es muy probable que Orson se acerque a hablar contigo —siguió diciendo Billy, haciendo caso omiso de mi ironía—. Evidentemente no es tan estúpido como yo había pensado y se trae algo entre manos. ¿Tienes idea de qué puede ser?

—Lo he pensado, y la verdad es que no lo sé. Tanto él como Mathilda siempre han envidiado mi habitación, pero ¿por qué hacer algo ahora?

—Puede que busquen negociar contigo para que se la cedas.

—Créeme, se la cedería de buena gana —reconocí—. A cambio de esa sobrecubierta lo haría sin dudarlo un instante.

—¡No! —estalló Billy.

Se dejó caer de costado y permaneció tendido a mi lado. Bajó la voz a apenas un susurro y agregó:

—No puedes hacer eso, Sam.

—¿Por qué no? —pregunté imitando su voz sibilante.

—Porque somos un equipo —respondió con tono ominoso—. Esos dos van a arrepentirse de haberse metido con nosotros, ya lo verás. Mantente lejos de ellos, y si alguno se te acerca, escucha lo que tenga para decirte, pero dile que lo pensarás, que le darás una respuesta en uno o dos días. Eso nos dará tiempo.

—¿Tiempo para qué?

—Para desarrollar el resto de mi plan, por supuesto. No habrás pensado que esto era todo, ¿no es cierto?

—¿Qué viene después?

Billy se puso de pie de un salto. Se plantó en medio del claro e hizo un enérgico y desacompasado paso de baile. Me señaló con un dedo acusador y, con una entonación que habría hecho lanzarse por una ventana a un instructor de canto, vociferó:

—¡Ya lo verás, Sam Jackson! Ya lo verás.

—¿No me lo dirás?

—Tengo que darle forma a mi plan. Dame hasta mañana.

Asentí.

Billy pareció satisfecho. Tenía en el rostro esa expresión entre soñadora y ambiciosa de cuando concebía sus inacabables y magnánimos proyectos. No era precisamente una tranquilidad haberme convertido en parte esencial de uno de ellos; era mi pellejo el que estaba en juego. Pero Billy era mi mejor oportunidad, y lo sabía. Ya en aquel entonces confiaba en él de manera ciega.

—Confío plenamente en ti —dije.

—Lo sé.

Entonces se dirigió hasta donde había dejado su mochila y rebuscó algo en el interior. Me senté y lo miré con atención. Regresó a mi lado con una caja de cartón del tamaño de un emparedado.

La abrió.

—¿Qué me dices, Sam?

En el interior había centenares de clavos largos de cabeza ancha.

—¡Impresionante! —exclamé—. ¿Tu tío te los ha regalado?

—No exactamente. Lo ayudé a hacer unas cosas en la ferretería y se los pedí en compensación.

Volvió a cerrar la caja de cartón y partió con ella, pero no en dirección a la mochila sino al tronco caído. Introdujo un brazo en un agujero en la corteza podrida y extrajo una vieja caja de herramientas metálica.

—Los guardaré con el resto —anunció. Colocó la caja de cartón junto con los otros tesoros.

—Ya casi tenemos suficientes para la próxima etapa —observé.

—Así es —dijo Billy con orgullo—. Mañana iré a casa de la señora Harnoise, que le ha dicho a mi madre que quiere deshacerse de la casita de su perro. Murió hace poco y verla vacía le produce un dolor inmenso, según dice. Era un San Bernardo, así que imagínate la cantidad de madera que obtendremos de ella.

Celebré la noticia.

—Voy a ocuparme del proyecto un rato, ¿vienes? —dijo Billy.

—No, será mejor que regrese a la granja.

Billy aseguró la vieja caja de herramientas en el descansillo de su bicicleta y se calzó la mochila en los hombros.

—Si cambias de opinión, ya sabes dónde encontrarme. —Dudó un segundo y agregó—: ¿Hay algo más que quieras decirme, Sam?

Hacía días que Billy intuía que yo le ocultaba algo.

—No —respondí de inmediato.

Odiaba mentirle a Billy. Pero no quería hablarle de Miranda; me avergonzaba demasiado.

—No te preocupes —me tranquilizó—, lo del libro se solucionará. Trabajaré un rato y aprovecharé para pensar en cómo ajustar cuentas con esos dos demonios con los que tienes la desgracia de convivir.

—Gracias, Billy.

—De nada —dijo al tiempo que subía a su bicicleta.

Me dedicó un saludo y se internó por uno de los senderos. El bosque fue mi única compañía durante los siguientes minutos. El recuerdo de mi amigo, paseándose por el claro, alzando la voz y haciendo aspavientos, contrastaba con la paz que ahora se cernía sobre mí. Llegué a preguntarme si Billy en efecto había estado allí conmigo.

8

La visita de la tarde a la mansión de los Matheson trajo consigo un descubrimiento amargo. Trepé al olmo hasta la rama marcada con el corazón y busqué el hueco entre el follaje que me brindaba la mejor vista del invernadero. Ese día, la señora Lápida impartía su lección de pie junto a la pizarra, señalando con un puntero anotaciones invisibles para mí. Llevaba el cabello recogido en un chongo, que en mi imaginación estaba tan tirante que le impedía modificar sus facciones, especialmente sonreír. De vez en cuando se acercaba al pizarrón y escribía algo con gis, e indefectiblemente se sacudía las manos para deshacerse del polvo como si se tratara de las cenizas de la cremación de un perro sarnoso. Miranda la observaba con desinterés, apuntalando su rostro con una mano mientras escribía en su cuaderno y proporcionaba respuestas cuando le eran requeridas. Creí adivinar que todavía lucía la gargantilla de Les Enfants, pero la distancia podía estar jugándome una mala pasada. El vestido que llevaba ese día dejaba sus hombros al descubierto; tenía tirantes azul celestes que hacían juego con la cinta del pelo. Escruté cada detalle como había hecho las veces anteriores, ahora extrañando los prismáticos. Haberlos traído conmigo el día anterior había supuesto un riesgo enorme que no podía permitirme de nuevo, y menos en las circunstancias actuales de la granja. Pero sin darme cuenta había subido un peldaño; había experimentado los efectos de una droga más poderosa. Ya no era lo mismo. Nunca me había planteado seriamente hasta cuándo seguiría con aquellas invasiones a la intimidad de la familia Matheson. Quizá porque temía la respuesta. En el fondo sabía que aquella niña y yo no teníamos nada en común, y que si ella sospechaba quién le había enviado la gargantilla, la lanzaría al escusado. Mi mente había jugado a llenar los vacíos, construyendo su risa, inventando un tono melodioso para su voz, moldeando su corazón. Un corazón que me aceptara sin prejuicios, que fuera capaz de derribar los muros que nos separaban y allanar las diferencias. Pero ¿tenía alguna certeza de que mis deseos se acercaran siquiera a la realidad? Miranda podía ser fría como un témpano, malcriada y malvada como Mathilda, o peor.

La observé, buscando telepáticamente la verdad que se escondía dentro de aquella habitación de cristal. La señora Lápida se dispuso a borrar el pizarrón, separándose de éste lo máximo posible para evitar la nube de gis, y Miranda aprovechó para sacarle la lengua. Cuando la señora Lápida se volvió de repente, quizá intuyendo la burla, Miranda tuvo los reflejos suficientes para guardar su lengua y hacerse la distraída. La mujer siguió borrando y Miranda volvió a sacarle la lengua, para después ahogar una risita con la mano. Por supuesto, ella no tenía manera de imaginar que yo, en la soledad del olmo, también reía con su gracia. Eran pocos los momentos en que sentía una conexión con Miranda, pero cuando eso sucedía era maravilloso. Y doloroso, también.

No conocía nada de su rutina fuera de aquella casa; por lo que sabía ni siquiera salía mucho, y cada vez que lo hacía era en el coche con su padre. No era el momento de meterme en más problemas de los que ya tenía, pero no podía resistirme a la necesidad imperiosa, ardiente y desesperada que experimenté ese día. Tenía que acercarme a Miranda.

9

Estábamos congregados en torno a la mesa, como todos los días a las ocho en punto. Claire y Katie se encargaron de servir un trozo de carne y papas con crema en cada uno de los platos. Como era costumbre, Amanda ocupaba la cabecera debajo del imponente crucifijo, y Randall la opuesta. En la granja de los Carroll había una televisión en blanco y negro que nunca se encendía durante la comida, por lo que el único sonido audible era el tintineo de los utensilios que mis hermanas utilizaban. Cuando ellas terminaron con los quince platos, se ubicaron en sus lugares habituales y todos nos tomamos de las manos. Randall y Milli estaban a mi lado.

—¿Puedo bendecir la mesa, señora Carroll? —dijo Orson.

Yo había cerrado los ojos pero no pude resistir la necesidad de abrirlos. En el lado opuesto de la mesa, justo en el centro, Orson ensayaba su expresión de cordero manso que tanto odio me despertaba. Amanda era una mujer inteligente, pero a veces yo tenía la sensación de que tanto ella como Randall le compraban el papel de niño bueno que Orson se empeñaba en venderles día tras día.

—Claro que sí, Orson, adelante —concedió Amanda.

Normalmente era ella quien daba las gracias o designaba a alguno de nosotros para hacerlo. No era habitual que alguien se ofreciera voluntariamente. Orson había adquirido esa costumbre, que al principio había sido comprensible por su reciente incorporación a la familia, pero que con el correr de los meses había dejado de tener sentido.

—Amado Padre, recibe nuestro agradecimiento por estos alimentos —recitó Orson con voz grave— y por tu bendición. Niño Jesús, acércate y sé nuestro invitado, toma tu lugar en nuestra mesa. Espíritu Santo, como estos alimentos llenan nuestro cuerpo, te pedimos nutras nuestra alma. Amén.

Las palabras fueron pronunciadas con cadencia perfecta.

¡Lo odio!

—Orson ha aprendido una nueva bendición —dijo Amanda visiblemente emocionada.

—Me la ha enseñado el reverendo O'Brien —respondió él, solícito.

Milli me dio un golpecito en el muslo. Cuando la miré me hizo una mueca muy elocuente mordiéndose el labio inferior. Hasta la pequeña parecía consciente de las maniobras de Orson.

Comimos en silencio. En un determinado momento, Amanda le preguntó a Randall por el progreso de la construcción del ala adicional en la que algunos niños colaboraban, y él comenzó a ponerla al corriente. El proyecto estaba financiado por donaciones a la Iglesia baptista gestionadas por el reverendo O'Brien, y dotaría a la planta baja de cuatro nuevas habitaciones grandes. Si todo salía según lo planeado, la construcción estaría lista para finales de año.

Perdí el interés rápidamente. Mientras ponía una rebanada de papa sobre un trozo de carne y me lo llevaba a la boca, me pregunté hasta qué punto habría subestimado a Orson; porque estaba claro que lo había subestimado.

La primera vez que vi a Orson Powell fue precisamente en el comedor, casi seis meses antes del incidente con *Lolita*. Amanda dio un discursillo breve, como era su costumbre, y luego cada uno de nosotros se acercó y saludó al recién llegado. Randy fue el encargado de leer unas palabras de bienvenida (que no había podido memorizar a pesar de ser un texto de cuatro líneas) y tartamudeó unas doscientas veces, lo que suscitó algunas burlas y lo complicó todo. Cuando terminó, casi con lágrimas en los ojos, Orson se le acercó y colocándole una mano en el hombro le agradeció aquellas palabras de todo corazón. El gesto del grandote me pareció correcto. Vestía una camisa desteñida y un pantalón que le quedaba corto, pero que debía de constituir su vestuario de lujo. Eso, supongo, hizo que simpatizara un poco con él; todos los miembros de la granja sabíamos perfectamente lo que era usar la ropa hasta convertirla en papel vegetal. Otro detalle que me llamó la atención fue la maleta en la que Orson traía sus pertenencias: un modelo sorprendentemente pequeño, vetusto y lleno de remiendos. Conociendo a Orson, era probable que su atuendo extrapequeño y su maleta de la era del hielo hubieran sido cuidadosamente seleccionados para ganarse nuestra simpatía.

Durante los días siguientes a su llegada, el comportamiento de Orson fue sobrio, pincelado con esos arranques de cortesía exagerada que bien podían atribuirse a falta de tacto o manipulación desmedida. Considerando el tamaño descomunal del niño, que a sus trece años tenía la altura y la corpulencia de un adulto, y basándome en el precepto popular y nada científico de que tamaño equivale a tontera, supuse que se trataba de lo primero, es decir, de intentos desafortunados pero bienintencionados por encajar en su nuevo hábitat.

Me equivoqué.

Empecé a conocer al verdadero Orson esa misma semana. Un día, de regreso a la granja después de una jornada en el bosque con Billy, avisté desde mi bicicleta a Orson y a Bob Clampett, otro de mis hermanos, a quien nos referíamos cariñosamente como «Tweety». Al principio me alegré, porque pensé que Orson empezaba a integrarse con su nueva familia, y porque Tweety, que tenía catorce años y era el chico más solitario que yo he conocido, quizá podía encontrar en Orson a alguien de confianza.

Parecía un encuentro amigable hasta que sorpresivamente Orson tomó a Tweety por el cuello y lo empujó contra el tronco de un árbol. A pesar de ser un año menor lo hizo con una facilidad asombrosa. Le dijo algo y luego se marchó, dejando al muchacho allí sentado entre las raíces del árbol. Decidí acercarme. Tweety, poseedor de una cabeza desproporcionada y pálida, me observó con sus gigantescos ojos celestes, a punto de llorar. Antes de que pudiera decirle una sola palabra, tomó su mochila y se marchó corriendo a toda velocidad.

En los días sucesivos busqué el modo de acercarme a él. Era el único miembro de la familia que había pasado una temporada larga en Milton Home, junto con Orson, y supuse que su enemistad podía remontarse a las épocas en que habían coincidido en el orfanato, aunque Tweety hubiera escapado del infierno casi tres años antes. Lo encontré en el bosque, dentro de los confines del Límite, en una de las mesas de madera para picnic, ensimismado en la elaboración de sus historietas. Había creado a un personaje llamado Milliman, que no era un superhéroe en el sentido estricto —me había explicado una vez—, porque no podía controlar a voluntad sus habilidades para hacerse pequeño. Veía reducido su tamaño al de una hormiga en las circunstancias más variadas, sin razón aparente. La única ventaja era que el periodista Alec Tallman, el álter ego de Milliman, podía sentir con unos segundos de antelación cuándo la transformación iba a tener lugar, lo que le daba tiempo para alejarse de las personas o prepararse para emprender sus aventuras. Milliman había descubierto que su peculiar habilidad podía utilizarse para hacer el bien si era lo suficientemente inteligente. La historieta era bastante buena y Tweety había concebido hasta ese momento más de cincuenta números diferentes. Él se encargaba de hacer todas las viñetas en hojas de cuaderno y luego las engrapaba. Tenía una asombrosa habilidad para el dibujo y una imaginación que hacía honor a su cabeza. Quería ser dibujante profesional.

—Hola, Tweety —dije mientras me sentaba en el banco del lado opuesto al suyo.

Levantó la cabeza y dejó de dibujar. Advertí que no había otra cosa sobre la mesa más que su cuaderno, por si era preciso huir raudamente. Orson no era el único bravucón merodeando por el bosque.

—Hola, Sam.

Advertí cómo miraba a uno y otro lado, casi como un acto reflejo. Tweety me conocía de sobra y, sin embargo, el instinto de otear los alrededores asomaba en él como una necesidad animal, posiblemente adquirida en las horas de patio en Milton Home.

—Descuida, estamos solos —lo tranquilicé.

Era verdad. Salvo dos niños que lanzaban su bola, no había nadie más a la vista. Era temprano.

—Oye —dije—, ¿qué te dijo Orson el otro día?

Estudió mi rostro durante unos segundos.

—Si no quieres hablar, te entiendo, pero sabes que puedes confiar en mí.

Otra verdad. Yo sabía guardar un secreto cuando era necesario, y evidentemente Tweety tenía la necesidad de contarle a alguien lo que sabía, porque esa mañana fría habló como nunca antes lo había hecho.

Primero me habló de su llegada a Milton Home. Partes del relato ya las había escuchado antes, pero otras no. La de Bob Clampett era de esas vidas que hacen que hablar de nuestros problemas pueda llegar a avergonzarnos, incluso en mi caso, había llegado al mundo sin padre y lo único que recordaba de mi madre era un sueño apocalíptico en un Pinto. La suya empezaba en una bruma de incógnitas en el hospital municipal, donde creía que su madre —o alguien— lo había dejado abandonado. Allí se crió, entre enfermeras y olor a desinfectante de azulejos, hasta que fue adoptado por los Kirschbaum, un matrimonio de más de cuarenta años, con un hogar bien consolidado pero sin hijos. Habían desistido de concebir un niño luego de haberlo intentado todo y de dilapidar buena parte de sus ahorros.

Cuando el pequeño Bob tenía cuatro años, los Kirschbaum decidieron ir de excursión a Pensilvania, a un centro de esquí en Pocono Mountains; lo dejaron con un instructor para niños y ellos subieron a una de las pistas difíciles. En determinado momento, mientras descansaban, un desprendimiento de nieve los aplastó y murieron en el acto. Lo único que Bob conservaba de ellos, además de un puñado de fotografías, era el apodo que el señor Kirschbaum le había puesto. Y fue así como Tweety llegó por primera vez a Milton Home. Fueron dos años de los cuales poco recordaba, pues sus vivencias se mezclaban con la segunda vez que estuvo allí. Decía que el frío gélido en el edificio mal caldeado era posiblemente el único recuerdo que conservaba de aquella época, aunque el problema persistiera después. A los seis años, los astros parecieron alinearse a su favor y una familia se llevó a Tweety a su casa en Rochester. Pero los Farrell resultaron ser la antítesis de los Kirschbaum, lo cual fue una pena, porque Tweety deseó desde el momento que puso un pie en aquella casa que una avalancha de nieve los sepultara. Decir que aquélla era una familia disfuncional sería entregarle una condecoración; el término familia era ya demasiado. Para empezar estaba Spike, el hijo adolescente, un caso perdido que se había metido en el cuerpo cuanta droga había podido y hecho de la delincuencia callejera una forma de vida. Ron Farrell, el padre, era un caso de manual, un borracho que se ganaba la vida aplastando el trasero en una silla de plástico en un estacionamiento, con el hábito de golpear a su esposa. Todo esto, y también el modo en que Ron y Spike se protegían el uno al otro y celebraban sus respectivas hazañas, sea con una navaja en la calle o con un cinturón en casa, todo, fue narrado con lujo de detalles por los periódicos cuando ocurrió lo que ocurrió. No era necesario que Tweety me dijera nada al respecto. Yo lo sabía. Todos lo sabían. Sí me dijo una cosa que se me quedó grabada, y era que él creía que Elaine Farrell había hecho todo lo posible para adoptarlo creyendo que de esa manera podría detener la violencia en la casa. Tweety se convirtió, de buenas a primeras, en un escudo humano de siete años de edad. Uno que no sirvió de nada, cabe aclarar, porque un día, sin que se supiera exactamente la razón, Ron y Spike le propinaron a Elaine Farrell en forma conjunta una paliza que le arrancó la vida en un agónico redoble de patadas y alcohol. Cuando la policía llegó, alertada por un vecino, encontró al padre y al hijo borrachos como cubas intentando armar unas maletas para escaparse —ni siquiera de eso fueron capaces—, y a Tweety encerrado en un armario. Los Farrell fueron a la cárcel, y Tweety de vuelta a Milton Home, con una nueva marca de desgracia en la culata del revólver que la vida le había puesto en la sien desde el momento de su nacimiento.

—Orson estuvo en Milton dos veces —me dijo mientras apartaba las aventuras de Milliman—, en eso nos parecemos.

—Sólo en eso —bromeé.

Asintió y esbozó una sonrisa apagada. Era difícil para cualquiera que supiera por todo lo que él había tenido que pasar, no entender esa expresión ensombrecida que siempre nublaba su rostro, incluso cuando sonreía. Era temor, en parte, pero también la certeza de que en cualquier momento un grupo de niños lo atacaría, o una avalancha de nieve lo haría desaparecer. No era necesario ser Freud para entender que Tweety se sentía a veces como Milliman, luchando en un mundo de catástrofes desproporcionadas.

Tweety me sorprendió con una pregunta:

—¿Viste que ya le pidió a la señora Carroll dar las gracias en la mesa?

Asentí.

—Bueno —dijo a continuación—, así era él en Milton Home. Un pupilo modelo. Todos le tenían consideración; las autoridades siempre lo felicitaban por su comportamiento y predisposición para hacer las cosas. Cuando era necesario hacer algo, él siempre se ofrecía.

Lo miré con expresión ceñuda. En ese momento apenas conocía a Orson, y ciertamente no tenía una opinión formada de él, pero lo que había visto en el bosque, cuando tomó a Tweety por el cuello, contrastaba con un niño modelo.

—Te contaré algo que sucedió hace unos días —dijo Tweety—. El señor Carroll me pidió que me ocupara de cortar la leña y Orson se ofreció a ayudarme. Le mostré dónde estaban los troncos grandes y tomamos un par de hachas para trozarlos. Trabajamos a la par y armamos dos montículos respetables. Cuando terminamos, sudábamos a pesar del frío. ¿Sabes qué hizo?

—¿Qué?

—Me obligó a traspasar la mitad de mis troncos a su pila. Cuando el señor Carroll vino a ver cómo iba todo, se maravilló por el trabajo duro de Orson, que recibió una felicitación y una palmada en el hombro... Sí, lo sé, me preguntarás por qué lo hice.

—Sí.

—Porque lo conozco. Esta vez me dijo que si no hacía lo que me había ordenado, me rebanaría los dedos con el hacha y luego diría que había sido un accidente.

No pude evitar abrir la boca en un grito silencioso de horror.

—Quizá pienses que soy un cobarde —prosiguió—, y probablemente lo sea, pero he aprendido que muchas veces, especialmente con Orson, es mejor dejar el orgullo de lado y usar la cabeza. En mi caso, eso es todo un trabajo.

Hizo una mueca y ambos reímos.

—No creo que seas un cobarde —me permití agregar.

—Gracias. ¿Sabes? Sé que ustedes se quejan a veces por las condiciones en que vivimos en casa de los Carroll; no tenemos ni la mitad de las cosas que el resto de los niños, debemos compartir las habitaciones, la ropa, todo. Pero para mí es lo mejor que me ha pasado en la vida, al menos de lo que tengo conciencia. No quiero echarlo a perder.

—Te entiendo perfectamente. Amanda y Randall tienen sus cosas, pero son buena gente, claro que sí. A propósito, deberías dejar de llamarlos señor y señora Carroll.

Hacía tiempo que había pensado en hacerle esa observación. Ésta era sin duda la conversación más extensa y franca que Tweety y yo habíamos mantenido nunca.

—Sí, quiero hacerlo —me confesó—; me cuesta aferrarme a las cosas que quiero. Hace un tiempo que mi tutora escolar me lo viene diciendo.

—¿Me dejas verlo? —dije señalando el cuaderno.

Él me lo tendió.

—No está terminada.

Era apenas la primera página de una historia que tenía por título *El elevador*. Alec Tallman entraba en un elevador con un grupo de personas desde lo que parecía el vestíbulo de una gran corporación. Un detalle mostraba cómo presionaba el botón del piso quince. Los ocupantes ascendían con expresiones neutras. Cuando el visor exhibía el número siete, el rostro de Tallman se llenaba de preocupación. Su cuello se tensaba y las mejillas se le encendían.

Di la vuelta a la página, pero estaba en blanco.

—¿Por qué regresó Orson a Milton Home? —pregunté casi sin quererlo.

Tweety guardó el cuaderno en la mochila.

—La verdad es que no lo sé. Sí puedo decirte que cuando regresó estaba peor que antes, parecía dispuesto a llegar cada vez más lejos.

—¿A qué te refieres?

—¿Me prometes que no dirás nada?

—Lo prometo —dije, aunque sabía que tarde o temprano tendría que compartirlo con Billy.

—En Milton teníamos un velador loco llamado Pete Méndez —dijo Tweety con esfuerzo, como si cada palabra fuera un pelo que arrancaba de un tirón—. Un día le desapareció una cajetilla de Marlboro y puso el grito en el cielo. Nos reunió a todos en el patio a las ocho de la mañana y nos estuvo hablando durante media hora de la dichosa cajetilla. Dijo entre otras cosas que estaba a disposición de cualquiera que tuviera información y que la misma sería manejada confidencialmente. Al día siguiente, un niño fue al despacho de Méndez y le dijo que Orson Powell había tomado la cajetilla, que lo había visto junto con otros niños fumando en la parte de atrás del edificio. Méndez llamó a Orson de inmediato y no le importó su promesa de mantener al informante en el anonimato. Cuando a Orson lo enfrentaron con el otro niño, negó las acusaciones. Dijo que eran todas mentiras y que podía probarlo. Aseguró que en el momento al que el niño hacía referencia, él había estado con cuatro de sus amigos en la cafetería. Méndez los llamó por separado y todos confirmaron la historia.

Tweety hizo una pausa y negó al recordar.

—Tenían preparada la coartada, por si hacía falta —observé.

—Todo se aclaró al día siguiente, cuando el niño confesó que había sido él quien robó la cajetilla.

—¡¿Por qué haría algo así?! —me indigné—. Acusar a alguien y atraer la atención hacia él mismo, quiero decir.

—Porque Orson, junto con dos de sus secuaces más fieles, visitó al niño por la noche en su habitación y le ordenó que se inculpara; le hizo ver que no tenía escapatoria, que si era necesario todos en Milton Home lo señalarían como el culpable. Mientras lo sujetaban y le tapaban la boca, Orson asestó al niño cuatro puñetazos en el estómago. Luego, con un encendedor...

La voz se le quebró. Los niños que lanzaban la bola se habían marchado y no había nadie a la vista. Parecía que el mundo se hubiera congelado.

—Orson prendió el encendedor —dijo Tweety en un tono apenas audible—, y lo paseó, frente al rostro del niño, como si buscara hipnotizarlo. Después le quemó la axila. El niño no podía gritar porque le habían colocado algo en la boca y uno de ellos lo agarraba con firmeza... Orson se había transformado. Parecía un chiflado. De-dejó..., dejó la llama en la axila del niño durante una eternidad.

Los ojos de Tweety se humedecieron.

—No es necesario que sigas —dije mientras rodeaba la mesa y me sentaba a su lado.

Lo abracé. Pareció nervioso ante un contacto tan íntimo entre nosotros.

Se enjugó los ojos con la manga del abrigo. Ensayó una sonrisa y me leyó el pensamiento:

—Yo no era ese niño, Sam —me dijo—, pero estaba en la misma habitación cuando eso sucedió. Éramos cinco, y nadie hizo nada. Al día siguiente, el niño se declaró culpable. Orson le dijo que si no lo hacía, la próxima quemadura sería... ya sabes dónde. Siempre escogía lugares que no fueran visibles.

Dejé de abrazar a Tweety pero permanecí a su lado.

—Sam, ten cuidado con Orson.

—Lo tendré.

I O

Grace Harnoise vivía sola. Tenía cuarenta y un años y no se relacionaba mucho con sus vecinos. El consenso general era que tenía demasiados novios.

—¿Estás seguro de que la señora Harnose no está en casa? —pregunté a Billy mientras traspasábamos el límite de su propiedad.

—Es Harnoise —me corrigió él—. Y sí, estoy seguro. Trabaja todo el día.

—¿Y sabe que nosotros estamos a punto de despedazarle la casa del perro?

—¡Claro que sí! Y, técnicamente, ya no es del perro.

No dije nada hasta que llegamos al jardín trasero. Como me había adelantado Billy, la casa era gigantesca. Junto a ésta, sobre un montículo alargado de tierra removida, había una cruz de madera que rezaba: «Maximus».

Dedicamos los siguientes treinta minutos a desmantelar los paneles de la casa, aunque justo sería otorgarle el mérito a Billy, que armado con el único martillo con el que contábamos arremetió contra la construcción de madera en un ataque sin cuartel. Comenzó en el interior y fue desarmándola escalonadamente, primero el techo a dos aguas, luego cada una de las paredes, hasta que se irguió en la base, martillo en mano, sudoroso y triunfal.

—Ahora es tu turno.

—¿De hacer qué? —protesté—, ¿armarla de nuevo? Lo has hecho todo. Podría haberme quedado en la granja durmiendo.

Billy me pasó el martillo.

—Hay que sacar los clavos. Si podemos recuperarlos, mucho mejor.

Tenía razón. Manipular los paneles con esos clavos sobresaliendo sería peligroso.

—¿Crees que podremos trasladar los paneles sin problemas? —pregunté.

—Sí. Son siete en total. Haremos un par de viajes si es necesario.

Maniobrar nuestras bicicletas con semejantes placas de madera no sería sencillo, pero preferí no decir nada más al respecto y poner manos a la obra. A fin de cuentas, la casa ya estaba desarmada y sería preciso llevárnosla de ahí. Si le pedíamos colaboración a algún adulto, querría saber el propósito de transportar la madera al bosque, y desde luego no estábamos dispuestos a revelar esa información a nadie.

Comencé a buscar algo para colocar debajo del primer panel.

—Hazlo directamente aquí —me sugirió Billy señalando el montículo de tierra suelta.

Lo miré como si aquélla fuera la idea más ridícula del mundo.

—¿Qué? —dijo él, encogiéndose de hombros.

—Es la tumba del perro. De... *Maximus*.

—¿Y?

—No voy a martillar sobre la tumba del perro.

—Está muerto.

—Precisamente por eso.

—Como quieras. Yo descansaré un rato.

Billy fue hasta el porche trasero donde una hamaca de dos plazas pendía de una viga. Dio un saltito hacia atrás y aterrizó en el centro.

—Me pregunto si la señora Harnoise y su novio lo habrán hecho aquí —me gritó.

Negué con la cabeza, rehusando participar de aquella conversación. Avisté un cordón de rocas en una jardinera y caminé en esa dirección para buscar cuatro. Recogí las menos redondeadas.

—¡¿Me oíste?! —insistió Billy, divertido. La hamaca se quejaba y se consolaba con chirridos acompasados.

—No voy a contestarte, William Félix Pompeo.

Apoyé uno de los paneles sobre las rocas y me subí encima, martillo en mano. Me disponía a dar el primer golpe pero me detuve.

—¿Cuánto conoces a esta mujer? —pregunté.

—¿Por qué lo preguntas?

—Bueno, déjame ver, primero entramos en su propiedad durante su ausencia, luego destrozamos la casa de su perro muerto y ahora tú te meces en su hamaca. Me parecen razones suficientes para llamar a la policía.

—Es amiga de mi madre, ya te lo dije.

—Entonces la conoces bien.

—Podría decirse que sí.

Asesté un golpe con todas mis fuerzas.

El clavo se dobló por la mitad.

—¡Mierda!

—Esto será divertido —dijo Billy—. Está claro que lo tuyo son las letras y no los trabajos manuales...

Mascullé por lo bajo. Volví a asestar otro golpe y esta vez ni siquiera le acerté al clavo.

Billy saltó de la hamaca. Venía a mi encuentro.

—Déjame a mí —decía mientras avanzaba sonriente—, éste es un trabajo para hombres.

Cuando llegó a mi lado lo fulminé con la mirada. Debió de ver algo en mi rostro, o quizá era el martillo que sostenía en la mano derecha, porque sin decir nada más dio media vuelta y regresó a la hamaca.

Durante los siguientes minutos (más de los que me gustaría reconocer) continué asestando golpes con resultados variables. Todavía no había terminado con el primer panel cuando una palpitación en el hombro me obligó a detenerme. Dejé momentáneamente el martillo y comencé a describir grandes círculos con el brazo derecho para aliviar la tensión.

Necesitaba un receso, pero no iba a pedirle ayuda a Billy.

—¿Me dirás qué has planeado para detener a Orson y Mathilda? —le pregunté en un intento de ganar tiempo.

—Más tarde. Primero llevemos esto al bosque. Allí podremos hablar con tranquilidad.

—Cualquiera que te oyera pensaría que se trata de un asunto de seguridad nacional.

Billy rió.

Una hora después abandonábamos la casa de la señora Harnoise.

El trayecto hasta el bosque fue, contrariamente a mis temores, bastante sencillo. Resultó que llevar dos paneles en el descansillo de nuestras bicicletas no era muy diferente a transportar a un niño, cosa que ambos habíamos hecho infinidad de veces. Las únicas precauciones que tomamos fue cuidar la verticalidad en las curvas y recordar en todo momento que los paneles sobresalían medio metro por cada lado. Yo estuve a punto de caerme, pero logré frenar por completo mi bicicleta y dar un salto para apearme de ella.

A las cuatro de la tarde, los siete paneles que habían servido de cobijo a *Maximus* estaban parcialmente ocultos detrás del tronco caído, y nosotros sentados sobre él, reponiendo energías. Billy sacó de la mochila un recipiente con dos sándwiches de salami y queso, especialidad de la señora Pompeo, y según un ritual que habíamos llevado adelante infinidad de veces, yo me encargué de quitarle el salami a uno de los sándwiches y colocárselo al otro. Entonces Billy dio cuenta del suyo.

Cuando terminamos, Billy guardó el recipiente en su mochila y buscó algo más.

—¿Ahora sí vas a hablarme del plan? —pregunté.

—Por supuesto. Pero primero quiero que veas una cosa.

Extrajo algo de la mochila y lo sostuvo frente a mis ojos.

Sentí un estremecimiento.

Era la sobrecubierta de *Lolita*.

II

Si Billy hubiera sacado de su mochila un conejo blanco mi sorpresa no hubiera sido mayor. Cuando vi la fotografía de *Lolita*, mirándome con esos ojos sugerentes mientras probaba su paleta de fresa, no concebí que aquella pudiera ser la sobrecubierta de un ejemplar diferente al de la señora Meyer. Mi amigo la sostuvo un instante a la altura de su rostro y después le dio la vuelta. Al principio no entendí la razón por la que me exhibía el reverso, puesto que era blanco, pero en cuanto mi atención se centró en las solapas lo entendí. La rúbrica de la señora Meyer no estaba. ¡Esa sobrecubierta pertenecía a otro ejemplar!

—Dios, Billy, casi me matas del susto.

—Perdóname.

—No te perdono nada. Lo has hecho a propósito, para matarme del susto.

Él sonrió.

—¿Dónde la has conseguido? —pregunté.

—En casa de Archi.

Archibald era el mayor de los hermanos Pompeo. Era dieciocho años mayor que Billy.

—Es exactamente la misma edición que el de la señora Meyer —observé.

—La verdad es que no creí encontrarlo tan fácil; tenía pensado ir a la biblioteca, donde estoy seguro de que nadie echaría en falta una sobrecubierta, pero Archi tiene tantos libros que pensé en darme una vuelta por su casa. Y lo encontré.

—¿Él sabe que la tomaste?

Billy rió.

—Sabía que lo preguntarías. No, no lo sabe. Le dije que echaría un vistazo a sus libros a ver si había algo que se me antojara; como los tiene ordenados por autor fue sencillo encontrarlo. Tomé prestada la sobrecubierta y escogí un libro de Verne para leer después: *El rayo verde*.

Le devolví la sobrecubierta.

—Me alegra que tu hermano tuviera ese libro, pero todavía no entiendo qué tramas, además de darme un susto de muerte.

—He pensado bastante en lo que me has contado. Si nadie en la casa sabía de ese libro, entonces es lógico suponer que lo han descubierto observándote por la ventana, mientras leías en tu cama. Fue una casualidad.

—Supongo que sí.

Me quedé mirándolo. Billy parecía dar algo por obvio que a mí se me escapaba.

—¿Qué? —inquirí.

—¿Por qué alguien te observaría, Sam? ¿No lo ves?

No respondí.

—¡Le gustas! —sentenció Billy—. Y puesto que ya teníamos a dos sospechosos en la mira, entonces ya sabemos quién está detrás...

Negué con la cabeza.

—¡Eso es ridículo!

—Lo que tú digas. Yo lo veo bastante claro.

—En primer lugar, no creo que la única razón para espiar a alguien sea que te gusta.

Pero ésa es exactamente la razón por la que espías a Miranda.

—De todas maneras —dijo Billy—, no descarto que esos dos estén trabajando en conjunto.

—Sigamos pensando así, por favor.

—Okey.

—Entonces, ¿cuál es el plan?

—Primero déjame decirte algo más. Al dejar el libro en el sótano, pero sin la sobrecubierta, han dejado todo listo para dar el golpe final en cualquier momento; sin embargo, no lo han dado. ¿Por qué no dejar el libro junto con la sobrecubierta? Hay una sola respuesta que se me ocurre, y es que van a extorsionarte.

—Eso ya lo habíamos pensado.

—En algún momento, alguien se acercará a pedirte algo. Mathilda u Orson.

—Malditos...

—Y es por lo que nosotros no haremos nada para saber quién está detrás. Ese alguien se acercará. Una vez que estemos seguros de quién es, buscaremos la mejor forma de hacerle creer que tú has recuperado la sobrecubierta. Haremos que te vea con ella o que alguien más lo haga y se lo cuente, ya veremos cuál es la mejor estrategia. Estoy seguro de que tan pronto como vea la sobrecubierta, irá a su escondite a verificar que se la hemos quitado. Y allí estaremos nosotros, siguiéndolo. Si es necesario le pediremos ayuda a Randy, o a Tweety, cualquiera en la granja de los de tu confianza para que nos ayude a no perderles pista. Piensa que puede estar escondida en la granja, pero también en cualquier otra parte, incluido este bosque. Una vez que sepamos cuál es el escondite, haremos el cambio. Y estarás a salvo.

Billy era un genio.

—Puede funcionar.

—¡Funcionará! Llegado el momento, haremos que el culpable nos lleve a su escondite, ya verás.

—¿Qué haremos después de reemplazar la sobrecubierta?

Mi amigo se puso de pie sobre el tronco, como un alpinista en la cima de una montaña. Con voz triunfal, respondió:

—El plan se volverá en su contra. Si el escondrijo se relaciona directamente con Orson o Mathilda, podríamos ver la manera de que los atrapen con las manos en la masa.

—¡Pero ellos sabrán que he sido yo!

—Les daremos su merecido.

Lo medité un segundo.

—Sabes todo lo que me ha dicho Tweety de Orson. Y Mathilda es pura maldad. Siempre he tratado de mantenerme al margen de esos dos.

Billy me dio la espalda y caminó hasta el extremo del tronco con los brazos extendidos, como un equilibrista.

—Ya verás como tengo razón. Este asunto es más oscuro de lo que creemos. Nos llevaremos una sorpresa cuando te digan qué es lo que quieren a cambio.

Me bajé del tronco y le asesté una suave patada. Billy se tambaleó y lanzó dos o tres manotazos antes de dar un salto a tierra.

—¿Cuándo llevaremos la madera? —pregunté.

—No creo que corra peligro aquí, pero deberíamos hacerlo mañana.

Estuve de acuerdo. Era hora de irnos.

Nos subimos a nuestras bicicletas y nos enfilamos hacia Center Road. Yo preferí pedalear despacio, acusando el esfuerzo puesto en los trayectos desde la casa de la señora Harnoise; Billy en cambio hizo gala de su energía inagotable, dando giros innecesarios, aventajándome ostensiblemente y luego regresando a mi lado.

—¿En qué piensas? —me lanzó en una de sus carreras.

Era difícil engañarnos —a veces sospechaba que imposible—; nos conocíamos demasiado. En realidad pensaba en algo que él había dicho minutos antes, cuando todavía estábamos en el claro, acerca de las razones para espiar a alguien...

—En nada —mentí.

—Sí, claro —Billy describió un círculo a mi alrededor—. Y yo soy Elvis.

—Está bien, está bien —cedí y eché mano a lo primero que se me ocurrió—. Pensaba en esa mansión de la calle Maple.

—¿Qué hay con ella?

—He visto que una familia se ha mudado hace unos meses.

—Ajá.

—Parecen ricos. —No tenía ninguna intención de hablar de Miranda ni de los Matheson. ¿Por qué había elegido justamente hablar de la casa de la calle Maple?

—Si viven allí, son ricos, Sam.

—Supongo que sí.

—Voy a preguntarle a mi tío, él lo sabe todo.

—¡No!

Billy me observó largamente, avanzando sin prestar atención al camino de tierra por el que transitábamos.

—¿Por qué no?

—Sólo preguntaba por curiosidad.

—Precisamente por eso le preguntaré a mi tío —dijo Billy. Pedaleó con violencia y salió disparado.

Cuando lo alcancé me dio la sensación de que había olvidado por completo nuestra conversación acerca de la mansión de la calle Maple, y me alegré por ello.

12

Pero Billy no olvidó nuestra conversación acerca de la casa de la calle Maple.

Al día siguiente, cuando nos disponíamos a fijar nuevamente los paneles en el descansillo de las bicicletas, me soltó:

—¡No vas a creerlo! He hablado con mi tío Patrick de esa familia, la de la calle Maple, y resultó ser un viejo amigo del dueño de casa. Y bastante cercano, por lo que me dijo. Se encargó con su empresa de supervisar las reparaciones antes de la mudanza.

Me quedé helado. El recuerdo del hombre que había orquestado las labores durante los días de mudanza me asaltó. Ahora supe por qué su rostro me había resultado familiar.

—¿Te dijo algo?

—Se trata de la familia Matheson —dijo Billy—. El único heredero es Preston, el amigo de mi tío, que se mantuvo misteriosamente alejado del país desde hace años, y que ahora de buenas a primeras regresó. Durante todo este tiempo no vino ni una sola vez, ni siquiera para el funeral de sus padres. ¿Verdad que es intrigante?

La información me abrumó. No pude contenerme.

—¿Dónde han vivido todo este tiempo?

—En Montreal. Parece que la familia tiene empresas madereras por toda la costa Este, y también en Canadá.

—La casa es un poco escalofriante —comenté.

—¡Sí! Escucha esto: mi tío me ha dicho que fue construida por pedido expreso del padre de Preston, un tal Alexander, y que tiene innumerables pasadizos y galerías subterráneas. Él ha visto algunas; las que necesitaban refacciones.

—¿Pasadizos? No creo que haya ningún pasadizo.

—¡Sí que los hay! Mi tío Patrick me lo ha asegurado. En la sala, mientras uno de sus hombres pulía la piedra de la chimenea, una pequeña placa se deslizó y detrás había una llave de paso. Creyeron que era de agua y la abrieron. Al cabo de unos momentos escucharon un siseo detrás de una biblioteca. Resultó ser una puerta falsa que se activaba hidráulicamente. —Hizo una pausa—. «Hidráulicamente» quiere decir con agua.

—Ya sé lo que quiere decir «hidráulicamente».

Billy me miraba con ojos grandes y enigmáticos.

—¿Hacia dónde conducía esa puerta secreta?

—No lo sé. No me lo dijo. Pero ése no es el punto.

—¿Cuál es el punto?

—Que quizá hay otros pasadizos que ni siquiera el tal Preston Matheson conoce —dijo con vehemencia.

—Es su propia casa. Seguro que los conoce todos.

—Quizá no.

Me encogí de hombros.

—¿Y qué si hay otros pasadizos?

No sabía cómo salir de aquella conversación. Billy sentenció:

—Voy a entrar en esa casa.

Mi primera reacción fue reír. Estábamos sentados en el tronco; casi me caigo hacia atrás.

—¿Por qué no transportamos esos paneles de una vez, Billy, y te dejas de soñar?

Me bajé del tronco.

—Espera. —Billy me asió de un brazo. Cuando me volví, repitió con gravedad—: Voy a ir a esa casa, de verdad.

—¿Quieres trepar uno de los muros? Llamarán a la policía.

—Mi tío la visita casi todas las semanas. Es una casa grande y todavía hay muchas reparaciones por hacer.

Ahora está poniendo a punto la caldera, para que esté lista en invierno. Le he dicho que quiero acompañarlo.

—¿Y qué te ha respondido? —pregunté con una punzada de temor inexplicable en el pecho.

—¡Que sí!

Se me cayó el mundo.

—No sé, Billy, qué harás, ¿ponerte a investigar las habitaciones? ¡La casa está habitada!

—¡Eh! ¿Qué te ocurre? No sé qué voy a hacer. Quizá solamente echar un vistazo. Tienen algunos criados, podría hablar con ellos, no lo sé. Mi tío me ha dicho que la hija de los Matheson es más o menos de nuestra edad, y que es una belleza. Apuesto a que puedo hablar con ella.

La mención de Miranda, aunque Billy no hubiera utilizado su nombre, me provocó un incontrolable sentimiento de usurpación.

—Sam, ¿qué diablos te pasa? ¿Hay algo de esa casa que te preocupe? Porque si son esas historias que circulan, dímelo.

—No es eso —me apresuré a responder.

—¿Entonces?

—No es nada.

Billy no estaba convencido.

—¿Quieres acompañarme? —De repente, su rostro se iluminó—. Es eso, ¿verdad?

Negué de inmediato.

—Porque si es eso, podría hablar con mi tío.

—No será necesario.

Billy me estudió con una ceja en alto pero se encontró con un rostro de mármol.

—¿Quieres que te cuente qué más averigüé?

A regañadientes, asentí.

—Preston Matheson y mi tío eran socios —dijo Billy. Se sentó en la tierra y yo lo imité—. Se conocían de la escuela, pero nunca fueron amigos. Preston era un idiota arrogante rico gracias a la fortuna familiar, aunque inteligente para los negocios. Un día lo llamó por teléfono y le dijo que tenía intenciones de invertir dinero en emprendimientos locales y que había escuchado que él iba a pedir un préstamo al banco. Mi tío no sabía cómo Preston Matheson se enteró de eso, pero supuso que por algún contacto en el banco. La verdad es que las condiciones de Preston eran mucho mejores. Él haría la inversión y cobraría un porcentaje de las ventas. Serían socios. Preston hizo lo mismo con otras inversiones aquí en Carnival Falls y en otras ciudades: White Plains, Rochester, Dover. Patrick dice que nunca conoció a nadie con semejante olfato para los negocios. La ferretería empezó siendo un local pequeño de ventas minoristas y ahora..., bueno, tú lo has visto, ocupa media manzana, tiene diez empleados y suministra casi de todo para la construcción.

—¿Tú no conocías la historia?

—Sabía que Patrick había tenido un socio cuando empezó, pero nada más.

—¿Por qué dejaron de ser socios?

—Hace unos diez años, cuando la ferretería estaba en pleno crecimiento, Preston Matheson le dijo a mi tío que se marcharía de Carnival Falls y que no tenía interés en conservar sus propiedades. Estaba apurado por liquidarlo todo y desaparecer.

—¿No se sabe por qué tomó una decisión tan repentina?

—No. Al menos Patrick nunca lo supo, o eso me hizo creer. Parece que hubo un montón de rumores, típico de esta ciudad.

Mientras escuchaba la historia del padre de Miranda evoqué su rostro. Nunca había reparado demasiado en él.

—¿Y entonces qué sucedió con la sociedad en la ferretería?

—No vas a poder creerlo —dijo Billy inclinándose hacia delante. Yo instintivamente lo imité—. Preston Matheson renunció a su parte. Le cedió todo a mi tío y se largó.

»Cuando regresó, hace unos meses, fue a la ferretería y le dijo a uno de los empleados que quería hablar con mi tío, que en ese momento estaba en su oficina ocupándose de unos asuntos. Cuando le avisaron, Patrick estaba convencido de que era una broma. Me confesó que en el fondo había creído que Preston estaba muerto. Pero era él y le dijo que regresaría a la ciudad, a la casa de la calle Maple, que no tenía intenciones de hablar de la ferretería, que el negocio era de mi tío como habían acordado hacía tiempo, pero que necesitaba un favor.

—¿Un favor? —Billy era un excelente narrador; su capacidad me producía una profunda envidia.

—Le pidió a mi tío que se ocupara personalmente de las remodelaciones de la casa.

—Claro, la remodelación.

—Patrick no le ha cobrado un centavo.

—¿No le preguntó por qué se marchó?

—No. Pero no hizo falta. Más tarde se enteró.

—¿Qué fue? —pregunté.

—¿No lo ves?

¿Me había perdido algo?

—No tengo la menor idea.

—¡La hija! —dijo Billy—. Te dije que tiene nuestra edad. Ella ya había nacido cuando él tomó la decisión de irse. Evidentemente nació en Canadá y por alguna razón no quiso traerla aquí. A propósito de ella, se llama Miranda.

Asentí con cautela.

—Es extraño que ocultara la existencia de una hija en Canadá —siguió Billy—. Quizá los padres se oponían a la relación, o la madre de Miranda no era digna de la familia.

Cualquiera que hubiese visto a Sara Matheson sabría que eso era una estupidez, pensé.

Me encogí de hombros.

—¿No te intriga? —Billy abrió los brazos, apesadumbrado—. ¡Creí que la historia te volaría la cabeza! Atormenté a mi tío preguntándole detalles para contártelos a ti. Vamos, Sam, es una historia fascinante. No me digas que no quieres saberlo todo. Ir a esa casa, conocer a Preston, a Miranda.

Quise gritar que sí, que no había nada en el mundo que ansiara más que conocer a Miranda, la niña que había observado subrepticiamente durante meses, la niña de mis sueños, que me quitaba el habla, el pensamiento, que había revolucionado mis convicciones y puesto mi mundo patas arriba. La niña que me había marcado, sin saberlo, como nunca nadie lo haría jamás. Pensé en todo eso y respondí:

—No quiero ir a esa casa.

—¿Por qué no?

Porque no quiero ir contigo, Billy. Porque Miranda es mía. Pertenece a un mundo del que tú no formas parte, y no sé si quiero que eso cambie. Por eso.

—Realmente no lo sé, Billy.

—Es que pensé que la idea de entrar en la casa te parecería fantástica. Tú me has preguntado por ella en primer lugar, y ahora que he dado con toda esta información...

Mi amigo estaba decepcionado. Normalmente, cuando nos embarcábamos en alguna aventura, el entusiasmo era mutuo.

—¿Estás enojado?

—No.

Minutos después nos internábamos en el bosque subidos en nuestras bicicletas. Los paneles que habían pertenecido a la casa de *Maximus* sobresalían del estrecho sendero peatonal, barriendo a su paso la maleza crecida y algunos arbustillos. Billy se mostró vehemente, pedaleando a toda velocidad, y yo sospeché que en realidad quería alejarse de mí. No intenté seguirle el ritmo. Tenía mis propias cuestiones internas que resolver. La primera de ellas era por qué había declinado la oferta de visitar a Miranda. ¿Acaso no había concluido apenas el día anterior, mientras la observaba desde el olmo, que había llegado el momento de acercarme a ella? ¿Por qué entonces rechazaba la primera posibilidad que se me presentaba?

13

Vi la frágil figura de Joseph Meyer de espaldas, junto a la ventana. Seguí la estela de su colonia secreta dando pasos vacilantes y me detuve, a la espera de que se volviera y me lanzara su característica mirada evaluadora.

—Soy Sam, señor Meyer —apunté.

Un par de cajas de música entonaron sus últimos compases y enmudecieron; sólo la que estaba sobre el escritorio seguía alentando con sus acordes a las figurillas circenses de hojalata.

—Acércate, Sam —pidió el señor Meyer—. Fíjate cómo se mueven los zancos de ese hombrecito, ¡si hasta parece que camina con ellos!

—Es increíble.

—Lo es.

Guardamos silencio hasta que la melodía se extinguió. Creí que el señor Meyer le daría cuerda a la caja una vez más, como hacía casi siempre, pero esta vez se recostó contra el respaldo de la silla y entrelazó las manos sobre el pecho. Con un movimiento calculado y preciso hizo que la silla rotara y me miró.

—Es la primera vez que entro en esta habitación —me dijo con solemnidad—. Acabo de verla marcharse..., a mi propia esposa. Me pregunto si regresará.

—Claro que regresará.

Me lanzó una mirada inquisidora. Agregué:

—Seguro que ha ido a casa de alguna de sus amigas a jugar al bridge. —Después enumeré a las amigas de Collette como si se tratara de una ristra de nombres de presidentes aprendidos en la escuela.

Joseph apartó un insecto imaginario para aclararse las ideas.

—Las «chicas» —masculló.

Asentí con entusiasmo. Él sonrió apenas y escrutó las estanterías repletas de cajas de música.

—Nunca me ha permitido entrar aquí —reflexionó—. Durante años me he preguntado cuál sería el secreto tan terrible oculto detrás de esta puerta.

Miró la caja de música sobre el escritorio. El hombre zancudo estaba petrificado, los dos payasos detenidos en plena pirueta y las bolas del malabarista levitaban frente a su cabeza. Los ojillos vivaces de Joseph Meyer pasearon de una atracción a otra.

—Todos esos detalles... —dijo, maravillado, aunque yo sabía que en realidad no podía apreciarlos. Posiblemente su cerebro se apiadara de él y echaba mano de sus archivos para suplir la deteriorada visión—. Los espectadores parecen tan felices...

Permití que reflexionara un poco más acerca de la multitud jocosa y luego sugerí ir a leer al porche trasero, su sitio de la casa predilecto. Primero me dio las excusas de rigor, me dijo que su vista ya no era la misma de antes y que ni siquiera con anteojos podía leer la letra pequeña, a lo que respondí, como de costumbre, que yo leería por él. Y eso lo animó. Se acomodó el pañuelo de seda que envolvía su cuello y nos marchamos.

En el porche trasero soplaba una agradable brisa cálida. El señor Meyer ocupó su mecedora y yo una de las tres sillas de metal con cojín. De tanto en tanto se volvía y me dispensaba una mirada desconfiada, como si ambos fuésemos parte de un juego en que doblegar al adversario fuera el objetivo final. Era fascinante ver aquellos ojillos intentando leer mis intenciones. Yo sabía que debía mencionar mi nombre de vez en cuando, porque aunque no significaba nada para él, algún mecanismo interno parecía activarse y fortalecer su confianza en mí. Era posiblemente la manifestación de un instinto primitivo, algo que la vida en sociedad se encargaba año tras año y generación tras generación de matar silenciosamente, sepultándolo en algún sitio profundo, pero que seguía allí, quizá con el único propósito de aflorar en personas como el señor Meyer. Lo único que yo debía hacer era demostrar cariño y seguridad, y eso era suficiente para despertar el instinto dormido: la confianza en el prójimo.

El jardín trasero de los Meyer, en comparación con los colindantes, era una versión en miniatura de la selva amazónica. A Collette no le gustaba el césped corto ni los arreglos florales salidos de manuales de jardinería. Por el contrario, permitía que la hierba creciera más de diez centímetros y que las plantas proliferaran a sus anchas. Ted King, un joven jardinero de la zona, recibía instrucciones precisas de Collette Meyer cuando acudía una vez al mes. «No quiero asomarme por la ventana de la cocina y ver una postal, Ted. Las plantas son bellas en estado natural. Cortarlas todo el tiempo es como vestir a las mascotas; y no necesito decirte lo estúpido que considero vestir a las mascotas».

De tanto en tanto, mi visita coincidía con la presencia de Ted. Una vez, el joven me dijo que la filosofía de Collette había generado disputas entre los vecinos, que aseguraban que un solo jardín mal conservado desmerecía a todo el vecindario y los hacía ver como un hatajo de dejados, y que Collette, diplomática como era, había accedido a darle un cuidado regular al jardín delantero, pero que de ninguna manera accedería a hacer nada en el trasero. A mí me gustaba esa anarquía descontrolada con que las plantas crecían allí atrás, colonizando los senderos de piedra y trepando unas sobre otras. No era un jardín muy grande, pero atravesar sus treinta metros podía ser una aventura emocionante, porque Collette lo utilizaba además como museo tecnológico: había un refrigerador, una lavadora y un lavavajillas del que las plantas trepadoras se habían apropiado. Eran el equivalente a los arrecifes creados artificialmente, pero en versión tecnológica y terrestre.

Lo más importante de todo era que Joseph disfrutaba enormemente de sus horas de ocio en el porche trasero.

—Sebastian está a punto de ser sepultado por la maleza —comentó Joseph.

Busqué a Sebastian debajo de una parra de ramas encorvadas. El enano de yeso seguía en su posición habitual, afortunadamente, y Joseph tenía razón, casi estaba oculto entre la hierba. El tiempo lo había descolorido y un golpe prehistórico le había arrancado la punta de su gorro rojo, pero por lo demás se las arreglaba para tolerar decorosamente el paso del tiempo. A mí no me agradaba particularmente; había algo en su desquiciada mirada petrificada que no terminaba de gustarme. Más de una vez había imaginado que al mirar en aquella dirección Sebastian ya no estaba. Pero a Joseph el enano lo alegraba. El señor Meyer podía no recordarse de mí, o de la habitación de las cajas de música, pero sí se acordaba del nombre de ese jodido enano sonriente.

—En un rato le arrancaré la hierba que tiene delante —dije, aun en contra de mis verdaderos deseos—. Encima de tener que ver siempre lo mismo, ahora la hierba se lo impide.

El señor Meyer lanzó una risita.

—Eso ha estado muy bien, Sam. Muy ocurrente —me felicitó.

Me sentí un poco culpable porque mi comentario no había sido espontáneo, sino el resultado experimental de mis visitas pasadas. Las bromas acerca de la falta de movilidad de Sebastian hacían las delicias del señor Meyer. Era un golpe fácil.

—¿Qué tienes ahí? —me preguntó.

Entre él y yo se interponía una mesita de hierro, que

utilicé para exhibir el botín literario que había escogido de la biblioteca de Collette. Además de los tres libros estaba el periódico local. El señor Meyer apartó el *Carnival News* con cierto desprecio. Se concentró en los libros. Uno era una recopilación de relatos de Jack London. Los otros, dos novelas cortas de Lawrence Block, autor que sabía no era de su preferencia.

—No hay nada como una buena historia de detectives —dijo Joseph, que durante sus años como abogado había hecho gala de una sobresaliente perspicacia para abordar litigios.

—Ya lo creo.

Dejó los libros sobre la mesa y fijó la vista en la parte más alejada del jardín. Escondido parcialmente detrás de un abedul, había un cuartito que antes había funcionado como lavadero y que ahora servía de almacén de toda la documentación que Joseph había acumulado durante su carrera profesional. Era posible que su cerebro hubiera realizado alguna conexión entre los libros y aquella construcción gris casi invisible entre tanta vegetación.

—¿Qué hay allí? —me preguntó, señalando con un dedo firme como un mascarón de proa.

Era una pregunta nueva. Normalmente el señor Meyer no se apartaba de su repertorio habitual.

—¿Usted se refiere además de los documentos viejos del bufete?

Bajó el brazo.

—Los documentos del bufete, por supuesto. Espero que Collette no cumpla con sus constantes promesas de quemarlos —dijo.

Sentí incomodidad ante aquella conversación que tomaba rumbos para mí desconocidos, tomé el periódico (sólo porque estaba más cerca que los libros) y lo abrí en una página cualquiera. Es imposible saber si los acontecimientos siguientes se habrían producido de la misma forma si yo no hubiera abierto el *Carnival News* en ese preciso momento, en esa página específica.

—Veamos qué dice el periódico de las noticias locales —dije en tono alegre.

El *Carnival News* tenía una sección de actualidad nacional e internacional donde incluía artículos de otros periódicos que cubrían los aspectos básicos de la economía y otras cuestiones generales. Normalmente me la saltaba entera. Para Joseph, el presidente era Jimmy Carter y era algo que no convenía cuestionar. Aunque se refiriera a él como «ese demócrata blando», y enterarse de que había sido sucedido por un republicano —aunque fuese un actor— lo llenaría de júbilo, yo sabía que traer a Joseph a la realidad proporcionaba una lucidez instantánea que desaparecía con la velocidad del aliento en un cristal. Cuando él miraba la televisión o tomaba conocimiento de algún suceso reciente, enarcaba las cejas y aparecía en su rostro una mezcla de revelación y horror, e inmediatamente su mente se catapultaba al pasado. Era evidente que no había nada placentero para él en esa efímera teletransportación al futuro. Así que normalmente buscaba en el periódico artículos de índole local, que tuvieran que ver con la apertura de una nueva tienda, la construcción de un puente o cosas por el estilo. Todo aquello que gozara de la bendición atemporal.

Así di con la noticia que tanta trascendencia adquiriría para mí ese verano. Y aunque bastaba con el título para entender por qué el periódico local no gozaba de gran prestigio, no pude ocultar mi interés. Leí en voz alta:

Modernas pruebas podrían confirmar
presencia extraterrestre en Carnival Falls

Philip Banks, el reconocido investigador británico del fenómeno ovni residente desde hace años en nuestra ciudad, así lo afirmaba ayer, en una conferencia impartida en la biblioteca pública ante una pequeña multitud de entusiastas seguidores de sus teorías. Respetado por algunos, catalogado como un excéntrico fabulador por otros, lo cierto es que el anuncio ha suscitado reacciones dispares. Las cadenas nacionales se han hecho eco de esta noticia que podría reafirmar las creencias de miles de personas que año tras año se reúnen en ésta y otras ciudades a la espera de avistar ovnis. La comunidad científica, por su parte, se ha mostrado cauta; diversos catedráticos consultados han preferido no emitir juicios precipitados y esperar a disponer de más información. Por su parte, el profesor de la Universidad de Harvard, Ronald T. Frederickson, consultor de la Nasa y célebre entre otras cosas por sus enfrentamientos con el propio Banks, ha sido terminante: «Las posibilidades de que estemos solos en el universo son increíblemente bajas. Es como lanzar un dado mil veces y obtener siempre el mismo número. Sin embargo, cuando la existencia de vida extraterrestre sea confirmada, no será por un hatajo de locos amantes de acampar a la intemperie con telescopios de juguete. Seremos nosotros, los científicos, los que transmitiremos ese conocimiento a la humanidad».

Las muestras a analizar, y que podrían confirmar la existencia de vida extraterrestre, fueron recogidas hace más de diez años por el propio Banks y guardadas celosamente hasta hoy. Él mismo ha brindado precisiones al respecto, manifestando que el 10 de abril de 1974, en horas indeterminadas de la noche y bajo una lluvia torrencial, una joven enfermera llamada Christina Jackson viajaba en un Pinto por la carretera 16 cuando, por razones que aún hoy no han podido aclararse completamente, el vehículo perdió el control y se estrelló contra unos árboles. Por lo menos, media docena de testigos concuerdan en que esa misma noche, en plena tormenta, tres luces surcaron el cielo describiendo movimientos imposibles de ejecutar por artefactos terrestres. Cuando la policía llegó al lugar del hecho, el cuerpo de Christina Jackson ya no estaba allí. Aunque la teoría policial es que la mujer fue despedida del coche tras el impacto y arrastrada por el río Chamberlain, la hipótesis nunca se llegó a confirmar de un modo fehaciente, pues el cuerpo no fue recuperado. La suya se suma a las más de diez desapariciones que han tenido lugar en Carnival Falls y zonas cercanas, sobre las que pesa la sospecha de abducciones extraterrestres. Banks, que investigó activamente el caso y que incluso llegó a asegurar que contaba con material fílmico que probaba la existencia de las misteriosas luces —aunque nunca llegó a exhibirlo públicamente—, logró recolectar restos de una sustancia misteriosa en las proximidades del Pinto que conducía la mujer. Banks asegura que esa sustancia no es sangre humana y que pertenecería a un ser de otro planeta.

Una década después, parece ser el momento en que finalmente se conocerá la verdad. Banks ha revolucionado a todos con el anuncio de pruebas de última generación que están siendo realizadas en Suiza. Al respecto precisó: «Posiblemente, muchos de ustedes no estén familiarizados con el concepto de ADN —las moléculas que portan la información genética de todos los organismos vivos—, pero les aseguro que dará que hablar en el futuro. Apenas hace un año, el experto en genética Alec Jeffreys desarrolló un método de identificación por medio del ADN que podrá usarse del mismo modo que las huellas dactilares. No sólo será posible identificar especies, sino individuos específicos. En dos o tres años, no será descabellado encarcelar a un criminal porque ha dejado en la escena de un crimen una gota de sangre o un cabello». Hace meses que Banks viene anunciando sus intenciones de analizar la sustancia; sin embargo, fue apenas ayer cuando dio datos del procedimiento, confirmando que las muestras ya se encuentran en los laboratorios europeos para ser estudiadas, y que es posible que hacia finales del verano pueda dar a conocer los resultados. «Los miembros de esta comunidad saben que he destinado buena parte de mi fortuna personal a la investigación del fenómeno ovni. Aunque existen innumerables pruebas que dejan constancia de las visitas de seres extraterrestres a nuestro planeta, todavía hay muchas personas reticentes a aceptarlo. Espero, a finales de este verano, poder convencerlos a todos de que lo que vengo sosteniendo desde hace años es cierto».

El señor Meyer debió de percibir mi inusitado interés, porque no me interrumpió.

No era la primera vez que Philip Banks mencionaba el accidente de mi madre. Siempre me pregunté si Banks sabría de mi existencia o si, como me decían Amanda y Collette, los servicios sociales habían hecho bien su trabajo y preservado mi identidad y existencia. Parecía que así había sido, porque Banks nunca se ocupó de mí en sus artículos.

—Philip es un buen hombre —dijo Joseph al cabo de un rato. Se mecía suavemente con la vista fija en el infinito.

Me sorprendió que se refiriera a Banks por su nombre de pila.

—¿Usted lo conoce?

—Todos en Carnival Falls lo conocen. ¿Tú no..., Sam?

Su voz tembló antes de pronunciar mi nombre, que en su cabeza seguramente había sido escrito en arena húmeda, junto al mar de sus recuerdos más profundos. Para preservarlo era necesario repasarlo continuamente, aunque las olas eventualmente acabarían borrándolo.

—Apenas he escuchado su nombre unas pocas veces —mentí. Aunque en la granja me dijeran que Banks era un loco, siempre había leído sus artículos.

—Vive en la calle Maple. Una casa imponente.

—Sí, la he visto. —De hecho, la había visto infinidad de veces últimamente, porque estaba muy cerca de la de la familia Matheson—. ¿Entonces, de verdad lo conoce?

—¡Claro!

—Hábleme de él —pedí. A Joseph le fascinaba hablar del pasado. El pasado lo alejaba de las incertezas del presente.

Se acomodó en la mecedora y empezó:

—Banks recibió una herencia importante de un tío al que no había visto nunca. Tenía veinte años y se convirtió en millonario de la noche a la mañana. Eso fue en el año 1936. Vino desde Inglaterra y se reunió con la abogada de su tío, una muchacha joven y hermosa con uno de los nombres más bonitos que he escuchado en mi vida. Se llamaba Rochelle. ¿Verdad que es bonito?

Asentí.

—Banks era un muchacho inteligente y pensó que sería buena idea contratar a un abogado local. Por aquel entonces yo empezaba a dar mis primeros pasos en la profesión, y no había muchas opciones en Carnival Falls. Los bufetes no eran como ahora. Eran... —hizo una pausa reflexiva— como esos negocios familiares donde el trato es amable: una pequeña pastelería o una sastrería, tú me entiendes. Nosotros escuchábamos a los clientes; los hacíamos pasar a nuestros despachos atestados de papeles y decorados con el mejor gusto posible pero con austeridad, y los escuchábamos. Ahora... se asemejan más a cadenas de comida rápida, donde lo único importante es facturar. Mis colegas de la actualidad se refieren a los clientes como casos. Para nosotros eran personas.

Hablar de sus épocas de abogado era una de sus debilidades. A veces me sentía mal, porque la realidad que él delineaba había empeorado sustancialmente en los últimos años. En eso su enfermedad era una bendición. Yo nunca me quejaba; lo dejaba explayarse aunque conociera sus reflexiones de memoria. Luego simplemente lo ayudaba a reencauzar la conversación.

—Me estaba hablando de Banks, y de su herencia.

—Ah, sí. Philip me pidió que revisara todo el asunto de su herencia. No quería quedarse con dinero que no le correspondiera. Contacté con Rochelle y, en efecto, el joven era el beneficiario del testamento. Su tío no había tenido hijos y aparentemente guardaba en su corazón un especial cariño por una de sus hermanas, que resultó ser la madre de Banks. Pero el destino le tenía preparada otra sorpresa, además de los billetes en el banco.

—¿Cuál? —pregunté de inmediato. Todo lo referente a Banks me intrigaba. No era mucho lo que sabía de él.

—Philip y Rochelle se enamoraron perdidamente. Se casaron a los pocos meses de conocerse y se mudaron a la casa de la calle Maple.

—No sabía que Banks estuviera casado.

—No lo está —agregó Joseph de inmediato—. Ya no. El matrimonio duró poco tiempo.

Se llevó los dedos pulgar e índice a su delgado bigote y lo peinó con parsimonia. Tenía en la mirada ese brillo especial que aparecía cuando buceaba en los recuerdos que se negaban a ceder a la fatalidad del Alzheimer.

—Estuvieron siete años casados —dijo con voz grave—. Una noche, Rochelle salió sola de casa en el coche para visitar a su madre. Una hora después, un amigo de la familia llamó a Philip por teléfono. Le dijo que había reconocido el coche de su esposa abandonado en plena intersección, creo que en Madison. Banks fue al sitio y en efecto allí estaba el coche de Rochelle, con el motor encendido, las luces prendidas y la portezuela abierta. Pero no había rastros de ella. Philip me confesó más tarde que la radio estaba sintonizada en la emisora favorita de su esposa, y que cuando asomó la cabeza para echar un vistazo al interior del coche todavía era posible percibir su perfume. No volvió a verla, ni al hijo que llevaba en el vientre.

No supe qué responder. Amanda no hablaba del accidente de mi madre casi nunca, pero con Collette sí lo había hecho algunas veces, y me extrañó que nunca mencionara nada referente al pasado de Banks. Ambas lo consideraban un fabulador, pero aun así... Sentí pena por la pérdida del pobre hombre. Y no me pasó desapercibido el hecho de que su esposa desapareciera cuando viajaba en su coche, con un hijo en el vientre...

—¿Era un niño o una niña? —pregunté.

—¿Quién?

—Usted acaba de decir que Rochelle estaba embarazada. ¿Iba a tener un niño o una niña?

Joseph emitió una risita suave.

—Pues en esos años no creo que fuera posible saberlo.

Asentí. Joseph estaba en uno de sus días lúcidos. Normalmente perdía la concentración y empezaba a dormitar, pero todavía no había rastros de somnolencia.

—¿Banks creyó que los extraterrestres se la habían llevado? —pregunté—. ¿Le dijo algo a usted, señor Meyer?

—Philip estaba convencido de ello. Un borrachín de poca monta dijo que había visto unas luces intensas y desde ese entonces no pudo abandonar la idea. Empezó a investigar como un poseso. —Joseph negaba con la cabeza—. Un día vino a verme, y aunque yo no lo consideraba mi amigo, aparentemente él a mí sí. Lo hice pasar y me empezó a hablar de todas las pruebas que había reunido en los últimos meses. Yo lo escuché respetuosamente, pero al final le dije que todas esas teorías eran pura basura, una manera de esconderse de la verdad, de la muerte de Rochelle, y que si no empezaba a afrontarla nunca llegaría a sobreponerse del todo. Fui duro, lo sé. Creí que era el mejor consejo que podía darle. Él no lo vio así. A partir de ahí nos distanciamos.

Mientras el señor Meyer terminaba su relato, bajé la vista y seguí las palabras del artículo que había leído minutos antes, repasando frases aisladas como si diera los retoques finales a una pintura, aplicando pinceladas aquí y allá. 10 de abril de 1974. Lluvia torrencial. El vehículo perdió el control. Tres luces surcaron el cielo. Diez desapariciones. Abducciones. ADN... Esa pintura era parte de mi vida, pensé.

Cerré los ojos. Vi al Pinto transitando en cámara lenta por una espiral de luz, para finalmente estrellarse contra una muralla de troncos. La potencia del impacto fue tal que me arrancó con una sacudida de mi ensoñación. La noche tormentosa fue reemplazada por la esquelética tipografía del *Carnival News*. Separé aquella página del periódico y la enrollé. Joseph me observó, aprobando mi acción en silencio.

Pasamos la siguiente hora leyendo algunos relatos de London. Elegí los que más conocía para poder abstraerme de ellos lo máximo posible. Mi interés seguía puesto en el artículo del *Carnival News*, que seguramente Collette no había leído porque de otro modo lo hubiera hecho desaparecer antes de que yo lo viera.

Mi falta de entusiasmo en la lectura debió de evidenciarse en mi voz, porque Joseph empezó a adormecerse en *To build a fire*, uno de sus relatos favoritos. En cuanto advertí que capturaba un bostezo en el puño, interrumpí la lectura y le sugerí ir a dormir su siesta.

Él me observó con incredulidad, ese desconcierto en la mirada que regía el inicio y el final de nuestros encuentros. Aceptó en silencio. Le dije que lo acompañaría hasta el segundo piso y él estuvo de acuerdo. Seguí a Joseph mientras subía la escalera, colocando invariablemente los dos pies en cada peldaño y aferrándose al barandal con ahínco. Repuso energías en el descanso y yo lo esperé en silencio. Cuando llegó al segundo piso recorrió el pasillo silbando por lo bajo. A mitad de camino, se detuvo. Lanzó una mirada contrariada al cuarto de las cajas de música y negó con la cabeza dos veces. Segundos después lo vi entrar en su habitación, sin siquiera volverse para echarme un vistazo.

Me quedé allí de pie, observando el pasillo vacío. Al cabo de un rato regresé al porche trasero para recoger los libros y devolverlos a la biblioteca, pero antes de eso me ocupé de arrancar la hierba delante de Sebastian. Aunque seguramente en ese momento el señor Meyer ya habría olvidado mi promesa, cumplí con ella.

—Ahora no puedes quejarte —le dije a Sebastian.

La sonrisa de medialuna prendida en aquellos pómulos regordetes y encendidos fue la única respuesta que obtuve.

Entré a la casa. Collette llegaría de un momento a otro y podría marcharme. Mientras la esperaba pensé en la página enrollada que tenía en el bolsillo trasero de mi pantalón.

14

La semana transcurrió en calma. Las amenazas de Amanda no volvieron a hacerse oír, lo cual lejos de tranquilizarme me inquietó, pues imaginé que en silencio ella seguiría adelante con sus averiguaciones. Le pedí a Randy que me mantuviera al tanto de cualquier rumor que pudiera oír en la granja, pero no se enteró de nada relevante.

Pero mi verdadera preocupación fue Billy. Durante tres días seguidos no visitó el claro ni me llamó por teléfono. Lo esperé durante horas, en compañía de los mosquitos y de mis pensamientos, con la esperanza de oír su bicicleta en la distancia y luego presenciar su entrada triunfal a toda velocidad, pero nunca apareció. Llegué a pensar que se había ofendido por negarme a acompañarlo a casa de Miranda, lo cual me llevaba una y otra vez a suponer que en ese momento estaba con ella, pasándoselo en grande en aquella mansión de ensueño. Entre llantos me reproché no haber aceptado su invitación, pero en el fondo tenía la horrible convicción de que si la oportunidad se me presentaba de nuevo, volvería a negarme. Ni siquiera me atreví a regresar a la calle Maple y trepar al olmo para espiar a los Matheson. Al menos así podía suponer que Billy estaba en realidad en su propia casa, que había pescado un virus y su madre no le permitía levantarse de la cama, ni siquiera para llamarme por teléfono. Descubrir a Billy y a Miranda en el invernadero hubiera sido demoledor.

Concebir un verano sin Billy me resultaba atroz. No sólo era el único con quien compartía mis problemas, sino que además me había vuelto absolutamente dependiente de su consejo. Yo no obedecía sus dictámenes ciegamente —de hecho casi siempre tenía alguna objeción—, pero sus razonamientos eran clave a la hora de tomar decisiones, y lo mismo sucedía a la inversa, o eso creía yo. Nunca nada se había interpuesto entre nosotros. Ni nadie.

El sábado pasé la tarde en la granja tras una barricada de troncos, en compañía de una libreta y una pluma. En aquel sitio relativamente tranquilo, donde unos meses atrás Orson le había pedido a Tweety que le traspasara parte de la leña para impresionar a Randall, intenté escribir otro poema como el que le había regalado a Miranda. Pero al cabo de una hora no logré otra cosa más que una serie de puntos recargados de tinta.

Mientras luchaba contra la página en blanco y a la vez me refugiaba en ella para no pensar en Billy y Miranda, una sombra ovalada oscureció mi libreta. Alcé la cabeza despacio, con la convicción de que me encontraría con la figura desproporcionada de Orson, esgrimiendo un hacha y diciéndome que me rebanaría un dedo y diría que había sido un accidente.

—Hola, Sam.

Era Randall. A contraluz, su sombrero de paja se asemejaba a un platillo volador. A su lado estaba Katie.

—Hola —les dije.

La presencia de ambos me desconcertó. Sabía que entre ellos existía un vínculo especial, fortalecido por los viajes mensuales a Concord para visitar a la madre hospitalizada de Katie, y que ella consideraba a Randall como a un padre —aunque el suyo se hubiera volado los sesos y la figura paterna le despertara emociones contradictorias—, pero no tenía idea de qué podían querer de mí. Lo primero que pensé fue en *Lolita*, pero si acaso sospechaban o sabían algo, lo lógico hubiera sido que Amanda hablara conmigo. Ella no delegaría ese tema en Randall, mucho menos en Katie.

Se sentaron en dos troncos. Dejé la libreta a un lado y me abracé las rodillas.

Katie se acomodó el vestido largo y se cruzó de piernas. Reparé en su cintura de muñeca, que a pesar de la posición no se había hinchado ni un centímetro. Sus pechos llenaban el escote de un modo delicioso. Intenté apartar mis ojos de ella, pero durante un instante no pude. Su belleza despreocupada resultaba magnética.

—Hace unos días que no vas al bosque —dijo Randall. Se quitó el sombrero y lo sostuvo en el regazo. Su fino cabello estaba apelmazado en los laterales.

—Fui ayer —respondí con cautela. Todavía no adivinaba el propósito de la conversación.

Hubo un silencio de apretujones de sombrero y miradas esquivas. Randall no era bueno para los sermones, las confrontaciones, los consejos o lo que demonios fuera aquello.

Finalmente me clavó sus temblorosos ojos azules y lanzó la pregunta que tenía atravesada en la garganta.

—¿Has visto el artículo, Sam?

Solté una bocanada de aire. En comparación con otros escenarios, éste no me inquietaba especialmente. La presencia de Katie empezaba a tener un poco más de sentido.

—Lo he leído en casa de los Meyer —dije despreocupadamente. No había razón para mentir. Los Carroll siempre habían sido sinceros en cuanto a mi pasado, y Katie era una de las pocas personas en la granja que sabía toda la verdad.

—¿Estás bien? ¿Por eso que no has ido al bosque?

Sonreí con franqueza.

—Estoy bien. Ese hombre...

—Banks está loco —se apresuró a completar Randall—. He hablado con un abogado para demandarlo si sigue diciendo esas cosas.

—Gracias, pero no hace falta. Estoy bien, de verdad.

Sé que todo lo que dice son tonterías. Mi madre murió ese día. Fue un accidente. Los extraterrestres no existen.

No sabía hasta qué punto creía todo aquello, pero era una lección aprendida hacía tanto tiempo que la repetía sin problemas y con la seguridad necesaria para convencer a cualquiera. No sólo los Carroll consideraban a Banks el rey de los chiflados; Billy también.

—Me alegra que pienses así —dijo Randall sin poder ocultar su alivio.

—Además —dije—, ese hombre ha sufrido mucho con la muerte de su esposa. Quizá lo de los extraterrestres le ayude a sobrellevarlo.

El alivio en el rostro de Randall desapareció instantáneamente. Una mueca de desconcierto lo reemplazó.

—¿Quién te ha dicho eso? —preguntó al tiempo que intercambiaba una mirada rápida con Katie, que en el mismo lenguaje mudo le respondía con una negación.

Aquel diálogo sordo frente a mis narices no dejó de hacerme gracia.

—Me lo ha contado el señor Meyer —dije restándole importancia—. De verdad, no me preocupan las teorías espaciales de Banks.

Randall me escrutó con una ceja en alto, seguramente consciente de sus limitaciones a la hora de leer a las personas.

—De verdad —repetí, ahora esbozando la mejor sonrisa de mi arsenal—. La razón por la que estoy aquí es porque quiero escribir una historia.

Alcé la libreta para darle credibilidad a mis palabras.

—Me alegra que lo tomes de esta manera —volvió a decir Randall—. Sabes lo mucho que te queremos, Sam.

—Lo sé. Gracias.

Randall volvió a colocarse el sombrero y se marchó.

Katie me invitó a ocupar el tronco que Randall había dejado vacante y cuando me tuvo a su lado me abrazó. Pude sentir la dureza de su pecho izquierdo contra mi brazo: una agradable sensación paralizante que lentamente se tiñó de culpabilidad. Katie era apenas cuatro años mayor que yo, pero en aquella época la diferencia resultaba abismal, principalmente porque ella aparentaba tres o cuatro años más, y en mi caso las hormonas se tomaban el asunto de mi crecimiento con una calma pasmosa.

Hablamos durante un rato. Estuvo de acuerdo en que todas esas historias acerca de seres de otros planetas eran ridículas, y me dijo que no dudara en hablarle si tenía preguntas o alguien me hacía algún comentario indebido. Le dije que así lo haría.

15

El lunes vagué sin rumbo por la granja; recorrí los sembradíos, pasé un rato en el gallinero y por último me entretuve en el esqueleto de madera de lo que sería la ampliación de la casa. Encontré a Randy agazapado detrás de un montículo de arena. Llevaba puesto un sombrero de paja como el de Randall y empuñaba su revólver de juguete. Parecía alerta. En cuanto me vio me hizo señas para que me alejara, obviamente porque delataría su presencia, y le hice caso. Decidí entrar en la casa, posiblemente para encerrarme en mi habitación un rato, cuando un murmullo me detuvo. Una pluma maltrecha se asomó detrás del porche.

—¡Pssst, Sam!

Seguí la voz. Justin, el más pequeño de la casa después de Florian, me observaba al ras del piso. Se había manchado las mejillas con lodo.

—¿Has visto a Randy? —me preguntó lanzando miradas furtivas hacia los costados.

—No.

—¿De verdad?

—¿Acaso no es trampa preguntar?

Justin lo pensó un segundo.

—No hemos hablado de eso —dijo.

—Pues no lo he visto.

El pequeño cruzó a gran velocidad el porche hasta ocultarse detrás de unas macetas. *Rex* lo descubrió y comenzó a olfatearlo. Me quedé observándolo un momento mientras el pobre Justin intentaba alejar al desorientado perro, que asumía que los aspavientos eran una invitación a jugar.

Cuando me volví para entrar en la casa, una silueta gris hizo su aparición repentina detrás de la puerta mosquitera y me dio un susto de muerte. Me sobresalté y me llevé una mano a la boca para ahogar un grito.

—¿Te asusté? —preguntó Mathilda.

—Claro que no.

—Estás temblando.

Negué con la cabeza.

—¿No vas al bosque? —preguntó de repente—. ¿Tus amigos los mapaches ya no te quieren?

—¡Tengo más amigos que tú!

Mathilda dio un paso más. Nuestros rostros estaban ahora a escasos diez centímetros de distancia, separados únicamente por el alambre entretejido.

—Tú no tienes amigos —dijo Mathilda con la frialdad de un témpano. Cuando se lo proponía, aquella niña podía ser hiriente como una daga afilada.

—No voy a discutir contigo —dije, y estiré el brazo para abrir la puerta. Pero Mathilda hizo lo mismo, sólo que a mayor velocidad. Agarró el picaporte desde el interior y tiró de él. En su rostro se dibujó una sonrisa de regocijo.

—Déjame entrar —exigí.

Tiré del picaporte con todas mis fuerzas. La puerta no se movió ni un ápice. Mathilda era grande para su edad y condenadamente fuerte. Cuando se enfrentaba conmigo tenía la sensación de que el diablo estaba de su parte, que le permitía convertir su furia en fuerza. Lo cierto es que no me atreví a intentarlo de nuevo por temor a que volviera a vencerme.

—¿Qué hay si no te dejo? —me gruñó.

Yo sabía que en la cocina estaba Claire, e incluso Amanda merodeaba por la planta baja, pero había ciertas reglas de honor, especialmente entre Mathilda y yo, que eran inquebrantables. Debíamos resolver nuestras cuestiones sin ayuda de nadie. Lloriquear ante los mayores era un signo de cobardía.

La miré durante unos cuantos segundos, aflojando la tensión en el brazo con que aferraba el picaporte, estudiando sus ojos como un pistolero presto a desenfundar. Cuando consideré que ella no lo esperaba, tiré de la puerta con violencia.

Pero, otra vez, fue como si estuviera soldada al marco. Su sonrisa se ensanchó.

—¿Tienes miedo de estar fuera? —preguntó con sorna—. ¿Es eso?

—¡Abre!

—Pero si es pleno día. ¿De qué tienes miedo, Sam?

—Déjame entrar —masculló.

—Oh, claro, ya sé lo que sucede. Temes que también vengan a buscarte a ti, ¿no es cierto? Que los hombres verdes aterricen con su platillo volador aquí mismo, en la granja, y te lleven a su planeta para hacer experimentos. ¿Es eso?

El comentario me tomó totalmente por sorpresa. Se suponía que Mathilda no sabía nada del accidente de mi madre ni de las historias de Banks.

Consideré la posibilidad de dar media vuelta y vagar por la granja un rato más —a fin de cuentas no tenía nada que hacer dentro—, o esperar en el porche hasta que alguien entrara o saliera, o que la propia Mathilda se cansara de custodiar la puerta. Hubiera sido un buen plan. Un plan inteligente. Pero esta vez la ira se apoderó de mí de un modo casi desconocido. Era como esas seguidillas de fuegos artificiales del Cuatro de Julio que parecen no tener fin, que se superponen unas a otras con sus formas floridas y centelleantes. Cuando creía que la furia en mi interior mermaba, una nueva explosión se presentaba. Debí cerrar los ojos un momento para no reaccionar, contener mis deseos de arremeter contra la puerta en una sucesión de patadas o gritar de modo descontrolado. Normalmente en estas situaciones me ayudaba pensar en Billy, en sus consejos de no entrar en el juego del adversario de turno, de mantener la cabeza fría en situaciones límites, que un soldado que huye sirve para otra guerra y todas las cosas que él me decía cuando le hablaba de mis rencillas en la granja. Pero la versión cerebral de Billy no me ayudó esta vez. Cuando agucé el oído para escucharla, no hubo nada más que un vacío atroz.

—No me afecta nada de lo que dices —dije en un tono neutral bastante aceptable.

La cuestión era si verdaderamente lo creía. Que Randall y Amanda estuviesen al corriente de mi historia era una cosa. Que Claire y Katie lo supieran estaba bien también. ¿Pero Mathilda? No tenía ni idea de que ella lo supiera. Supuse que habría escuchado alguna conversación que no debía y se había guardado sus dardos para lanzármelos cuando menos lo esperara. Mathilda tenía la diabólica capacidad de picar en las heridas con su aguijón de escorpión. Nunca lo aceptaría en voz alta ante nadie, ni siquiera ante Billy, pero esa niña parecía capaz de leer la mente. A veces, sus frases, cargadas de ironía como gusanos apestosos, daban en el blanco con precisión quirúrgica. En esta ocasión, su comentario acerca de mi falta de amistades tuvo un particular efecto por mi reciente y desconcertante distanciamiento de Billy.

Mathilda debió de advertir en mi rostro que sus aguijonazos habían surtido efecto. Soltó el picaporte y me sonrió plácidamente, invitándome a pasar. Supe que en cuanto tomara la iniciativa de abrir la puerta se adelantaría y me lo impediría, pero entonces sucedió algo. El teléfono comenzó a sonar en la sala y tuve la certeza de que sería Billy, que me llamaba para reunirse conmigo en el claro y hablarme de su visita en casa de Miranda. Sentí un deseo irrefrenable de hablar con él. Abrí la puerta de un manotazo rápido; tan rápido que Mathilda apenas tuvo tiempo de sorprenderse, o quizá sólo estaba jugando conmigo y esta vez no había tenido intenciones de detenerme. Era algo digno de ella. Sin embargo, permaneció de pie, bloqueándome el paso.

El teléfono seguía sonando. Nadie se había acercado todavía a responder la llamada, pero alguien lo haría de un momento a otro.

Avancé un paso hasta casi rozar a Mathilda. Ella infló el pecho y su semblante me intimidó.

—Se llaman tetas, Sam..., míralas, porque veo que no sabes lo que son —dijo Mathilda entre risas.

—¡Muévete! —le disparé.

Me escabullí por el espacio entre el marco de la puerta y Mathilda. Ella no me lo impidió, aunque bien podría haberme hecho una zancadilla en el momento justo y hubiera sido suficiente para que yo aterrizara de bruces en el suelo.

16

No recuerdo otra ocasión en que haya pedaleado hasta el bosque con más entusiasmo y felicidad que esa tarde, después de la llamada de Billy. Su casa estaba más cerca que la granja y por lo tanto sabía que difícilmente podría llegar antes que él, pero el esfuerzo que hice fue con intenciones de conseguir precisamente eso. Mientras me lanzaba a toda velocidad por Paradise Road, pensé en la conversación que habíamos mantenido, inmediatamente después de mi confrontación con Mathilda. Había creído advertir un entusiasmo genuino en la voz de mi amigo. Billy me pidió disculpas por no haber ido al claro en los últimos días y me repitió dos o tres veces que tenía muchas ganas de verme; que tenía, en realidad, la «necesidad» de verme; que había visitado la mansión de los Matheson y que tenía muchas cosas para contarme. Habló él casi todo el tiempo. Durante la conversación busqué una mala señal, pero no la encontré. Me pidió que nos viéramos en el Límite, y eso era razonable si queríamos vernos lo antes posible.

Cuando llegué, en efecto Billy ya estaba allí. Yacía sobre una de las mesas de madera —a pocos metros de la que Tweety había escogido el día que me habló de las maldades de Orson en Milton Home—, en una postura mortuoria, con las manos entrelazadas en el pecho y los ojos cerrados, bañado por un sol que no llegaba a quemar. Una cinta de luz biselaba su cuerpo inmóvil. Si el guarda lo veía, no dudaría en hacer sonar su silbato y darle una reprimenda —posiblemente hasta se pondría en contacto con la señora Pompeo—, pero el guarda no estaba a la vista. De hecho no había nadie en las proximidades, por lo que la calma era casi completa, interrumpida únicamente por el paso de algunos coches en Wakefield Road.

Apoyé mi bicicleta contra la de Billy, que descansaba sobre una papelera de metal. El sonido alertó a mi amigo, que se sentó en la mesa con un movimiento rápido y se desperezó.

—¿Estabas durmiendo realmente? —pregunté.

Su rostro se iluminó.

—No sabes cuánto te he extrañado, Jackson —dijo ignorando mi pregunta.

—Ahórrate el discurso, Billy —dije mientras le restaba importancia con un ademán—. Deberías haberme llamado.

—Cuando tienes razón, la tienes, para qué negarlo.

Me senté en una de las bancas. Él se deslizó hacia la que estaba enfrente con una ansiedad desacostumbrada, lo cual tratándose de Billy era todo un acontecimiento.

—¡Tengo tantas cosas que contarte!

—Imagino que sí.

Hablé con indiferencia, como la última vez que nos vimos, cuando Billy me contó la historia de los negocios en conjunto entre su tío y Preston Matheson. También ahora me asaltó una mezcla irrefrenable de ansiedad y celos. Sabía que no podría prescindir de lo que mi amigo había averiguado de esa familia —y especialmente de Miranda—, y que además él me lo diría de todos modos, porque cuando a Billy se le metía algo en la cabeza era exactamente igual que su madre, aunque él no lo hubiese aceptado ni en un millón de años.

—Antes que nada —dijo con seriedad—, he visto el artículo en el periódico. Supongo que sabes a cuál me refiero.

Asentí.

—¿Cómo te sientes con eso, Sam?

La preocupación en su rostro era genuina.

—Supongo que bien. Lo leí por casualidad en casa de

Collette, en compañía del señor Meyer. No había pensado demasiado en eso hasta hace un rato, cuando a la estúpida de Mathilda se le ocurrió sacarlo a relucir sólo para fastidiarme.

—Maldita zorra. ¿Te ha dicho algo del libro?

—No, sólo me habló del artículo.

—Pienso que el responsable de la operación *Lolita* no se acercará a ti para fastidiarte con otra cosa.

—Con Orson no he hablado ni una sola vez.

Hacía apenas unos segundos que compartíamos aquella mesa y ya hablábamos con la misma fluidez y confianza de siempre. A veces tenía la sensación de que sin importar el rumbo que tomaran nuestras vidas, siempre existiría un lazo entre Billy y yo; pero luego venían esos nefastos períodos de silencio, que, si bien no eran prolongados ni frecuentes, yo muchas veces los sobredimensionaba, y sacudían las bases de nuestra amistad haciendo tambalear mis convicciones.

—Pronto sabremos quién está detrás de lo del libro, ya verás.

—No sé si alegrarme o temblar.

—No saben con quiénes se meten.

Cambié de tema:

—¿Qué es eso tan increíble que tienes que contarme?

—Como te dije por teléfono, fui a la mansión de los Matheson —sentenció.

Billy hizo una pausa, me dio la sensación que a la espera de una andanada de preguntas que nunca llegó. Tenía intención de modificar mi actitud y mostrar más interés, pero sabía que no sería sencillo. La idea de que mi amigo supiera más de Miranda que yo —que incluso pudiera haber «hablado» con ella— me consumía por dentro como un tumor maligno.

—¡Dos veces! —completó Billy.

—¿Dos?

—¡Sí, dos! ¿No es increíble? Pero déjame que empiece desde el principio. El viernes, mi tío Patrick tenía que ir a la casa a verificar el trabajo de una de sus cuadrillas que se está ocupando de instalar un nuevo sistema de riego. No vas a creerlo, pero los jardines de esa casa son increíbles. Nunca había visto nada parecido. Te sorprenderías.

Sonreí ante el comentario. Sin duda, sería Billy el sorprendido si en ese preciso momento se me ocurriera describirle cada detalle de los jardines de los Matheson.

—No, de verdad —insistió Billy captando mi contrariedad—. Esa casa es digna de los Carrington.* Evidentemente, Preston Matheson tiene mucho dinero, pero su antepasado debió de ser un excéntrico, además de millonario. Desde fuera es increíble, lo sé, pero por dentro te vas de espaldas..., ¡cualquiera podría perderse! Bueno, no cualquiera. Yo desde luego que no.

Billy festejó su propia gracia.

—Desde fuera me pareció bastante impresionante —dije, sólo por decir algo.

—Me quedé fascinado con los jardines. Hay fuentes, aunque la mayoría de ellas no han sido reparadas todavía y no tienen agua, y una cantidad increíble de flores. Mi tío me dijo que a la señora Matheson le gustan mucho las flores, así que voy a pedirle a mi madre un brote de su colección de orquídeas para regalárselo más adelante.

—¿Has conocido a la señora Matheson?

—No el primer día. El que nos recibió fue Preston Matheson, un hombre con aspecto de diplomático y..., ¿qué te causa tanta gracia?

Ahogué una risita. Yo también había pensado que el señor Matheson tenía aspecto de diplomático cuando lo vi por primera vez.

—Nada. Sigue...

—Mi tío me presentó y el hombre me saludó, pero en-

---

* Los Carrington eran una familia de ficción eje de «Dinastía», una serie de televisión popular en la década de los ochenta.

seguida se sentaron en la sala a discutir acerca del sistema de riego y se desentendieron de mí. Me senté en uno de los sillones y me dediqué a observar cada detalle. Todo en esa sala parece hecho para gigantes. El techo es altísimo. Los cuadros que decoran las paredes son del tamaño de puertas. Vi la biblioteca de la que Patrick me había hablado, junto a una chimenea capaz de permitir a diez Santa Claus bajar a la vez, y que oculta el pasadizo secreto. Pasé casi diez minutos sentado en mi sillón hasta que no aguanté más. —Billy rió, como si lo que acababa de decir fuera una obviedad.

—Diez minutos sin hacer nada puede ser tu marca personal.

—¿Verdad que sí? —Billy rió—. Por fin me levanté y me puse a recorrer la sala. Patrick me lanzó inmediatamente una mirada de soslayo. Me había advertido que no hiciera nada indebido y aquella mirada me lo recordó, pero sólo iba a curiosear un poco. Un par de sirvientas cruzaron la sala en distintas oportunidades y a ambas les sonreí, pero ninguna me dijo nada. Supongo que no estoy al corriente de las normas de la clase alta.

—Sólo tú eres capaz de fisgonear en una casa de gente desconocida. Eres incorregible.

Billy tomó mi comentario como un cumplido.

—Y menos mal que lo hice. Al cabo de unos minutos el señor Matheson interrumpió la conversación con mi tío y me preguntó si me gustaba la casa, a lo que le respondí que desde luego, y entonces me hizo una pregunta...

Billy se detuvo.

—¡¿Cuál?!

—Me preguntó cuántos años tenía. Y cuando le respondí, me dijo que su hija era de mi misma edad, que se llamaba Miranda y que seguramente estaría encantada de mostrarme la casa.

Al escuchar el nombre de Miranda en labios de Billy experimenté un ramalazo concentrado de los celos que me habían invadido antes, sólo que ahora se presentaron todos juntos y el efecto fue el de un pinchazo intenso. Me enderecé en la banca y cambié de posición para disimular mi malestar. Me senté de costado.

—La mencionaste el otro día —me obligué a decir.

—Justo en ese momento una de las sirvientas bajaba del segundo piso con un cesto de ropa y Preston le preguntó por Miranda. La sirvienta le respondió que estaba en el invernadero y que iría a buscarla.

A estas alturas, de buena gana me hubiera lanzado por encima de la mesa y hubiera agarrado a mi amigo del cuello para que se apurara en terminar la historia. La ansiedad me carcomía.

—Cuando Miranda apareció, me quedé sin aliento —dijo Billy—. Patrick es exagerado para algunas cosas; mi madre dice que todo lo que él dice hay que dividirlo en dos. Pero esta vez tenía razón. Tiene el cabello rubio y rizado como Ashley Smith, sólo que más abultado, y..., y sus ojos son más pequeños que los de Ashley, pero de un azul intenso..., ¡como los tuyos!

No pude evitar sonrojarme. Ciertamente mis ojos eran del color de los de Miranda. Lo había confirmado gracias a los prismáticos de Randall.

—No te sonrojes, Sam —dijo Billy en tono burlón—. Tus ojos son más bonitos.

—Cállate, Billy —lo detuve sin un ápice de amabilidad.

Él rió brevemente.

—Miranda llevaba un vestido como de fiesta, con un escote amplio y sin mang...

—Está bien, está bien —lo detuve—. Es la mismísima reina de la belleza. Lo he entendido.

Resultaba difícil controlar las emociones. Comprendí que era posible que Billy hubiera visto la gargantilla con la medialuna...

Siempre y cuando Miranda no la haya tirado a la basura.

Era un alivio, no obstante, que yo nunca le hubiera enseñado a Billy mi propio dije, que siempre escondía debajo de mi camiseta. Pero en ese instante tomé nota mental para quitármelo y guardarlo en la caja floreada. No podía exponerme a que la cadena se rompiera o quedara visible por accidente.

—No quise ser tan efusivo —se disculpó Billy—. Perdóname.

—Es la quinta vez que me pides perdón.

—Tienes razón. Pero te aseguro que no faltará oportunidad para que tú también conozcas a Miranda. Ya verás cómo te llevarás de maravilla con ella y seguro que se hacen...

—No lo creo —lo interrumpí—. Parecemos de mundos diferentes. ¿Finalmente te mostró la mansión?

Billy advirtió la carga de ironía con la que pronuncié la palabra mansión. Enarcó ligeramente las cejas, contrariado.

—Cuando Preston Matheson se lo pidió, ella le dijo que una tal señora Davidson estaba esperándola en el invernadero para su lección del día. Después supe que Miranda perdió días de escuela en Canadá y aprovecha el verano para recuperarlos.

La señora Lápida.

—O sea, que apenas conociste a la chica —dije sin poder ocultar mi entusiasmo.

Pero había olvidado el inicio de nuestra charla.

—¡Por eso regresé! —exclamó Billy—. Ayer. Fui en mi bicicleta, esta vez sin Patrick. El único inconveniente fue que antes de salir cometí la torpeza de decirle a mi madre que iría a casa de los Matheson. Cada día salgo de casa y nunca me pregunta adónde voy, siempre asume que vengo al bosque, sin embargo esta vez va y se interpone en mi camino y me dispara una retahíla de preguntas. Y no pude mentirle. Le dije que iría a la mansión de la calle Maple, que Patrick hacía reparaciones allí y que eran millonarios. Y adivina qué. Me dijo que no estaba dispuesta a que fuera a la casa de unos desconocidos. No se contentó hasta que habló con Patrick, le pidió el teléfono de la casa y habló con la madre de Miranda, Sara. Me dio vergüenza sólo de escucharla. ¿Sabes lo que me dijo Sara Matheson cuando llegué a la casa?

—¿Qué?

—«Tu madre es una señora muy locuaz» —dijo Billy, y lanzó una risotada—. Así que ya sabes, ésa es la forma refinada que tienen los millonarios para decirte que tu madre es insoportable. Locuaz.

—Significa que habla mucho...

—Sé lo que significa, Sam.

Otra vez luchaba contra las estocadas de celos.

—Pasé la tarde con Miranda —dijo Billy adoptando una expresión soñadora—. En Canadá dejó atrás a sus amigos y algunos primos; no tiene amigos en Carnival Falls, no conoce a nadie y está aterrada de que no la acepten.

—Eso es una tontería. Si es bonita y tiene dinero, es seguro que irá a la Bishop y hará amigos en un santiamén.

La Bishop era la escuela privada de Carnival Falls. Billy asistió a ella durante el kínder y el primer grado, pero luego su familia se vio obligada a cambiarlo a la Lelland. Para él, era lo mejor que le había pasado en la vida, porque detestaba el uniforme de saco azul y, más que eso, a los niñitos engreídos que iban dentro; pero para la señora Pompeo, que debió tomar la decisión en favor de los estudios universitarios de los hermanos de Billy, fue una catástrofe de la que todavía se lamentaba cada vez que se presentaba la oportunidad.

—El señor Matheson ya ha hecho los arreglos necesarios para que Miranda empiece el octavo grado en la Bishop. Para eso Miranda se está preparando con la señora Davidson. Seguramente los chicos se le lanzarán encima, pero el verano es largo y ahora está sola.

Billy esbozó una sonrisa tiburonesca.

—Siento un poco de pena por ella.

—¡Finalmente, damas y caballeros —vociferó Billy poniéndose de pie sobre la banca—, un gesto de humanidad!

—Siéntate —le pedí mientras miraba hacia uno y otro lado y comprobaba que no había nadie cerca que pudiera vernos.

Me hizo caso.

—Miranda me mostró casi todas las habitaciones de la casa —dijo Billy, ahora con seriedad—. Salvo la de sus padres y algunas otras. En total son más de treinta. Hay bibliotecas, salón de música, dos o tres áticos, un sótano inmenso que apenas pudimos explorar, mil baños y muchos cuartos vacíos. Ni siquiera ella se ha familiarizado todavía con la casa, y a mí me costó orientarme. ¡Es desconcertante! Hay pasillos que no conducen a ningún lado, puertas clausuradas, desniveles en muchas de las habitaciones. Me quedé asombrado. Miranda me confesó que durante días no pudo conciliar el sueño en aquella casa, que todavía hoy no termina de acostumbrarse a los crujidos que oye por las noches, sonidos extraños que en su casa en Canadá nunca había escuchado. Yo hubiera preferido investigar un poco más, pero ella no quiso. Me dijo que no se sentía a gusto vagando por la casa, que normalmente hacía siempre los mismos recorridos y pasaba la mayor parte del tiempo en el invernadero, donde se sentía como al aire libre.

—¿Has estado allí?

—¿Dónde?

—¡En el invernadero!

—Por supuesto. Pero primero déjame contarte algunas cosas más de la casa. A los sirvientes, por ejemplo, los han traído de Canadá. Llevan varios años con la familia. Miranda me ha dicho que los ha escuchado quejándose de la casa.

—Te ha confiado bastantes cosas...

—Se ve que tenía la necesidad de hablar. Pero escucha

esto, es espeluznante. En muchas paredes de la casa, casi tocando el techo, hay una serie de máscaras talladas en piedra. Son decorativas. Miranda me ha dicho que sueña con ellas, que siente que cuando camina por la casa, esos rostros de piedra la observan. Los observé cuidadosamente y... ¡todos los rostros son diferentes! ¿No es increíble?

Hice una mueca. Imaginaba a Billy con Miranda, vagando por aquella mansión que mi imaginación había concebido según el relato de mi amigo, y los celos cedían para dar paso a un vacío desolador. Una parte de mí no quería seguir escuchándolo, pero otra necesitaba hacerlo. Era una sensación horrible.

—Después del recorrido fuimos al invernadero. Finalmente no le regalé la orquídea a la señora Matheson porque le hubiera dado a mi madre una oportunidad más para entrometerse. Con los padres no hablé casi nada. En todo momento se mantuvieron distantes, lo cual en esa casa es bastante sencillo. Me resultaron un poco... misteriosos.

—Todos los millonarios son misteriosos.

—Puede ser. Miranda tampoco me habló demasiado de ellos; era como si prefiriera eludir el tema. Me preguntó por los niños de Carnival Falls, sus costumbres y, especialmente, por el bosque. Su padre le ha contado algunas historias y ella sólo conoce el Límite, pero quiere conocer todo lo demás.

Emití una risita. Si había algo de lo que podíamos jactarnos Billy y yo era precisamente de conocer el bosque.

—¿Vas a volver a verla? —pregunté.

Ahora fue el turno de Billy de reír.

—Parece que sí.

—¿Cuándo?

Otra vez se puso de pie sobre la banca y fingió que consultaba un reloj imaginario.

—A ver..., Mmm..., déjame consultar mis horarios —dijo con una ceja en alto—. Déjame ver...

Volvió a sentarse, prácticamente dejándose caer, y remató:

—Yo diría que... en treinta segundos.

En sus ojos vi todo lo que me hacía falta. Me volví. Miranda caminaba hacia nosotros. Estaba a unos veinte metros de distancia. Empujaba una bicicleta resplandeciente y llevaba un vestido blanco como la nieve. Detrás pude ver el Mercedes de la familia, estacionado en Wakefield Road. Un sirviente leía el periódico apoyado contra la portezuela.

Entonces entendí por qué Billy me había citado en el Límite.

—¡Miranda! —gritó Billy, gesticulando una y otra vez.

Miranda se detuvo a medio metro de donde estábamos. Debió de advertir cierto terror en mi rostro porque se mantuvo seria. Yo me sentía incapaz de moverme. Uno de mis brazos seguía sobre la mesa de madera y parecía haberse convertido en una pieza de plomo maciza, porque no pude levantarlo. Me quedé así, con el rostro vuelto para observar a Miranda, pero incapaz de terminar de girar y ponerme de pie.

Billy rodeó la mesa, supuse que con intenciones de presentarnos. Yo sabía que no podría decir nada, que si acaso intentaba pronunciar una palabra en ese momento lo echaría todo a perder. Al mismo tiempo sabía que Miranda hablaría de un momento a otro, que escucharía su voz por primera vez y que eso sería el equivalente a dar un salto al vacío. Ya el simple hecho de tenerla tan cerca, de poder observarla de un modo que ni siquiera los prismáticos de Randall me habían permitido, era demasiado para mí.

—Tú debes de ser Sam, ¿verdad?

El eco de su voz reverberó en mi cabeza. Era dulce, como el gorjeo de un pájaro.

Me tendió la mano.

¡Muévete brazo, muévete de una vez!

Se la estreché como pude. Y entonces, mientras acariciaba aquella delicada mano y la apretaba con suavidad, una serie de alarmas encadenadas se dispararon en todo mi cuerpo.

—Y tú debes de ser Miranda —dije sin temblores—. Un gusto conocerte.

—Gracias. Billy me ha hablado mucho de ti.

Nos sonreímos, y posiblemente en ese preciso instante el destino bajó el martillo de mi vida.

17

Esa noche me dormí de madrugada. Pasé la mayor parte del tiempo en el diminuto escritorio de mi habitación. Había abierto mi libreta en una página en blanco pero sólo a modo de excusa para evocar la tarde en el Límite en compañía de Miranda y Billy. Coloqué los talones en el borde de la silla y me abracé las rodillas; con el mentón sobre el antebrazo repasé todos los detalles del encuentro. Ahora podía escuchar en mi cabeza la voz de Miranda, apreciar gestos de ella que antes no conocía: como cuando ladeaba la cabeza para prestarte atención, o se encogía de hombros al reír.

Alrededor de las once de la noche, un golpe en la puerta me hizo saltar del susto. Mi rodilla se movió espasmódicamente haciendo que mi brazo saltara como si tuviera vida propia y me golpeara en el mentón. Un acto bastante cómico, supongo. Mientras me masajeaba la mandíbula y cerraba los ojos ante el dolor en la lengua —que acababa de morderme—, escuché la voz pausada de Amanda al otro lado de la puerta. Sólo dijo mi nombre, pero fue suficiente para que yo entendiera. Las reglas en la granja eran que en verano podíamos quedarnos despiertos hasta las diez. A veces Amanda se levantaba para ir a la cocina a beber un poco de agua, y supuse que al advertir la luz filtrándose por debajo de mi puerta había decidido llamarme la atención. Opté por no responder, porque intuí que Amanda no estaría del otro lado esperando una respuesta, sino en la cocina, y verificaría mi obediencia a su regreso. Apagué la luz y recorrí a tientas los tres pasos hasta la silla. Había sobre el escritorio una lámpara que emitía una luz débil que sabía no podía ser advertida desde el pasillo, pero no la encendí. A medida que mis ojos se acostumbraron a la oscuridad, la habitación se fue dibujando en tonos de grises y azules gracias al resplandor de la luna.

Mi atención se centró en el montoncito plateado junto a la libreta, resplandeciente como un botón de mercurio. Estiré la mano y con el dedo lo deshice, hasta que con la yema reconocí la forma de la medialuna de hojalata y los eslabones diminutos de la gargantilla que hasta hace unas horas había llevado en torno al cuello. Le fui dando forma hasta dibujar un corazón. Lo hice sin ser consciente, recordando mi emoción de esa tarde al ver que Miranda no se había deshecho de mi regalo. Aunque sabía que nunca podría revelarle que el obsequio era mío, saber que la acompañaba cuando yo no estaba a su lado me emocionaba. Sabía también que dadas las nuevas circunstancias yo no podría usar mi gargantilla todo el tiempo, pero sí podría hacerlo en la soledad de mi habitación, y era un precio más que justo por ver a Miranda día tras día. De sólo pensar que esa tarde, en el Límite, podía haber nacido entre los tres un vínculo de amistad, una sensación de vértigo se apoderaba de mí.

Abrí el cajón del escritorio y barrí la gargantilla con mi mano hasta que cayó dentro.

Recordé el momento en que Miranda ocupó la mesa de picnic, acomodándose el vestido para que no se arrugara. Me sorprendí cuando eligió sentarse a mi lado, aunque era perfectamente razonable, porque para hacerlo junto a Billy hubiera tenido que rodear la mesa. Inmediatamente, mi amigo asumió el control de la situación. Le dijo que el vestido era muy bonito, pero inadecuado para el bosque, y que si quería ser de la pandilla debería vestir *jeans*, como yo. Miranda, lejos de considerarlo una imposición, una orden o algo por el estilo, se mostró entusiasmada y dijo que le diría a su madre que le comprara unos *jeans* porque normalmente no utilizaba pantalones. Dijo, de hecho, que no tenía ninguno. Billy y yo intercambiamos una mirada de incredulidad absoluta, como si nos hubiera revelado algo inconcebible. Al advertir nuestra perplejidad nos explicó que cerca de su casa, en Montreal, no había bosques, pero se apresuró a agregar que le gustaba mucho la naturaleza. Su interés parecía genuino, aunque una voz maliciosa en mi cabeza no dejaba de susurrarme que Miranda se interesaba por nosotros porque éramos los primeros que el destino interponía en su camino. Yo podía tener doce años recién cumplidos, pero sabía cómo funcionaba la sociedad. Miranda era bella, millonaria y atraería a todos los niños y niñas de Carnival Falls como un foco lo hace con los insectos, y entonces elegiría a los mejores y se marcharía con ellos. La voz maliciosa estaba dispuesta a apostar a que en uno o dos meses Miranda ni siquiera nos dirigiría el saludo. Sin embargo, esa misma voz era la que hacía una semana, mientras yo tallaba un corazón en el olmo de la calle Maple, me había asegurado que nunca me atrevería a acercarme a Miranda. Y sin embargo, allí estábamos.

La otra cuestión que inmediatamente preocupó a Billy, además de la vestimenta inapropiada, fue la presencia del centinela de etiqueta que leía el periódico en el coche. Era razonable que por ser la primera vez que Miranda iba al bosque alguno de los sirvientes la acompañara, pero eso no podría repetirse; limitaría enormemente nuestras posibilidades de acción. Aunque cualquiera daría esto por sentado, evidentemente, Billy, que como buen observador entendía que en la lógica de no tener pantalones podía esperarse casi cualquier cosa, prefirió sacar el tema a relucir; con cierta delicadeza, eso sí hay que concedérselo. Le preguntó a Miranda por el hombre del coche y dejó que ella se explayara. Miranda nos dijo que aquel individuo se llamaba Elwald, y que tanto él como su esposa Lucille habían trabajado durante años como sirvientes de sus abuelos, Alexander y Alice, allí en Carnival Falls. Cuando éstos murieron, Preston les propuso viajar a Canadá y seguir sirviendo a la familia, y ellos aceptaron. La hija de ambos, Adrianna, los acompañó.

Cuando Billy abrió la boca, posiblemente para ser más explícito respecto a la presencia de Elwald, lo detuve con un ademán e intervine por primera vez. Le dije a Miranda que normalmente no nos reuníamos donde estábamos en ese momento, sino que teníamos un lugar especial dentro del bosque, un sitio secreto, que nos gustaría compartir con ella. Billy se quedó helado ante mi revelación, y sólo se distendió cuando le expliqué a Miranda que no era más que un claro localizado no demasiado lejos de allí, donde nadie nos molestaba. Aunque no lo pareciera, puntualicé, al Límite venían infinidad de niños y paseadores de perros y también adolescentes que se manoseaban y daban besos de lengua. Ella rió con mi comentario e inmediatamente agregó que le encantaría conocer ese lugar tan especial. Entonces echó un vistazo en dirección a Elwald y su rostro se nubló. Comprendió que el claro dejaría de ser un sitio mágico si Elwald y su periódico venían con nosotros.

La solución a cómo nos libraríamos del sirviente llegó de la mano de Billy, como era de esperar. Esa misma noche, le pediría a su madre que hablara con los Matheson y les explicara que él pasaría por casa de Miranda a buscarla —pues a fin de cuentas la mansión quedaba camino de su casa— y se comprometería a llevarla. El rostro de Miranda se iluminó ante la perspectiva, pero manifestó ciertas dudas respecto a si sus padres, y especialmente Preston, lo permitirían. Estaba claro que no conocía el poder de convicción de la señora locuaz. La señora Pompeo podía convencer a una piedra de que era una cagada de perro endurecida. Y además podría llegar a ofenderse si la familia de ricachones declinaba su ofrecimiento.

Media hora después de llegar, Miranda se excusó y nos anunció que tenía que regresar a casa, porque así se lo había prometido a su madre. Dijo también que al día siguiente debía tomar su lección con la señora Davidson —a quien mi cabeza se empecinaba en seguir llamando señora Lápida— y que por la tarde aprovecharía para ir al centro comercial y comprar los pantalones. Convinimos reunirnos el miércoles.

En la penumbra de mi habitación, sonreí ante la perspectiva de un nuevo encuentro con Miranda. Nunca en mi vida sentí tanta ansiedad por un día que está por llegar.

18

Al día siguiente encontré a Billy en el claro, con la sonrisa triunfal de un cazador que posa para ser fotografiado junto a la bestia abatida, salvo que a sus pies estaba su bicicleta y en su mano aferraba una rama torcida y no una escopeta. Había entrado en la casa de los Matheson, trabado amistad con la hija, todo en contra de mis pronósticos, y ahora quería su reconocimiento. Billy era así. Cuando se le metía una cosa en la cabeza, los genes maternos se activaban y no paraba hasta conseguirla. A veces bromeaba con ser presidente, y yo en el fondo sentía un retortijón y procuraba cambiar de tema, porque con Billy, cuanto más intentabas disuadirlo de algo, peor era.

Detuve mi bicicleta arrastrando los pies sobre la tierra —mis frenos gastados hacían el trabajo a medias— y me apeé de un salto. Coloqué las manos en la cintura y lo miré, increpándolo en silencio con un movimiento de cabeza, sin pestañear y adelantando el mentón.

Billy siguió sonriendo, todavía sin responder. Quería su condecoración.

—¿Y bien? —dijo al fin, sin poder contenerse. Abrió los brazos y la rama zumbó.

—Me has impresionado —admití—. Has conseguido que te inviten a la mansión de los Matheson, recorrerla..., tal como querías.

—No me refiero a eso. ¡¿Qué opinas de Miranda?!

Aparté la vista de inmediato.

—Oh, te refieres a eso. —Pateé la rueda de mi bicicleta y unas costras de lodo se desprendieron—. Me parece muy simpática.

—Simpática... —repitió Billy como un médico que sopesa el diagnóstico de un colega.

Le propiné otro puntapié a la rueda.

—¿Qué diablos te ocurre, Sam?

—Nada.

Piensa rápido. Piensa. Piensa.

—¿Entonces?

—Es que creí que me pedirías disculpas por lo del otro día —improvisé—. Todos esos días de ausencia.

Mi amigo se relajó.

—Ah, eso. Vamos, fueron sólo tres días. Y además, te pedí perdón ayer. Perdí la noción del tiempo.

Era cierto, Billy ya se había disculpado. Y además no había sido tan grave.

—Miranda parece fantástica —comenté.

Billy sonrió al comprobar que no tenía nada contra ella, como quizá había temido.

—Ya lo creo que sí —dijo.

Me dirigí hasta el tronco caído y me senté encima.

—¿Tu madre ha hablado con los Matheson?

Billy se sentó a mi lado.

—Sí. Aunque te confieso que tan pronto como se lo pedí creí que había tenido la peor idea de la historia. Primero me lanzó una retahíla de preguntas acerca de la familia, de mi paso por la casa, de sus modales, en fin, ya sabes, cosas de madre. —Se detuvo, y al comprender lo que acababa de decir, hizo un gesto de fastidio—. Perdón, Sam. Cosas típicas de mi madre.

El comentario no me molestó.

—Sé a qué te refieres.

—En medio de su cuestionario le dije que no tenía la menor idea de todas esas cosas que me preguntaba. ¿Cómo voy a saber las creencias religiosas de los Matheson? ¿O qué opinan del aborto? ¡Es ridículo! Mi madre logra exasperarme, tiene esa capacidad de hacer las preguntas más insólitas, y cuando uno se lo dice entonces siempre tiene a mano alguna frase del tipo «Sólo decía...» o «Simplemente es una pregunta, Billy, no tienes por qué ponerte así».

—Te imaginas entrar a esa casona y preguntar... —continuó Billy apuntando al cielo con su rama—: oiga, señora Matheson, ¿tiene usted alguna posición tomada respecto al aborto? Se lo pregunto porque mi madre necesita una definición al respecto. La locuaz, esa misma. Y si usted es de las que piensa que es libre para decidir si trae a alguien al mundo, pasando por encima de Dios..., bueno, absténgase de mencionárselo a ella cuando la vea.

—¿Pero accedió?

—Le dije que si no quería hacerlo, entonces que no lo hiciera, que a mí me daba igual, que sólo era camaradería hacia los nuevos vecinos, como ella me había enseñado.

—Buen intento.

—No tan bueno. Mi madre estaba acomodando ropa en uno de los estantes de mi habitación y al volverse me preguntó... —Billy emuló la voz de su madre—: ¿te gusta esa niña, Billy?

Guardamos silencio un instante.

—A la señora Pompeo no se le escapa casi nada —observé.

Billy me miró con la boca abierta.

—No te pongas como ella. He dicho que es bonita, nada más.

—Lo que tú digas. ¿Aceptó?

—Finalmente sí. Habló con Sara Matheson. Escuché sólo una parte de la conversación, pero no tuvo que insistir ni explicar casi nada. También hablaron de la iglesia y de otras cosas más.

—¿Entonces mañana pasarás a buscarla?

—Sí. Sólo espero que la señora Matheson no haya dicho que sí para quitarse a mi madre de encima.

—Seguro que están encantados de que su hija se integre tan pronto.

—Eso espero. Mañana lo sabremos con certeza.

Billy se bajó del tronco y caminó hasta el centro del claro, ahora utilizando la rama como un bastón. Trazó una línea más o menos recta en la tierra que fue borrando con sus mismos pasos. Supe que necesitaba decirme algo más.

—Ayer, cuando le hablaste a Miranda del claro...

Mantenía la cabeza gacha, la vista puesta en un garabato que trazaba con la punta de la rama.

—¿Sí? —lo animé.

—Pensé que le hablarías de... lo otro.

—Me parece un poco apresurado, ¿no crees?

—Sí, yo pienso lo mismo.

Seguía rascando la tierra con la rama.

—Pero a su debido tiempo creo que podríamos decírselo.

Alzó la cabeza de repente.

—¿Tú crees?

—¡Claro!

Billy podía ser el niño más parlanchín del planeta, pero en determinadas circunstancias necesitaba un poco de ayuda externa para decir las cosas. En aquel momento supe que la señora Pompeo no se había equivocado cuando le preguntó a su hijo si le gustaba Miranda. Posiblemente ni siquiera Billy era del todo consciente todavía, pero Miranda en efecto le gustaba.

Y yo, desde luego, no podía culparlo por eso.

19

La bifurcación hacia el claro desde Center Road era apenas una cinta de hojas apelmazadas. Aunque siempre me aventuraba en bicicleta, esta vez me apeé y recorrí los metros finales andando, sacudiéndome una nube de mosquitos. Al final de aquel sendero creado a base de pisadas y ruedas de bicicleta, me detuve. En el centro del claro estaban Billy y Miranda, sentados de espaldas a mí, inclinados ligeramente hacia delante sobre la caja de herramientas. Si bien el día anterior le había dicho a Billy que no tenía inconveniente en compartir nuestros secretos con Miranda, que él le revelara el contenido de la caja en mi ausencia me dolió. Mi amigo exhibía en ese momento los planos del bosque, más de diez en total, que habíamos confeccionado y protegido con nailon para que la humedad no los afectara. Ella seguía las explicaciones de Billy con atención.

Sin hacer ruido, me subí a la bicicleta y aceleré con unos pocos pedaleos enérgicos, para detenerme instantes después con mi clásica metodología de frenado a pie. Mi entrada intempestiva los asustó un poco, lo cual no estuvo nada mal.

—¡Hola, chicos! —grité mientras me detenía en el otro extremo del claro.

Miranda se puso de pie primero, como si hubiera sido descubierta haciendo algo indebido, y Billy lo hizo un instante después, con la misma expresión de culpabilidad en el rostro.

—¡Hola, Sam! Te estábamos esperando.

—Lo siento. Tuve una mañana complicada en la granja. —Dejé mi bici junto a las otras.

Me volví y reparé en la vestimenta de Miranda: llevaba unos pantalones monísimos color caqui y una camiseta negra con un estampado de la Pitufina. La camiseta no era muy ceñida, pero aun así advertí la existencia de dos pechos florecientes. No eran como las bombas de Mathilda, pero allí estaban.

—¿No te gusta mi ropa?

Levanté la vista.

—Está muy bien. Te irá mejor para andar por el bosque, ya verás.

—Billy me ha enseñado los mapas que han hecho —dijo Miranda.

—Para entretenernos hasta que tú llegaras —se apresuró a agregar Billy.

—¿Nos sentamos? —sugerí—. Y Billy, por favor, pásame el repelente. Hoy los mosquitos están insoportables.

Mi amigo fue hasta su mochila y sacó el aerosol del bolsillo delantero, donde la señora Pompeo se aseguraba de colocarlo siempre, y me lo lanzó.

—Ahí lo tienes —dijo.

A pesar de que el envase describió una parábola perfecta, el tiro me tomó por sorpresa y apenas atiné a colocar las manos frente a mi rostro, como un vampiro que intenta protegerse de un crucifijo, y el aerosol rebotó en ellas y cayó. Lo levanté con un gruñido de desagrado.

—A mí no me han picado —dijo Billy.

—A ti nunca te pican —repliqué mientras me rociaba con una buena cantidad de repelente—. Prefieren a las personas que se bañan.

Miranda rió.

—¿Quieres? —le ofrecí. Ella dudó un instante, buscando la aprobación de Billy.

—Siempre lo compartimos —dijo él.

Lógicamente no le lancé el envase, sino que me acerqué y se lo tendí. Durante un instante, las yemas de sus dedos se deslizaron sobre mi mano. Fue un contacto breve y superficial, pero intenso. Nos habíamos estrechado las manos en el Límite, pero esto fue diferente, al menos para mí.

Otra reliquia para mi colección, pensé.

Miranda apenas se aplicó dos tímidas rociadas de repelente en los brazos.

—Tengo una sorpresa —anunció ella de repente.

Con Billy intercambiamos miradas de desconcierto.

—¡Oh! No es nada importante —dijo Miranda advirtiendo nuestro interés—. He traído algo.

Fue hasta su mochila y sacó un Tupperware.

Billy, que todavía sostenía los mapas en una mano, los volvió a guardar en la caja de herramientas y la cerró. Nos sentamos formando un triángulo. Miranda colocó su recipiente en el centro y lo abrió. Me incliné con curiosidad e imaginé a una versión diminuta de Elwald, con su miniperiódico y un mobiliario a escala. «No los puedo dejar de vigilar. Órdenes del señor Matheson».

—¿Por qué sonríes? —me preguntó Billy mientras Miranda quitaba la tapa hermética.

—Cállate —respondí sin mirarlo.

Miranda hizo su anuncio formal:

—Son las galletas especiales de Lucille, con chispas de chocolate.

Eran grandes y de apariencia esponjosa, con trozos de chocolate del tamaño de monedas. Había más de diez y estaban encimadas unas sobre otras, cuidadosamente separadas por servilletas de papel.

—¡Han sobrevivido! —dijo Miranda, feliz.

—¿Por eso veníamos tan despacio? —se quejó Billy—. Se ven deliciosas, de verdad.

—Hay cuatro para cada uno. ¡Al ataque!

Las galletas especiales de Lucille eran buenísimas. Di cuenta de la primera con fruición, saboreando la masa que en efecto no se rompía como la de las galletas de mala calidad. Por cortesía, aguardé a que Billy tomara su segunda galleta y fui por otra. Cada una tenía el tamaño de una taza de café. Cuando llegué a la mitad, mi estómago ya se había dado por satisfecho. Si hubiera estado con Billy a solas hubiera guardado la media galleta para comerla después, pero preferí no hacerlo esta vez. La gente rica no hacía ese tipo de cosas, pensé. La terminé y tuve una revelación respecto a Miranda. En el fondo seguía creyendo todo lo que le había dicho a Billy: que en cuanto empezaran las clases en la escuela Bishop haría nuevos amigos —amigos de su nivel—, y entonces se olvidaría de nosotros. Sin embargo, una parte de mí empezaba a pensar que había una posibilidad remota de que las cosas fuesen distintas. Por un instante, fantaseé con que la nuestra sería una amistad duradera, como la de Collette Meyer y las chicas.

Sin embargo, las galletas especiales de Lucille, decían otra cosa. Desde que conocía a Billy, lo máximo que habíamos comido en el bosque habían sido los sándwiches de salami de la señora Pompeo, y esto sólo porque le obligaba a llevarlos consigo para reponer energía. Ahora teníamos ante nosotros unas galletas dignas de una fotografía de Betty Crocker, ¡y apenas nos conocíamos! ¿Qué vendría después?

¿Te han gustado, Sam?

Billy y yo pertenecíamos al mismo mundo: el mundo de la escuela pública, que a su vez tenía sus castas bien diferenciadas, por supuesto, pero a los ojos de los «otros» éramos la misma cosa. Cuando Miranda lo comprendiera, o la forzaran a hacerlo, se acabarían las galletas especiales de Lucille y otra vez seríamos Billy, yo y los ocasionales sándwiches de salami de la señora Pompeo. Nadie más.

Billy chasqueó los dedos delante de mis ojos.

—Te han hecho una pregunta.

Parpadeé.

—¿Te han gustado, Sam? —volvió a preguntar Miranda.

—Exquisitas —dije mientras me masajeaba el estómago.

Guardamos silencio. Me pareció que Miranda se concentraba en los sonidos del bosque, tan familiares para nosotros pero sin duda cautivantes para una niña de ciudad. Por lo menos pude distinguir el graznido de unos grajos y los pitidos cortos de varios ruiseñores.

—Le he hablado a Sam de tu casa —dijo Billy con su talento innato para romper silencios, fuesen éstos incómodos o no.

—La construyó mi abuelo —dijo Miranda.

—Es gigante —dijo Billy.

—Sí. Cada vez me voy sintiendo más a gusto allí. Sam, ¡tienes que venir a conocerla!

Sus palabras me provocaron un escalofrío. Ni en mis fantasías más osadas había imaginado que la propia Miranda me invitaría a su casa.

—¡Me encantaría!

—¿Por qué dices que no te sientes del todo a gusto? —preguntó Billy con cierta impaciencia.

—Bueno, mi hermano pequeño, Brian, duerme con mis padres —explicó Miranda—. Supongo que sería diferente si fuera más grande y pudiera compartir con él la habitación, tenerlo cerca para poder hablar con él por las noches y esas cosas. Pero él apenas tiene un año. Es como si yo fuera hija única, y las casas grandes y desconocidas, bueno, dan un poco de miedo por las noches...

Dejó la frase en suspenso.

—¿Te refieres a los crujidos de la madera y esas cosas? —pregunté.

—Crujidos, el viento, una ventana mal cerrada; ruidos a los que no estoy acostumbrada —explicó Miranda—. En Montreal vivíamos en una casa grande, pero la conocía al dedillo. Cuando era pequeña solía ir a la habitación de

Elwald y Lucille y ellos me permitían quedarme allí sin decirles nada a mis padres, pero ahora soy demasiado mayor para eso.

Me fascinaba escucharla. Penetrar en su mundo. Todavía seguía descubriendo inflexiones en su tono de voz, o pequeños gestos faciales. Era nuestra primera reunión en el claro, el bautismo de una amistad naciente, y Miranda sintió la necesidad de hablar de sus sentimientos. Una especie de presentación formal, supongo.

—¿Por qué se fueron de Canadá? —preguntó Billy.

Le lancé a mi amigo una mirada intensa, pero Miranda no pareció molesta por la pregunta, al contrario.

—¿Sabes? —dijo—. No sé por qué nos quedamos allí, en primer lugar.

Repasé mentalmente la historia de Preston Matheson, que un buen día había desaparecido de Carnival Falls.

—¿A qué te refieres?

—Mis padres no hablan de ello —dijo Miranda—. Bueno, en realidad no lo hablan conmigo. Se lo he preguntado algunas veces, especialmente a mi madre, pero me ha respondido que soy muy pequeña para entender ciertas cosas. Yo creo que ni ella lo sabe. Los he escuchado discutir.

—¿Discuten mucho? —preguntó Billy.

—Sí —dijo Miranda—. Ahora más que antes.

Parecía agradecida de compartir esos detalles de su vida. Comprendí que Miranda, rodeada de opulencia y sirvientes dispuestos a hacer las cosas por ella, no tenía amigos para hablar de sus problemas, como Billy y yo hacíamos a diario.

—Mi padre viajaba muy seguido a Montreal, a atender los negocios de la familia. Siempre se hospedaba en el mismo hotel, que resultó ser de mis otros abuelos. Allí conoció a mi madre y...

—¿Tus abuelos tienen un hotel en Canadá? —preguntó Billy, fascinado.

—Sí. Dos, de hecho.

—¡Increíble!

—Déjala hablar, Billy.

Miranda sonrió.

—Mis padres empezaron à salir y al poco tiempo mi madre quedó embarazada. De mí. Supongo que fui una... sorpresa.

—Tu madre es muy joven —apuntó Billy.

—¡Billy! —Le asesté un empujón.

Miranda rió. No parecía nada molesta con las constantes intromisiones de Billy.

—Sí, mi madre era muy joven. Se instalaron en una casa con la idea de venir a vivir a Carnival Falls en cuanto yo naciera. Mi madre quería pasar su embarazo cerca de mis abuelos, pero estaba entusiasmada por venir a vivir aquí.

A estas alturas, mi interés en la historia iba en aumento. Sabíamos que un buen día Preston se había marchado de Carnival Falls sin dar explicaciones, pero ahora nos enterábamos de que había tenido intenciones de regresar con su flamante familia cuando terminara de construir su casa.

¿Qué había pasado en el medio?

—Cuando nací, la nueva casa no estaba terminada. Pasaron los meses y finalmente nos quedamos en Canadá.

—¿Tu madre cambió de idea y quiso quedarse? —pregunté.

—No lo sé. Algo sucedió. ¿Saben que no tengo ni una fotografía con mis abuelos paternos? Nunca los conocí. Algo hizo que mi padre no quisiera regresar a Carnival Falls y hasta donde sé no se lo dijo a nadie. Mi madre se lo ha echado en cara varias veces, cuando discuten.

—¿Qué hizo con la casa que estaba construyendo? —preguntó Billy.

—Supongo que la vendió. Cuando todo eso ocurrió yo era una niña recién nacida. Me enteré de todo el año pasado, cuando de buenas a primeras a mi padre se le metió en la cabeza que teníamos que venir aquí. Fue terrible.

Mi madre no lo aceptó, ni lo acepta todavía. Creí que se divorciarían.

Los ojos de Miranda se humedecieron. Sentí el impulso de acercarme y abrazarla, pero fue una idea que nació y murió en el mismo instante.

—No sigas si no quieres —dije.

—Es bueno tener amigos con quien hablar.

—¿En Canadá no tienes amigos? —preguntó Billy con su delicadeza de marmota.

—Oh, sí. —Por lo menos la pregunta le arrancó una sonrisa—. Pero con mis amigas no hablaba mucho de estas cosas. La mayoría de sus padres estaban divorciados o apenas se veían y me decían que las rencillas en mi casa eran normales. Seguramente tenían razón, pero...

—A ti te han afectado.

—Sí, es doloroso escucharlos discutir. Mi padre ha hecho todo lo posible para que estemos a gusto, pero a mi madre la idea de mudarnos después de tanto tiempo no le gustó nada.

Recordé la expresión pétrea de Sara Matheson, de pie junto al Mercedes, con su hijo pequeño en brazos, el día en que la familia visitó la casa por primera vez.

—Pero ¿saben qué?

—¿Qué?

—Últimamente la veo más a gusto. Ha hecho amigas y tiene un montón de plantas, que le encantan. Yo creo que poco a poco se va sintiendo mejor en Carnival Falls.

—¿Qué hizo que tu padre cambiase de opinión? —preguntó Billy.

—Cuando mi madre se lo pregunta, él dice que necesitaba que sus hijos conocieran la ciudad en la que él creció. Pero yo creo que tiene que haber algo más.

—Yo creo lo mismo —dijo Billy—. Además, es extrañísimo que durante este tiempo no quisiera regresar ni una sola vez. Ni siquiera cuando tus abuelos murieron...

—¡Billy! —le disparé.

—Perdón.

—Tú y tus preguntas. Deja que Miranda nos cuente lo que quiera. Ella no es como yo, que me ametrallas con tus preguntas todo el tiempo.

Billy bajó la vista, como un niñito castigado. Miranda le palmeó el hombro.

—Está bien, Billy —le dijo—. Entiendo tu curiosidad.

Mi amigo me lanzó una mirada triunfal y yo me burlé con una mueca.

—Les diré un secreto —anunció Miranda.

La palabra «secreto» era una de las pocas que atraía la atención de Billy instantáneamente.

—Somos todo oídos.

—No sé si mis abuelos supieron que mi padre se casó y tuvo una hija.

—¿Eso crees? —preguntó Billy, incapaz de ocultar su incredulidad.

—No es que lo crea realmente. Es que lo quiero creer. ¿De qué otra manera se explica que mis abuelos nunca fueran a visitarme?

20

Esa noche, en mi habitación, mientras evocaba la esponjosidad de las galletas especiales de Lucille y sus gloriosas chispas de chocolate, y por supuesto a Miranda, un ruido afuera hizo que me pusiera instintivamente alerta. Me hice un ovillo en la cama, con la sábana hasta la barbilla y los ojos bien abiertos.

¿Qué había creído escuchar exactamente?

Un correteo.

Lo primero que pensé fue en *Rex*, pero conocía el andar del pastor alemán; esto había sido diferente, menos acompasado. El ruido había sido justo delante de mi ventana.

No solía tener miedo por las noches; ni la oscuridad ni la soledad parecían afectarme demasiado.

A medida que los minutos pasaron me fui convenciendo de que lo que acababa de escuchar había sido el andar apresurado de un animal, posiblemente un mapache, una ardilla o una rata grande.

Se activó en mi interior ese mecanismo racional que tenemos los seres humanos para defendernos de lo peor; ese que nos asegura —que nos convence, de hecho— de que el ruido en la sala no es un intruso sino nuestro gato, o de que el extraño que nos sigue de cerca en la calle en una noche lluviosa no tiene malas intenciones, sino que simplemente camina detrás nuestro por casualidad. Pero a veces los ruidos en la casa son causados por intrusos, y ciertos perseguidores sí tienen intención de hacernos daño.

Entonces una silueta descomunal se recortó detrás de la ventana.

Lancé un grito que rápidamente sofoqué con la mano. La silueta no se inmutó, ni desapareció, como una parte de mi mente insistía que sucedería de un momento a otro. Debía de ser mi imaginación; ¡tenía que serlo! Quizá si cerraba los ojos... era posible que desapareciera. Pero no iba a cerrar los ojos por nada del mundo. Mi corazón latía como accionado por el pistón de un Fórmula 1. La sábana no era protección suficiente. Temblaba de pies a cabeza y aquella silueta seguía allí, deformada por los pliegues de la cortina, pero no por eso menos amenazante.

Y entonces se movió. Estaba haciendo algo.

Por Dios, no abras la ventana ni rompas el cristal; no lo hagas, por favor, porque si lo haces, gritaré y me mearé encima, eso es lo que haré; por favor por favor por favor.

Susurré aquellas palabras, como una plegaria, incapaz de cerrar los ojos, incapaz de moverme, incapaz de pensar con claridad.

El intruso no intentó forzar la ventana, o eso me pareció, pero algo hacía allí fuera, no tenía dudas. Claro que, mientras no entrara, me tenía sin cuidado. ¿Sería un borracho meando? Yo sabía que los borrachos meaban en cualquier parte, pero ¿qué haría un borracho allí? No tenía sentido.

No entres no entres no entres no entres no entres.

Y no entró.

Pero hizo algo peor.

Con el nudillo golpeó el cristal. Fueron cinco, diez, cien mil veces. No sé cuántas. Lo único que sé es que con cada nuevo golpe mi corazón se empequeñecía, mi vejiga se hinchaba y mi cuerpo temblaba cada vez más. Ignoraba si alguien podría escuchar el sonido desde la planta alta, pero quería creer que sí, que Amanda o Randall o alguien bajaría de un momento a otro y encendería las luces del porche o haría algo. Llamar a la policía, quizá. A fin de cuentas, había un extraño golpeando la ventana.

¡Un maldito lunático golpeador de ventanas!

Cuando se dignó a detenerse, la silueta no se movió. Lo que en cierto modo fue peor, porque ahora podía escuchar mi respiración acelerada mientras me convencía de que el intruso estaba tramando algo, y no podía ser otra cosa que...

La silueta desapareció.

No tenía sentido convencerme de que no había estado allí, que lo había imaginado o soñado. Había sido real. Como los golpes. Y si necesitaba una prueba al respecto, la tenía allí, en la ventana. En uno de los paños de cristal había algo: un objeto rectangular. La cuestión era si me atrevería a levantarme e ir a echar un vistazo, porque en ese instante todos mis músculos estaban engarrotados, mis articulaciones oxidadas y pensar en destaparme para recorrer los pocos pasos hasta la ventana se me antojaba imposible. Menos aún abrirla y quedar a merced de aquel extraño. Podía ser una trampa.

No lo haría. Esperaría al día siguiente. A la luz del día, las cosas serían diferentes.

¡Ve a ver de qué se trata, Jackson!

Era la voz de Billy.

¿Y si había sido Billy?

La silueta me había parecido la de alguien más grande, pero... la incidencia de la luz y la cortina podían haberme confundido. Sin embargo, ¿por qué Billy dejaría algo en mi ventana y se marcharía?

Intenté pensar como mi amigo y concluí que él no habría golpeado el cristal, sino que habría pronunciado mi nombre en voz baja. Pero una vez que la semilla de la duda quedó plantada, no hubo remedio. Sabía que tendría que ir a ver. Podría hacerlo rápido, me dije. En menos de un minuto. Mucho menos.

Sin pensarlo más di un salto y aterricé en el centro de la habitación. De una zancada llegué a la ventana, aparté la cortina de un manotazo y a través del cristal vi un trozo de papel doblado. Abrí la ventana y tomé el mensaje a toda velocidad. Leí:

LOLITA
VEN A LA CAMIONETA ABANDONADA
¡AHORA!

21

La caligrafía me resultó desconocida, aunque la torpeza del trazo me dio una idea bastante acabada acerca de quién podía estar detrás.

¿Por qué citarme en la camioneta abandonada?

Lolita.

Mi primera reacción fue no salir.

Imaginé a Billy con el rostro desarticulado cuando le dijera que no había acudido a la cita. Mi amigo tenía razón en una cosa: la maniobra del libro en el sótano era la punta del iceberg, el inicio de un plan más intrincado que no comprendíamos. Ahora tenía la posibilidad de averiguar un poco más. Pero también estaría jugando en terreno desconocido. ¿Salir en plena noche? ¿No sería eso el equivalente de las películas de terror, cuando la rubia se pasea por la casa en calzones, con una sartén como única arma de defensa?

No podía decidir. Abrí la cortina y miré por la ventana. La hierba plateada se perdía en un mar negro. Una pila de leña se alzaba como la aleta de un tiburón gigantesco.

De repente la silueta volvió a surgir. Esta vez yo estaba a escasos centímetros de la ventana, de modo que pude ver con claridad los ojos rojos, el pelaje aterciopelado y...

—*Rex* —susurré—. Casi me matas del susto.

Abrí la ventana.

El perro plantó las dos patas en la ventana y permitió que le hiciera una caricia. Luego se apartó y corrió hacia la esquina de la casa. Se detuvo, me miró expectante, regresó y volvió a hacer lo mismo.

—¿Quieres que te siga?

Hice acopio de valor. Caminar con *Rex* me daría seguridad. No obstante, sabía que si me descubrían fuera me castigarían; especialmente cuando no pudiera justificar la razón de la huida.

¿Y si ése era el objetivo?

¡Basta!

Consulté mi Timex y vi que eran las once en punto. Tenía que tomar una decisión. La mirada de *Rex* me pedía lo mismo.

—Deja que me vista —le dije a *Rex*, que pareció entenderme a la perfección.

Me vestí con la misma ropa de aquel día y tomé una sudadera antes de salir. Era una noche fresca.

Salí.

—Quédate cerca de mí.

La sudadera tenía capucha pero no me pareció prudente ponérmela. La camioneta abandonada estaba en el campo de Fraser, un hombretón iracundo y de mal genio que bien podría disparar a un encapuchado en medio de la noche, aunque no superara el metro cincuenta. Caminé junto a la alambrada perimetral con *Rex* trotando a mi lado con la lengua colgando. Su compañía me tranquilizó. Recorrí unos ciento cincuenta metros hasta el fondo. Las plantaciones a mi derecha eran ejércitos alineados de soldados raquíticos; algunos agachados y otros de pie. Había coliflor, jitomates, lechuga, pepino, que abastecían con creces las necesidades de la granja, pero que ocupaban una porción relativamente pequeña de las cinco hectáreas totales. La granja de los Carroll producía básicamente papas y maíz.

Me detuve un instante y eché un vistazo sobre mi hombro en dirección a la casa. No había ninguna luz encendida en las habitaciones. Con las manos en los bolsillos caminé con la vista puesta en la punta de mis tenis. Al llegar al fondo giré a la derecha, siguiendo la alambrada, hasta el sembrado de papas, que en cosa de un mes estarían listas para ser cosechadas.

Recorrí los metros finales con la odiosa sensación de estar a punto de cometer un error que pagaría caro.

Sólo tres hilos de alambre me separaban del campo de Fraser. Justo del otro lado había una callejuela de tierra y más allá un maizal infinito. La brisa nocturna agitaba los tallos altos con sus ráfagas intermitentes, como si seres invisibles corrieran por el interior, persiguiéndose unos a otros. *Rex* se sentó a mi lado. Así como nosotros teníamos prohibido cruzar el límite de la propiedad, lo mismo sucedía con *Rex*, que era claramente más obediente que todos nosotros. Sus ojos reflejaron la luna y creí advertir cierta tristeza, como si supiera que yo tenía que pasar al otro lado y lamentara no poder acompañarme.

—No te preocupes, *Rex* —dije, y lo acaricié—. Si fueras un humano, podría decirte que nadie va a enterarse si me acompañas, pero tu lealtad es hacia Randall. Lo entiendo.

Me agaché y crucé el alambre entre el primer y el segundo hilo.

—Quédate aquí, chico. Aquí.

A pesar de que la camioneta abandonada estaba a casi cincuenta metros por esa callejuela interna, me sentiría mejor sabiendo que *Rex* estaba cerca. Si algo me pasaba, podría llamarlo y hasta era posible que el animal se saltara las normas de su amo para venir a rescatarme. Pero mejor no pensar en cosas malas. Miré por última vez hacia la casa, ahora parcialmente oculta por el granero.

¿Por qué no citarme en el granero?

¿Por qué la camioneta?

De la camioneta sólo quedaba una carrocería herrumbrosa tapada de maleza. Las ruedas habían desaparecido, lo mismo que las puertas y el cofre. La cavidad originalmente ocupada por el motor era un macetero natural y hogar de paso de mapaches, ardillas, ratas y hasta serpientes, dependiendo de la temporada. La caja de carga estaba ligeramente inclinada hacia atrás y se mantenía relativamente limpia a causa del escurrimiento de la lluvia. Por supuesto, teníamos prohibido acercarnos a ella simplemente por el hecho de estar en la propiedad de Fraser, pero de vez en cuando alguno se daba una vuelta por allí. Yo sospechaba que Randall y Amanda lo sabían, pero no les preocupaba demasiado. Personalmente, prefería el bosque.

Cuando había recorrido la mitad del trayecto, la camioneta era todavía una forma oscura a la que la luna no lograba arrancarle un solo destello. Un punto rojo luminoso fue el primer indicio de que allí había al menos una persona. Aminoré la marcha. El punto rojo se movía de un lado para otro describiendo formas rebuscadas, luego se mantenía suspendido, se encendía un poco más y volvía a desplazarse.

Ninguno de mis hermanos fumaba oficialmente, aunque yo sabía que algunos sí lo hacían o habían probado alguna vez. Todavía no podía distinguir los rasgos de la persona recostada en la caja abierta de la camioneta, pero advertí que era más grande que yo, eso seguro, y que estaba sentado contra la cabina. Daba profundas caladas al cigarrillo y luego apoyaba el brazo en el borde, mientras lanzaba el humo hacia un costado. Recordé el relato de Tweety, de Milton Home, cuando Orson y su pandilla fueron acusados de robarle la cajetilla de Marlboro a uno de los celadores. Aquella historia había terminado con un chivo expiatorio con las axilas quemadas. Me pregunté cómo terminaría ésta.

—¿Quién eres? —pregunté con voz temblorosa.

El extraño no me respondió. En su lugar dio una calada al cigarrillo, que se encendió por última vez y luego salió volando, todavía encendido, describiendo una parábola perfecta en dirección al maizal.

Lo único que faltaba era que aquel idiota iniciara un incendio.

—Creí que ya no vendrías —dijo Orson.

No sabía si alegrarme o no por haber estado en lo cierto desde el principio.

—¿Qué quieres, Orson?

—Antes que nada, acércate.

—Estoy bien aquí. Dime qué quieres.

—¿No me has oído? Quiero que te acerques. —Hablaba con voz fría. No había en ella ni rastro de la cortesía con la que habitualmente se conducía en la granja—. No te preocupes, no voy a obligarte a que me hagas una mamada, aunque seguro que te gustaría, ¿no es cierto?

Rió despreocupadamente. Era la primera vez que me enfrentaba con el verdadero Orson, pensé, el que Tweety me había retratado con las historias en el orfanato. Comprendí que el rival que yo conocía, que me observaba con recelo en las comidas, me hacía comentarios punzantes y me desafiaba permanentemente, también formaba parte de un disfraz, una máscara sobre otra máscara. El verdadero Orson Powell estaba allí, esperándome en la caja de la camioneta abandonada. Supe en ese instante que lo había subestimado, que no estaba frente a un grandullón tonto e impulsivo, sino frente a alguien calculador y decidido como un verdugo, que no sólo era capaz de urdir por sí mismo la treta del libro en el sótano, sino muchas cosas más.

Caminé hasta la camioneta pero no subí. Me detuve a un metro de la caja.

—¿Por qué lo haces de esta manera? —pregunté.

Orson era ahora un fantasma de facciones grises, pero pude advertir su desconcierto.

—¿Tienes miedo?

—No, me parece una estupidez.

La expresión de Orson se endureció, pero sólo un instante.

—Es mejor así. Nadie nos molestará. Y ahora sube.

Lo hice. Pero me alejé de él lo máximo posible. Me

senté en el extremo del parapeto, en el lado opuesto al suyo. Quería demostrarle que no tenía problemas en hacer lo que me pedía, pero al mismo tiempo no quería limitar demasiado mis probabilidades de escape.

—Dime lo que tengas que decirme.

Orson buscaba algo en el bolsillo. Extrajo una maltrecha cajetilla de cigarrillos de la que tomó uno y lo encendió. Le dio una larga calada y describió con labios de pez unas cuantas «Oes».

—¿Supiste que era yo, Sam?

—No te entiendo.

—El que te quitó ese libro de mierda de tu escondite. ¿Supiste que había sido yo?

—Supuse que podrías ser tú —dije con sequedad.

Soltó una de sus risas. Me pregunté si tendría como propósito incomodarme, lo que estaba consiguiendo con creces, o era parte del Orson subyacente, el que yo no conocía. Recordé que Tweety, cuando me contó cómo Orson le quemaba la axila al niño en Milton Home, dijo que tenía en sus ojos un brillo de chiflado. En su momento no lo tomé al pie de la letra, pero ahora me pregunté seriamente si en efecto no habría rastros de locura en Orson. Analizado desde esa óptica, lo que había hecho con *Lolita* y este encuentro en medio de la noche cobraba un nuevo sentido.

—Quiero que sepas una cosa, Sam —dijo con la vista en las estrellas—. Lo del libro ha sido divertido, no lo negaré. De hecho, ha sido muy divertido. Y sería más divertido todavía que Amanda encontrara la sobrecubierta por casualidad y que viera las iniciales en la solapa. Quizá me quite las ganas y lo haga. ¿Qué crees que haría contigo?

—¿Cómo voy a saberlo? —respondí de mala gana.

—Imagínalo. Tienes buena imaginación, ¿no?

—Supongo que se enojaría conmigo. Quizá me prohíba salir durante todo el verano. No lo sé.

—Sí, es probable que suceda algo de eso —dijo Orson,

y se llevó el cigarrillo a la boca. Cambió de tema abruptamente—. Podría violarte, ¿sabes?

Se frotó los genitales.

—Deja de hacer eso. Por favor.

—No lo entiendes, ¿verdad? —dijo alzando el tono de voz.

¿Estaba actuando? ¿Buscaba atormentarme, o eran brotes de locura genuinos? Tuve que entrelazar mis manos con fuerza y esconderlas en el regazo para evitar que temblaran.

—¿Qué es lo que no entiendo? —logré articular.

—Que lo del libro es sólo una muestra de lo que soy capaz —dijo mientras paseaba el cigarrillo delante de sus ojos, como si quisiera hipnotizarse—. Sí, podría acusarte de leer ese libro de mierda, pero podría hacerte cosas peores. Podría hacer que te echaran de la granja...

Sus ojos seguían el cigarrillo mientras hablaba:

—Seguramente, ese maricón de Tweety te ha dicho algunas cosas. Tú y yo no hemos tenido oportunidad de hablar porque siempre estás en ese agujero de habitación que tienes, o en el puto bosque, pero ahora tenemos tiempo de sobra. Cuando quiero algo, lo consigo. ¿Entiendes?

—Sí.

—Si se me ocurre hablar contigo a solas, en plena noche mientras me manoseo el pito, lo consigo. Consigo lo que quiero. Te quito ese libro y hago que vengas. Y si no, te traigo a rastras y nadie se entera. Y si creo que vas a delatarme..., no sé, te corto la lengua. ¿Verdad que he sido claro?

No supe qué responder. Nunca me habían hablado de ese modo. El miedo ganaba terreno como un incendio fuera de control, acorralando mis pensamientos y reduciéndolos a un puñado de conceptos desvaídos. Había subestimado a Orson. Estaba a solas con él. A su merced.

La voz de Tweety retumbó en mi cabeza, casi como un mensaje celestial.

«He aprendido que muchas veces es mejor dejar el orgullo de lado y usar la cabeza...».

—Has sido claro —dije empeñándome en que la frase no sonara irónica.

—Bien. Eso me gusta. —Orson volvió a lanzar el cigarrillo encendido en dirección al maizal—. Me gusta mucho, de hecho. Y ahora que sabes cómo son las reglas del juego, te diré lo que necesito de ti.

Con Billy habíamos pensado que el ladrón de libros podía estar interesado en mi habitación, pero ahora sabía que eso era una estupidez. Ahora que veía los ojos de Orson —«ahora que conoces las reglas del juego»—, sabía que detrás de la maniobra había algo mucho más siniestro. Sin embargo, no podía imaginar qué.

—¿Cómo van las cosas con los Meyer? —me dijo.

La pregunta me tomó por sorpresa.

—Son muy amables conmigo.

—Apuesto a que los conoces bien, ¿verdad?

—Sí.

Orson asentía, como un profesor que toma la lección.

—Y vas a su casa dos veces por semana —dijo en tono reflexivo—. Confían en ti. Eres de la absoluta confianza de Collette Meyer y de ese viejo al que le encanta quedarse en casa todo el día, ¿no es así?

Esbozó una sonrisa lobuna. Disfrutaba con mi desconcierto. Yo no tenía idea de cómo Orson conocía a los Meyer, y la mención de sus nombres no había sido arbitraria, sino una provocación. Lo cierto es que si buscaba desconcertarme y preocuparme todavía más, lo consiguió. ¿Qué tenían que ver los Meyer en todo este asunto?

—¿Tú los conoces? —pregunté sin saber si era lo que él pretendía.

—Sólo lo que se dice de ellos aquí en la granja —dijo restándole importancia—, que te protegen y te dan dinero por pasar el rato con el anciano.

—En realidad se lo dan a Amanda —lo corregí.

—Si tú lo dices...

Creí advertir algo en su expresión. Algo que no había estado allí antes. Quizá me había soltado una mentira al decirme que no conocía a los Meyer, pensé.

Consulté mi reloj. Hacía menos de quince minutos que había llegado a la camioneta abandonada, pero parecía una eternidad. Había aprendido más de Orson Powell en los últimos minutos que durante los cinco meses que él llevaba en la granja.

—Te diré lo que necesito que hagas por mí.

—¿Qué?

—Quiero entrar a la casa de los Meyer —dijo Orson de repente.

—¡¿Qué?!

—Lo que has oído. Necesito tener acceso completo a esa casa, y tú te encargarás de que eso suceda. Tres o cuatro horas, no más. Pero los Meyer no deben estar allí.

Otra vez el pulso se me aceleró.

—No puedo hacer eso.

Orson se puso de pie a la velocidad de la luz. La reacción fue tan repentina que, en parte por querer observarlo cuán alto era y también por la sacudida de la carrocería, estuve a punto de caer hacia atrás. Me aferré al parapeto con ambas manos. Orson se acercó y se sentó a mi lado. Posó su manaza desproporcionada en mi rodilla y la masajeó ligeramente. La dejó allí mientras hablaba.

—No me hagas repetir las cosas, Sam.

—No.

—¿Me estás prestando atención?

Esta vez no pude responder. Cuando abrí la boca, fue como si un puñado de arena se deslizara por mi garganta. Asentí repetidamente.

—Bien —dijo Orson sin retirar la mano de mi rodilla—. Quiero que me consigas entrar en esa casa cuanto antes, durante unas horas. Cuando lo tengas todo arreglado, iré contigo y me esperarás fuera.

—¿Vas a...?

—No voy a hacer nada que ellos puedan echarte en cara. —Ahora su tono era paternalista y comprensivo, lo cual en cierto sentido era peor. Podía sentir su aliento a tabaco en la mejilla—. ¿Has entendido, Sam? Di que sí.

—No podré hacerlo —musité—. El señor Meyer no sale casi nunca.

Orson retiró la mano de mi rodilla.

—Es cierto —casi le supliqué—. No sale nunca. No podré hacerlo. No podré.

—Shhh... Tranquilízate.

Mis piernas temblaban. Mis manos temblaban. Mi voz temblaba. Mis intentos por mantener cierto control se habían ido al infierno. Orson era el dueño absoluto.

Se puso de pie. Cruzó la caja y se sentó otra vez en el parapeto de enfrente, pero más cerca que antes. Me miró fijamente.

—Volveremos a hablar pronto y me dirás cuándo iremos. —Otra vez se masajeaba la entrepierna.

—¿Qué harás? —pregunté con desesperación.

—No es de tu incumbencia. Pero te puedo asegurar una cosa: si cumples con tu parte del trato, nadie se enterará.

Bajé la vista. No podía seguir mirándolo a los ojos. Con la voluntad doblegada y una confusión absoluta, no tenía manera de enfrentarme a aquellos ojos. Vagamente pensé en Billy, pero su sabiduría no acudió en mi auxilio. No tenía la más remota idea de qué tramaba Orson y qué interés podía tener en los Meyer, o en su casa.

—Ni pienses en hablar de esto con nadie —sentenció Orson como si me leyera la mente—. Si me entero de que se lo dices a Amanda o a Randall, primero lo negaré y después me aseguraré de partirte los huesos. Eso, por no mencionar que sabrán de tus lecturas sucias y de tus fotografías de mujeres. A los Carroll les encantará saber quién eres realmente, Sam Jackson.

Rió abiertamente ante esta última idea.

—¿Has entendido?

Asentí en silencio. Nunca había sentido tanto miedo en toda mi vida.

—Y ahora vete antes de que cambie de opinión acerca de esa mamada.

Me bajé de la camioneta sin esperar un solo segundo. Caminé de espaldas.

Ahora se reirá a carcajadas.

Pero Orson no rió. Cuando me volví sobre mi hombro vi que me observaba fijamente y en silencio.

22

Llegué a casa de Billy sin previo aviso, a primera hora de la mañana. Encontré a la señora Pompeo en la puerta de la calle, caminando despacio a causa del sobrepeso que a su edad empezaba a convertirse en una complicación. Se apoyaba parcialmente en el carrito de la compra.

—Hola, Sam —dijo cuando me vio.

—Hola.

Se detuvo.

—¿Te sientes bien?

—Sí, muy bien.

—No tienes buen aspecto. Billy está tomando su desayuno. Si van al bosque, recuérdale que lleve sus sándwiches. Están en el refrigerador.

—Se lo recordaré, no se preocupe.

—¿De veras estás bien?

—De veras.

—Dale saludos a Amanda de mi parte.

La casa estaba en silencio. En la sala me recibió la acostumbrada multitud de Pompeos sonrientes —cuadros en las paredes, portarretratos en los estantes y en las mesitas decorativas—; la vida de los cuatro hermanos de Billy, ya casados y con sus respectivas familias, podía seguirse con precisión a través de aquellas fotografías. En una de las paredes estaba la serie especial de Billy, con su atuendo de marinerito y la sonrisa forzada, que anualmente le tomaba el señor Pasteur por pedido expreso de la señora Pompeo. Me acerqué a la última, que veía por primera vez, y no pude evitar sonreír ante las facciones tensas de mi amigo. Era asombroso cómo la sonrisa, que en las primeras fotografías era de auténtica felicidad, se convertía en las últimas en una mueca dolorosa.

Un grito llegó desde la cocina.

—¡¿Estás viendo la nueva fotografía?!

—¡No! ¿Cómo sabes que estoy aquí?

—Te he visto por la ventana.

No respondí.

—¡Deja de mirarla!

—¡No la estaba mirando! Pero ahora sí. Estás muy guapo.

En la cocina encontré a Billy frente a un tazón de cereales intacto. Cuando me senté en la mesa frente a él, lo arrastró hasta mi lugar.

—Supongo que no has desayunado —me dijo.

—No.

—¿Qué te sucede? —Billy advirtió de inmediato que algo no andaba bien.

Le conté el incidente de la noche anterior. Hablar de lo sucedido me ayudó a descargar parte de la tensión, aunque constituyera violar una de las órdenes expresas de Orson.

A medida que avanzaba en el relato, los ojos de Billy, que ya de por sí no estaban demasiado abiertos, se fueron cerrando hasta convertirse en dos ranuras. Cuando se lo conté todo, esperé en silencio a que me dijera algo, pero su mente no funcionaba tan rápido a esas horas de la mañana.

—¿Y?

—Por lo menos nos ha dicho lo que quiere —meditó Billy en voz alta—. ¿Me dices que él no conoce a los Meyer para nada?

—No, que yo sepa.

—Lo primero que harás será decirle que dentro de una semana podrá entrar a la casa, que el señor Meyer tiene consulta con el médico o algo así. Con eso se quedará tranquilo y creerá que todo marcha como él piensa.

Y eso nos dará tiempo para averiguar qué hay detrás de ese extraño pedido.

Sabía cuál sería la reacción de mi amigo, pero yo tenía otros planes.

—Billy, te lo he contado porque eres mi amigo y necesitaba hablar con alguien, pero no voy a hacer nada.

—¿Qué?

—Tú no lo has visto —dije con la mirada puesta en los copos de cereal que se hinchaban en la leche—. Nunca había visto a Orson así. A nadie, en realidad. Sus ojos eran los de un chiflado, y le creí todo lo que me dijo. Me asusté muchísimo.

—Eso lo entiendo. —Billy habló en voz baja—. Pero no puedes dejar que se salga con la suya, entiendes eso, ¿verdad, Sam? ¿Le permitirás que requise la casa de los Meyer?

Estaba a punto de llorar.

—Me dijo que ellos no lo notarían —musité.

—Supongamos que así sea. Supongamos por un momento que le permites entrar en la casa de los Meyer y que ellos nunca advierten lo que sea que haga allí, ni nosotros. ¿Crees que ahí terminará todo? Mañana, pasado mañana o el mes próximo te amenazará otra vez, a ti o a alguien de la casa.

—¿Dices que debería hablar con Amanda? No he hecho más que pensar en eso toda la noche. ¿Recuerdas la historia que Tweety me contó, la del celador al que le robaron la cajetilla de cigarrillos en Milton Home?

—Sí, la recuerdo. No creo que hablar con Amanda sea una buena idea. Por lo menos, no ahora. Es cierto que ella es como tu madre y al final es muy probable que te crea a ti. Lo que me preocupa es lo que Orson pueda hacer mientras tanto.

—Mejor no meterse con él, Billy. Si lo hubieras visto estarías de acuerdo conmigo.

—No sé. Antes de hablar con Amanda me parece

que tendríamos que tomar algunas precauciones. Por lo pronto, podrías preguntarle a los Meyer si ellos conocen a Orson.

Lo pensé un segundo. No era mala idea y no parecía que pudiera empeorar las cosas.

—¿Vas a comerte los cereales? —preguntó Billy—. Me ha dado hambre.

Se los devolví. Tenía el estómago cerrado.

23

La excursión al pantano de las mariposas sería especial por varios motivos. Para empezar, sería la primera incursión en el bosque en compañía de Miranda. Y si había algo que yo no quería era echarla a perder hablando de mi encuentro con Orson en la camioneta abandonada, por lo que le pedí especialmente a Billy no hablar de ello. Él y yo habíamos ido al pantano de las mariposas tantas veces que nos hubiera resultado imposible enumerarlas, pero sería la primera vez para Miranda, y no me parecía justo aburrirla con mis problemas.

Casi todos los niños conocían el pantano; era probable que nos encontráramos con algunos durante la travesía o al llegar allí. En nuestros mapas había sitios mucho más inaccesibles, lejanos y secretos, pero ese día, en que el verano daba comienzo formalmente, no se trataba de hacer grandes proezas ni de presumir. Se trataba de pasarlo bien.

Cuando llegué al claro, Miranda y Billy ya estaban allí, y esta vez no me sorprendí al verlos juntos inspeccionando el contenido de la caja de herramientas. Había visto sus bicicletas en el puesto del señor Mustow, un hombre que además de vender hamburguesas y papas a los visitantes del Límite había asumido el rol de cuidador de bicicletas. Hoy la travesía sería a pie.

—¡Al fin! —dijo Billy cuando me vio. Se había vestido con su ropa especial, la que yo denominaba «de cazador»: una chamarra de franela beige con doscientos bolsillos que había pertenecido a uno de sus hermanos y que le quedaba unas tallas grandes, y un gorro que no hacía exactamente juego con ella pero casi. Me lanzó una mirada entre preocupada y suplicante para que no hiciera ningún comentario al respecto.

—¿No crees que hace un poco de calor para esa chamarra? —disparé.

Billy negó con la cabeza, pero no demasiado molesto. Mi observación había sido bastante sutil en comparación con otras. Le guiñé un ojo.

—Yo creo que está muy bien para nuestra misión —comentó Miranda un poco desconcertada.

Billy hinchó el pecho con lo de «misión». Si hasta parecía que Miranda ya empezaba a entender los códigos de mi amigo tan bien como yo. Billy aferraba uno de los planos del bosque —¡como si hiciera falta!—, y supuse que hasta mi llegada habría estado explicando los peligros a los que tendríamos que enfrentarnos, como lo haría el capitán Nemo ante la tripulación del *Nautilus*. Habría sacado a relucir su arsenal de historias del bosque, especulado con la posibilidad de encontrarnos con un ciervo o hasta un oso, cosas que en la zona en la que pretendíamos movernos sería imposible.

—Sam, debes ponerte el repelente —dijo Miranda acercándose con el envase—. Billy me ha dicho que hoy los mosquitos están especialmente pesados.

Reparé en la vestimenta de Miranda. Llevaba unos *jeans* ligeramente ajustados, lo cual estaba más que bien, aunque no se adaptaran específicamente a las necesidades del bosque, y una camiseta rosa. Tenía el cabello recogido.

—Sí, es cierto —dije mientras me rociaba de repelente—. El calor se ha tomado en serio el calendario.

Eso los hizo reír. La temperatura había subido por lo menos siete u ocho grados desde el día anterior, superando los treinta. Posiblemente alcanzaba los treinta y cinco. Sería divertido ver cuánto tiempo aguantaría Billy con su chamarra de cazador.

—¿Estamos listos? —preguntó Billy todavía en su rol del capitán Nemo—. ¿Tenemos todo lo necesario?

Sabía la importancia que aquellos rituales tenían para él, así que no reí, pero lo hubiera hecho de buena gana. Un bebé podría haber llegado gateando al pantano de las mariposas.

—Tengo los sándwiches en mi mochila —dijo Miranda, solícita.

—Yo tengo el mantel —dije—. Tal como me pediste.

—Perfecto. Tenemos suficiente repelente para mantener a estos jodidos a raya —dijo tras sacudir el envase.

Lo de los mosquitos no era una exageración de Billy. El calor los había espabilado. Una nube de puntos danzantes se estaba haciendo cada vez más espesa en el claro. La noticia de que allí había sangre fresca estaba corriendo a toda prisa.

—¡En marcha!

Y así, los tres nos pusimos en movimiento. Del claro surgían cuatro senderos bien definidos. Tomamos el más ancho de todos, hacia el oeste.

Mi mayor temor era que Miranda se aburriera durante la caminata. A fin de cuentas, no había que cruzar arroyos, trepar por pendientes escarpadas ni nada demasiado emocionante. Aquello era como caminar por el Límite. Sin embargo, Miranda observaba todo como si aquel corredor vegetal fuera un pasillo del Museo Vaticano. Tácitamente aminoramos el paso para que ella pudiera acercarse a las plantas que le llamaban la atención, detenerse ante el canto de algún pájaro u observar una fila de insectos particularmente llamativos.

—¿Qué son ésas? —preguntó.

Billy se había autoproclamado el encargado de responder las preguntas y yo se lo permití. Cada minuto que pasaba se hacía más evidente su interés por Miranda.

—Gaulterias —respondió.

Miranda observaba aquel arbusto vulgar con verdadero interés. Billy y yo permanecimos detrás, con cierta expectativa. Aunque no lo manifestamos en voz alta, supongo que pensamos que podía estar gastándonos una broma.

—Son como los adornos navideños. —Miranda se agachó y sostuvo en la palma de la mano un ramillete con los pequeños frutos rojos.

—Más adelante creo que hay unos acebos —dije—. Los frutos son de un rojo más intenso, y las hojas más bellas.

—Sí —se apresuró a confirmar Billy.

—¿Se comen? —Miranda sostenía uno de los frutitos entre los dedos.

—¡Claro! —Billy se acercó y, sin nada de delicadeza, arrancó una rama con dos o tres ramilletes de frutos apelotonados. Tomó tres o cuatro y se los metió en la boca de una vez.

Billy odiaba las gaulterias; decía que sabían a calcetín humedecido. Era la primera vez en mi vida que lo veía zampándose cuatro al mismo tiempo.

Entonces supe que lo de mi amigo y Miranda iba muy en serio. Si Billy hacía por ella sacrificios en su dieta alimenticia —claramente uno de los puntos no negociables entre él y la humanidad—, estaba dispuesto a hacerlos con casi cualquier cosa.

Billy le extendió una gaulteria a Miranda mientras masticaba la pasta rojiza y fingía que no era como masticar un calcetín humedecido. Ella se la metió en la boca con delicadeza. Primero la saboreó y por fin la mordió. Cuando se la tragó, Billy todavía batallaba con las suyas.

—Están bien —dijo Miranda, pero todos entendimos que era un comentario de cortesía.

Billy aprovechó un descuido de Miranda para engullir las gaulterias con una mueca de desagrado.

—¿No vas a comer las otras, Billy? —pregunté con ironía en referencia a la ramita que todavía tenía en su mano.

Mi amigo refunfuñó algo y se deshizo de los frutos. De no haber sido por Miranda seguramente hubiera dado cuenta de un sándwich para quitarse el mal sabor de la boca; pero, claro, de no haber sido por ella tampoco hubiera comido un puñado de gaulterias primero.

Las preguntas de Miranda siguieron, y durante los siguientes minutos nos convertimos en sus guías, aunque dejé que Billy tomara la iniciativa la mayoría de las veces. Nos preguntó por el repiqueteo de un pájaro carpintero, por varias especies de árboles, entre ellas alisos, abetos y otros que no supimos identificar. Nos dijo que sus padres le habían regalado una cámara fotográfica y que les pediría permiso para traerla consigo en la siguiente excursión. Entonces fue nuestro turno de maravillarnos, porque ningún niño de Carnival Falls tenía una cámara fotográfica propia.

—¡¿Qué es eso?! —gritó Miranda de repente, alarmada.

Billy se me había acercado para decirme que nos desviaríamos para ver algunos acebos, y yo le estaba respondiendo que no me parecía buena idea, cuando Miranda nos sorprendió con su exclamación. Durante una fracción de segundo pensé que habría visto un oso negro. Nosotros nunca nos habíamos topado con uno, pero sabíamos lo que teníamos que hacer si tal cosa sucedía algún día: correr como almas que lleva el diablo.

Me volví, con el corazón desbocado. Billy instintivamente me aferró el brazo.

Nos relajamos al mismo tiempo.

—Es sólo un faisán —dijo Billy.

El pequeño animal nos observaba con fijeza, de pie en el centro del sendero, a no más de cinco metros de donde estábamos. Tenía la cabeza erguida, luciendo su penacho multicolor con toda la soberbia que es posible endilgarle a un ave. Un rayo de sol que se filtraba entre los árboles hacía resplandecer su plumaje azul metalizado.

—Es un macho —dije.

—¿Cómo lo sabes?

—Por el colorido.

Miranda apartó la vista del ave por primera vez y me miró como si yo hubiese revelado el nombre científico del animal o algo por el estilo.

—Debe de haberse escapado de algún lado —acotó Billy.

—Parece bien alimentado.

Di dos pasos. El animal se fijó en mí, pero no retrocedió.

—Claramente está familiarizado con las personas —dije—. Si no ya se hubiera marchado.

—¿Vuelan?

—No. Saltan y aletean un poco, pero nada más.

—Es muy bonito.

Cuando me acerqué un poco más, el faisán recorrió un arco hacia atrás, todo sin quitarme la vista de encima.

—No creo que nos deje acercarnos mucho —dije.

Billy no agregó nada. Los animales —especialmente los de granja— eran mi especialidad.

—¿Y si le ofrecemos algo de comer? —propuso Miranda.

Lanzarle un sándwich de queso a un faisán era el tipo de cosas que hacía la gente de la ciudad.

—Comen granos, y creo que insectos —dije con seriedad—. Éste debe de saber bien cómo llegar a algún maizal.

—Intentemos tocarlo —dijo Billy.

—No se dejará tocar.

—Prueba.

Giré la cabeza y lo miré con una mueca. Después me agaché y avancé en dirección al animal, extendiendo mi mano como si me propusiera alimentarlo.

—Ustedes no avancen —ordené.

Tras un par de minutos de escarceos, el faisán había retrocedido lo suficiente para internarse en la maleza al costado del sendero, pero todavía nos observaba con cierto interés. Cuando estuve lo suficientemente cerca, lo enlacé con el brazo y logré capturarlo. Lo tranquilicé con mi voz y le acaricié el pecho. Al principio, el ave intentó desplegar sus alas, pero rápidamente se tranquilizó.

Miranda me observaba con fascinación, como si hubiera doblegado a un león y no a un ave regordeta y torpe que ni siquiera podía volar.

—Acérquense despacio.

Cuando mis amigos le acariciaron el cuello esbelto, el faisán movió su cabeza hacia uno y otro lado, con los ojos rojos y penetrantes puestos en cada uno de nosotros alternativamente.

—Hola, bonito —decía Miranda con la vista puesta en el animal, ahora en mis brazos—. ¡Qué bueno eres!

Yo no podía quitar los ojos de Miranda, aprovechando que ella estudiaba al faisán. Recordé el poema que le escribí, donde decía que me conformaba con soñar su sonrisa o imaginar su rostro..., nada de eso era cierto. Creer que podía soñarla o imaginarla era darme demasiada importancia, o menospreciar su belleza. La dulzura con la que le habló al faisán me estremeció. Mis sentimientos hacia ella crecían, y eso me aterraba profundamente.

—Creo que quiere que lo bajes, Sam —dijo Billy—. Está agitando las patas.

Miranda se apartó de inmediato.

Deposité al ave en el suelo. Billy tenía razón. El faisán se internó en la maleza como un gordo que se abre paso entre una multitud. Cuando se alejó unos metros, se volvió. Su cuello asomaba entre las plantas rastreras como un periscopio colorido.

—Adiós, amigo —dijo Miranda con solemnidad.

El resto del trayecto se desarrolló en silencio. O bien Miranda se dio por satisfecha con nuestra escueta lección de botánica y fauna, o algo le había sucedido y yo no me había dado cuenta. Incluso cuando nos desviamos hasta el bosquecillo de acebos la noté ausente. Unos cuantos mosquitos trazaban órbitas a nuestro alrededor y temí que la estuvieran fastidiando demasiado. Cuando le pregunté si quería reforzar su dosis de repelente me contestó que no. Sacudió la cabeza y me sonrió, apenas consciente de los mosquitos, a los que apartaba casi sin darse cuenta.

Billy también advirtió el cambio en su actitud.

—¿Qué sucede? ¿Te aburre el bosque? —preguntó.

Miranda pareció sorprendida. Me apresuré a intervenir.

—Billy es así de diplomático a veces. No te preocupes, podemos hacer otras cosas también.

—Oh, no, no es eso, de verdad. ¡El bosque me encanta! —Miranda mantuvo la vista en el suelo—. Es que... pensaba en el faisán.

—¿Qué pasa con él? —Billy vio una rama caída y se agachó a recogerla.

—Si se ha escapado de alguna granja... —dijo Miranda con voz queda—. Quizá no sepa cómo alimentarse solo.

Billy despojaba la rama de los brotes más pequeños para utilizarla como guía y para apartar maleza. Siempre lo hacía.

—¡No te preocupes por eso! —dijo restándole importancia—. En el bosque hay suficiente alimento para todos los animales.

—Pero es que... —insistió Miranda—, el modo en que permitió que Sam lo alzara..., es obvio que está acostumbrado a estar con personas.

Aparté a Billy sutilmente.

—Los faisanes no son animales agresivos —dije acercándome a Miranda—. Es probable que lleve un tiempo en el bosque y haya aprendido a valerse por sí solo. Te diré lo que haremos: al regresar, lo buscaremos. Has visto que no son ágiles, así que no les gusta moverse mucho. Sólo lo necesario.

Mi comentario le arrancó una sonrisa.

—¿Y si lo encontramos?

—Lo llevaré a mi casa —dije con seguridad. Apoyé una tímida mano sobre su hombro—. No tienes de qué preocuparte.

—¡Eso sería grandioso!

Por un momento tuve la embriagadora sensación de que Miranda me abrazaría. Su rostro se iluminó y festejó dando saltitos y aplaudiendo..., pero no me abrazó.

Billy me miraba con una ceja en alto, con una expresión más cerca de la confusión que del enojo. Mientras sostenía su rama como un bastón supe leer en su mirada exactamente lo que pensaba: que sería imposible encontrar a ese faisán otra vez, y que si tal milagro tenía lugar, llevarlo a la granja de los Carroll, lejos de comprarle un boleto a la salvación, lo condenaría a una cena de Acción de Gracias, donde sería el invitado de honor. Con una leve inclinación de cabeza y abriendo al máximo los ojos, procuré responderle a mi amigo que a veces, con las mujeres, un poco de cariño y contención es mejor que un coctel de sinceridad. Él asintió suavemente.

—Estamos cerca del pantano —anuncié—. Ya nos ocuparemos del faisán más tarde. Disfrutemos mientras los mosquitos nos lo permitan.

—¡Suena perfecto! —respondió una renovada Miranda. Cambiando el tono agregó—: Billy, a ti los mosquitos ni se te acercan.

—Es el repelente.

—No es cierto —me burlé, sabiendo que mi amigo no se sentía del todo feliz de que los mosquitos lo despreciaran. Una vez me había dicho, mitad en serio mitad en broma, que un explorador debía ser capaz de tolerar el asedio de los mosquitos.

—Es increíble —dijo Miranda, que observaba cómo unos cuantos revoloteaban cerca de ella, debatiéndose entre lanzarse en picado o esperar a que el repelente perdiera su poder y, sin embargo, ninguno se acercaba a Billy en un radio de un metro.

—Es la ventaja de caminar a su lado —observé.

Miranda rió. Billy forzó una sonrisa.

—Vamos —dijo con su rama en alto.

Unos minutos después llegamos al pantano de las mariposas. A diferencia de otros sitios que habíamos bautizado nosotros mismos, éste era conocido con ese nombre por casi todos los niños de Carnival Falls. Miranda estaba visiblemente sorprendida.

Aunque era evidente que habíamos transitado por una suave pero constante pendiente durante todo el recorrido, allí el desnivel entre la desembocadura del sendero y la cresta del barranco que teníamos delante no dejaba de llamar la atención. Por encima de la cresta de piedra crecía una hilera de árboles apretados que se asomaban al abismo. El agua de un arroyo sin nombre caía en forma de cascada desde varios sitios diferentes. En épocas de tormentas intensas, el caudal llegaba a ser tal que el agua bañaba completamente la superficie escarpada. Abajo se formaba una verdadera laguna, con dos o tres pies de profundidad. En épocas de sequía, o durante el breve y a veces recalcitrante verano de Nueva Inglaterra, las cascadas desaparecían y la tierra se secaba y agrietaba.

Esa tarde, el suelo estaba lodoso y en determinadas zonas hasta era posible caminar sin hundirse. La ausencia de rayos de sol, que apenas podían filtrarse una vez al día durante unos pocos minutos, hacía del pantano un sitio sombrío y húmedo, donde afloraban rocas y unos troncos raquíticos que se esforzaban por sobrevivir. A los únicos que la combinación de penumbra y humedad parecía sentarles de maravillas era a los helechos, que crecían a gusto en varios lugares.

La suerte estuvo de nuestra parte, porque sabíamos que incluso en días en que las condiciones eran propicias las mariposas podían pasar horas sin dejarse ver. En este día en particular había unas cuantas. Volaban sobre los helechos, casi siempre en parejas. La mayoría eran mariposas monarcas, pero había algunas grandes y violetas y otras blancas. Muchos niños, y algunos adultos, habían hecho de la observación de mariposas su afición, y no era extraño ver a alguno en el pantano con su libreta, tomando notas detalladas de cada mariposa que avistaba, a veces con prismáticos o a simple vista, y muchas veces armados de redes para capturarlas.

—Es como un cuento —dijo Miranda.

Y durante un largo rato los tres permanecimos allí de pie, sin decir nada, contemplando a las mariposas como si se tratara de una exhibición de aviones. Aunque había visitado el pantano infinidad de veces y muchas de ellas había visto mariposas en mayor cantidad y variedad, esta vez fue como si fuera la primera. Como si lo hiciera a través de los ojos de Miranda.

Nos ubicamos en el centro del pantano, en una zona alta donde la tierra estaba lo suficientemente firme. Para llegar hasta allí nos valimos de un camino de rocas, aunque lo cierto es que casi no había agua; dos o tres charcos grandes y nada más. El resto era simplemente tierra anegada. Era una suerte, porque cuando el agua se acumulaba era imposible adentrarse en el pantano sin hundirse hasta la rodilla.

Desplegué el mantel con cierta vergüenza. Estaba viejo y agujereado. Lo había rescatado de la casa de los Meyer, antes de que Collette lo tirara a la basura, y con Billy solíamos utilizarlo con cierta frecuencia. Pero Miranda no hizo ningún comentario. Supongo que todo aquello era nuevo para ella, y el andrajoso mantel era una pieza más. Para ella, que había vivido en casas suntuosas, comido en los mejores restaurantes y visitado hoteles de cinco estrellas como los de sus abuelos, un picnic en el pantano de las mariposas era tan extravagante como para mí un banquete en el Hilton. Bastaba verle la cara para entenderlo.

Incluso Billy, que había sido el artífice de la excursión, estaba sorprendido ante el interés de Miranda.

Cuando Billy y Miranda sacaron los sándwiches de sus mochilas, otra vez sentí la misma punzada de iniquidad. Mi única contribución a la empresa había sido ese calamitoso trozo de tela en el que estábamos sentados, que de ninguna manera equilibraba nuestras aportaciones. Pero me obligué a dejar esos pensamientos de lado. Si Miranda iba a ser mi amiga, tendría que aceptarme tal cual era, y yo hacer lo mismo con ella.

—Así que vives en una granja —dijo Miranda. En la mano sostenía un sándwich de la señora Pompeo.

—Sí. Es la granja de Amanda y Randall Carroll —expliqué—. Ellos me adoptaron cuando tenía un año. Somos catorce en total, entre niños y niñas. Los Carroll son estrictos en algunas cosas, especialmente Amanda, pero son buenos conmigo. Les debo mucho.

Miranda asintió.

—¿Qué les sucedió a tus padres?

—A mi padre nunca lo conocí. Hasta donde sé, ni siquiera supo que yo existía. Mi madre nunca le reveló a nadie quién era él.

Billy había dejado de lado su locuacidad habitual y nos observaba con una expresión que nunca antes le había visto, entre sorprendido y horrorizado. Él conocía la historia de mi vida, por supuesto, pero era la primera vez que me veía revelársela a alguien con tanta naturalidad. Incluso él y yo habíamos hablado de ello apenas un puñado de veces.

—Mi madre murió en un accidente con el coche. De ella conservo fotografías. —Me incliné y tomé un sándwich. Eso le dio oportunidad a Miranda de probar el suyo—. Collette Meyer, una mujer muy buena que también me ha ayudado mucho, era la secretaria del director del hospital donde mi madre trabajaba como enfermera, y ella también me ha contado cosas. Eran amigas. Cuando ocurrió el accidente con el coche, Collette se ocupó de mí. Hizo las gestiones en la granja para que me aceptaran. Los Meyer son como mis abuelos.

—Yo no conocí a mis abuelos paternos, y los maternos han sido siempre muy fríos conmigo, como si yo no les importara demasiado. Casi todas mis amigas han tenido abuelos cariñosos con ellas.

—Así era Joseph Meyer conmigo antes de que comenzara a olvidarse de las cosas, y así es Collette. Ambos son muy buenos.

Allí el calor no era sofocante como al rayo del sol. La humedad del pantano nos mantuvo a gusto y los mosquitos, en parte por el repelente y en parte por la presencia de Billy, no nos importunaron demasiado. De vez en cuando, alguno se acercaba más de la cuenta y lo cazábamos, y eso era todo. El sonido de las cascadas era tranquilizador.

En ese momento, tres mariposas —una azul y dos rojas— revolotearon cerca de nosotros. Permanecimos muy quietos, observándolas. Se posaron en una roca a unos pocos metros, alineadas como las velas coloridas en un embarcadero.

—El accidente en que mi madre murió sucedió cuando yo era bebé —dije de repente.

La cara de Billy se transfiguró.

—Sam... —empezó.

No le hice caso.

—Ocurrió cuando tenía un año —continué—. Regresábamos del hospital, donde mi madre trabajaba doble turno. Ella alquilaba una habitación diminuta y acababa de comprar un coche. Un Pinto. Así que esa noche no tomamos el autobús. Llovía mucho.

Los artículos del periódico dijeron que la tormenta de aquel 10 de abril de 1974 fue de las peores que se vieron en años. El Chamberlain se desbordó en varios lugares y la visibilidad en las carreteras era malísima. El *Carnival*

News hizo en la portada una breve mención al accidente que concluía con la leyenda: «Sigue en página quince». Al día siguiente, de la página quince pasó al olvido, lo cual en cierto sentido tenía lógica: había sido apenas un accidente propiciado por las condiciones meteorológicas, pero no más que eso. El cronista que cubrió la noticia, un hombre llamado Robert Green, tuvo la deferencia de ponerse en contacto con el hospital municipal y escribir unas palabras bonitas de Christina Jackson; dijo, entre otras cosas, que todos la recordarían como a una mujer emprendedora y valiente. Siempre guardé aquellas palabras en mi corazón, porque aunque fueron escritas por un reportero que ni siquiera la conocía, fueron las únicas que quedaron acerca de ella durante mucho tiempo.

Pero ese día, así como no hablaría de Orson y sus amenazas, tampoco tenía intenciones de hablar de Banks.

—Alguien dio aviso a la policía; alguien que pasó por allí y vio el coche incrustado contra el árbol. Según sé, al principio creyeron que el Pinto estaba abandonado. Mi cuerpo había quedado atrapado entre el techo abollado y el asiento. Fue un milagro que sobreviviera.

—¿Y tu madre? —preguntó Miranda con todo el tacto posible.

—No la encontraron —musité—. El comisario estaba convencido de que mi madre salió despedida del coche y cayó en el río Chamberlain. Nunca he vuelto a ese sitio, ni sé exactamente dónde está, pero el periódico decía que la distancia era de unos treinta metros.

Billy atacó el tercer sándwich. Parecía que lo único capaz de hacer era comer. *¿Cuándo piensas detenerte?*, decían sus ojos. No le preocupaba su momentánea falta de protagonismo, sino mi inesperada decisión de soltarle a Miranda la historia de mi vida. Nunca había hecho eso con nadie, ni siquiera con mis hermanos en la granja.

—¿La buscaron en el río? —Miranda parecía genuinamente interesada.

—Sí, y también en Union Lake. No la encontraron.

—Es una historia muy triste —dijo Miranda. Se me acercó y colocó una de sus manos sobre la mía—. Eres muy valiente.

«Valiente». Eso había dicho Robert Green de mi madre.

—¿Tú crees?

—Claro. —Retiró su mano—. No te escondes de la realidad.

Transcurrirían muchos años hasta que comprendiera la verdad detrás de aquellas palabras. Lo cierto es que, por algún motivo del cual en ese momento no fui del todo consciente, esa frase me animó a desafiar mis propios límites.

—Después, ese tipo, Banks, empezó a inventar cosas —sentencié.

Dije lo anterior sin pensarlo demasiado. El rostro de Miranda se transformó cuando mencioné a Banks.

—¿Philip Banks? —preguntó.

Asentí.

—Vive en la misma calle que tú —razoné en voz alta—. ¿Lo conoces?

—Vino a mi casa un par de veces —contestó Miranda, y después agregó con tono de disculpa—: para darnos la bienvenida. Él y mi padre se conocen... de antes. ¿Quién es?

—Es un lunático —se apresuró a decir Billy.

Miranda no supo qué decir. Estaba visiblemente desconcertada por el comentario.

—No te preocupes, Miranda —intervine de inmediato—. Que tu padre lo conozca, incluso que sea su amigo, no significa nada. ¿Sabes qué creo?

Ella había bajado la cabeza. No nos miraba. Parecía a punto de llorar.

—¿Qué? —preguntó en un tono apenas audible.

Le lancé a Billy una mirada fulminante. *¿Qué te su-*

cede? Si había alguien que debía estar molesto, era yo, no él.

—El hombre perdió a su esposa hace muchos años —expliqué—. Todo eso debió de afectarlo profundamente. Yo creo que Banks cree en lo que dice acerca de los extraterrestres.

—No importa si lo cree o no —dijo Billy—. Por su culpa la ciudad se llena de máscaras alienígenas para Halloween. La gente cree que una nave espacial aterrizará en su jardín y los invitará a dar un paseo. Casi la mitad de las personas de esta ciudad cree en hombrecitos verdes. ¡Es ridículo!

—¿Banks dice que a tu madre se la llevaron los extraterrestres? —preguntó Miranda.

Asentí.

—Yo no creo en extraterrestres —completó.

Yo tampoco creía en ellos, y estaba de acuerdo con Billy en que por culpa de Banks muchas personas mantenían vivas las historias de platillos voladores, repitiéndolas con detalles de cosecha propia. En Carnival Falls no era extraño escuchar que un amigo, que a su vez tenía un amigo que era piloto del Gobierno, una vez vio tal o cual cosa. Todas eran patrañas incomprobables.

Pero muchas veces me pregunté hasta qué punto mis convicciones eran férreas y cuánto había tenido que ver Billy en mi manera de pensar. El padre de Billy era ingeniero, al igual que todos sus hermanos; se crió en un hogar donde había reglas claras, racionales; incluso la señora Pompeo se manejaba con un puñado de reglas arbitrarias pero precisas. Mi amigo creció trazando mapas del bosque, ideando métodos de orientación, era un hábil constructor y planificador..., no había espacio en su cabeza para elucubraciones sin un sustento en la realidad. Y en cuanto a mí, el hogar de los Carroll también estaba regido por reglas, desde luego, pero la más importante de todas era la fe. Fe en Dios.

Fe.

No razón.

¿Y acaso no sería lógico en mi caso aferrarse a esa fe —alguna fe— que contemplara la posibilidad de que mi madre estuviera viva? Porque si Banks estaba en lo cierto, entonces Christina Jackson no había sido lanzada treinta metros por encima de un ejército de árboles ni arrastrada por la corriente de un río.

En el mundo que proponía Philip Banks, las cosas eran más simples.

Mucho más simples.

Si Billy no hubiera sido tan enfático en sus convicciones, ¿podría yo pensar de modo diferente?

—Hay una cosa más —dije con firmeza.

—Sam, por favor —empezó Billy—. No te hagas esto...

Lo detuve con un ademán.

—Déjame decirlo —le pedí.

Él asintió a regañadientes.

—A veces sueño con esa noche —manifesté—. La del accidente. Billy dice que no debo interpretar los sueños literalmente, que pueden contener detalles inventados o...

—Simbólicos.

—Sí, simbólicos, y estoy de acuerdo con él. Pero éste es tan real..., y nunca cambia.

Hice una pausa.

Le pedí a Billy el repelente y él me lo entregó con solemnidad. Me rocié mientras seleccionaba cuidadosamente mis palabras.

—En mis sueños viajo en el coche con mi madre, la noche de la tormenta. Ella se vuelve y me mira y su rostro es igual al de las fotografías, sólo que más luminoso y bello. Llueve muchísimo; los truenos retumban a cada momento. Yo estoy en mi silla con Boo, mi oso de peluche, que de pronto se cae al suelo y...

—Basta, Sam... —me rogó Billy.

—Billy, déjame decirlo, aunque sea una vez más —le supliqué. Podía sentir las lágrimas a punto de salir. Sabía que apenas terminara de hablar brotarían sin remedio—. Cuando mi madre se vuelve para agarrar a Boo, una luz intensa aparece en el parabrisas. Ella no la ve, porque..., bueno, está vuelta hacia mí..., pero supongo que la intuye. Sí, la intuye.

»Quizá si ella hubiera estado mirando hacia la carretera, y no ocupada en recoger a Boo del suelo, quizá... hubiera podido hacer algo. Esquivar esa luz.

Billy bajó la cabeza. Miranda me observaba fijamente.

—En mis sueños, cuando el coche se estrella, mi madre está allí, puedo ver su rostro entre los dos asientos de delante. Está muerta, o eso parece, pero no ha salido volando en dirección al río, ni siquiera se ha salido del coche. Seguro que usaba el cinturón de seguridad.

—¿Qué sucede después? —preguntó Miranda con voz trémula, más baja que el viento, el sonido cristalino de la cascada o el canto de los pájaros.

—Alguien la arrastra fuera del coche... —dije. Una gruesa lágrima tibia surcó mi mejilla derecha—. Lo hace con una velocidad asombrosa.

—¿Alguien?

—La lluvia golpea el techo del coche. Apenas oigo nada más. Pero definitivamente hay alguien allí afuera. Después...

Más lágrimas.

—... después todo se vuelve borroso. Casi siempre despierto en ese momento.

Era la segunda vez en mi vida que hablaba de mis sueños. La primera había sido con Billy, un par de años atrás. Sentí como si me quitaran un peso de encima.

Miranda se inclinó y volvió a posar su mano sobre la mía.

—Te creo —dijo.

Al cabo de unos segundos, Billy caminó sobre sus rodillas hasta acercarse lo suficiente. Él también colocó su
mano sobre la de Miranda y la mía.

—Yo también te creo, Sam —dijo, y aunque su boca
permaneció abierta durante un segundo, no agregó nada
más. Y yo ciertamente se lo agradecí.

24

Al día siguiente fuimos a la biblioteca municipal. Billy tenía la descabellada idea de que en sus archivos podríamos encontrar la conexión entre Orson y los Meyer. A mí me parecía una pérdida de tiempo, pero él insistió. Dijo que la biblioteca tenía un nuevo sistema de microfilme y que sería sencillo buscar en los periódicos de hacía unos años. Cuando le pregunté a qué época en particular se refería, él me dijo que el regreso de Orson a Milton Home sería un buen punto de partida. Había allí un período de tiempo en blanco del que ni siquiera Tweety sabía demasiado. Orson había sido acogido por una familia a los siete años y regresó al orfanato tres años después. Sabíamos que el apellido de esa familia era French, porque Tweety nos dijo que Orson se hizo llamar de esa forma durante unos meses, y que algún tipo de tragedia familiar había tenido lugar para que Orson regresara a Milton Home. La teoría de Billy era que Joseph Meyer, como abogado, había tenido alguna participación en ese trágico episodio.

Mi única preocupación era que Orson, que ya había dado muestras de sus retorcidas tácticas de manipulación, se enterara de nuestra visita a la biblioteca.

Ni pienses en hablar de esto con nadie. Si me entero de que se lo dices a Amanda o a Randall, primero lo negaré y después me aseguraré de partirte los huesos. ¿Has entendido?

Estábamos en el vestíbulo del edificio. Un pizarrón de pie anunciaba los programas de verano y las próximas actividades de la biblioteca. Había cinco o seis anuncios clavados con chinches. En uno de ellos, un Pepito Grillo bastante logrado decía en un sándwich que el

30 de junio vencía el plazo para inscribirse en la maratón de lecturas veraniegas. «Niños, ¿qué esperan? —decía el póster—, ¡pueden ganar una colección completa de clásicos!».

—Venir aquí ha sido un error —dictaminé.

—¿Por qué?

Señalé otro de los anuncios...

Lic. Philip Banks
TOMANDO CONTACTO
Viernes 26 de julio

Lugar: Auditorio biblioteca municipal de Carnival Falls.

El prestigioso estudioso del fenómeno ovni brindará por segunda vez en nuestra ciudad una de sus afamadas conferencias, en la que mostrará sólidas pruebas sobre la existencia de vida en otros planetas y sus visitas constantes a la Tierra. Se escucharán testimonios de abducciones y avistamientos.

Adquiera su acreditación en la biblioteca a un costo de 15 dólares. Recuerde que las plazas son limitadas.

IMPORTANTE: El señor Banks dará a conocer los resultados de pruebas revolucionarias. ¡No se lo pierda! ¡Forme parte de la historia!

Billy me tiró del brazo.

—Vamos, Sam, falta más de un mes para eso.

—Lo sé. —No me moví—. Es un presagio.

—No pienses en ese lunático de Banks. Lo importante es que aquí encontraremos la conexión entre Orson y los Meyer. Verás que tengo razón.

—No lo sé, Billy.

—Vamos, si murieron en un accidente o algo así, seguro que el periódico ha dicho algo.

—Puede ser, pero...

—Nada de peros.

Franqueamos la puerta.

La biblioteca me gustaba. Era, junto con la nutrida colección de libros de Collette, mi única fuente de lecturas, y lo seguiría siendo unos años más, hasta que mi primer empleo me permitiera comprar mis propios libros. El silencio —que el señor Petersen se encargaba de preservar como una reliquia— era una de las cosas que más me atraía. A veces me pasaba minutos enteros escuchando el crepitar de las páginas, una silla arrastrada en alguna parte, murmullos sin dueño.

Pero lo que más me gustaba tenía que ver con otra cosa. En mi cabeza había en realidad dos bibliotecas. Una en la que la luz natural entraba a raudales por las ocho claraboyas, en la que las estanterías se alzaban como los muros de un castillo colorido y las largas mesas de formica resplandecían. Era la biblioteca luminosa. Pero había otra biblioteca; la de las tardes invernales o los días de lluvia, cuando las claraboyas se convertían en rectángulos negros y la luz artificial apenas alcanzaba a trepar por las estanterías perimetrales. Era la biblioteca oscura. Me gustaba pensar que la biblioteca estaba viva.

Billy iba a ser el encargado de hablar con el señor Petersen y soltarle una mentira acerca de una investigación que uno de sus hermanos le había encargado para su tesis doctoral. Lo que menos quería yo era que Stormtrooper, a quien cualquier excusa le bastaba para acercarse a Amanda en la iglesia e irle con chismes, sospechara que andábamos metidos en algo raro.

Mi amigo fue hasta el mostrador con aire despreocupado. Billy era un esmerado actor cuando se lo proponía.

Para llegar al archivo de microfilme franqueamos una puerta junto al salón de conferencias, que me hizo recordar el letrero de la entrada.

«¡No se lo pierda! ¡Forme parte de la historia!».

El archivo era un cuarto no demasiado grande, con cuatro unidades para lectura de microfilme. Una muchacha de unos veinticinco años, que mascaba chicle y hacía anotaciones en un cuaderno, se mostró visiblemente sorprendida cuando entramos. Nos siguió con la vista mientras nos acercábamos. Estábamos en 1985, unos años antes del advenimiento masivo de los implantes de silicona, de manera que un pecho como el de aquella muchacha hacía que los ojos se te quedaran pegados, no importaba si eras hombre o mujer, si te movía la libido o la envidia.

—Me llamo Danna —dijo la muchacha dirigiéndose a Billy, que seguía embelesado con su delantera—. Pero seguro que ya lo has leído en mi etiqueta.

En efecto, en el pecho izquierdo lucía una plaquita con su nombre: «Danna Arlen».

—¿Buscan la biblioteca infantil? —Danna me guiñó un ojo advirtiéndome de que aquello no iba en serio. Billy no se percató.

—Queremos consultar los microfilmes —dijo mi amigo impostando ligeramente la voz.

—¿Cuánto tiempo atrás?

—Tres o cuatro años.

Danna pareció contrariada.

—Nuestro archivo se remonta a los últimos setenta. Algo tan reciente podrían averiguarlo en el *Carnival News*, que como saben está aquí al lado. Ellos tienen los periódicos de los últimos cinco años disponibles para consulta.

Deseé asestarle a Billy un buen codazo en las costillas, aunque la responsabilidad de no haber reparado en algo tan obvio como lo que acababa de apuntar la bibliotecaria era compartida. De haber acudido directamente al periódico hubiéramos evitado a Stormtrooper, que en ese preciso momento podía estar telefoneando a Amanda.

—Además —completó Danna—, allí podrían revisar los dos en paralelo y fotocopiar los artículos; lamentablemente, la biblioteca no cuenta con impresión de microfilme. Son equipos costosos y el presupuesto no lo permite.

Al menos, eso no era un problema para nosotros. No teníamos intenciones de llevarnos nada impreso.

—Queríamos aprovechar para conocer las máquinas de microfilme —repuso Billy.

Danna asintió.

—Les mostraré cómo funcionan, entonces. Es divertido.

Se dio la vuelta un instante y repasó las inscripciones en los laterales de una serie de cajas alineadas en un estante. Tomó una y la abrió. Dentro había un rollo de microfilme.

—Mi novio trabaja en el periódico —agregó Danna—, así que si no encuentran aquí lo que buscan, puedo pedirle que les ayude allí.

Caminamos hacia una de las máquinas lectoras. Estaban dispuestas en dos mesas largas.

—¿Su novio está en sucesos? —pregunté.

La muchacha me observó con incredulidad. Había empezado a introducir el carrete de microfilme en la lectora.

—Sí —respondió—. ¿Por qué lo preguntas?

Lo preguntaba porque el artículo del accidente de mi madre había salido en la sección de sucesos y el cronista había dicho cosas bonitas de ella, pero no iba a revelar eso.

—Por nada. He oído que todos sus artículos son muy buenos.

Ella asintió con cierto pesar. Observé que no llevaba anillo de compromiso.

Terminó de colocar el carrete en su lugar y encendió la máquina. La pantalla se iluminó.

—Ésta es la perilla de avance y retroceso rápido —nos explicó—. Y esta de aquí la de desplazamiento fino. Aquí está todo el año 1981.

—Gracias, señorita Arlen.

—Si necesitan algo, me lo piden, ¿de acuerdo?

Billy se zambulló en la lectura con su acostumbrada pasión cuando algo lo atrapaba. Durante unos minutos intenté hacer lo mismo, pero en dos o tres ocasiones pasó las diapositivas antes de que yo terminara siquiera de leer los titulares y otras veces se los quedó mirando infinitamente. Estaba claro que no compartíamos el mismo entusiasmo por nuestra investigación. Me desplacé por el banco casi un metro y lo observé. Él ni siquiera pareció advertirlo. Su aspecto operando aquella máquina, concebida para adultos no dejaba de ser cómico y peligroso al mismo tiempo; como un niño tras el volante de un camión.

Diez minutos después me levanté. Billy siguió sin darse cuenta, lo cual me indignó un poco. Tuve el arrebato de asestar una patada al banco o gritarle algo al oído, pero preferí cruzar el recinto en silencio. Me acerqué a Danna Arlen y permanecí a su lado.

—¿Te gusta? —preguntó ella al cabo de un rato. No pareció molestarle mi presencia.

—Es buenísimo —respondí con genuino asombro.

Estaba dando los últimos retoques a un dibujo realizado totalmente con bolígrafo negro. En primer plano había dos flores (que en mi cabeza eran blancas) y detrás, una doncella con un vestido muy ornamentado, un tocado elaborado y una mano extendida hacia las flores. Era una princesa. Tenía que serlo.

—Usted podría dedicarse a esto —dije sin quitar la vista del dibujo. La profundidad generada por las flores en primer plano y el brazo en perspectiva eran asombrosas.

—Gracias —dijo.

—Lo digo de verdad.

Danna dio la vuelta a la página del cuaderno y empezó un nuevo dibujo. Los primeros trazos parecían revelar unas montañas a lo lejos.

—¿Te gusta dibujar? —me preguntó.

—No demasiado. —Y tras una pausa agregué—: Me gusta escribir.

En la hoja empezaba a materializarse lo que en efecto era una cadena de montañas, con sus picos nevados e islas de vegetación en la base.

—Eso es muy bueno —me dijo—. ¿Qué escribes?

—Cuentos. De princesas y castillos. Estoy aprendiendo.

Me asustó la facilidad con que había revelado aquello.

—Si escribes a tu edad —reflexionó Danna—, ha de ser lo tuyo. Llegarás lejos, si te esfuerzas.

Siguió dibujando con habilidad. Entre las montañas apareció un castillo. En primer plano, otra vez flores. Parecía que la mujer sentía una predilección especial por las flores; o eran su fuerte y presumía con ellas.

Me quedé pensando. Me había olvidado de Billy y de la lectora de microfilmes. El zumbido suave del motor que hacía correr la cinta fue el único sonido audible durante los siguientes minutos.

Llegarás lejos...

En el centro del dibujo comenzó a tomar forma el cuerpo de una princesa.

... si te esfuerzas.

Con el rabillo del ojo capté un movimiento frenético. Me volví sutilmente y allí estaba Billy, agitando los brazos como las aspas de un molino, los ojos bien abiertos. El dibujo estaba casi terminado y yo quería ver su conclusión, pero me aparté y fui hacia donde estaba mi amigo, que me observaba con la mirada triunfal de un arqueólogo que acaba de desenterrar un hueso antiquísimo.

—Lee —me dijo—. No vas a creerlo.

Leí el artículo en voz baja.

EMPRESARIO DETENIDO POR EL ASESINATO DE SU ESPOSA

El hecho ocurrió ayer por la tarde en la casa de la familia French, en Riverside Road, en un confuso episodio con muchos interrogantes. Marvin French, de cincuenta y siete años, un empresario farmacéutico retirado, fue detenido por la policía local para ser trasladado a una cárcel del condado. El comisario Nichols brindó una breve conferencia de prensa en la que explicó las circunstancias de la detención.

Una llamada al 911 recibida a las 16.47 del miércoles alertó a la policía, que llegó a la residencia del empresario apenas diez minutos después. El cuerpo sin vida de Sophia French fue hallado en el interior de la piscina vacía, con múltiples fracturas y un traumatismo craneal que sería la causa de la muerte. Según el comisario Nichols, la mujer ya había fallecido cuando la policía llegó al lugar. El comisario precisó: «Tenemos pruebas concluyentes para considerar este incidente como un asesinato y proceder de inmediato con la detención del señor Marvin French como autor material. Eso hemos hecho. Por el momento no podemos revelar la naturaleza de estas pruebas».

Durante el día de ayer, algunas personas se acercaron a la comisaría para manifestar su repudio ante el crimen, entre ellos varios exempleados de French que no dudaron en tacharlo de explotador y una mala persona. Sólo unos pocos amigos de la familia se mostraron profundamente conmocionados y sorprendidos. Entre estos últimos se hallaba Philip Banks, quien...

¿Banks?
Alcé la vista.
—¿Has terminado? —preguntó Billy.
Señalé con el dedo hasta donde había leído.
—Es suficiente —dijo.

Hizo girar la perilla de avance de la máquina y una serie de páginas proyectadas desfilaron a bastante velocidad. Finalmente se detuvieron en un artículo del día siguiente.

—Sigue leyendo...

Carnival Falls, 15 de mayo de 1981
Portada del Carnival News

MARVIN FRENCH CONFIESA:
«¡YO LA MATÉ!»

Sorprendentes declaraciones del empresario farmacéutico que ayer fuera detenido en su casa por el asesinato de su esposa, Sophia Nadine French. Lo dijo antes de ser trasladado a la penitenciaría de Belknap, en Laconia, cuando era introducido en la patrulla. El hombre, de cincuenta y siete años, sorprendió a los oficiales cuando alzó la cabeza y comenzó a gritar: «¡Yo la maté! ¡Se lo merecía! Era una puta de mierda», ante un sinnúmero de circunstanciales testigos. La intempestiva reacción fue captada por varias cámaras de televisión y dejó estupefactos a los presentes, entre ellos a su abogado, Joseph Meyer, quien minutos después declaró que la reacción de su cliente era fruto de la presión por haber pasado la noche en un calabozo, y que de ninguna manera se correspondía con la verdad de lo sucedido ni podría utilizarse en un juzgado para probar nada. Recordemos que...

—El señor Meyer era el abogado de Marvin French —dije con incredulidad.

—Allí está la conexión —dijo Billy con suficiencia.

—¿Tú recuerdas algo de esto?

—No, pero teníamos apenas ocho años. ¿Lo ves? El padre adoptivo de Orson mató a su mujer y a él lo devolvieron al orfanato.

—Pobre —musité.

Billy me lanzó una mirada indignada.

—Orson no es ningún santo. Recuerda lo que te dijo en la camioneta abandonada.

—Gracias —refunfuñé—, necesitaba recordarlo en este preciso instante.

Nuestra conversación había hecho que Danna alzara la cabeza dos o tres veces.

—Vámonos, por favor —dije.

En cuanto Billy se puso de pie, Danna se acercó.

—¿Ya terminaron?

—Sí. Muchas gracias por todo.

—Espera. —La mujer fue hasta el escritorio y regresó con una hoja de su cuaderno. Me la tendió—. Esto es para ti.

El gesto me conmovió. Le agradecí el dibujo, que supuse acertadamente me serviría más tarde como fuente de inspiración, y que además conservaría durante mucho tiempo como recordatorio de las palabras de la mujer. El destino hizo que nunca más volviéramos a cruzarnos, aunque sí tuve la suerte de conocer a su futuro marido. La siguiente noticia que tuve de ella, muchos años después, recorrió los periódicos nacionales dando cuenta de una tragedia que tuvo como epicentro la desaparición de su hijo Benjamin. Lo lamenté profundamente.

Billy me obligó a salir de la biblioteca casi a rastras. Se traía algo entre manos. Al principio pensé que no quería que yo volviera a ver el anuncio de la conferencia de Banks, pero cuando empezó a correr a toda velocidad después de haber descendido por las escalinatas, supe que era otra cosa. El periódico local funcionaba en el mismo edificio que la biblioteca pública, y hacia allí se dirigía Billy. Con cada zancada la distancia entre nosotros aumentaba. Durante un instante tuve la descabellada idea de que quería escaparse de mí. Franqueó la puerta del *Carnival News* a toda carrera, sin haber disminuido el ritmo un instante. Yo me detuve antes de entrar. Necesitaba recuperar el aire.

Lo encontré en el saloncito junto a la recepción donde funcionaba el archivo que administraba la señora Collar. Evidentemente, Billy acababa de decirle algo porque la anciana asentía, me dirigía una rápida mirada y después iba a buscar algo en las estanterías que tenía detrás.

—¿Se puede saber qué buscas ahora?

—El detonante —me respondió un críptico Billy.

—El detonante... —dije poniendo los ojos en blanco.

—Algo tiene que haber pasado para que Orson necesite entrar en la casa de los Meyer. Y creo saber qué.

La señora Collar nos facilitó una pila con los periódicos de las últimas semanas. Nos pidió que tuviésemos cuidado porque eran los que más tarde se encuadernarían.

—Busca en obituarios —dijo Billy—. Marvin French. Empecemos dos semanas antes del robo de *Lolita*.

Una vez más, Billy estuvo en lo cierto.

Marvin French había muerto en prisión por causas naturales el 8 de mayo, doce días antes del hallazgo del libro en el sótano de la granja. Había un solo obituario de la Asociación Cristiana de Padrinazgos para Jóvenes en el que resaltaban sus generosas contribuciones y su trabajo dentro de la prisión estatal de Concord. Billy estaba eufórico.

La señora Collar nos preguntó si necesitábamos fotocopiar el artículo y al unísono le dijimos que no.

Camino del bosque nos preguntamos cuál sería la relación entre la muerte de Marvin French y la necesidad de Orson de visitar la casa de los Meyer. Lo primero que razonamos fue que, quizá, con la muerte de los French, Orson podría ser el heredero de todo su dinero.

¿Era posible?

Le expliqué a Billy que a veces los procesos de adopción no eran inmediatos, que había períodos de prueba y un sinfín de burocracia que podía llevar años. Era muy probable que Orson no tuviera los derechos de un hijo biológico en el momento de la muerte de su madre adoptiva, cuando regresó a Milton Home. Si hubiese sido así,

¿por qué no reclamar el dinero directamente? Necesitaría un administrador y esperar a la mayoría de edad para disponer de él con total libertad, pero nada más.

De todas maneras, con Billy teníamos la certeza de estar en la dirección correcta. Joseph Meyer había sido el abogado de Marvin French; era lógico suponer que cualquier documentación legal se la hubiera entregado a él. Y ya sabíamos cómo funcionaba la memoria de Joseph en esos años, cuando el Alzheimer empezaba a hacer de las suyas. Hablábamos precisamente de esto con Billy cuando recordé una frase de Orson durante nuestro encuentro en la camioneta abandonada.

«Confían en ti. Eres de la absoluta confianza de Collette Meyer y de ese viejo al que le encanta quedarse en casa todo el día».

¡Orson no sabía que Joseph tenía Alzheimer! Por eso estaba tan desesperado por entrar en la casa de los Meyer, porque en cuanto las autoridades notificaran a Joseph la muerte de su cliente, algo iba a suceder.

Y para aquel entonces ya imaginábamos qué documento legal podía estar en manos del abogado de Marvin French, y que Orson podría estar interesado en destruir.

Un testamento.

25

Salvo que no era un testamento. Dos días después de nuestra investigación en la biblioteca, le pregunté a Collette por Marvin French; le expliqué que era el padrastro del chico que había llegado hacía poco a la granja de los Carroll (intencionadamente omití la información del fallecimiento y ella no dio muestras de haberse enterado por el periódico), y que Joseph lo había mencionado hacía unos días cuando me hablaba de sus años de profesión en un momento de lucidez. Collette me dijo que entonces era probable que yo supiera más cosas que ella, porque apenas recordaba que French había sido un cliente de Joseph al que habían encarcelado tras confesar el asesinato de su esposa. Aquellos años, me confió, fueron horribles..., los peores. Joseph llegaba del trabajo, se preparaba un sándwich y se sentaba a la mesa de la cocina con ella. Conversaban un rato y después él se iba a su habitación, para regresar a los cinco minutos, prepararse otro idéntico al anterior y decirle las mismas cosas. A veces era consciente de sus lagunas mentales y entonces rompía en llanto y a Collette se le partía el corazón. Era una época que prefería olvidar.

Billy llegó a casa de los Meyer a las dos, como habíamos acordado. Collette se entretuvo unos minutos con nosotros y prácticamente nos obligó a beber un vaso de leche con cacao y a comer dos bizcochos cada uno. Nos dijo que estábamos gastando mucha energía en el bosque y que parecíamos esqueletos. Dijo esto último mirándome específicamente a mí, para que no quedaran dudas de a quién se refería. Lo cierto es que ese verano Billy me estaba llevando de aquí para allá como un papalote, desarmando casas de perros, transportando madera en bicicleta por el bosque, y muchas otras actividades. Era imposible seguirle el ritmo a un chico con la fuerza de un tornado.

Antes de marcharse, Collette me recordó que Joseph no había pasado una buena noche y que le dejara dormir una siesta un poco más larga de lo habitual. Fue una magnífica noticia, porque nuestra intención era revisar los documentos del cuartito en el jardín trasero. Billy estaba seguro de que allí encontraríamos el testamento de Marvin French.

Salimos de la casa por la puerta del porche.

—Ese enano me pone los pelos de punta —dijo Billy.

—Sebastian.

—Ya sé su nombre, pero me niego a decirlo. Ponerle un nombre es precisamente lo que me pone los pelos de punta. Si fuera sólo un enano de yeso no sería tan grave.

Sebastian nos observaba en silencio.

—Si tú lo dices.

—Es la manera en que lo piensas —explicó Billy, como si se lo hubiera pedido. Bajó los escalones del porche y caminó por uno de los senderos tapizado de hojas. Apartó algunas ramas a su paso.

—A qué te refieres con «la manera en que lo piensas» —dije mientras lo seguía.

—A que si le pones un nombre, entonces le das vía libre a tu cabeza para pensar: Sebastian me está mirando; Sebastian tiene vida propia; Sebastian es un jodido gnomo de piedra capaz de patearme el culo.

—¿Si no tiene nombre no lo piensas?

—No. Es como ese árbol de allí; ponle un nombre y verás cómo querrá atraparte al pasar.

Me gustaba cuando Billy hacía sus disertaciones. Rebatirlas era divertido y todo un desafío, casi una gimnasia diaria de nuestra amistad.

—Le tienes miedo a Sebastian —sentencié.

Billy negó con la cabeza, abatido. Habíamos llegado al cuartito.

—¿Crees que las ratas habrán dejado algo en pie? —me preguntó.

Las enredaderas cubrían completamente las paredes, pero allí no había ratas. Collette instruía a Ted King, el jardinero, para que colocara veneno y trampas.

—¿También le tienes miedo a las ratas? —me burlé.

—Vamos.

La puerta no estaba cerrada con llave. Cuando la franqueamos fue como meternos en una bola de fuego.

—¡Dios mío! —Billy retrocedió, arrastrándome hacia fuera—. Allí dentro hace mil grados.

—Es el techo de lámina —convine.

—Dejemos unos minutos la puerta abierta.

Asentí.

Me miró sorprendido. Era la primera vez que no lo contradecía ese día.

—A veces tienes buenas ideas —me defendí—. Muy de vez en cuando, pero sucede.

Una lengua de fuego salía del cuartito. Dentro podíamos ver las estanterías con los documentos que Joseph había acumulado durante los últimos años de su ejercicio profesional. Era espeluznante pensar que muchos de esos expedientes no significaban nada para él. Si los hojeara, le parecerían el trabajo de un extraño. En cierto modo, aquel cuartito era la memoria perdida de Joseph Meyer, pensé.

—Entremos de una vez —dije—. El señor Meyer puede despertar de un momento a otro.

Billy tomó una silla y la arrastró hasta una de las estanterías. Se subió encima y agarró la carpeta de más arriba, la que estaba justo en la punta.

—Que sea una «a» o una «zeta» —rogó.

Entendí perfectamente que lo que esperaba era que las carpetas estuvieran dispuestas por orden alfabético.

—Mierda —musitó cerrando la carpeta de golpe.

—¿Qué?

—Eme —dijo devolviendo el expediente a su sitio y echando un vistazo a la estantería completa. Eran cuatro cuerpos repletos.

—Tendremos que revisarlas una por una —dije. En la otra pared había tres archiveros y algunas cajas apiladas. Era mejor pensar que el expediente de French estaría en las estanterías.

—Aquí arriba el calor es insoportable. —Billy saltó de la silla. Se quitó el polvo de las manos sacudiéndose en su camiseta una y otra vez.

—Empecemos desde abajo entonces. Si tenemos suerte, la encontraremos antes de llegar a la mitad.

—Apuesto a que es la que está justo al lado de la que acabo de tomar.

—Fíjate. —Le guiñé el ojo—. Te conozco, y si no lo haces no pararás de pensar que es ésa.

Billy se volvió a subir a la silla con expresión de fastidio.

—Dawson —dijo con resignación tras abrir la segunda carpeta—. Olvídalo, podemos estar así todo el día. Mejor empecemos por las de abajo.

Afortunadamente, Joseph Meyer había sido un hombre ordenado, y si bien en la estantería las carpetas estaban colocadas arbitrariamente —quizá porque Collette había creído que no tendría sentido ordenarlas después de transportarlas al cuartito—, cada expediente contaba en la primera hoja con un separador de cartón con el nombre del cliente, la fecha de admisión del caso y algunos datos más, lo cual facilitó enormemente la tarea. En pocos minutos sudábamos profusamente, pero avanzábamos rápido. Cuando llegamos a la mitad nos subimos a una silla —yo tuve que traer la mía del porche porque allí había sólo una— y seguimos revisando sin mediar palabra.

En poco más de media hora habíamos terminado. No hallamos ni rastro del expediente de Marvin French.

—No lo entiendo —dijo Billy—. Era su cliente, ¿no?

—Vamos a beber algo, por favor —dije—. Voy a deshidratarme.

Billy ya se acercaba a los archiveros, pero lo convencí de tomar un descanso. Cuando salimos del cuartito fue como entrar en una habitación refrigerada. Aproveché para subir a la segunda planta y comprobar que Joseph emitía sus suaves ronquidos característicos. Regresamos diez minutos después.

Los archiveros no estaban cerrados con llave. A diferencia de las estanterías, aquí los expedientes sí estaban en orden alfabético. Había pequeñas solapas emergentes que señalaban el inicio de cada letra.

—Lo encontraremos aquí —dijo Billy con una seguridad a prueba de balas.

—¿Tan seguro estás?

—¡Claro! Es evidente que en las estanterías están los expedientes más viejos, ¿no has visto las fechas? Aquí están los últimos, y tiene perfecto sentido.

—Están más a mano.

—Claro.

Los dedos de Billy ya se deslizaban por encima de los expedientes, saltando de uno a otro como si fueran las cuerdas de un arpa. Tomó uno. Foster. Tomó el siguiente. French.

—¡Bingo! —gritó.

Extrajo una delgada carpeta. Por lo que pude apreciar, hasta era posible que estuviera vacía. Billy la abrió y revisó el contenido. Yo lo miraba con expectativa. Descartó un papel. Luego otro. Y otro.

—¿Qué? —pregunté.

—Aquí no hay nada —dijo, desconcertado.

Tomé la carpeta y revisé los documentos. Uno era una copia de un formulario de admisión a la penitenciaría y el otro una copia de una declaración de media página firmada por French que no decía nada que no supiéramos.

—No entiendo —dijo Billy paseándose por el cuartito—. Al tipo lo condenan nada menos que por asesinato. Debería haber generado toneladas de papeles.

—Pero se declaró culpable —dije, aunque no pensaba que ésa fuera razón suficiente para que su expediente legal constara de dos miserables hojas.

Billy se apoyó en una estantería más pequeña y rústica que las otras. En los estantes había todo tipo de objetos que claramente constituían las pocas pertenencias que Joseph había traído del bufete antes de marcharse; la mayoría eran adornos. Lo más voluminoso era un globo terráqueo cubierto de una capa considerable de polvo. Menuda paradoja.

—Tiene que haber más... —seguía diciendo Billy. El sudor le corría por la frente.

—A lo mejor alguien en el bufete se hizo cargo del caso —dije, en un intento de encontrar una explicación—. Ya sabemos que el Alzheimer estaba haciendo de las suyas en ese momento. No sería extraño que...

—¡Mira! —Billy me interrumpió con un ademán.

—¿Qué?

Billy señalaba un maletín de cuero en uno de los estantes del mueble. Tenía la forma de esos que usan los médicos. Pero no era negro. Rápidamente entendí lo que había atraído la atención de mi amigo. Eran las iniciales grabadas en una esquina: MEF.

Acabábamos de ver el expediente de French. Ya sabíamos que su segundo nombre era Eugene. ¡Aquéllas eran sus iniciales!

—¡Ábrelo! —grité.

Billy seguía señalando el maletín como un perro de caza lo haría con una presa.

Cuando vimos lo que había dentro, la sorpresa fue mayúscula. Habíamos estado tan condicionados por la existencia de un testamento que no habíamos dedicado siquiera un segundo a explorar otras posibilidades. Billy esparció el contenido en la repisa. Eran cuatro cintas de Super-8.

—¿No hemos leído que Meyer era aficionado al cine? —pregunté.

Las cuatro cintas tenían rótulos. Billy leyó en voz alta los tres primeros:

—«Atardeceres en Union Lake», «Sophia», «Marvin»...

Al llegar a la de Marvin French se detuvo. En sus ojos pude ver la seguridad de que ésa era la cinta buscada por Orson.

—Tenemos que verla —dijo con voz trémula—. Debe de ser una especie de legado.

Pero para ese entonces yo apenas le prestaba atención. Había leído el rótulo de la cuarta cinta, que a diferencia de las otras indicaba solamente una fecha: 10 de abril de 1974.

El corazón se me paralizó. Billy no la reconoció, pero desde luego yo sí.

Era la fecha de la muerte de mi madre.

26

Estaba de pie frente al portón de hierro de los Matheson. Si aquel verano hubiera sido un sueño, el instante en que estiré mi brazo para alcanzar el timbre hubiera sido un buen momento para despertar, abrir los ojos en la oscuridad de mi cuarto y descubrir que en realidad no había conocido a Miranda, que lo más cerca que había llegado a estar de ella en la vida real había sido en ese portón, cuando le dejé la cajita de cartón.

Una sirvienta vino a abrirme. ¡Iba a entrar en la casa de Miranda! No parecía importar demasiado que ya hubiera entablado amistad con ella, que hubiéramos pasado horas en el bosque y en el pantano de las mariposas; la casa se había convertido en un lugar especial para mí. El hecho de que una sirvienta se molestara en venir a darme la bienvenida lo hacía todo más ceremonioso.

Deseé que Billy ya hubiera llegado. Aunque habíamos acordado encontrarnos a las tres, y yo no me adelantaba ni un minuto, siempre existía la posibilidad de que mi amigo se hubiese retrasado, lo cual hizo que me estremeciera. No quería estar a solas con los Matheson..., no todavía. Sin el apoyo de Billy diría alguna cosa inapropiada, derribaría una lámpara o haría el ridículo de alguna forma.

—Tú eres Sam, ¿verdad? —preguntó la mujer. La había visto infinidad de veces en mis épocas de espía, pero verla de cerca reveló detalles nuevos, como había sucedido con Miranda.

Me dijo que su nombre era Lucille, como yo ya había imaginado. La felicité por sus exquisitas galletas con chispas de chocolate y ella se mostró complacida.

Dejé mi bicicleta en la entrada y caminamos hasta la casa. Las copas de los árboles agitándose con la brisa de la tarde y el arrullo del agua en las fuentes hicieron que el silencio no resultara incómodo, pero cuando entrábamos en la casa el vacío se hizo sentir. Estuve a punto de agarrar a Lucille del brazo y rogarle que no me dejara allí, en aquel vestíbulo desproporcionado. ¿Y si aparecían los padres de Miranda? Sabrían que yo no era de su clase. Su hija podía ser un poco ingenua, pero ellos se darían cuenta al instante. Las buenas costumbres dictaban que tendría que verlos, agradecerles por recibirme en su casa y esas cosas... ¡Dios mío! ¿Dónde diablos estaba Billy cuando más lo necesitaba?

—Tu amigo... —dijo Lucille, y dejó la frase en suspenso.

Ya ha llegado. Ya ha llegado. Ya ha llegado. Ya...

—Billy —completé.

—Sí, él. Habló con Miranda y le ha dicho que llegará más tarde. Ha tenido un percance.

El corazón me cayó a los pies.

—La señora Matheson está en la sala —dijo Lucille. En su tono estaba implícito que debíamos dirigirnos allí primero.

La seguí. Una de las cosas que aprendería más tarde acerca de aquella mansión era que la cantidad de salas y recámaras hacía necesario referirse a ellas de algún modo específico. En ese momento nos dirigíamos hacia el salón de los cuadros. En una de las paredes había cinco óleos gigantes, todos retratos de los que supuse serían antepasados de Miranda. Había dos hombres de aspecto macizo y mirada severa con su lienzo exclusivo, y en el resto había dos o más personas. Las mujeres llevaban vestidos con volantes y tocados altos; incluso las más jovencitas aparentaban más edad de la que debían tener a juzgar por su estatura.

El llanto de un bebé me sobresaltó. El salón de los cuadros era tan grande que no había notado que en uno de los sillones de terciopelo asomaba la cabeza de una mujer. Cuando se puso de pie comprobé que no era otra que Sara Matheson. Caminó hacia un inmenso ventanal que daba a los jardines, sosteniendo el bebé boca abajo y acunándolo.

Lucille carraspeó para llamarle la atención.

—Señora...

Sara se volvió. El propio Brian Matheson interrumpió un instante su llanto y alzó su cabecita para echarnos un vistazo.

—Oh, gracias a Dios. —Sara fue al encuentro de la sirvienta. Parecía fastidiada—. No sé qué le sucede ahora. Creo que no tiene apetito.

Lucille acomodó a Brian en su pecho y lo meció con suavidad. El llanto se fue apagando hasta que finalmente se detuvo por completo.

—Llévatelo, Lucille, por favor. Procura que duerma un poco.

¡Vamos, dile que estoy aquí!

La sirvienta asintió y antes de marcharse me presentó. Yo seguía de pie a la puerta de aquel inmenso salón.

—Hola, señora Matheson. —Mi voz tembló ligeramente.

La expresión de Sara se suavizó al verme.

—Tú debes de ser...

—Sam Jackson, señora —dije.

Aquello no explicaba nada, pensé. Miranda no les habría hablado a sus padres de mí, por supuesto, y aunque lo hubiera hecho, ellos no se acordarían. Aquella mujer tendría otras prioridades, cosas importantes en que pensar...

—Miranda nos ha invitado a ver películas —agregué de inmediato.

—Oh, sí, claro. Tú y ese niño..., Billy, son sus nuevos amigos.

Nuevos amigos.

Asentí. No pude evitar esbozar una sonrisa.

La mujer se acercó a una mesita y tomó una cigarrera de piel. Encendió un cigarrillo.

—Son los amigos del bosque —dijo envuelta en un remolino azulado.

Amigos del bosque.

—Yo soy Sara. —Por primera vez me dedicó una sonrisa cansada—. Miranda está en el invernadero. Ven conmigo.

Se acercó, deteniéndose un instante a mitad de camino para dar una calada a su cigarrillo. Recordé que Billy me había dicho que durante sus dos visitas a la mansión la mujer no se había mostrado para nada hospitalaria, pero ahora parecía amable. Me pregunté si el hecho de que Brian se hubiera ido a dormir la siesta tendría algo que ver con eso. Probablemente sí.

—Tiene una casa muy bonita —dije cuando salíamos del salón de los cuadros.

—¡Gracias! Todavía nos estamos acostumbrando a ella. Lleva mucho tiempo deshabitada y hay muchas cosas que requieren atención.

—Claro.

Toda una conversación. ¡Sam Jackson se codea con la clase alta!

Cruzamos un arco de madera que nos condujo a una de las bibliotecas. Me pregunté si allí habrían descubierto el pasadizo secreto del que Billy me había hablado. Paseé la vista por las estanterías, casi tan altas como las de la biblioteca local, y de repente mi atención se centró en los rostros de piedra alineados en la parte superior de las paredes. Billy también me había hablado de ellos, pero verlos fue completamente diferente. Eran mucho peores que los retratos al óleo. Los rostros de piedra tenían relieve, para empezar, y aunque eran blancos, el polvillo acumulado los había tiznado hasta darles un aspecto lúgubre.

—Esos rostros de piedra son horribles —dijo Sara advirtiendo mi interés—. No sé en qué pensaba mi suegro cuando decidió ponerlos allí. ¡Están por toda la casa!

—Son diferentes entre sí —observé.

En efecto, los rostros tenían rasgos parecidos, con sus rizos regordetes, sus ojos negros; había algunos con barba, uno de mujer, otro tan afilado que parecía el diablo. Allí pude contar once en total.

—A mi suegro le gustaba gastar el dinero en tonterías —dijo Sara.

No supe cómo responder a eso, pero no hizo falta. Sara se detuvo. Ya casi habíamos llegado.

—Al final del pasillo encontrarás el invernadero. Miranda está allí.

—Muchas gracias, señora Matheson.

—De nada. Ha sido un placer conocerte, Sam.

—Igualmente.

Hubo un instante de incertidumbre. Nos observamos en silencio con la sensación, por lo menos de mi parte, de que era necesario —por alguna misteriosa razón— decir algo más.

—Hemos montado la sala de proyección arriba —dijo Sara—, así que seguro que la pasarán bien. Miranda tiene varios dibujos animados de Disney.

—Seguro que sí.

Por supuesto, ese día no estaba en nuestros planes ver ningún dibujo animado de Disney. Teníamos nuestras propias películas, gentileza del difunto Marvin French.

—Gracias por todo, señora Matheson —volví a repetir.

La mujer asintió y se marchó, dejando atrás una línea de humo blanco como el de un barco que se pierde en el horizonte.

Caminé rumbo al invernadero.

27

Por entre medio de las plantas en las repisas pude ver a Miranda, sentada en la mesa redonda. Parecía concentrada en un libro. Avancé hasta que la repisa dejó de protegerme y entonces ella captó mi presencia con el rabillo del ojo. Alzó la cabeza y su rostro se iluminó con una sonrisa. Saltó de la silla y corrió hacia mí.

—¡Hola, Sam! —me dijo—. Menos mal que has llegado.

Cuando estuvo lo suficientemente cerca de mí me dio un abrazo rápido y despreocupado. Tan rápido y despreocupado que apenas atiné a retenerla entre mis brazos durante un brevísimo instante.

—Estaba con el libro de aritmética. ¡Odio la aritmética!

Sonreí. En lo que menos podía pensar era en aritmética. Durante el breve abrazo me había invadido el olor a manzana del champú que sin darme cuenta empezaba a asociar con Miranda. Ese día llevaba un vestido blanco, y la gargantilla que yo le había regalado.

—Así que Billy vendrá un poco más tarde... —comenté.

—Sí. —Me tomó de la mano y me arrastró hasta la mesa—. ¿Quieres que te diga algo?

—¿Qué?

Miranda me ha tomado de la mano.

—Es mejor que Billy se retrase un poco —dijo ella, e hizo una pausa en la que temí lo peor—. Necesito hablar contigo.

Lo dijo con seriedad.

Cuando llegamos a la mesa, Miranda comenzó a apartar sus libros.

—¿Quieres jugo? —Señaló la jarra en el centro de la mesa. Estaba llena hasta la mitad. Junto a la jarra había dos vasos limpios.

Dos.

¿Tú has dejado esta gargantilla en la puerta de mi casa, Sam?

¿Por qué harías algo así?

—¿Quieres? —repitió Miranda de buena manera.

—Sí, por supuesto —respondí con perplejidad.

Me serví jugo en uno de los vasos y bebí un poco. De pie frente a la pared de cristal observé los jardines que tanto conocía, y hacerlo desde esta nueva perspectiva no dejó de maravillarme. Pero mi atención se fijó rápidamente en el olmo del otro lado del muro. Aquel árbol era testigo de mi participación en este mundo al que ahora yo parecía pertenecer.

¿Tú has estado observándome desde el árbol, Sam?

—Yo también tenía que decirte algo —dije, todavía escrutando los jardines.

—Me intrigas. —Miranda se había acercado por mi espalda y escuché su voz muy cerca. Estuve a punto de soltar el vaso—. ¿Ha sucedido algo?

Bebí otro trago de jugo.

—Vamos a sentarnos —me pidió Miranda.

Acordamos que ella hablaría primero. Antes de empezar, tomó la mochila que estaba en una de las sillas, la apoyó en su regazo y rebuscó algo en el interior. Cuando vi de qué se trataba contuve la respiración. Miranda extrajo la cajita que yo había dejado en la puerta de su casa, mil años atrás. Unas letras torpes dignas de una carta de petición de rescate seguían allí: «Miranda». En medio de la desesperación me alegré de que no fuera mi caligrafía habitual.

Aguardé en silencio.

Miranda apoyó la cajita en la mesa y desató la cinta azul celeste.

—Hace un tiempo —dijo Miranda— recibí este paquete en la puerta de casa. Bueno, en realidad no lo recibí, sino que alguien lo dejó allí.

Jugó con la cajita entre sus dedos.

—¿Qué contiene? —pregunté con un hilo de voz.

Si todo aquello realmente estaba sucediendo, si no era una mala pasada de mi cabeza o un sueño, entonces más me valía que actuara acorde con las circunstancias.

—Esta gargantilla —dijo Miranda mientras se llevaba las manos detrás de la cabeza para abrir el broche.

—Está bien, no hace falta que te la quites.

Se detuvo y asintió. Entonces tomó la medialuna entre los dedos y la sostuvo delante de su rostro para que yo pudiera verla. Mientras fingía examinarla me convencí de que tendría que deshacerme de la gargantilla que todavía conservaba en la granja. Era demasiado arriesgado conservarla.

—Es una baratija —dijo Miranda—, pero bonita, ¿no crees?

Una baratija.

La frase se me clavó en el pecho como una flecha envenenada. Probaba que Miranda no tenía idea de que yo había dejado la cajita de cartón en la puerta de su casa, pero al mismo tiempo dolía horrores.

—Oh, no he querido decir eso —dijo Miranda, que evidentemente captó algo de mi conmoción—. Sé que el dinero no es importante para hacer un obsequio...

Parecía verdaderamente compungida.

—No te preocupes.

—Aunque lo que vale es la intención, por supuesto.

Abrió la cajita e hizo lo que yo tanto temía. Me extendió la hoja de papel doblada en dos. La observé con incredulidad.

—Estaba dentro —me dijo.

Mis manos seguían debajo de la mesa.

—Eso debe de ser privado —dije—. ¿Es una carta?

—Nadie la ha leído. Vamos, tómala. Confío en ti.

Estiré la mano y tomé la hoja.

—¿Estás segura de que quieres que la lea?

Ella asintió con una sonrisa. Parecía divertida.

Se burlará.

Desdoblé la hoja y allí estaba mi poema, mecanografiado con la máquina de escribir del señor Meyer. Aunque lo conocía de memoria, lo leí en voz alta.

Se reirá cuando termine.

—¿Y? —dijo Miranda al cabo de unos segundos.

Una baratija.

Alcé la vista. La expresión de Miranda era de verdadera expectación.

—¿Lo has escrito tú? —me preguntó, enigmática.

Me quedé helado. Debí de ruborizarme notoriamente.

—¡Perdona, Sam! No quise insinuar que tú... —Ahora fue el turno de Miranda de ruborizarse—. Oh, pensarás que soy una idiota. Por supuesto que sé que tú no lo has escrito para mí. Sería estúpido. Es que... pensaba que... tal vez tú habías...

Me obligué a hablar. Entendía perfectamente a qué se refería Miranda.

—¿Quieres saber si lo he escrito para alguien?

Asintió. Volví a doblar la hoja y se la devolví. Ella la guardó en la caja de cartón.

—Lo siento, Sam, es que, como tú me has dicho que escribes..., supuse que tal vez habías ayudado a alguien.

—¿Te refieres a Billy? —pregunté abiertamente.

—Sí —admitió.

—Lo siento, no sé nada de ese poema.

Miranda pareció tranquilizarse.

—¿Sabes una cosa? —me dijo.

Negué con la cabeza.

—Cuando recibí el poema y la gargantilla no conocía a nadie en Carnival Falls. Había ido al centro comercial y al Límite y sí, vi chicos de nuestra edad, pero ni siquiera hablé con nadie. Te confieso que fue difícil; pensé que nunca haría amigos aquí. Por eso me llamó la atención el regalo. ¿Quién le haría un regalo a una chica a la que ni siquiera conoce?

—Tienes toda la razón.

—Entonces se presentó Billy con su tío, que estaba haciendo unas reformas en la casa. Nunca me lo ha dicho, pero me ha dado la sensación de que... a él...

—¿Le gustas?

Miranda tenía ahora la vista puesta en el regazo.

—Soy una tonta —musitó.

—No, no eres ninguna tonta.

—Sí lo soy. No debería hablar de esto contigo. Pero es que Billy me ha dicho que ustedes se conocen desde muy pequeños, que son casi como hermanos, y por eso pensé que...

No pudo seguir. Los ojos se le humedecieron.

—Por favor, Miranda, no llores. Es cierto que te conocemos desde hace muy poco, pero ya te queremos mucho. Somos como... los tres mosqueteros.

Eso pareció alegrarla. Sentí el impulso de rodear la mesa y abrazarla, pero me contuve.

—No le digas a Billy lo de los tres mosqueteros —dije para animar la conversación—. Dirá que no es nada original.

Funcionó. Conseguí que riera.

—Gracias. Tú siempre me consuelas. Pensarás que soy una niña consentida y estúpida.

—No pienso eso. Y en cuanto a Billy, puede que tengas razón, yo también creo que le gustas. Y no me sorprende, porque eres una chica muy bonita.

Lo dije sin que me temblara la voz y mirándola a los ojos. Sabía que aquello sería lo más cerca que estaría en toda mi vida de confesarle mis verdaderos sentimientos, así que supongo que aproveché y lo hice con todo el arrojo.

—¿Crees que le gusto de veras?

—Yo creo que sí.

Se limpió una lágrima que había quedado en su mejilla.

—A mí me pareció lo mismo —confesó—. Por eso creí que quizá tú lo habías ayudado.

—No, yo no lo he ayudado. Y no creo que Billy tenga que ver con ese poema tampoco. Él es, digamos..., más práctico.

Miranda meditó un segundo.

—¿Tienes idea de quién pudo habérmelo dejado?

—Ninguna —dije. No tenía otro remedio que mentirle. Si hubiera podido volver atrás y no hacerle el regalo, lo hubiera hecho sin vacilar, pero lo hecho, hecho estaba—. Habrá sido algún chico que te vio en el bosque, como tú has dicho. Muchos querrán ser tu novio, ya verás.

—No lo sé. No lo creo. —Por alguna razón tuve la descabellada idea de que Miranda realmente creía lo que decía, que los chicos podían no estar interesados en ella.

¿Por qué pensaría así una chica que lo tenía todo?

—¿Puedo pedirte algo, Miranda?

—Sí, claro. Lo que sea.

—No le hables a Billy de ese regalo —señalé la gargantilla.

Miranda rió.

—Es gracioso, iba a pedirte exactamente lo mismo.

—Será nuestro secreto, entonces.

Mis palabras la animaron. Se puso de pie y me tendió la mano por encima de la mesa. Hice lo mismo y se la estreché.

—Trato hecho —dijimos al unísono.

La risa que siguió terminó de sepultar la conversación

que acabábamos de mantener. Entonces me miró con ojos pícaros.

—¿Te parece bueno? —disparó.

—¿Qué?

—El poema. ¿Crees que es bueno?

—No sé mucho de poesía. Me gusta la fantasía, las historias de misterio, como las de Judy Bolton.

Seguía en sus ojos ese brillo peculiar que había advertido antes. Esa sabiduría.

—Yo creo que el poema es buenísimo —me dijo.

¿Me estaba poniendo a prueba? ¿Dudaba de lo que le había dicho?

—Puede ser.

—Lo es. Quiero decir, no soy experta en poesía tampoco, pero me parece que vale la pena. Aunque... lo más probable es que lo hayan copiado de algún libro.

Dejó la frase en suspenso.

Si era una estrategia, estaba a punto de surtir efecto, porque el reconocimiento por aquel poema, al que había dedicado muchas horas, me estaba ablandando y en cualquier momento podía dar un paso en falso. Sentí el arrebato de decirle que el poema parecía sincero y que era muy probable que fuera original, que ella bien podría despertar todos esos sentimientos —y muchos más—, pero me mordí la lengua. Miranda nunca sabría lo que sentía por ella.

Nunca.

—Y tú, ¿qué era lo que querías decirme? —preguntó Miranda.

Fue un alivio dejar el tema. Cuando llegara a la granja, enterraría la gargantilla para que nadie diera jamás con ella.

—Tiene que ver con las cintas que encontramos en casa de Collette —dije.

Bajé el tono de voz, aunque allí no había nadie que pudiera oírnos. El día anterior, en el claro, le habíamos

hablado a Miranda de mis problemas con Orson, mi enemistad con él y su plan para entrar en casa de los Meyer.
También de los artículos en el periódico, del encarcela-
miento de Marvin French por el asesinato de su esposa
y de las cintas que habíamos encontrado entre las pertenencias de Joseph. Lo sabía todo, salvo que una de las cintas tenía la fecha del accidente de mi madre. Ni siquiera
a Billy se lo había aclarado, no sabía muy bien por qué.

—Si Billy tiene razón —comenté—, en una de esas
cintas estará ese hombre dejando su testamento. Y Billy
no suele equivocarse en esas cosas. Tiene un sexto sentido.

La teoría de Billy era que Marvin French había dejado su testamento en una cinta y se la entregó a su abogado
para que la sacara a relucir cuando muriera. La lógica indicaba que Joseph debió a su vez de entregar la cinta a
alguien más joven del bufete, pero su enfermedad le jugó
una mala pasada y lo olvidó. Evidentemente, Orson sabía
de su existencia.

Sin embargo había dos cuestiones singulares. La primera, ¿por qué Orson no intentó recuperar la cinta antes?
Billy decía que como French tenía apenas sesenta y un
años en el momento de morir era muy posible que el hecho lo hubiera tomado por sorpresa. Orson planearía ro-
bar la cinta una vez que cumpliera la mayoría de edad,
y así garantizarse todo el dinero. La siguiente cuestión,
que la propia Miranda había traído a colación, tenía que
ver con la poca validez legal de una cinta para expresar
una voluntad. ¿Por qué Marvin French elegiría dejar un
legado en una película? Billy decía que la gente excéntrica
hacía ese tipo de cosas, pero reconoció que podía ser un
agujero en su teoría. Quizá Marvin quería decir algunas
cosas «para la posteridad», se justificó. Miranda dijo que
podía ser una buena idea consultar con un abogado, uno
que supiera acerca de herencias y esas cosas. Todos estuvimos de acuerdo en que eso era precisamente lo que haríamos después, porque sabíamos que tarde o temprano

tendríamos que involucrar a algún adulto, posiblemente a Collette o a Amanda. Cualquiera que fuese el contenido de la cinta, estaba claro que no llegaría a manos de Orson.

—Como sabes, encontramos cuatro cintas —dije armándome de valor—. Dos de ellas llevan el nombre del matrimonio French, otra se titula «Atardeceres en Union Lake». La última no tiene nombre, pero sí una fecha.

Miranda me observaba, expectante.

Tragué saliva.

—Es el 10 de abril de 1974; el día que tuvo lugar el accidente de mi madre, en el coche..., el día de la tormenta.

El rostro de Miranda se transformó. Hubo incredulidad, pero también una pizca de desconcierto.

—¿Qué crees que puede significar? —preguntó con cautela.

—No lo sé. Probablemente nada.

—Pero... justo esa fecha. ¿Billy lo sabe?

—No. No se lo he dicho. En uno de los artículos del periódico hemos visto que French tenía algún tipo de relación con Banks, que eran amigos o algo así. Sé que Billy pensará que estoy alimentando todas las fantasías de ese hombre, de los extraterrestres y esas cosas.

Exponer en voz alta exactamente lo que pensaba me quitó un peso de encima. Después de mentir acerca de la gargantilla y el poema era un alivio poder hablarle a Miranda con toda franqueza. Lo cierto es que durante los últimos dos días no había dejado de pensar en la relación entre French y Banks, y en lo que eso podía significar. Casi podía escuchar la voz de Billy diciéndome que estaba haciendo un mundo de una simple casualidad.

—¿En qué piensas, Sam?

—Quiero ver esa cinta —dije con firmeza—. Sin que Billy lo sepa.

Miranda sopesó la idea, asintiendo suavemente.

—Como tú quieras. Pero... ¿no crees que sería bueno que Billy nos acompañe? Billy puede tener una mente un poco cerrada para algunas cosas, como tú siempre dices, pero estoy segura de que se pondrá de tu lado si hay algo en esa cinta que tenga que ver con el accidente de tu madre.

—Seguramente; pero a veces dice cosas y no entiende que mi madre está detrás de todo. Es como si...

—Está bien, Sam. No hace falta que sigas —dijo Miranda, y me sonrió—. ¿Sabes? Me hace muy feliz que confíes en mí, ser tu amiga. En Montreal, ni siquiera con mis amigas de toda la vida he llegado a ser tan franca como contigo. Te lo agradezco. Si eso es lo que quieres, buscaremos la manera de ver esa cinta a solas, sin Billy. Después hablaremos con él. Tienes mi palabra.

—Gracias.

—¿Dónde está esa cinta?

—Con las otras. Billy las traerá.

—Elwald ha preparado la sala de proyecciones en el ático —dijo Miranda.

—¡Genial!

—Sólo falta que llegue Billy.

—Eso no es cierto —se escuchó desde el pasillo.

Nos volvimos al mismo tiempo.

Allí estaba Billy, caminando alegremente con su mochila a cuestas.

28

No fue sencillo ver las cintas de Super-8 de Marvin French. El primer escollo fue Elwald, que quiso ocuparse de la operación en la improvisada sala de proyección en el ático de los Matheson. Incluso se mostró sorprendido por nuestro interés en dibujos animados para niños pequeños. Miranda hacía años que no los veía, y además la familia tenía una colección de cintas VHS que eran la novedad del momento. Cuando habíamos visto una media docena de dibujos, exagerando nuestras reacciones, aunque con unas cuantas carcajadas genuinas, Miranda le pidió a Elwald que nos dejara solos, que Billy ya sabía operar el proyector y que podíamos arreglárnoslas sin él. Lo dijo con solemnidad y cierto deje autoritario que no dejó de sorprenderme, porque en mi mundo los niños no les decían a los adultos —ni siquiera les sugerían— lo que debían hacer. Hubo un momento de vacilación, tras el cual el hombre nos lanzó una mirada en la que supongo se convenció de que nada allí arriba podía hacernos daño, y finalmente se marchó.

El ático de los Matheson tenía unas dimensiones monstruosas. Ocupaba la mitad de la planta de la casa, y la falta de divisiones hacía que pareciera incluso más amplio, aunque la luz que se colaba por las mansardas cerradas era escasa. Por todas partes había muebles cubiertos con telas polvorientas; parecía una ciudad fantasmal y gris. Cajas de cartón, espejos gigantes, pinturas apiladas; mobiliario suficiente para equipar dos o tres casas normales. Entonces recordé la mudanza que había tenido lugar cuando la familia llegó, unos meses atrás, y comprendí que los muebles que veía allí arriba habrían sido los que originalmente estaban en la mansión. Los Matheson habían traído consigo su propio mobiliario.

Cuando quedamos solos, por unos segundos no hicimos más que observar el cuadrado de luz que se proyectaba en la pantalla de pie. El ventilador interno del proyector fue el único sonido audible. Una constelación de motas de polvo bailaba en el cono de luz. Fue Billy el que se puso de pie y fue por su mochila. Extrajo de ella el maletín de Marvin French y regresó a su silla. Lo sostuvo en el regazo como si fuera un alumno a la espera de ser llamado para dar la lección.

—Billy, ¿estás bien? —preguntó Miranda.

—Sí —respondió él, pero hubo un dejo críptico en su voz.

No fue necesario debatir acerca de cuál sería la cinta que veríamos primero; sería la que estaba rotulada con el nombre de Marvin. En menos de un minuto ya estaba colocada en el proyector.

Billy accionó el botón de reproducción y la cinta comenzó a rodar.

29

La primera escena nos mantuvo en vilo. Vimos un escritorio macizo, de madera lustrada, atiborrado pero ordenado. Había una lámpara con pie de bronce, una delicada máquina de escribir, libros, dos o tres portarretratos; detrás había una biblioteca y un sillón vacío. Tras unos instantes, aquella toma fija se desplazó ligeramente. Un diploma enmarcado quedó visible junto a la biblioteca. Después del pequeño ajuste en el encuadre, un hombre entró en escena. Lo vimos de espaldas, caminando con pasos mudos, con el andar cansado, hasta que ocupó el sillón y apoyó los brazos en los apoyabrazos. Vestía un traje costoso, aunque una o dos tallas más pequeño que la que su ligero exceso de peso requería, y su aspecto era impecable: el tupido bigote estaba perfectamente perfilado, al igual que el cabello que rodeaba la coronilla; la calva relucía. Del bolsillo de la chamarra, el hombre extrajo unos lentes redondos de armazón delgado que se colocó con elegancia. Y entonces tuve la certeza de que ocurriría, que miraría hacia la cámara —cosa que no había hecho hasta entonces— y diría alguna frase de película como: «Si están viendo esto, es porque estoy muerto...». Contuve la respiración. Billy literalmente había inclinado el cuerpo hacia delante, hasta el punto de casi caerse de la silla.

Marvin French no habló. Estaba claro que tampoco tenía intenciones de hacerlo, porque aquella cinta no tenía sonido.

¿Cómo nos daría su legado si no podía ser escuchado?

Observamos, expectantes, pero la tensión se disipó lentamente, cuando French comenzó a golpear con dos dedos veloces la máquina de escribir sobre el escritorio. De tanto en tanto quitaba la vista del papel y observaba un cuaderno que había a un lado, luego retomaba la escritura. Al cabo de casi un minuto alzó la vista y miró hacia algo detrás de la cámara, pero ostensiblemente alejado de ésta, quizá un rincón, un cuadro, quién sabe. Claramente lo importante no era qué miraba, sino la pose soñadora que adoptó durante esos segundos, hasta que se puso nuevamente de pie y caminó hacia la cámara.

La imagen se interrumpió de golpe.

Tuvimos apenas un segundo para intercambiar miradas desconcertadas. ¿Qué había sido eso?

Pero no hubo tiempo para debatir, pues tras una porción de cinta en blanco, el rectángulo de luz en la pantalla de proyección volvió a llenarse. Esta vez con un sillón de dos plazas. French volvió a aparecer en escena, se sentó y comenzó a leer un libro, con mirada concentrada tras los lentes redondos. En determinado momento acomodó el libro en el regazo y se peinó el bigote con la mano, una y otra vez, sin interrumpir la lectura.

Las escenas se sucedieron. En total fueron siete. Todas tenían lugar en diversas localizaciones de la casa y mostraban a Marvin French en situaciones cotidianas: caminando por un jardín con las manos entrelazadas en la espalda, estudiando dos cuadros abstractos, examinando una tira de celuloide; en todas se lo veía reflexivo y con aire intelectual, siempre operando él mismo la cámara. No hubo en aquella película casera sitio para actos frívolos, como ver la televisión o prepararse un sándwich. Si el hombre pretendía dejar un legado, una imagen de lo que había sido su vida fuera de prisión, buscaba que fuera la de un individuo centrado y respetable. Costaba relacionar a aquel hombre bien vestido y de modales refinados con las declaraciones en el momento de su detención.

¡Yo la maté! Se lo merecía. Era una puta de mierda.

La última escena nos desconcertó y desanimó al mismo

tiempo. Durante más de un minuto, la pantalla permaneció en blanco, y de no ser por las manchas con formas de parásitos y las imperfecciones en el celuloide, habríamos supuesto que había terminado. Pero no era así. Casi en el centro, aunque algo desplazado hacia la derecha y hacia arriba, apareció una luz, como un único faro en una ladera nevada. La luz aumentó en intensidad y luego se desenfocó hasta que adquirió la forma de un rombo rodeada de una aureola multicolor.

Nos quedamos mirando aquella luz, hipnotizados. Cuando la película llegó a su fin, Billy, que seguía inclinado hacia delante, estuvo a punto de caer de la silla.

—Nada de lo que esperábamos, ¿eh? —dijo Miranda.

Billy retrocedió la cinta a máxima velocidad y la extrajo del proyector. La miró sin ocultar su decepción.

—¿Qué hace esta cinta en poder de su abogado? —se preguntó en voz baja. La dejó en la mesa y sin mediar palabra se inclinó y tomó el maletín—. Vamos a ver el resto.

—¿El resto? —pregunté.

—Sí —dijo Billy mientras sopesaba las tres cintas restantes—. La que dice «Sophia» debe de contener más poses en la casa, sólo que de su esposa. —Dejó esa cinta en la mesa y tomó la de «Atardeceres en Union Lake»—. Ésta será mierda paisajística. —La descartó también—. Ésta tiene sólo una fecha. Es de hace más de diez años, pero quién sabe, a lo mejor el hombre inmortalizó su voluntad mucho antes de ir a prisión.

Billy empezó a abrir la caja metálica en la que estaba guardada la cinta. Miranda lo detuvo.

—Espera, veamos primero la de la mujer. Quizá es ella la que ha dejado un testamento. ¿Se te ha ocurrido que quizá el dinero sea de ella?

Si yo hubiese dicho lo anterior, Billy no me hubiera hecho caso, pero como fue Miranda, se detuvo y reflexionó un momento. En la penumbra del ático, sus ojos resplandecieron.

—Por eso la mató... —dijo Billy, maravillado.

—Claro —concluyó Miranda.

Mientras Billy colocaba la cinta de Sophia French, le toqué suavemente el brazo a Miranda. Se lo agradecí en voz baja. De no haber sido por su intervención, en ese momento Billy seguiría empecinado en ver la cinta con la fecha del accidente. Miranda esbozó una sonrisa, y con un gesto me hizo ver que lo que acababa de hacer no tenía importancia.

Pero Billy tenía razón, aquella película era similar a la de Marvin, era muda y no había en ella ningún legado. En el caso de la mujer, las actividades que había elegido para ser inmortalizada en celuloide tenían que ver con tareas hogareñas, y esta vez no era necesario que saliera de cuadro para operar la cámara; para eso estaba su marido. Primero vimos a Sophia en la sala, tejiendo un suéter que en determinado momento contemplaba sosteniéndolo delante de ella. Era una mujer bonita, más joven que Marvin, por lo menos diez años. Llevaba el cabello recogido en un chongo y observaba todo por encima de unos lentes alargados que le conferían un aire aristocrático. Después la vimos en la cocina, moviéndose con soltura hacia uno y otro lado. En determinado momento abrió el refrigerador para tomar algo y lo cerró con un grácil golpecito de cadera. En ese momento miró por primera vez a la cámara y ahogó una risita pícara. La siguiente escena la mostró de espaldas, pero su rostro era visible en el espejo que tenía delante. Ya no sonreía.

Con la película de Sophia experimenté cierto pudor. La mujer había sido asesinada, y eso hacía que inmiscuirse en su vida fuera mucho peor, no sé bien por qué. Me pregunté si ella intuiría en aquel momento, frente al espejo, que su marido sería capaz de matarla. Sus ojos parecían decir que sí, aunque costaba leerlos; había misterio y algo que podía ser cansancio. Deseé que la cinta terminara de una vez por todas, aunque Billy querría verla.

Me había desconectado brevemente de las escenas de Sophia French, que en ese momento estaba de pie junto a un rosal, tomaba una flor entre sus dedos y la olía cerrando los ojos. Volví a prestar atención cuando la vi caminar por un sendero de piedra, rodeada de jardines, con un vestido de gala y una sombrilla para protegerse del sol. La toma estaba realizada desde un punto alto, probablemente desde una de las ventanas de la segunda planta. La razón por la que me concentré en la imagen proyectada, fue que detrás de la mujer estaba la piscina donde la policía la encontraría muerta más tarde. El ángulo de la toma no permitía ver el fondo, pero sí buena parte de uno de los muros perimetrales.

La piscina estaba vacía.

Una señal de alerta se encendió en mi cabeza.

Billy se inclinó hacia delante.

Reparé en un detalle importante: la cámara estaba moviéndose. Marvin seguía el andar de su esposa, por lo tanto él estaba en la planta alta. Contuve el aliento. La mujer alzó la cabeza e hizo una grácil reverencia hacia la cámara, muy sutil, pero perceptible si se prestaba atención. La sombrilla ocultó parcialmente su rostro, pero parecía que sonreía. Sus pies estaban muy cerca del borde de la piscina. Peligrosamente cerca.

Entonces ocurrió.

Me sobresalté. Miranda dejó escapar un grito de horror que el ático se encargó de repetir desde cada rincón.

Orson surgió desde una de las esquinas de la imagen, embistió a toda carrera contra Sophia, que apenas atinó a soltar la sombrilla y manotear el aire para dilatar lo inevitable. Cayó de espaldas.

Orson se asomó rápidamente a la piscina, luego miró a uno y otro lado, comprobando que nadie lo veía. Parecía dispuesto a seguir su camino cuando se le ocurrió alzar la cabeza.

Entonces fue mi turno de dejar escapar un grito.

Fue como si me mirara, aunque por supuesto a quien había descubierto en la segunda planta era a Marvin, que lo registró todo con su cámara de Super-8. En ese momento, Orson no habría superado los diez años, era grande para su edad pero todavía no había alcanzado su tamaño gigante; sin embargo, allí estaba su eterna expresión de resentimiento y odio despiadado.

Ninguno atinó a hacer nada, o decir algo, y lo mismo debió de ocurrirle a Marvin, que siguió filmando, procurando procesar lo que acababa de ocurrir, quizá repitiéndolo en su cabeza una y otra vez.

La película finalizó abruptamente, y la imagen de Orson con el rostro vuelto hacia arriba y la mirada desafiante se clavó en mis retinas, me temo, para siempre.

Pocas veces en mi vida tuve tanto miedo como en ese momento, en aquel ático enorme lleno de monstruos polvorientos. Me abracé los codos con las manos y entonces, en algún momento, me desmayé.

Segunda parte

Hoy (I)
2010

I

Mi vida no sería lo que es hoy de no ser por un hecho fortuito que tuvo lugar poco después de mi graduación en la preparatoria, en 1991. Había decidido que no iría a la universidad. Tenía el firme propósito de dedicarme a escribir de forma profesional. Me seducía la idea de pasar horas enteras en mi despacho, para luego ver el resultado en un ejemplar impreso con una portada bonita y mi nombre en grandes letras en relieve. En esos años, los editores comenzaron a prestarle mucha atención a las portadas —quizá demasiada—, y las librerías se esmeraban por presentar sus libros de la mejor manera posible, acompañando las pilas de ejemplares con objetos que tuvieran que ver con la trama. Hoy en día es un fenómeno bastante común, especialmente en las ciudades importantes. Pero entonces en Carnival Falls era toda una novedad. Yo me pasaba horas frente al escaparate de la librería Borders, en la calle Main, y también en la del señor Gibbs, aunque el viejo no estuviera muy de acuerdo con eso de adornar sus libros como árboles de Navidad. Además de las torres de libros, estaban los pósteres promocionales, donde los autores sonreían como estrellas de cine y desbordaban confianza. En mi caso no era sólo la vanidad lo que me motivaba; había también algo íntimo que por aquellos años no podía explicar muy bien y que tenía que ver con una cierta molestia interna (aunque no era exactamente una molestia). Hace poco, hablando de este tema con una escritora de cierto renombre, me dijo con toda naturalidad que ese malestar no era otra cosa que «gases literarios». Me reí bastante con eso, pero me pareció sumamente acertado.

Gracias a la ayuda de Collette Meyer conseguí una beca no remunerada en el *Carnival News*, que si bien era un periódico de tiraje local, era el único sitio donde podía tener, en algún momento, la oportunidad de escribir y que me pagaran por ello. Empecé con entusiasmo, servía café al personal e incluso en eso me empeñaba para hacerlo a la perfección; también corregía algunos artículos. Transcurrieron semanas de agotamiento, porque las reglas en la granja de los Carroll habían cambiado en el instante en que alcancé la mayoría de edad; trabajaba en el huerto por las mañanas, y por las tardes me enclaustraba en el periódico. Sabía que tendría que dejar la granja en algún momento, que el período de gracia no se extendería demasiado; había que dejar lugar para los niños que realmente lo necesitaban.

El entusiasmo puede ser un combustible grandioso a la hora de pelear por un sueño, pero en mi caso empecé a sospechar que la puerta hacia mi carrera literaria era risiblemente pequeña y que podría pasar veinte años trabajando en el *Carnival News* para alcanzar, con suerte, un puesto en la redacción.

Lo cierto es que desde el ingreso en el periódico no había escrito una puta línea de ficción. Mi magra producción literaria se limitaba a las historias de caballeros andantes e intrigas palaciegas que había concebido en mi adolescencia y que empezaban a parecerme bastante lamentables. Ni una puta línea más. En el *Carnival News* habían tenido la deferencia de permitirme redactar un par de artículos. «Es una gran responsabilidad, Sam, todos estamos muy orgullosos de ti». Uno era un recuadrito de cincuenta palabras para rellenar espacio: la familia Coleman lamentaba la pérdida de su cachorrito *Willis* y ofrecía una recompensa para cualquiera que pudiera aportar un dato de su paradero; un niño estaba desconsolado, por favor,

¡ayúdenos! El otro artículo buscaba incentivar a todos los niños de la ciudad a inscribirse en el club de ajedrez local. El coordinador del club, un tal Dimitri No-sé-qué, me confesó que estaba desesperado porque cada vez menos niños se interesaban por el ajedrez y me pidió que escribiera algo que lo presentara como lo que era: un deporte emocionante, que desarrollaba el intelecto y que era muy divertido una vez que se lo dominaba medianamente. Mientras me hablaba recuerdo haber pensado en lo ridículo que era escuchar a ese hombre, que probablemente se había inventado ese nombre ruso, intentando convencerme de que dos personas sentadas sin hacer nada durante horas podía ser algo emocionante. El artículo fue un desastre, por supuesto, aunque al director Green le pareció grandioso.

¿Cuándo tendría tiempo de escribir algo serio? Mi vida era un vaivén entre la cosecha de papas y los artículos de perros perdidos. Patético.

La beca en el periódico no fue mi golpe de suerte, como había creído al principio. Éste vino después, cuando llevaba cuatro meses trabajando allí, y lo gracioso es que al principio ni siquiera me di cuenta. Llegó en forma de invitación. Katie se había marchado a Nueva York recién graduada; ella sí tenía intenciones de ir a la universidad, y sus padres le habían dejado un fondo en el banco precisamente para eso. Se había convertido en una mujer resolutiva y dispuesta a asumir riesgos; había perdido esa constante pátina de tristeza que arrastraba desde la infancia. Parecía haber hecho las paces con su padre, aceptado su suicidio como una tragedia del pasado, y seguía visitando a su madre, aunque ella no la reconociera y se refiriera a Katie como «la enfermera más bonita del mundo». A veces, en la intimidad, afloraba esa tristeza que la caracterizó durante nuestra estancia en la granja, pero la Katie neoyorquina podría haber engañado a cualquiera. Seguía siendo hermosa e inteligente, y recibir una invitación para pasar un par de semanas en su apartamento fue un sueño hecho realidad. Para alguien como yo, que apenas había viajado un puñado de veces a Rochester y que como periplo extraordinario había llegado a Boston para acompañar a Randall a hacer unas diligencias, Nueva York era la mismísima luna.

Subí al autobús con gran expectativa. No sólo iba a conocer una ciudad de verdad —Katie nos había hablado tanto de ella que realmente había despertado mi curiosidad—, sino que también extrañaba a mi hermana. Durante los años de preparatoria fue ella la que me contuvo, con quien me desahogué y a quien pedí consejo siempre que lo necesité. Le conté absolutamente todo, incluso mis verdaderos sentimientos hacia Miranda y todo lo que sucedió aquel verano de 1985.

Katie estudiaba economía, algo para lo cual parecía tener condiciones sobresalientes y que le fascinaba. Para mí era sorprendente verla con todos esos libros técnicos y el *Wall Street Journal* como si fueran revistas de chismes. Compartía un apartamento con dos chicas de su misma edad que había conocido en el mundillo de la moda. Katie hacía trabajos de modelo y sesiones fotográficas para ayudar con el costo de sus estudios. Era dos mujeres en una, y yo la admiraba enormemente por ello.

Las dos semanas que pasé en su departamento fueron inolvidables. La ciudad me impactó, justo es decirlo, aunque por momentos sentía una falta de pertenencia tan grande que quería volver al periódico, al bosque que tanto conocía, a mi lugar. Las chicas que vivían con Katie se mostraron muy amables y me permitieron acomodarme en un cuartito junto a la cocina, no mucho más grande que la habitación donde crecí.

A diferencia de Katie, sus compañeras de departamento disponían de un montón de tiempo libre, así que organizaban o asistían a fiestas casi todo el tiempo. Y así fue como me relacioné con más gente que la que conocí en Carnival Falls en toda mi vida. Tres veces durante aquellas dos semanas, las fiestas se celebraron en nuestro apartamento y asistieron prácticamente todos los inquilinos del edificio, en su mayoría estudiantes o muchachos de la edad de Katie. Las puertas de cada apartamento permanecían abiertas y podíamos vagar por cualquier lado. Había música de todos los estilos y personajes increíbles que jamás pensé conocer. Todo era tan diferente allí... Entendí que mi sueño de escribir era absolutamente lógico en Nueva York. Era fácil llegar a tal conclusión cuando a tu alrededor la mayoría probaba suerte en la música, la actuación o se definía como «artista plástico». Durante esos días probé por primera vez bebidas con alcohol que no fueran cerveza y mantuve largas conversaciones con desconocidos hablando de sueños y bebiendo, sin ataduras, sin juzgarnos, sin compromisos.

Amé esos días en Nueva York. Conocí una nueva manera de vivir, que intuía existía en alguna parte pero que nunca pensé podía estar esperándome a la vuelta de la esquina. Regresar a Carnival Falls después de aquello iba a ser como despertarse de un sueño sumamente agradable.

Pero el destino me tenía preparada una sorpresa. Katie me presentó a Heather dos días antes de mi poco ansiado regreso, en una de aquellas fiestas eclécticas y multitudinarias que tanto disfrutaba. Yo estaba en uno de los apartamentos junto con un joven y su novia, los tres tumbados en un sillón dirimiendo cuestiones esenciales del universo, cuando llegaron las chicas. Heather estudiaba Derecho; aquél era su primer año en la universidad y Katie la había conocido en la biblioteca, o eso creí entender —esa noche había batido mi marca personal de tres cubas y mis ideas fluían en mi cabeza con una agradable pesadez—. Heather se sentó a mi lado, nuestros muslos tocándose. Katie se marchó descaradamente, como un empleado de Fedex que ha cumplido con la entrega de un paquete. La conversación con Heather se dio de manera espontánea y no me sorprendí al descubrir que ella ya conocía muchas cosas acerca de mí —gentileza de Katie, por supuesto—. Podría haberla besado esa noche. En determinado momento, nuestros rostros estaban tan cerca que pude sentir el resabio de una goma de mascar que ya no estaba. Supe que sólo sería cuestión de inclinarme ligeramente hacia delante y asunto resuelto. Heather me gustó desde el principio, y si no la besé en ese instante no fue por falta de ganas o porque creyera que ella rechazaría el beso; la verdad, no sé por qué no lo hice.

Esa noche no dormí, permanecí en la cocina, contemplando cómo Brooklyn aparecía mágicamente entre la bruma del amanecer.

Por la mañana, Katie me hizo el ofrecimiento que lo cambiaría todo. Podría vivir con ella y sus amigas por un tiempo, varios meses si era necesario, siempre y cuando creyera que el cuartito junto a la cocina era suficiente para mí. Acepté de inmediato, sin pensármelo dos veces. Podría conseguir un empleo en esa gran ciudad, claro que sí. En cuanto tuviera mi propio dinero podría colaborar con los gastos y más tarde mudarme. Básicamente era el mismo plan que había delineado en Carnival Falls, pero con una diferencia fundamental: allí sería libre.

Mientras la gran manzana se desperezaba lo entendí; supe con certeza que ése era el aire que mantendría mis sueños vivos. Abracé a mi hermana y se lo agradecí con toda mi alma. Me cambiaría la vida.

Mi experiencia en el cuidado de ancianos y la cosecha de hortalizas no fueron de gran utilidad a la hora de conseguir un empleo decente, pero me dediqué a buscar uno durante todo el día, todos los días. Así empecé en un restaurante como ayudante de cocina, luego pasé a otro y a otro. No era suficiente para mudarme, pero sí pude colaborar con mi parte de la renta, aunque ellas insistieron en que mi parte no fuera proporcional sino menor. «Tú estás en ese agujero junto a la cocina, no es justo que dividamos en partes iguales». Me gustaba formar parte de esa sociedad, me gustaba estar en el agujero junto a la cocina, me gustaba incluso la falta de orden que reinaba en aquel apartamento, donde los horarios eran flexibles y siempre había tiempo para recibir a amigos. Y luego estaban las modelos, claro: decenas de mujeres esculturales, hermosas y jóvenes desfilando despreocupadas por la sala, altas y delgadas, casi de otro planeta.

Invité a salir a Heather un par de veces y la relación se afianzó. Me enamoré a una velocidad meteórica, tal como había sucedido con Miranda en mi otra vida, con la salvedad de que a Heather le ocurrió lo mismo. Teníamos muchas cosas en común, pero quizá la más importante era haber encontrado recientemente un nuevo horizonte. Ella provenía de una familia acomodada —cuando lo supe creí que mi destino de codearme con la aristocracia debía de estar escrito en alguna parte—, criada por una madre sin demasiado carácter y un padre al que le gustaba que las cosas se hicieran a su manera. En la preparatoria comenzó a salir con un chico de otra familia como la suya, siempre bajo los designios paternos, que había arreglado todo con el futuro suegro, con el que hacía negocios y jugaba al golf. Heather sucumbió a la presión de su padre; un error garrafal que la hizo infeliz durante el último año en la escuela. Entonces llegó la graduación y fue el momento de casarse; otra vez, estaba todo arreglado. Heather se sentía sola, sin nadie con quien compartir lo que verdaderamente le pasaba por dentro. Había pasado meses tragando penas, compartiendo sus problemas con un puñado de amigos que intentaron contenerla, pero finalmente fue ella, en un arrebato de valor prácticamente desconocido, la que se encaró con su padre y se lo dijo todo. Absolutamente todo. Se presentó en su despacho, le quitó de las manos el expediente que leía y le dijo toda la verdad, todo lo que le pasaba por el corazón.

Heather hizo un pacto con su padre. No se casaría

con aquel muchacho, por supuesto, y él no interferiría en ninguna de sus decisiones sentimentales. A cambio, ella iría a la universidad y se graduaría como abogada, y así continuaría la tan ansiada tradición familiar. A su debido tiempo se haría cargo del bufete. No es que el padre tuviera muchas opciones, así que aceptó.

La relación con Heather duró cinco años. Los tres primeros fueron de ensueño, esos en los que sientes que el amor nunca se terminará, porque todo es demasiado perfecto, porque el desgaste que afecta a casi todas las parejas, por alguna razón mágica no te tocará a ti. A Heather le gustaba muchísimo la abogacía, aunque le hubiera hecho creer astutamente a su padre que para ella constituía un sacrificio, y era una alumna aplicada, así que eso le quitaba tiempo a nuestra relación. Yo, por mi parte, después de mi paso por los restaurantes, conseguí un empleo en Doubleday como asistente de edición, y eso fue como tocar el cielo con las manos. Había escrito algunas cosas durante ese tiempo, pero sentía que mi estilo estaba todavía en desarrollo. Muchas veces tuve el arrebato de decirle a mis jefes que tenía material para publicar, mostrárselo al menos para que me dieran su opinión, pero el instinto me ordenó que no lo hiciera, que esperara. Y eso hice. Trabajé duro, durísimo, llegué a editar libros de autores de renombre; aunque el crédito nunca fuera mío, no me importó. La paga no era excelente, pero me permitió alquilar un apartamento con Heather. Viéndolo en perspectiva, fue entonces cuando nuestra relación comenzó a deteriorarse. Algo que despertó dentro de mí, algo que había estado invernando durante años. Supongo que mi trabajo en Doubleday, que me ponía permanentemente en contacto con escritores, pudo ser el detonante, o quizá alcancé cierto grado de madurez. No lo sé. Tenía veintidós años y sentí la urgencia de escribir. Escribir se convirtió en mi prioridad. No Heather.

Fue ella la que un día me dijo que teníamos que hablar;

esa frase que casi no requiere más explicaciones. Pero yo lo esperaba y deseaba. La separación fue de común acuerdo, aunque parezca que eso nunca es posible. Supimos, en el fondo de nuestros corazones, que la relación ya no era la misma, que no tenía sentido echarle la culpa a mis horas frente a la máquina de escribir, su entorno en la universidad, su familia, nada. Identificar las razones no cambiaría el resultado. A veces nos empecinamos en buscar explicaciones a las cosas en lugar de aceptarlas tal como son. Por aquel entonces mi sueldo había mejorado y pude permitirme mi propio apartamento. Sufrí enormemente la ruptura con Heather, pero estaba empezando a sospechar que del amor es posible salir con entereza, que las heridas cicatrizan. Además, tenía algo a que aferrarme: mi primer manuscrito estaba casi listo. Era una historia sobre una asesina en serie y un detective obsesionado por atraparla; creía que podía funcionar. Algo había aprendido del mundo editorial en esos años. Me encontraba en la recta final de la historia y le veía potencial, mucho potencial. El título provisional era *Eva,* el nombre con que la mujer firmaba sus crímenes.

Mi jefe en Doubleday en ese momento era Edward Perry, un hombre con visión e instinto que llegaría muy lejos en el mundo editorial. Cuando le entregué el manuscrito, con cierto aire de suficiencia debo reconocer, pensó que le estaba jugando una broma. Le dije que aquello iba en serio, que escribía prácticamente desde que me orinaba en la cama, y que había esperado hasta tener algo que valiera la pena para que él lo viera. Debí de decirlo con convicción, porque su expresión cambió y me dijo que le echaría un vistazo el fin de semana y que el lunes me daría una opinión inicial tras leer algunas páginas. Perry valoraba los textos según un método que él mismo había autodenominado «Los tres niveles de Perry». Primero abría el libro al azar y leía una página. Si le gustaba el estilo, el primer nivel de Perry estaba cumplido y leía otra cualquiera.

Luego una tercera. Si creía que lo que tenía entre manos tenía potencial, se alcanzaba el segundo nivel de Perry y leía los dos o tres primeros capítulos. El paso siguiente, o tercer nivel de Perry, era leerlo completo. Me dijo que no haría una excepción conmigo.

No fue necesario esperar al lunes para conocer su reacción. El domingo me llamó a casa. Cuando escuché su voz supe que le había gustado, así que antes de que pudiera decirme algo le pregunté hasta qué nivel había llegado. Me dijo que hasta el tercero. En la editorial sabíamos que cuando un libro alcanzaba el tercer nivel de Perry, casi seguro se publicaba. Mi jefe volvió a preguntarme si aquello no era una broma de la oficina y si yo realmente había escrito ese libro. Y ése fue el mejor cumplido que podría haberme hecho.

Al día siguiente me propuso firmar un contrato para publicar *Eva*.

Hoy tengo treinta y siete años. He publicado otros seis libros desde mi debut literario y después de Heather otras mujeres entraron en mi vida, aunque sólo he vuelto a enamorarme una vez más. Su nombre era Clarice, y con ella tuve la convicción de que la búsqueda había llegado a su fin, que sería la elegida, que nuestros gustos comunes darían ese toque adicional para que la relación perdurase. Me equivoqué.

2

Todos los años regreso a Carnival Falls. Me gusta reencontrarme con mi ciudad natal, recordar viejos tiempos, visitar a los seres queridos, participar de alguna celebración, de un día festivo, algún cumpleaños. Tomar el coche y viajar por la Interestatal 95 se ha convertido en uno de los mayores placeres de mi vida.

Mi primera parada fue en la calle Harding, como tantas otras veces, y caminé hasta la casa de los Meyer, que ahora pertenecía a un matrimonio joven a cuyos hijos había visto involuntariamente crecer a lo largo de los años, sin que ellos lo advirtieran. Compré un helado en el 7-Eleven de Harding y Bradley y me senté en una banca justo frente a la casa.

Joseph murió dos años antes de que yo me marchara de la ciudad. Se fue de este mundo silenciosamente, mientras echaba una cabezadita en la silla del porche trasero, donde tantas veces me había sentado con él a leerle.

Durante mis primeros viajes a Carnival Falls visité a Collette en aquella casa. Fueron tres años en total, hasta que ella también murió, me temo que de un modo no tan placentero como el de Joseph. En su caso fue un infarto.

Lo lógico hubiera sido eliminar aquella parada de mi recorrido. Y casi lo hice. Pero aquel primer año sin Collette conduje hasta su casa sin pensarlo, supongo que para echar un vistazo a la fachada, ver si estaba ocupada y esas cosas, y desde entonces no he dejado de hacerlo. Compro el helado, y me siento frente a la casa. Termino mi helado y sigo allí, durante media hora o así. Es mi momento con ellos, aunque en mi casa de Nueva York tengo la caja de música preferida de Collette, la del circo, y darle cuerda a sus múltiples mecanismos siempre es una excusa para evocar todo lo que aquellos dos seres maravillosos hicieron por mí.

Muchas veces he pensado en pedirle a la nueva familia que me permita entrar a la casa, sólo por curiosidad, pero no lo he hecho todavía. Una vez me acerqué lo suficiente para ver de refilón el jardín trasero. El cuartito donde Joseph guardaba sus documentos del bufete, en el que Billy y yo descubrimos las cintas de Marvin French que mostraban a Orson asesinando a su madre adoptiva, ya no está. Lo han demolido. Todas las plantas están bien podadas y el césped regado. Hay flores y hasta juegos para niños. Ya no quise ver más. Para mí ese jardín será siempre el vergel con cacharros inservibles que Collette tanto amaba, el territorio de Sebastian. En mis fantasías imaginaba que la nueva familia había arreglado el jardín pero que el enano de yeso seguía en el mismo sitio de siempre, como amo y señor de todo. No quería entrar en la casa; mejor dejarla como la recordaba. Siempre me decía que quizá al año siguiente, pero sabía que era una excusa para regresar año tras año. Nunca volvería a entrar en esa casa, salvo en mis recuerdos.

Había terminado el helado hacía rato. Todavía sostenía el palito entre mis dedos, como una diminuta batuta. A veces veía a los niños jugando en la banqueta y me quedaba un rato más, pero ese día no había nadie, a pesar de la agradable temperatura.

Regresé a mi PT Cruiser y enfilé hacia la calle Cook. Había hecho ese trayecto tantas veces en bicicleta que recorrerlo en mi moderno coche me producía una sensación especial, enormemente grata, por cierto.

3

La granja no había cambiado mucho desde mi partida.
Estacioné junto a la camioneta de Randall, desde donde
pude ver la ventana de mi antiguo cuarto, que ahora funcionaba como despensa y que nadie había vuelto a utilizar.
Me asaltó el recuerdo de la silueta de Orson la noche que
me citó en la camioneta abandonada, y eso fue suficiente para que mi sonrisa se esfumara del espejo retrovisor.
Orson Powell era el único recuerdo de aquellos años que
todavía me provocaba escalofríos.

Un golpecito en la ventanilla me arrancó de mi ensoñación.

—¡Sam, qué gusto verte!

Era Amanda. Me desprendí de las telarañas del pasado sacudiendo la cabeza. Esbocé una sonrisa y me apeé del
coche. Nos abrazamos.

Amanda estaba a punto de cumplir los setenta. Seguía
siendo una mujer notablemente fuerte y saludable, pero
los años de trabajo duro habían dejado huella. Había ganado varios kilos y caminaba con ayuda de un bastón. Su
cabello, que usaba recogido en un chongo, estaba completamente blanco. Cuando la tuve entre mis brazos pude
advertir el perfume y el polvo en las mejillas y supe que
aquellos detalles eran para mí. Permanecimos en esa posición un buen rato, después caminamos hasta la casa bajo
la estricta supervisión de *Homero*, un pastor alemán hijo
de mi añorado *Rex*.

Cuando entramos en la sala, Randall se levantó de su
sillón de lectura y se acercó. Su complexión fibrosa le había permitido llegar a la vejez de manera más sutil. Con

su clásica camisa a cuadros, sus pantalones de franela y su sombrero de paja, casi parecía el mismo de siempre. Pero en su rostro los años bajo el sol también habían dejado su impronta.

—Te has dejado crecer la barba, Randall —dije mientras lo abrazaba y me estremecía al sentir la fragilidad de su cuerpo. Sus omóplatos puntiagudos se me clavaron en los antebrazos.

Cuando me aparté, reparé en que estaba bastante más delgado que el año anterior, y que debajo de su barba incipiente tenía los pómulos sobresalientes.

—¡Qué contentos estamos todos! —dijo mientras se masajeaba la barba—. Las niñas están preparando un almuerzo en tu honor.

Claire daba indicaciones a dos niñas para liberarse y venir a mi encuentro. Era la única que seguía en la granja desde mi época, y con el tiempo su rol de organizadora se había ido fortaleciendo. A medida que la fuente de energía de Amanda se agotaba, la de Claire se hacía cada día más poderosa. La observé un momento, mientras le hablaba a Jodie y a otra niña que debía de haber llegado a la familia ese año, y hasta el modo en que se inclinaba, la postura de sus brazos, todo me recordaba a nuestra madre, la mujer que ahora tenía a mi lado y que se sostenía con la ayuda de un bastón, pero que en el pasado me había parecido indestructible.

—¡Sam! —Claire llegó dando zancadas mientras se secaba las manos con un trapo. Me estrechó en un abrazo de oso y me dijo al oído—: ¿Cómo pudiste hacerle eso a la pobre Miriam?

Reí con ganas. Miriam no era una de mis conquistas amorosas, sino la protagonista de mi última novela, *Centinela nocturno*: una mujer que sufría el acoso despiadado de un psicópata dispuesto a arruinarle la vida a cualquier precio.

—¡Silencio! —dijo Amanda, que se sentaba en una

de las sillas de la sala con alguna dificultad—. Acabo de comenzar a leerla.

Señaló uno de los ejemplares que yo le había enviado por correo postal hacía apenas unas semanas. Un punto de lectura asomaba de entre las primeras páginas.

—Esta vez fui la primera —dijo Claire con orgullo.

—Ya ves, Sam —dijo Randall, que se quitó el sombrero y también se sentó—. Algunas cosas no cambian en esta casa. Siempre me dejan el último.

—¡Yo también quiero leerlo! —gritó Jodie desde la cocina.

—Tú adereza las ensaladas —le disparó Claire con voz de trueno—. Eres pequeña todavía.

—¡Tengo ocho años! Ya he leído los de Harry Potter.

La otra niña, que parecía un par de años mayor, le decía que los dos libros de Harry Potter que había leído no contaban porque eran para niños. Claire les ordenó que dejaran de discutir pero las chiquillas siguieron, aunque en voz más baja. Era un alivio ver que las reglas en la granja se habían suavizado un poco.

Caminé hasta el mueble junto a la puerta, algo que siempre me gustaba hacer durante mis visitas. Contemplé el ejército de portarretratos sobre la repisa, inclinándome ligeramente, con las manos en la espalda.

—¿Cuántos son ya, Amanda? —pregunté.

—Sesenta y dos —respondió ella desde su asiento.

Podía estar perdiendo su fortaleza física, pero Amanda nos recordaba perfectamente a todos.

En la cocina, las dos niñas seguían discutiendo. El tema de los libros de Harry Potter había migrado hacia lo que cada una iba a ser cuando crecieran. La mayor decía que sería modelo, como Katie. Jodie sería escritora, como yo, pero aclaraba que las de ella serían historias románticas que pudieran leer las niñas de su edad.

Me detuve en la fotografía de Tweety, en la que abría la boca y observaba al cielo con expresión soñadora. Se la habían tomado antes de su llegada a la granja, durante los años en que aquella mueca exagerada fue lo más parecido a una sonrisa. Tweety seguía viviendo en Carnival Falls e impartía clases de historia. Hablábamos por teléfono regularmente y a veces bromeábamos acerca de su vieja afición por la historieta.

Me gustaba recorrer aquellos rostros. Allí estaban todos los niños que pasaron por el hogar de los Carroll. No había privilegios de ningún tipo; sí, algunas fotografías eran más grandes que otras, pero era fruto del azar. La mía estaba detrás de todas y era de las pocas en blanco y negro. Había sido tomada en la granja, cuando apenas daba mis primeros pasos. En ella se veía medio cuerpo de Amanda, que me llevaba de la mano.

Estaba observando la fotografía de Randy, ceñudo bajo su sombrero de vaquero, cuando Amanda se me acercó por detrás. Escuché sus pasos acompañados del repique del bastón.

—Cada vez que te veo mirando estas fotografías me digo que la próxima vez la quitaré...

Sabía a qué fotografía se refería, por supuesto. No muy lejos de la mía estaba la de Orson Powell. Era un retrato en colores pastel de cuando tenía seis o siete años. Rozagante y acicalado; tenía los ojos lustrosos, la sonrisa exagerada y el cabello recién cortado. Orson había sabido cómo impresionar a los demás, claro que sí.

—Apenas me había fijado —mentí—. Además, Orson me da un poco de pena, la verdad.

Amanda me dio una palmadita en la espalda.

—Todos deben estar aquí —me dijo con resignación—. Absolutamente todos... No puedo hacer excepciones. Dios los envió aquí y he tratado de hacer lo mejor con cada uno de ustedes.

La miré y apoyé mi mano en su espalda.

—Sabes que lo entiendo, Amanda. No tienes por qué darme explicaciones.

—Me alegra que lo entiendas —dijo Amanda. Me dio dos palmaditas más en la espalda y se quedó a mi lado, en silencio.

Un instante después alcé la cabeza. Allí estaba el crucifijo de yeso, empequeñeciéndose con los años.

—¿Te quedarás con nosotros? —preguntó Amanda repentinamente.

La pregunta me tomó por sorpresa. Normalmente me hospedaba en el hotel Cavallier, en Paradise Road. Observé a Amanda y vi un brillo de súplica en sus ojos.

—Claro que sí, por supuesto —respondí.

—Hemos preparado una cama en la habitación de Claire —me dijo bajando la vista ligeramente—. Es el único sitio disponible.

—No habrá problemas.

Amanda sonrió.

—¡Todo arreglado entonces! —Se volvió y se inyectó energía con un vigoroso aplauso.

Claire se puso alerta de inmediato. Las dos mujeres intercambiaron una mirada y fue suficiente para compartir lo que acabábamos de resolver un instante atrás.

Unos minutos después, todos los niños de la granja aparecieron para almorzar. Me saludaron; algunos con verdadera efusividad, otros con desinterés. El bullicio se apoderó de la sala. Amanda permaneció sentada, omnipresente, olfateando el aire y lanzando miradas penetrantes por encima de sus lentes rectangulares. Claire se ocupaba de que todos se hubieran lavado las manos antes de sentarse a la mesa y organizaba a sus ayudantes de cocina para que trajeran la comida.

Nos sentamos a la mesa como de costumbre, niños y niñas en lados opuestos.

4

Billy vivía en una preciosa casa en Redwood Drive. No en la antigua Redwood Drive, todavía territorio de las mansiones que seguían en pie, sino casi un kilómetro más al norte, en una zona donde antes no había habido más que bosque, pero que con los años fue convirtiéndose en un exclusivo suburbio de casas ultramodernas.

Mi amigo también tuvo su golpe de suerte, aunque en su caso, justo es decirlo, no fue un hilo de probabilidad ínfima como mi terca batalla en Nueva York, sino un inmenso letrero de neón visible a kilómetros de distancia. Billy resultó ser un genio con las computadoras. Y claro, necesitó tener una delante para darse cuenta. La señora Pompeo decía que había sido una suerte que no se popularizaran antes de que su hijo cursara los últimos años en la preparatoria, porque en tal caso no hubiera conocido el bosque, ni tenido amigos o vida social. Su pasión fue tan fuerte que su familia casi no ofreció resistencia a que el benjamín rompiera la tradición ingenieril de los Pompeo.

Se graduó con honores en Harvard y las ofertas laborales llegaron de inmediato. Billy las rechazó todas. Fundó una empresa de software para bancos con un estudiante de apellido LeClaude. Siguió adelante con ella durante una década y se hizo rico, luego le vendió su parte a LeClaude y se instaló en la casa de ensueño en la que vivía. «Un día me aburrí —fue su explicación—, era más empresario que programador». Ahora era asesor de diversas firmas que le consultaban en materia de seguridad informática; también impartía seminarios en universidades y trabajaba en proyectos personales que ni siquiera se tomó la molestia de explicarme. Cuando nos reuníamos casi nunca hablábamos de nuestras ocupaciones.

Caminé hasta la casa, emplazada en una suave colina rodeada de verde, por un caminito serpenteante de piedra. Era otro momento mágico de mis viajes a Carnival Falls, porque a Billy nunca le avisaba. Me gustaba sorprenderlo.

Cinco metros antes de llegar a la puerta, ésta se abrió.

Billy me observaba desde el umbral. Pero no era el hombre en que se había convertido, sino el niño que yo conocí en el segundo grado de la escuela Lelland, el que me ofreció el sándwich de salami y queso.

—¡Sam! —dijo el niño tras dudar un instante, evaluando si sería correcto salir de la casa o esperarme allí.

Recorrí los metros finales acelerando el paso. Me agaché y le di un beso en la mejilla mientras le revolvía el cabello.

—¡Hola, Tommy! ¿Están tus padres? —pregunté mientras espiaba por encima de su cabeza. Era evidente que no estaba solo en casa, pero no vi a nadie.

—Mamá fue a la peluquería y papá ha ido al baño a hacer caca. Se llevó su libro.

No pude evitar sonreír. Tommy se mantuvo serio. Seguía de pie en el umbral, como si conversar allí fuera la cosa más normal del mundo. Para un niño de seis años naturalmente lo era.

—¡Ya sé contar hasta cien!

—¿De verdad?

—¡Sí! Uno, dos, tres, cuatro...

Siguió hasta el treinta y cuatro, omitido el diecinueve y el veintinueve, y se detuvo con fastidio al escuchar pasos procedentes de la escalera.

—No puedo creerlo. —Era la voz de Billy—. ¡Sam Jackson en persona!

Cruzó la sala dando largas zancadas y me abrazó con fuerza. Tommy quedó atrapado entre mis piernas y las de Billy.

—¡Sabía que vendrías! —dijo Billy—. Lo he sabido toda la semana. Ayer se lo dije a...

—¡Papá!

Billy se apartó y Tommy consiguió librarse de la cárcel de piernas.

—Perdona, hijo.

Tommy se marchó con paso acelerado. Al verlo, era imposible no evocar las viejas rabietas de Billy cuando las cosas no se hacían a su manera.

—No sé a quién sale con semejante carácter —dijo Billy.

—Estaba mostrándome cómo contaba hasta cien —expliqué.

—¿Había llegado al cincuenta?

Negué con la cabeza.

—Entonces te he salvado —dijo—. A partir del cincuenta, cada cinco números se repite el cuarenta y siete; es una especie de comodín, según parece. Resulta imposible contener la risa la primera vez.

—¿Vas a invitarme a pasar?

Hizo una pausa.

—No sabes lo feliz que me hace que estés aquí.

—Lo sé.

Una vez en la sala, Billy me ofreció algo para beber, aunque era una mera formalidad. El ritual dictaba que beberíamos cerveza en el jardín trasero.

Antes de llegar a la cocina, Billy se detuvo, como si recordara algo. Se volvió.

—¿Quieres ver una cosa increíble?

Apareció en sus ojos ese brillo especial que tantas veces había visto durante nuestra infancia, el que presagiaba que la insensatez más grande del planeta podía estar a punto de brotar de sus labios.

—Mientras no sea una de tus computadoras ultra pequeña y ultra aburrida.

—¿Sigues escribiendo con máquina de escribir?

—Por supuesto.

—Dios santo.

—¿Qué quieres mostrarme? ¿Debo preocuparme?

—No. —El brillo en sus ojos seguía allí—. Espérame aquí.

Desapareció tras la puerta interna del garaje.

Regresó al cabo de un minuto. Sostenía un cuadro mediano contra el pecho, de manera que yo no pudiera verlo.

—¿Qué es?

—Me lo entregaron la semana pasada.

Enarqué las cejas. Realmente no tenía idea de qué podía ser.

Dio la vuelta al cuadro con solemnidad y en cuanto lo vi estallé en carcajadas. Me aferré al respaldo de un sillón para mantenerme en pie. ¡Era demasiado bueno!

—¡No puedo creerlo!

—Voy a colgarlo con los otros, aquí en la sala.

Lo que sostenía no era otra cosa que una versión adulta —y bastante reciente— de las fotografías con el clásico atuendo de marinero, como las que la señora Pompeo le obligaba a tomarse de niño en el estudio fotográfico del señor Pasteur. La pose de su rostro era la misma, con el mentón ligeramente elevado hacia un costado y la expresión de regocijo que en los retratos de la niñez había ido convirtiéndose cada vez más en una mueca de odio camuflado.

—El fondo es el mismo —me dijo con orgullo—, ¿puedes creerlo?

Advertí que, en efecto, detrás de Billy había unas nubes pomposas y desvaídas que me resultaron familiares.

—El señor Pasteur ha muerto —me explicó—, pero su hijo conserva el estudio como si fuera un museo. Estuvo encantado de tomarme la fotografía.

—¿Te das cuenta?

—¿De qué?

—Cuando eras un niño odiabas esas fotografías. Decías que eran la «degradación personificada».

Dejó el cuadro a un lado.

—Y lo son, ¡eso es lo grandioso! —dijo mientras entraba a la cocina—. ¿Cerveza?

—¡Por supuesto!

Salió de la cocina con un *pack* de seis latas de Budweiser.

—Con esto será suficiente —anunció mientras cargaba las cervezas en una mano y con la otra me enlazaba el cuello—. Vamos de una vez. ¡Tenemos que ponernos al día!

Ocupamos dos de los sillones de madera.

Tommy jugaba con unas cajas de cartón de electrodomésticos.

—Le fascinan las cajas —comentó Billy mientras me entregaba una cerveza y tomaba una para sí—. A sus juguetes casi no les presta atención.

—Quizá el pequeño Tommy retome la tradición familiar —comenté. En ese momento, el niño apilaba tres cajas formando una torre que lo duplicaba en altura.

—Eso quisieran sus tíos —bromeó Billy con la vista en el infinito. De repente se puso serio—. ¿Sabes, Sam?

—¿Qué?

—Cuando veo a Tommy caer de bruces, pasar cerca de un enchufe, intentar trepar a una silla o cualquier situación que remotamente represente un peligro, siento algo en el pecho. Entonces pienso en nosotros, que nos pasábamos el día entero en el bosque, alejándonos kilómetros y kilómetros sin preocuparnos por ningún peligro.

—Eran otras épocas.

—Sí, claro. Lo que quiero decir, es que... ahora termino de entender a mi madre. Ella podía ser pesada con sus recomendaciones, severa al castigarme y avergonzarme con las cosas que decía —no pudo evitar sonreír—, pero me dejaba perderme en el bosque contigo durante horas. Y nunca se lo agradecí.

Hizo una pausa y bebió un poco de cerveza. Se limpió la espuma con la lengua. Podíamos pasar meses sin vernos, pero existía entre nosotros una conexión primitiva. Y en ese momento supe que la fotografía que me había enseñado unos minutos antes, era un homenaje a la difunta señora Pompeo más que una broma para celebrar con amigos. Su forma de decirle que estaba dispuesto a hacer las paces.

—A veces lo sobreprotejo —reflexionó Billy volviendo a Tommy, que derribaba de una patada las cajas y aplaudía el ocaso de su escultura—. No sé si seremos buenos padres. Nuestra generación, quiero decir.

—No son tiempos sencillos. Hoy no se trata de dar libertad. Hay peligros muy reales allí fuera.

—Es cierto. Pero aun así creo que hay algo más, que en el fondo somos inseguros, por alguna razón, y tememos fracasar estrepitosamente.

Guardé silencio. Había apurado casi la mitad de mi lata y ya sentía un leve mareo.

—¿Hay algo que quieras decirme, Billy?

—¡Tantas cosas!

—Vamos...

—¿Que te amo?

—Muy gracioso.

Meditó un segundo.

—¿Sabes? En el bosque se han puesto estrictos con que los niños sobrepasen el Límite.

—Cuando éramos pequeños tampoco se podía, pero lo hacíamos igual.

—Ahora es distinto. Hay uno o dos guardas implacables. Si no es en compañía de un mayor, no te permiten pasar. Y si te encuentran en el otro lado...

Dejó la frase en suspenso.

—¿Cuántos han desaparecido ya? —pregunté con voz trémula.

—Seis desde el chico Green. Uno cada año y medio. Siempre participo en las búsquedas; nadie sabe lo bien que conozco esos bosques. ¿Quieres que te diga algo?

Asentí.

—Es como si el bosque hubiera cambiado —dijo Billy en tono reflexivo—, como si el peligro fuera algo palpable. No sé cómo explicarlo.

—El bosque es un sitio peligroso —sentencié—. Siempre lo ha sido. Nuestro error fue subestimarlo.

Billy terminó la primera lata. La estrujó y la dejó sobre la mesa. Ninguno de los dos quería seguir por aquel camino, porque hacerlo supondría remontarse al final del verano de 1985, en el que conocimos a una niña maravillosa de la que ambos nos habíamos enamorado.

—Debimos hacerte caso —dije.

Billy sabía a qué me refería, no hizo falta que se lo explicara. Nuestras mentes estaban sincronizadas otra vez.

—Tenías que llegar hasta el final —dijo él—. No sé si te lo dije alguna vez, creo que sí, pero yo sabía que llegarías hasta el fondo. ¿Sabes cuándo lo supe?

—¿Cuándo?

—En la biblioteca, cuando vimos el anuncio de la conferencia de Banks. Lo vi en tus ojos; supe que no te detendrías. Y me siento orgulloso de eso.

—Gracias.

Pocas veces mi mente volvía a aquel verano, pero cuando lo hacía, especialmente a lo que había sucedido en el bosque durante la última semana de vacaciones, sabía que aquélla había sido la única manera de dejar el tema en paz.

—Si lo piensas bien —reflexioné en voz alta—, fue una sucesión de hechos improbables los que nos fueron guiando. ¿Recuerdas cómo diste con la trampilla en casa de Miranda?

En ese momento, Tommy levantó la cabeza, alerta.

—A veces se me mezclan los sucesos de ese verano —reconoció Billy con cierto pesar—. Es como si una parte de mí estuviera haciendo lo posible por olvidarlos; al menos, algunos de ellos.

Me estiré para tomar mi lata de cerveza y beber la mitad restante.

Tommy permaneció con la vista clavada en la puerta, a unos metros de donde Billy y yo estábamos sentados. Me volví en esa dirección justo a tiempo para ver una silueta gris que surgía detrás de la puerta mosquitera.

La puerta se abrió.

—¡Mamá! —gritó Tommy, y salió a toda velocidad.

Cuando llegó al porche, su madre ya estaba allí con los brazos abiertos para acogerlo en ellos.

—Cariño, mira quién ha venido a visitarnos —dijo Billy.

—¡Sam, qué gusto verte! —exclamó Anna mientras se libraba con suavidad de los abrazos de su hijo.

—¿Mi chocolate? —preguntó Tommy.

Anna sacó de su bolsa la barra de chocolate que le había prometido al niño y él la capturó con un certero manotazo. Se marchó en dirección a sus cajas mientras rompía el envoltorio. Anna se acercó. Billy la había conocido durante un viaje de negocios, en la Costa Oeste, unos diez años antes. Por aquel entonces, Billy estaba instalado en Boston y sus ocupaciones le impedían trasladarse, de modo que le pidió a Anna que se mudara con él. La misma noche en que se lo propuso me llamó por teléfono para contármelo. Le dije que estaba loco, por supuesto, que un millonario como él no podía andar ofreciendo a mujeres que conocía nada menos que en Los Ángeles que se mudaran a su casa. Él me dijo que cuando conociera a Anna cambiaría de opinión y yo le respondí que no lo creía, que era una decisión precipitada. Pero desde luego me equivoqué.

Pasé el resto de la tarde con ellos. Anna le dejó a Billy una cerveza más y se llevó el resto. Trajo limonada y galletas que comimos mientras conversábamos. Anna era una lectora entusiasta de mis libros y siempre que tenía la oportunidad me ofrecía sus impresiones. Billy se mantuvo al margen de esa conversación, atendiendo a los requerimientos de Tommy, cansado de jugar con las cajas y deseoso de participar de nuestra reunión.

Les dije que permanecería dos o tres días en Carnival Falls y quedamos para cenar al día siguiente.

Tercera parte

Los hombres diamante

1985

I

Una comitiva integrada por el comisario Nichols, dos de sus ayudantes y un representante de la oficina de servicios sociales se llevaron a Orson Powell de la granja la noche del 11 de julio, para dos días después trasladarlo al internado juvenil Fairfax, en Portsmouth. Los niños que habían pasado muchos años en el circuito de orfanatos, como Tweety o Randy, se referían a ese sitio de pesadilla como «la cárcel». Decían que los internos más malvados e incorregibles iban a parar allí, que la seguridad era peor que en Alcatraz y que los problemas se dirimían a muerte. Tweety me proporcionó la mayor cantidad de información fehaciente, aunque siempre he sospechado que había mucha fantasía en torno a Fairfax, posiblemente alimentada por los celadores en los otros centros, que amenazaban con un traslado a Portsmouth como si fuera la antesala al infierno. Lo que sí parecía un dato cierto era que en «la cárcel» se tomaban la seguridad a pecho, que había guardias apostados en torretas, sistemas de alarmas y hasta cercas electrificadas, casi como en una prisión de verdad. Eso me tranquilizó.

Desenmascarar a Orson me valió el apodo de detective Jackson, que mis hermanos utilizaron alternativamente con motivo de orgullo o burla según la circunstancia. El descubrimiento fortuito del joven asesino, cuyo mérito no podía atribuírsenos enteramente ni a mí ni a mis amigos, dio lugar a una serie de especulaciones más o menos consensuadas. La verdadera historia detrás de aquel momento inmortalizado en celuloide, que tuvimos la desgracia de presenciar en el ático de los Matheson, era espeluznante.

Tras registrar con su cámara de cineasta aficionado cómo su esposa era empujada a la piscina vacía, y posiblemente salir de la casa a la carrera, saltar al foso y comprobar que en efecto Sophia estaba muerta, el propio Marvin dio aviso a la policía. Era difícil saber qué hizo en los minutos previos —además de embadurnarse con la sangre de su esposa y dejar sus huellas dactilares por todos lados—, pero casi con seguridad escondió la cinta que incriminaba a su hijo adoptivo. Las razones por las que hizo semejante cosa se marcharon de este mundo con él. Quizá, tras los tres años de convivencia con Orson, Marvin ya había advertido su carácter violento y se sentía responsable por no haber sabido corregirlo, o tal vez cargaba con su propia mochila de culpas y aceptó que debía pagar el precio de aquel crimen.

Es probable que el incidente calara profundo en el temperamento de Orson. Cuando más tarde le describí a Tweety el modo intempestivo en que el grandote se lanzó contra su madre adoptiva como un toro embravecido, él me explicó que Orson nunca se comportó de esa forma en sus años en Milton Home. Ese instante de furia desenfrenada en que se dejó llevar sin medir las consecuencias, posiblemente, le enseñó cómo debía proceder de ahí en adelante si quería sobrevivir.

Había un eslabón perdido entre la detención de Marvin French y la complicada estratagema de Orson para manipularme y hacerse con la cinta que lo incriminaba. ¿Cómo había sabido él que la película estaba en poder de Joseph Meyer? La teoría de Billy era que Orson habría asumido que, una vez que su padre adoptivo se atribuyó el asesinato, no tendría intenciones de que la cinta viera la luz. Bien podría haberla destruido antes de la llegada de la policía o escondido para que su abogado la recuperara más tarde y cumpliera con la misión de deshacerse de ella sin dejar rastro.

—Los abogados no pueden revelar lo que su cliente no

quiere —nos había explicado Billy a Miranda y a mí—. Se llama secreto profesional.

Joseph podría haberse deshecho de la cinta, atendiendo a la petición de su cliente. Pero ¿y si por alguna razón no lo había hecho? Orson había aprendido de su error. Un acto impulsivo casi había puesto en evidencia su verdadera naturaleza, y se preocupó por que tal cosa no volviera a sucederle. Además, la suerte estuvo de su lado, porque en la granja se encontró conmigo: el nexo perfecto con el señor Meyer. Posiblemente su manifiesto desprecio hacia mí se originó cuando supo de mi relación con él. Qué mejor que doblegarme por medio del temor. De no haber sido por Billy, sé que hubiera accedido a todas sus peticiones.

La faceta previsora de Orson, sin embargo, fue la que lo terminó condenando. Si se hubiera comportado con la misma arrogancia impune de la que habíamos sido testigos en el ático de los Matheson, la cinta seguiría acumulando polvo en el cuartito de los Meyer bajo la estricta vigilancia de Sebastian.

Con la partida de Orson, la segunda mitad de las vacaciones de verano prometía ser mucho más placentera. Hasta Mathilda se mostró cauta y menos avasalladora que de costumbre. Con Amanda tuve una charla a solas, que ella se encargó de dotar de todos los formalismos necesarios para que supiera que estaba enojada cuando yo sabía en realidad que no lo estaba. Me dijo que se sentía traicionada, que me tenía confianza y no quería que volviera a mentirle. Me confesó que había leído algunas páginas de *Lolita* y que no era un mal libro después de todo, pero que eso no cambiaba el hecho de que debí haberle dicho la verdad desde el principio. Mientras me hablaba supe que en realidad había leído el libro completo y que le había gustado. No mencionó nada de la fotografía dentro del libro, y yo tampoco. Mejor así.

Aunque con los atenuantes lógicos por haber sido objeto de la manipulación de un psicópata como Orson, mi castigo fue ineludible. Había mentido y eso en la granja de los Carroll siempre tenía consecuencias. Amanda decidió que durante una semana completa no podría salir, salvo para ir a la casa de los Meyer.

Durante el quinto día de penitencia jugaba con *Rex* detrás del sembrado de papas lanzándole una rama delgada para que me la devolviera. Randy llegó corriendo a toda velocidad, y una vez a mi lado se dobló en dos a causa del esfuerzo.

—De... delante de... la casa... hay... hay... una princesa.

—¿Qué?

Caminé despacio, con *Rex* dando saltos a mi alrededor.

—Me dijo que te avisara —dijo Randy, todavía tragando aire en grandes bocanadas. Me seguía con alguna dificultad, doblándose de tanto en tanto para recuperarse.

Miranda me esperaba en una esquina, detrás de la cerca.

—Es Miranda —le dije a Randy.

Él abrió los ojos. La hija de los Matheson ya era popular en la granja a raíz de las últimas noticias, pero nadie la había visto.

—¿Puedo escuchar? —preguntó el niño.

—No —respondí con sequedad—. Es cosa de mayores. Y no le digas nada a Amanda.

—Pero Amanda la verá de todos modos.

—Tú haz lo que te digo.

Randy asintió y se marchó. *Rex* dudó un instante si seguirlo o no, pero yo tenía la rama, así que se quedó a mi lado.

Me aproximé a la cerca con paso lento, pensando en las posibles razones que habrían traído a Miranda a la granja. Tenía puesto un vestido blanco poco práctico para andar en bicicleta, lo cual me hizo pensar que a lo mejor la suya no era una visita demasiado planificada.

—Hola, Sam. —Estaba apoyada contra su bici de manera muy sensual—. ¿Cómo estás?

—Bien —respondí.

Lancé la rama lo más lejos que pude —no fue mucho— y me apoyé en uno de los travesaños de madera.

—Me alegra mucho. He venido sola.

Miranda miró su bicicleta con orgullo. Lo que para cualquier niña de Carnival Falls era cosa de todos los días, para ella claramente constituía un logro.

—Te felicito. ¡Y con vestido!

—¡Gracias!

Se acercó un paso e instintivamente sentí el impulso de retroceder.

—Sólo faltan dos días para que puedas venir con nosotros al bosque —dijo con alegría.

—Sí. Dos días pasan volando.

—Billy me dijo que está organizando una expedición especial: algo grandioso. No quiso adelantarme nada.

Yo ya sabía de qué se trataba. *Rex* regresó con la rama entre los dientes. Su presencia me sirvió de excusa para apartar la vista un momento y no delatarme.

—Ya veremos qué se trae entre manos —dije—. Seguro que será algo an-to-ló-gi-co.

Miranda rió con mi imitación de Billy.

El perro saltaba de un lado a otro, demandando atención.

—Estoy muy contenta de verte, Sam.

—Gracias, Miranda. Me alegra que hayas venido.

—De esta manera no rompemos las reglas de Amanda —dijo mirando la cerca que se interponía entre ella y yo—. ¿Verdad?

—Tienes razón. Es como una visita a la cárcel.

Sonrió. Dio un paso más y su rostro permaneció a centímetros del mío.

—Hay algo más que quería decirte —musitó.

—¿Qué? —logré articular.

Miranda se aferró a la cerca y uno de sus dedos rozó el mío. Ella abrió los ojos, consciente de aquel desliz involuntario y sin saber si apartar el dedo o dejarlo donde estaba. La misma disyuntiva me asaltó a mí, que opté por no hacer nada. Creo que ésa fue la primera vez que me pregunté si Miranda sospecharía lo que sentía por ella.

—Cuando le di las cintas a mi padre —dijo Miranda obligándome a hacer un esfuerzo mental para entender de qué me hablaba—, no le entregué la de la fecha del accidente.

—¿Todavía la tienes?... —dije con cautela.

Ella asintió.

Se separó de la cerca.

—Quería que lo supieras, Sam —dijo Miranda mientras subía a su bicicleta cuidando de doblar debidamente su vestido—. Ya habrá tiempo de decidir qué hacemos con la cinta. Pensé que quizá querrías utilizar estos dos días para reflexionar.

—¿Billy lo sabe?

—No. Pero creo que deberíamos decírselo.

Asentí.

—Muchas gracias, Miranda. Nos vemos en un par de días.

—Adiós, Sam.

Miranda se marchó pedaleando con una cadencia que me resultó hipnótica. La observé hasta que se convirtió en un punto y desapareció por Paradise Road.

No sé cuántos minutos permanecí así, hasta que algo duro me golpeó en la rodilla.

Rex demandaba un nuevo lanzamiento.

2

Otra de las cosas que hice en esos días de hastío y soledad fue deshacerme de la gargantilla. No podía exponerme a que alguien de la granja la descubriera por accidente y su existencia llegara a oídos de mis amigos. Así que la guardé en una cajita vacía de grasa para zapatos y la enterré en la tierra de Fraser, no demasiado lejos de la camioneta abandonada. El solitario ritual de sepultura sería el comienzo de una nueva etapa, me dije, en la que dejaría atrás mis épocas de espiar a hurtadillas desde el olmo y de pensar en Miranda como un objeto prohibido, casi una obsesión. Ahora era mi amiga, algo que no había siquiera concebido posible unas semanas atrás, y no podía estremecerme si me tocaba un dedo o me abrazaba. Las cosas tenían que cambiar.

Decidí que mi primer día fuera de la granja sería una celebración. Haríamos la excursión que Billy había organizado: me moría de ganas por ver el rostro de Miranda cuando conociera nuestro gran secreto.

3

—¡Billy, no podemos caminar con este calor!

Estábamos en el claro. Billy llevaba su chamarra de franela, en cuyos bolsillos tenía toda su colección de adminículos de explorador que se había encargado de mostrarnos uno por uno un instante atrás, y entre los cuales había una libreta, una brújula, un aparatejo para medir alturas cuyo nombre no me preocupé en registrar, una lupa —con ésta casi lanzo una carcajada porque era evidente que Billy buscaba impresionar a Miranda— y algunas cosas más.

—Lo sé, lo sé —aceptó—. Hace un poco más de calor de lo previsto.

—¿Más de lo previsto? —me quejé—. Es el día más caluroso de los últimos diez años. ¡Más de cuarenta grados!

Miranda se mantenía prudentemente al margen.

—Tenemos cantimploras —dijo Billy mientras levantaba la propia como un talismán. Estaba de pie sobre el tronco y al hacerlo casi pierde el equilibrio.

—Bájate de ahí, quieres. Te vas a partir la cabeza.

—¡Soy el líder de esta expedición! —graznó con la vista puesta en los árboles.

Negué con la cabeza. Capté unos cuantos mosquitos que revoloteaban cerca y los espanté de un manotazo.

—Billy, déjate de tonterías.

El calor era abrasador. No había exagerado con que aquélla era la temperatura más alta de los últimos diez años, lo decían en las noticias a cada rato. A todos nos habían dado las recomendaciones de rigor, de mantenernos bien hidratados, fuera del rayo directo del sol y sin hacer esfuerzos físicos importantes. Sólo a Billy se le ocurría caminar casi dos kilómetros por el bosque con aquel calor infernal.

—Billy, sé sensato, por favor —insistí.

—¿Tú qué opinas, Miranda?

—Lo que ustedes decidan estará bien. Sam tiene razón, el calor es insoportable.

—¡Exacto! —dije de inmediato—. Y aquí en el claro estamos protegidos. Será peor cuando caminemos bajo el sol. No había muchos tramos expuestos, pero todo era válido para persuadir a Billy de sus locuras. Además, yo sabía que su insistencia era porque así podría hacer alarde de sus mapas y de sus técnicas de orientación, variando la ruta a su antojo, desviándonos de los senderos conocidos si quería. Habitualmente yo no ponía objeciones, pero las condiciones de ese día eran extremas.

—Tengo muchas ganas de ver ese lugar tan importante para ustedes —dijo Miranda—. Yo digo que vayamos igual. No sé si aguantaré un día más.

Billy bajó la vista.

—Vamos..., Billy, díselo —le pedí.

Billy dio un salto y aterrizó en la tierra.

—Existe la posibilidad de ir en bicicleta —dijo con tono abatido—. El trayecto es un poco más largo, y más aburrido...

—Eso es lo que me gusta de ti —le dije mientras lo abrazaba—. Siempre dispuesto a escuchar a los demás.

Ir en bicicleta fue lo mejor. Billy lo supo en el instante en que lideró la corta caravana por uno de los senderos que partía del claro. Tenía apenas un metro y medio de ancho pero estaba libre de obstáculos, así que pudimos alcanzar una buena velocidad, espantando las nubes de mosquitos que se alzaban a nuestro paso. El esfuerzo se hizo sentir, especialmente cerca del final, pero el sudor que nos surcaba el rostro y empapaba nuestra ropa tenía su premio en la distancia recorrida. Con cada pedaleo frenético me imaginaba avanzando a paso cansino bajo aquel sol, a merced de los mosquitos, y la energía brotaba con fuerza renovada.

Billy se dio el gusto de vociferar casi todo el tiempo, gritos de guerra y palabras de aliento, seduciéndonos con el fruto secreto de aquella travesía que incluía un descanso a la sombra y exquisitos manjares. En dos o tres ocasiones se adelantó y desde la retaguardia le grité que fuera más despacio, pero no me hizo caso. Miranda iba delante de mí, balanceando su cuerpo a uno y otro lado, a veces sin siquiera apoyarse en el asiento.

Poco antes de llegar, tuvimos que detenernos para cruzar un arroyuelo.

—Es el mismo que hemos visto en el pantano de las mariposas —explicó Billy—. Sólo que aquí es más ancho.

—Hoy no es mucho más ancho —acoté mientras bebía un cuarto de cantimplora.

Lo cruzamos por un camino de rocas.

—¿Falta mucho? —preguntó Miranda.

—¡Sorpresa! —clamó Billy.

—A lo sumo doscientos metros —dije con sequedad mientras me subía nuevamente a mi bicicleta.

Miranda rió. Empezaba a divertirse con nuestras pullas.

El resto del trayecto lo hicimos más despacio, en parte porque el cansancio nos había afectado, y en parte porque avanzábamos junto al arroyo, y el espacio no era tan holgado. En determinado momento, Billy dobló abruptamente y se adentró por un pasaje estrecho entre dos arbustos bajos y densos. Miranda se detuvo un instante y se volvió para consultarme si aquél era el camino u otra gracia de nuestro amigo. Asentí para indicarle que, efectivamente, ése era el camino correcto.

Tras recorrer unos metros por aquel pasadizo vegetal llegamos hasta Billy, que había dejado su bicicleta en el suelo y nos esperaba con las manos en la cintura.

—Por lo menos aquí no entra el sol —dije mientras saltaba de mi bicicleta.

Miranda permaneció unos segundos sentada en la suya, observando el bosquecillo de abetos plateados.

—Es muy bonito —dijo barriendo con la vista el suelo tapizado de agujas pardas y piñas, luego las ramas cenicientas.

—No hay mosquitos —dijo Billy.

—Ya vendrán —repliqué.

Miranda seguía observándolo todo con admiración, pero al poco tiempo advertí que me lanzaba miradas inquisitivas. Era evidente que no se atrevía a preguntar si aquél era el sitio que queríamos que conociera o una parada obligada que valía la pena y nada más. Claramente no justificaba una travesía en el día más caluroso de la década.

—¿Te gusta? —preguntó Billy, todavía enigmático.

—Sí. ¿Qué árboles son?

—Abetos —dijo él.

—Plateados —completé yo—. En el bosque hay millones de abetos comunes.

—¿Nada te llama la atención, Miranda?

Miranda estaba desconcertada. Volvió a echar un vistazo a su alrededor y negó lentamente.

—Te lo dije, Sam —dijo Billy—. Es imposible que la descubran.

—Basta de juegos, Billy —le dije—. Subamos de una vez.

Y así Miranda llegó a conocer nuestro gran secreto: la casa del árbol. No estaba terminada todavía, pero el verano pasado habíamos instalado la base, que era lo más difícil, y durante el resto de las vacaciones pensábamos terminar los laterales.

La elección del árbol había estado a cargo de Billy. Después de paseos infinitos, selección de posibles candidatos y un análisis concienzudo, descubrió aquel abeto plateado que se adaptaba perfectamente a nuestras necesidades. La clave, me había explicado Billy, eran unas ramas en forma de horqueta a ocho metros de altura, donde la base de madera podría fijarse bien. Desde luego, aquél era un árbol siempre verde, una condición necesaria para que la casa no pudiera ser detectada ni siquiera en invierno. Además, por debajo de la altura en la cual estaba emplazada, había dos niveles más de ramas frondosas que servían para ocultarla. Billy tuvo muy en cuenta este punto a la hora de seleccionar el abeto. Cuando me lo mostró por primera vez trepó y ató una serie de trapos rojos en las ramas que servirían de apoyo. Después me pidió que caminara en todas direcciones e intentara divisar los trapos rojos, lo cual me resultó imposible.

—¿Una casa en el árbol? —preguntó Miranda, fascinada.

Estábamos congregados en torno al tronco de nuestro abeto.

—Así es —dije. A mí también me llenaba de orgullo.

—¿Cómo subiremos?

Las primeras ramas estaban a casi dos metros de altura.

—Yo me ocuparé de traer la escalera —indicó Billy—. Mientras tanto pueden ir a esconder las bicis.

—¿Escalera? —preguntó Miranda.

—Ya lo verás —le dije.

Miranda y yo llevamos las bicicletas a los arbustos rastreros donde habíamos girado la última vez. Era el sitio donde además escondíamos las maderas que todavía no habíamos utilizado.

—¿Qué ocurre? —preguntó Miranda cuando desplazábamos las tupidas ramas de los arbustos para introducirnos a gatas. Había captado de inmediato mi preocupación.

—Hace unos días desmantelamos la casa del perro de la señora Harnoise —expliqué—. La madera debería estar aquí.

No había ni rastro de la casa.

—Oh.

—Billy se enojará. ¡Alguien nos ha robado!

Cuando regresamos al abeto, Billy ya había traído la rama especial que utilizábamos a modo de escalera. Tenía casi dos metros de alto y le habíamos rebanado las ramificaciones para que se asemejaran a peldaños. Lo grandioso de ella era que podíamos dejarla en cualquier parte sin que corriera peligro.

—Yo subiré primero —anunció Billy—. Le mostraré a Miranda lo sencillo que es. Tú sígueme.

Una vez alcanzadas las ramas más bajas del árbol, el truco consistía en trepar en sentido contrario al de las manecillas del reloj. Billy y yo nos habíamos encargado de podar las ramas que dificultaban el ascenso y a su vez habíamos colocado estratégicamente tres sogas a las que sujetarse para pasar de un nivel de ramas al otro. Miranda no titubeó en ningún momento ante el desafío. Se la veía exultante.

Cuando estábamos a media altura le tocó a ella agarrar la primera soga. Todavía con los pies en la misma rama que yo, me miró durante un breve instante. Otra vez su rostro estuvo muy cerca del mío, como el día que vino a verme a la granja con su vestido blanco. Ahora no había cerca de por medio.

—Es como en *Indiana Jones* —dijo con auténtico regocijo.

—El truco es no mirar hacia abajo.

Saltó con resolución. Uno de sus pies aterrizó en la siguiente rama y tirando de la soga terminó de afianzarse. Como una verdadera amazona, pensé.

—¡Excelente! —exclamó Billy—. Sam no consiguió hacerlo en el primer intento.

—¡Claro que sí! —protesté de inmediato.

Pero Billy ya se desternillaba de la risa y no me escuchaba.

Antes de llegar arriba comprendí por qué los restos de la casa del perro de la señora Harnoise no estaban debajo del arbusto. Billy los había utilizado para terminar el pretil de contención durante mi semana de penitencia.

La casa del árbol estaba terminada.

4

El proyecto de la casa del árbol se gestó casi por casualidad.

Patrick, el tío de Billy, recibió unas maquinarias embaladas en unas enormes cajas de madera, y mi amigo se las pidió sin un propósito específico. Mientras las desmantelaba se le ocurrió la idea. Cuando me habló por primera vez del ambicioso proyecto le dije que estaba loco, y le solté una retahíla de objeciones que iban desde dónde obtendríamos el dinero para comprar el resto de los materiales hasta cómo trasladaríamos toda esa madera hasta el corazón del bosque. Billy me escuchó con atención y luego me mostró una serie de planos hechos a tinta en papel vegetal con una precisión asombrosa. Llevaríamos la madera en varios viajes, en nuestras bicicletas, y la almacenaríamos en el puesto de comida de Mustow, a quien ya le había pedido permiso. En cuanto a los otros materiales, me dijo, Patrick nos los facilitaría. No era mucho, apenas unos cuantos clavos, sogas y herramientas de mano. En los planos, Billy había concebido la manera de fijar la base, que según él era lo más complejo de todo. El pretil podríamos construirlo con calma, y el techo sería opcional.

Cumplimos con las tareas preliminares según el cronograma que Billy elaboró. Trasladar la madera hasta el puesto de comida del intrigado Mustow nos dio algo que hacer durante el inicio del verano del 84. Muchos niños se interesaron por el destino de aquellas tablas y a todos les dijimos que pertenecían a un cliente del tío de Billy que nos pagaría cinco dólares por trasladarlas. Algunos se ofrecieron a ayudar, pero Billy se negó. Tenía que ser nuestro secreto, me dijo. Cuando la casa del árbol estuviera lista ya veríamos a quién invitaríamos.

La selección del árbol adecuado constituyó la siguiente etapa. La más grata, por cierto. Caminamos por senderos conocidos y otros no tanto. Billy había trazado un abanico de búsqueda. El árbol no podía estar demasiado cerca del Límite, decía, porque habría niños merodeando todo el día, lo que dificultaría la construcción y que la casa del árbol pasara desapercibida. Tampoco podíamos elegir un árbol demasiado distante. Fue emocionante examinar ejemplares y compararlos con los precisos parámetros que Billy había representado en sus planos de ingeniero. Fueron quince días de largas caminatas.

Al final, Billy dio con el abeto plateado.

El comienzo de la construcción resultó traumático. Trabajar a semejante altura —aunque siempre teníamos la precaución de atarnos a alguna rama— fue más complicado de lo que habíamos creído. Billy tenía que hacer todo el trabajo, porque yo sentía mareos con sólo instalarme en una de las ramas de aquel árbol imponente. Cuando el vértigo me daba un respiro, mis golpes con el martillo eran tan débiles que el resultado era deplorable. Por no hablar de cuando se me caían las herramientas y perdía diez minutos en bajar y volver a subir. Pero a Billy las cosas no le iban mucho mejor. Era difícil maniobrar con los tablones a semejante altura. Así pasó la primera semana, con avances mínimos, porque no encontrábamos la forma de fijar las primeras tablas de manera que permitieran sustentar al resto.

La solución la encontró Billy, por supuesto. Dijo que tendríamos que construir la base abajo y luego izarla. Y antes de que le preguntara cómo lo haríamos ya me explicaba que le pediría a su tío una roldana metálica y una soga resistente. Yo ni sabía lo que era una roldana.

De ahí en adelante la construcción fue sobre ruedas. Preparamos una base cuadrada de dos metros y medio de lado y dejamos previstos cajones en una de las caras para abrazar las ramas del abeto. Tenerla lista nos llevó casi todo el verano, pero le dio al izamiento mayor espectacularidad, porque en unas horas pasamos de no tener nada a tenerlo casi todo. El resultado fue majestuoso.

—¿Qué te parece, Miranda?

Arrodillados, nos asomamos por uno de los laterales. Aunque el pretil estaba terminado, era peligroso permanecer de pie.

—Es maravillosa —dijo Miranda, asomada al océano verde sobre el cual flotábamos.

—Apenas hemos acabado con los laterales —dijo Billy, y me lanzó una mirada cómplice.

Le dediqué una sonrisa que nuestra amiga, absorta con el paisaje, no advirtió. Si bien la casa del árbol había nacido como uno de los tantos proyectos delirantes e irrealizables de Billy, lo cierto es que con el correr de los días del verano pasado, yo me entusiasmé casi tanto como él.

—¿Alguien más lo sabe? —preguntó Miranda.

—Nadie —dije—. Sólo nosotros tres.

—No puedo creer que hayáis podido hacerlo sin ayuda —se maravilló.

—El mayor mérito ha sido de Billy.

—Fue un trabajo en equipo. —Billy se sonrojó—. Tuvimos que permanecer colgados a esta altura, como trapecistas.

—Increíble. Yo nunca he ido al circo, pero he visto trapecistas por televisión.

—¿¡Nunca has ido al circo!? —preguntamos Billy y yo al unísono.

Ahora fue Miranda la que se sonrojó. Nos habíamos apartado del barandal y estábamos en el centro de la casa del árbol, en torno a las tres mochilas dispuestas en un montículo en el centro.

—No, nunca he ido —reconoció Miranda, incómoda—. Mi madre dice que...

Nos quedamos a la expectativa de que terminara la frase, pero no lo hizo.

—A la gente rica no le gusta el circo —salió al rescate Billy con total naturalidad—. Prefieren el teatro. No hay nada de malo en ello.

Miranda guardó silencio. Hasta yo dudé de si Billy le tomaba el pelo con su comentario, pero él ya abría su mochila para sacar los sándwiches de salami de la señora Pompeo, dando por terminado el tema.

No volvimos a hablar del circo ni de los pasatiempos de la gente rica. Estábamos hambrientos y teníamos una buena cantidad de cosas que comer. Saqué de mi mochila el mantel de Collette y lo desplegamos en la base de madera. Esta vez no fue un momento penoso para mí, porque Katie me había ayudado a preparar unos panecillos riquísimos que exhibí con orgullo. Billy se relamió al ver la bolsa de papel llena a rebosar. Miranda sacó de su mochila dos botes de mermelada y uno de mantequilla de cacahuate. Eran de marcas caras a las que Amanda se refería como prohibitivas y que yo nunca había probado.

Aquél sería nuestro primer *picnic* en la casa del árbol. Todo un acontecimiento.

—Un momento —dijo Miranda.

Nos entregó unos pequeños cuchillos sin filo, para untar los panecillos.

—¿Son de plata? —preguntó Billy.

—¿Qué importa sin son de plata? —le espeté.

Pero Billy lo había dicho para provocarme. Antes de que yo terminara la frase ya se reía y tomaba el primer panecillo. Lo abrió con los dedos y después lo untó con mantequilla. Miranda y yo lo seguimos un instante después, pero preferimos la mermelada.

—Aquí no hace tanto calor —comentó Billy.

—Sí que hace —respondí.

—Pero menos que abajo.

—Estaríamos caminando a pleno sol, probablemente a mitad de camino.

—Nada de eso. Ya habríamos cruzado el arroyo, estoy seguro.

—No importa. No hubiéramos llegado todavía.

Miranda nos miraba, divertida.

—A ustedes les encanta pelearse —comentó.

—Billy es el culpable —expliqué—. Siempre quiere tener razón.

—Casi siempre la tengo.

—No esta vez. No quieres reconocer que fue un acierto venir en bicicleta.

Silencio.

—¿Lo ves, Miranda?

Billy pensó un instante su réplica:

—A veces hago cosas para que Sam tenga razón.

La frase hizo que los tres riéramos.

De repente, Miranda se puso seria.

—¿Y si alguien sube?

—No te preocupes —la tranquilicé—. Después de utilizar la rama-escalera, la he subido al árbol.

—Pensaron en todo —dijo. Terminó de prepararse su segundo sándwich y acto seguido se tendió en la base.

—Mi madre dice que no debo comer acostada, que puedo atragantarme —comentó.

Me tendí a su lado.

—Quiero decirles algo... —dijo Miranda.

El corazón se me paralizó. Fue su tono de voz. Por un segundo tuve la convicción de que nos hablaría de la gargantilla y el poema; aunque en el invernadero nos habíamos prometido no volver a tocar el tema, quizá ella había cambiado de opinión.

—¿Qué? —preguntó Billy.

—Ya se lo he adelantado a Sam —agregó Miranda con cierto tono de disculpa.

Dejé de respirar a la espera de la revelación que lo echaría todo a perder.

—Entre las cintas de Marvin French —dijo Miranda—, había una rotulada con la fecha del accidente de la madre de Sam.

Hasta los pájaros parecieron guardar silencio.

Fue un alivio descubrir que no hablaríamos de la gargantilla y el poema; no obstante, advertí la tensión de Billy, que también se quedó quieto como una estatua.

—¿Se la han entregado al comisario? —preguntó.

—No —respondimos al unísono.

Me incliné para poder ver el rostro de mi amigo y advertí cómo luchaba por ocultar la sorpresa de haber sido mantenido al margen.

—¿La han visto?

—No, está en el ático de mi casa. La escondí allí. Y creo que deberíamos verla.

Admiré la valentía de Miranda. Comprendí, posiblemente por primera vez, que dentro de aquella niña aparentemente frágil, criada entre sirvientes, había una persona con convicciones y voluntad de pelear por ellas.

—No me parece una buena idea —dijo Billy—. Deberíamos dárselas a la policía. Puede ser una prueba.

—Tenemos que verla —insistió Miranda—. Si es una cinta cualquiera, no hacemos nada con ella. Si es importante para la policía, se la entregamos. Ya veremos qué decimos. Seguro, Billy, que se te ocurre algo.

—Puede ser —aceptó él—. Lo que no entiendo es por qué creen que puede estar relacionada con el accidente. Hasta donde sabemos, la única relación entre los French y Sam es a través de ese psicópata de Orson.

—Marvin French era amigo de Banks —le recordé a Billy—. Lo leímos en el artículo del periódico, ¿recuerdas?

—Me lo temía —masculló Billy—. El lunático de Banks, que...

—Billy... —lo detuvo Miranda amablemente—. Tienes razón, es un poco descabellado, pero no tenemos nada que perder, ¿verdad? Vemos la cinta, y si no tiene que ver con nada, nos olvidamos del asunto.

El poder de Miranda en acción. Bastaba que ella alzara su mano o mirara a Billy para que él hiciera lo que ella quería.

Miranda se incorporó.

—Tenemos que formalizar lo que empezamos en el pantano de las mariposas.

—¿Qué? —preguntó Billy.

Miranda tomó mi mano y la sostuvo con la palma hacia arriba. Yo la observaba sin entender, pero incapaz de preguntarle qué se proponía. Con la mano libre agarró uno de los cuchillos de plata y lo acercó a mi muñeca. Lo apoyó sobre mi piel un instante, como si ensayara el movimiento que tenía pensado hacer, pero entonces lo apartó y lo introdujo en el bote de la mermelada de fresa. Cargó una buena cantidad, y cuando deslizó la punta del cuchillo sobre mi piel, una estela de mermelada apareció en mi muñeca.

Soltó mi mano, que yo de todas maneras mantuve en la misma posición.

—Es tu turno, Billy.

No digas que es estúpido, por favor. No te niegues. Dale la mano sin rechistar. Por favor.

Billy extendió su mano.

Miranda repitió el ritual.

Observé a mi amigo, con la muñeca embadurnada de mermelada, y otra vez me maravillé de lo que Miranda era capaz de hacer con él. Durante nuestra excursión al pantano de las mariposas, recordé, Billy se había zampado un puñado de gaulterias sólo para demostrarle a nuestra amiga que eran comestibles. Ahora permitía que le untaran la muñeca de mermelada. Era increíble.

Un destello me arrancó de mis pensamientos. Miranda me ofrecía el cuchillo. Lo agarré y lo introduje en el bote de la mermelada prohibitiva. Unté la muñeca de Miranda y los tres nos aferramos los antebrazos formando un triángulo.

El pacto estaba completo.

—Ver esa cinta es importante para Sam —dijo Miranda con seriedad, mirándonos alternativamente—. Cuando algo es importante para uno de nosotros, debe serlo para los tres, ¿están de acuerdo?

Asentimos en silencio.

No salía de mi asombro. Nunca olvidaré ese día; era como si Miranda hubiera estado esperando el momento adecuado para hablarnos de aquella manera. Hasta entonces Billy y yo habíamos funcionado de una manera muy simple: él disponía y yo lo seguía, a veces razonaba con él y lo hacía recapacitar sobre alguna cosa, pero en líneas generales él era el líder y yo estaba de acuerdo con eso. Miranda rompió ese esquema esa tarde agobiante, con su espontáneo pacto de mermelada de fresa.

Miranda y yo nos limpiamos con servilletas de papel. Billy se lamió la muñeca hasta dejarla reluciente y luego utilizó la servilleta. Cuando terminó, lo mirábamos como a un cavernícola, pero él se mostró orgulloso de sus actos. Con toda seriedad dijo:

—¿Cómo haremos para ver la película? —En sus ojos se encendió la llama del desafío por vencer—. No podemos pedirle a Elwald que nos proyecte otra vez dibujos animados de Disney, ¿no les parece? Ni siquiera podemos pisar el ático sin levantar sospechas, no después de lo que ha sucedido con Orson.

Billy era rápido. Mientras yo me ocupaba de analizar el lado romántico de nuestra amistad, la mente de mi amigo ya trazaba un plan práctico para cumplir nuestro cometido, evaluando los posibles obstáculos.

—Yo sé cómo llegaremos al ático sin que nadie en mi casa se entere —dijo Miranda.

5

Miranda nos hizo entrar por una puerta de servicio. Cruzamos el jardín de los Matheson a la carrera, por uno de los laterales de la propiedad. Nadie nos vio, o eso creímos. Era la hora de la siesta y Miranda nos aseguró que su madre aprovechaba para dormir, porque durante la noche el pequeño Brian la despertaba varias veces para comer, y que su padre se encerraba en el despacho. Los sirvientes no serían un problema.

Recorrimos la mansión como tres ladrones, siempre precedidos por Miranda, que echaba un vistazo rápido a cada una de las habitaciones y nos hacía señas para que la siguiéramos. En el salón de los cuadros, los antepasados de Miranda nos acosaron con sus miradas penetrantes. Al llegar a la segunda planta, estuve a punto de derribar un jarrón chino que Billy logró enderezar a tiempo. Una vez en el ático cerramos la puerta y sólo entonces comenzamos a sentirnos fuera de peligro.

—Esto ha sido divertido —dijo Miranda. Era la única que sonreía.

—¿Es probable que alguien suba hasta aquí? —pregunté.

—No.

—¿Y si no te encuentran en tu habitación?

La pregunta de Billy tenía mucho más sentido que la mía.

—Le dije a Adrianna que iría al bosque con ustedes.

—¿Y tu bicicleta? —disparó Billy al instante.

—La he escondido en el garaje. Descuida, no corremos peligro. Y si nos descubren, diremos que estamos jugando. No se preocupen.

Miranda tenía razón. Quizá estábamos exagerando un poco.

El proyector y la pantalla de pie seguían donde los habíamos dejado, nadie se había tomado la molestia de quitarlos. Nuestra amiga se internó en el laberinto de armarios, sillones, percheros y demás muebles. No la seguimos, pero vimos su cabeza asomando detrás de lo que parecía ser una cómoda. Quitó la tela que la cubría y desapareció fugazmente mientras se agachaba y extraía la cinta de uno de los cajones. Regresó y me la entregó con solemnidad. La etiqueta con la fecha escrita en la pulcra y diminuta caligrafía de Marvin French seguía allí, desafiante: «10 de abril de 1974».

Se la entregué a Billy.

Nos congregamos en torno al proyector mientras Billy introducía la delgada tira de celuloide por una serie de rodillos. Observé la pantalla a la espera de la imagen proyectada.

Allí estaba otra vez Sophia French con el vestido bordado y la sombrilla para protegerse del sol, caminando por el borde de la piscina con aire displicente. De un momento a otro, Orson arremetería contra ella como una locomotora salida del infierno. Pero antes Sophia se inclinó ligeramente, como si buscara la complicidad de la cámara que seguía sus movimientos desde la planta alta. El mentón se hizo visible, más refinado que antes, después sus ojos..., sus ojos que encuentran la cámara. Y sonríe.

¡Es mi madre!

Di un respingo. La sonrisa era la misma que la de mis sueños.

—Sam, ¿te encuentras bien?

Miranda me sacudió.

En la pantalla había un rectángulo blanco. Billy no había iniciado la proyección.

—Estoy bien.

—Pues no lo parece, créeme.

—He visto algo... —dije—, ha sido tan real. Era Sophia French otra vez, en la piscina, antes de... lo de Orson. Me detuve.

—¿Cómo que la viste? —se interesó Billy—. ¿En la pantalla?

—Sí. Bueno, no. Supongo que en mi cabeza.

La visión del rostro de mi madre bajo la sombrilla seguía grabada en mi retina. Era una tontería, porque ella no se parecía en nada a la señora French. Sin embargo...

—Es como si quisiera decirme algo... —susurré, y en cuanto escuché mis propias palabras me arrepentí de haberlas pronunciado.

Nadie se atrevió a preguntar a quién me refería, si a la señora French, muerta cuatro años antes tras partirse la cabeza contra el fondo de una piscina vacía, o a mi madre.

—Billy, comienza con la proyección —pidió Miranda.

Parecía la única manera posible de olvidarse de lo que acababa de suceder.

El rectángulo blanco se oscureció. La calidad era pésima. La película había sido tomada de noche, en medio de una tormenta, con lo cual las condiciones de iluminación no ayudaban en absoluto. No tenía sonido, lo que llevó a Billy a verificar los controles del proyector hasta cerciorarse de que en efecto aquella cinta era muda.

Lo que teníamos ante nosotros no era otra que la carretera 16, donde el accidente del Pinto había tenido lugar. La cámara estaba posicionada unos cuantos metros por encima del nivel de la carretera, seguramente en una colina. Billy creyó distinguir un tendido de alta tensión cercano a la vieja iglesia de Sant James, con lo cual, si estaba en lo cierto, el tramo de carretera que estábamos viendo estaba un kilómetro al sur del sitio exacto del accidente del Pinto. La espera llegaría a su fin, pensé. Aquella película estaba relacionada con el accidente de mi madre de un modo que todavía no podíamos precisar. Y lo más inquietante era que llevaba años en el cuartito de los Meyer, bajo la custodia constante de Sebastian. ¿Era posible que estuviera viendo imágenes del día del accidente? Parecía fascinante, pero costaba imaginar por qué alguien habría instalado una cámara allí precisamente ese día, en medio del diluvio universal. Aunque, por supuesto, la única prueba de que aquella tormenta había sido la acaecida el 10 de abril de 1974 era la etiqueta en la cinta.

Durante diez minutos no sucedió nada, sólo movimientos horizontales hacia uno y otro lado. De repente el vaivén hipnótico se rompió y la cámara se volvió violentamente hacia la izquierda. Un relámpago metalizó la carretera 16 y un cochecito rojo surgió de la nada, con los faros encendidos y avanzando a muy poca velocidad. Era imposible asegurar si era un Pinto, mucho menos distinguir a sus ocupantes. El ángulo de la toma no lo permitía. Otro relámpago estalló más o menos cuando el coche pasaba por el punto más cercano a la cámara, a unos cincuenta metros de distancia. Definitivamente era un coche pequeño.

Cuando el coche se perdió en la bruma, la cámara no se movió. Durante casi dos minutos permaneció estática, registrando árboles inquietos y destellos en el cielo.

Fue Miranda la primera que advirtió los ovnis. Se puso de pie y corrió hacia la pantalla. Su sombra enorme aleteó hasta empequeñecerse y se unió a su dedo extendido.

—¡Aquí!

Por encima de los árboles más distantes, tres luces alargadas no demasiado diferentes a los platillos voladores de las películas se desplazaban en trayectorias lineales y cortas. Aunque ninguno de nosotros —quizá Billy sí, a su modo— podría haber dado una explicación científica del principio de inercia, comprendíamos perfectamente que había algo antinatural en el desplazamiento de las tres luces.

—Se mueven como los colibríes —observó Miranda.

Era imposible saber con certeza el tamaño de los platillos voladores, y en consecuencia a qué distancia se encontraban, pero no era descabellado suponer que el coche rojo que habíamos visto hacía un rato estuviera muy cerca de ellos.

Tras casi dos minutos de piruetas aéreas por parte de las tres luces, la cinta llegó a su fin.

El rectángulo blanco nos cegó.

—Tenemos que verla de nuevo —sentenció Billy—. La parte final, cuando aparecen las luces.

No esperó nuestra respuesta. Rebobinó la cinta y proyectó de nuevo los últimos minutos de la película. Otra vez apareció el coche rojo y después las luces danzantes.

El recuerdo que guardo de ese momento fue el de una sensación abrumadora, como si mis pensamientos se hubieran enredado en una madeja imposible de desenredar. Me sentía con la mente en blanco, incapaz de procesar una sola idea coherente. ¿Se trataba de un fraude? Todo cuanto se refería a los ovnis caía bajo sospecha desde el episodio del platillo volador en Roswell; ¡hasta el hombre en la luna era para muchos un montaje televisivo! En Carnival Falls teníamos nuestro propio fenómeno local, también tildado de excéntrico delirante, un hombre que en la incapacidad de aceptar la muerte de su esposa se aferraba a la posibilidad de las abducciones y las visitas extraterrestres. Toda mi vida había creído que las historias de hombrecitos verdes eran cuentos. Y no es que la película de French me hubiera convencido de lo contrario. Roswell y el hombre en la luna podían ser embustes, quizá sí, quizá no. ¿Pero significaba eso que todo era un engaño?

Cuando terminamos de ver la película por segunda vez, Billy no desarrolló una de sus teorías instantáneas de las cosas, lo que lejos de tranquilizarme me alarmó. Anunció que necesitaba pensar y se puso a caminar de un lado a otro, primero hasta el extremo del ático, luego entre los muebles.

—¿Crees que es verdadera? —me preguntó Miranda.

—No lo sé —respondí con cautela—. La calidad de la cinta es muy mala.

—Es que en las filmaciones de ovnis siempre se los ve muy lejos.

—¿Tú has visto otras?

—Algunas. En la televisión.

Medité un segundo.

—Quizá lo hacen a propósito.

Miranda entendió a quiénes me refería y abrió mucho los ojos. Asintió suavemente.

Aquel razonamiento no era mío. Se lo había escuchado a Banks en una de sus apariciones en el canal local. Él sostenía que los extraterrestres disponían de tecnología muy sofisticada para detectar la presencia humana y mantenerse alejados. También decía que si ellos quisieran, podrían eliminar cualquier prueba de su existencia, que nos permitían conservar sólo aquellas que eran ambiguas, para que la humanidad comenzara a tomar conciencia poco a poco de que no era la única raza inteligente en nuestro universo.

—¿Dónde está Billy? —preguntó Miranda.

—¿Se ha escondido? —pregunté sin poder creérmelo.

Nos internamos en el laberinto de muebles. Billy no estaba a la vista y tampoco podíamos escucharlo. Lo llamamos sin levantar demasiado el tono de voz, pero no obtuvimos respuesta.

—Billy, no es momento para jugar a las escondidas —dije con indignación.

Silencio.

Esconderse no era propio de Billy, ni siquiera en circunstancias normales; lo consideraba infantil y estúpido. Miranda me lanzó una mirada de desconcierto. Tampoco ella creía que nuestro amigo fuera capaz de prestarse a un juego tan tonto en un momento como aquél. El ático era grande, pero no lo suficiente como para que no nos oyera. Volví a llamarlo, esta vez alzando un poco más el tono de voz.

Nada.

Recorrimos el laberinto de muebles en menos de un minuto, mirándonos por encima de aquella ciudad de objetos arrumbados como si fuéramos gigantes.

Billy había desaparecido.

6

Dimos un brinco al oír un ruido justo debajo de nuestros pies.

—Sam..., Miranda.

Era la voz de Billy. Eché un vistazo a nuestro alrededor en busca de alguna trampilla, pero no vi ninguna. Nos agachamos.

—¿Billy? —dijo Miranda, sus labios a centímetros del suelo.

—Espérenme allí, ya subo.

La solución al misterio no tardó en revelarse. Unos segundos después, Billy hizo su aparición mágica desde el extremo del ático, donde habíamos comenzado nuestra búsqueda. Allí había una serie de estanterías en las paredes. Eran tres y estaban atiborradas de bultos, en su mayoría cajas de cartón y lo que parecían ser libros envueltos en papel de periódico y amarrados con cuerda. Debajo del primer anaquel de una de las estanterías, un panel de madera se abrió hacia dentro. Billy asomó por el hueco y dio un salto, mirando hacia atrás como si hubiera algo que no entendiera.

Durante ese instante nos olvidamos de la película que acabábamos de ver, incluso de que estábamos en la casa a hurtadillas y que no teníamos mucho tiempo para irnos sin que los padres de Miranda advirtieran nuestra presencia.

—¿Cómo te has metido ahí dentro? —preguntó Miranda.

Billy se rascó la cabeza. Por un momento no pareció consciente de la pregunta. Tras un instante de cavilación se arrodilló frente al panel móvil y lo cerró. Volvió a ponerse de pie.

—Cuando pensaba... —dijo, e hizo una pausa. Parecía haber olvidado en qué pensaba—, advertí que... Observen.

—No veo nada —respondió Miranda con cierta premura—. ¿Qué hay allí abajo?

—El color de la madera es distinto —dije haciéndome eco de la pregunta de Billy.

Y en efecto, comparándolo con el de las otras estanterías, que también tenían esa placa en la parte más baja, el color de la madera era distinto.

—Por curiosidad me agaché a ver la placa —dijo Billy—. Debajo del anaquel hay un marco saliente.

Miranda se agachó y lo confirmó. Empujó con las dos manos y el panel móvil volvió a abrirse. Nos echó una mirada encima del hombro, todavía arrodillada, y en voz baja volvió a preguntar:

—¿Qué hay allí abajo, Billy?

—No lo sé —respondió él con gravedad—, pero vamos a necesitar una linterna para averiguarlo. Es un corredor que parece extenso.

Cuando su voz fantasmal nos había sorprendido desde el suelo estábamos a más de cinco metros de distancia de la entrada.

—Voy a buscar una linterna —dijo Miranda. La cuestión de si íbamos a bajar o no ni siquiera se sometió a discusión—. Tardaré menos de un minuto. Tengo una en mi cuarto.

—Date prisa —dije.

—No se les ocurra bajar sin mí —nos advirtió Miranda antes de marcharse.

—¿Seguro que no has visto nada, Billy? —indagué.

—Parece un corredor y...

—Fíjate en el suelo —lo interrumpí.

Justo delante de la placa había sectores donde la madera estaba más limpia, como si algunos objetos hubieran estado allí dispuestos durante mucho tiempo, bloqueando el acceso.

La puerta del ático volvió a abrirse. Era Miranda.

—Todo tranquilo en la casa —anunció. Le entregó a Billy una diminuta linterna rosa con motivos de Disney.

Billy la encendió y apuntó al panel abierto. Iluminó lo que parecía ser una cámara del tamaño de un elevador pequeño, cuya base estaba un par de metros por debajo de la entrada. Unos peldaños de hierro adosados a la pared de piedra nos sirvieron para bajar.

En aquella cámara apenas había sitio para los tres. Teníamos ante nosotros una galería estrecha y húmeda, de no más que un metro y medio de alto.

—Vamos —anunció Billy—. Y no se preocupen por el suelo, es firme.

Avanzamos en fila.

Lo primero que me llamó la atención, aunque en mi caso era poco lo que podía ver desde la retaguardia, fue una serie de placas de madera de unos quince centímetros de largo adosadas a las paredes y distanciadas un par de metros entre sí. Parecían pequeños letreros, salvo que no tenían ninguna inscripción.

—El calor es insoportable —se quejó Miranda en voz baja.

—Sí —respondí.

No hacía falta que Billy nos explicara que detrás de aquellas paredes estaban las habitaciones de los Matheson y que cualquiera podría oírnos. La galería recorría el corazón de la casa.

Unos diez metros más adelante llegamos a otra cámara como la primera, sólo que en ésta no había una escalera, sino un tramo inclinado de galería con peldaños de piedra. Billy se volvió para asegurarse de que todo estaba bien. Miranda y yo alzamos nuestros pulgares.

El descenso por aquel tramo inclinado fue sencillo

y además de la fuerte pendiente, advertí que la trayectoria era ligeramente curva. Recorrimos unos seis metros. Cuando llegamos a la base había una tercera cámara y otro tramo recto. De nuevo, apenas había sitio para los tres.

—Esa galería curva está escondida debajo de la escalera —dijo Billy.

El dato no parecía demasiado revelador.

—En ese tramo no hay placas de madera —comenté.

—Es cierto —Billy contempló maravillado el interior de la cámara.

—¿Adónde crees que puede conducir, Billy? —preguntó Miranda.

—No lo sé. Estoy empezando a sospechar que llegaremos al sótano, o más abajo también. A un sitio importante.

—Es como en los *Goonies* —comentó Miranda.

—¿Qué es eso? —pregunté.

—Una película que estrenaron hace poco.

—Tenemos que seguir adelante —anunció Billy.

—No tiene sentido —argumenté—. ¿Por qué alguien construiría una galería desde el ático para llegar más abajo que el sótano? ¿Por qué no hacer la entrada allí?

Billy se detuvo. Evidentemente no lo había pensado, lo cual me llenó de orgullo.

—Tienes razón, Sam —dijo Billy—. Quizá estemos más cerca del final de lo que pensamos.

Y así fue precisamente. Caminamos por aquella segunda galería, que no difería en nada de la primera, y llegamos a una cuarta cámara, ésta mucho más alta que las anteriores y con los mismos estribos de hierro adosados al muro de piedra. Allí terminaba todo.

—No entiendo —dijo Billy—. ¿Tenemos que subir?

Parecía verdaderamente decepcionado. Se volvió hacia mí, que instantes atrás parecía haber tomado el rol deductivo, pero me encogí de hombros.

—Quizá hay una trampilla —especuló Miranda.

Billy apuntó con la linterna al techo de aquella cámara, donde los estribos se interrumpían. No se veían juntas que delataran la presencia de una trampilla, pero el haz de la linterna no era muy potente.

—Subiré primero —anunció. Se sujetó la linterna en la boca y comenzó a subir.

La cámara tenía unos cuatro metros de altura, con lo cual, si el sentido de la orientación no me había fallado, era muy probable que acabáramos en el mismo sitio.

Cuando Billy llegó a la parte de arriba, empezó a forcejear con algo.

—¿Qué hay? —pregunté, incapaz de soportar la espera.

Era una trampilla.

Billy logró abrirla y nos iluminó desde arriba. Miranda comenzó a subir. Ese día llevaba uno de sus vestidos, que en la penumbra se convirtió en una boca abierta. No pude resistirme ante la tentación de levantar la cabeza y ver sus calzones blancos, la tela del vestido aleteando como una paloma blanca que se pierde en la noche.

Cuando franqueé la trampilla, Billy volvió a cerrarla, porque de otro modo no había espacio para los tres. No hizo falta que ninguno lo dijera en voz alta; estábamos otra vez donde habíamos empezado. Billy tiró del panel móvil y lo abrió. Allí estaba el ático.

—No tiene sentido —protestó Billy iluminando la cámara en busca de alguna pista—. Tiene que haber otro pasadizo oculto en alguna parte.

—No hay nada, Billy —repuse—. Lo hemos recorrido todo y las paredes y el suelo son de roca.

—¿Por qué regresar al mismo lugar? Si al menos sirviera como vía de escape...

—Un momento...

Billy y Miranda se volvieron hacia mí.

—Billy, quítame la luz de la cara, por favor.

—Perdón. ¿En qué piensas?

—Quizá es un escondite —dije—, como los que utiliza la gente durante las guerras.

—¿Guerras en Carnival Falls?

—Mi abuelo era un hombre previsor —comentó Miranda.

—Ya sé que aquí no ha habido guerras, pero quizá el abuelo de Miranda pensó que algún día podía estallar una.

—Si es un escondite debería ser más confortable. Esto no se parece en nada a un refugio.

—¿No les parece mejor si lo discutimos fuera? —sugirió Miranda.

Nos disponíamos a salir cuando otra idea se me vino a la mente.

—Quizá no es un escondite para personas, como en las guerras, sino para cosas.

Billy se volvió hacia mí, me encandiló otra vez con la linterna hasta que se dio cuenta y dejó de hacerlo. La idea lo sedujo de inmediato.

—Tienes toda la razón —se maravilló—. ¿Qué pasa contigo hoy, Sam?

—Ha de ser el calor, que me hace más inteligente.

—¿Por qué mi abuelo querría esconder cosas?

—En esa época había mucho contrabando —especuló Billy—. Mi tío siempre dice que en la época de su padre los mayores ricos eran contrabandistas.

—No creo que mi abuelo fuera contrabandista.

Pero Billy ya se había convencido. ¿Por qué otra razón alguien construiría semejante galería en las entrañas de su propia mansión?

—Las placas de madera que hemos visto han de ser para identificar la mercadería.

—¿Tú crees? —Miranda no parecía convencida—. La galería parece muy estrecha para guardar cosas. ¿Por qué no salimos de una vez? Estoy asándome.

Ellos salieron primero. Yo iba a hacerlo cuando creí escuchar una voz proveniente de la galería. Billy estaba ya fuera, con las manos extendidas para ayudarme a salir. Advirtió de inmediato que algo me había llamado la atención.

—¿Qué? —preguntó.

Le indiqué con un dedo sobre mis labios que guardara silencio.

El sonido se repitió. Una voz, muy distante.

¿Podía ser alguien en la casa? Parecía bastante probable que las propiedades acústicas del pasadizo facilitaran la propagación del sonido.

—Está decidido —dijo Billy con impaciencia—. Entraremos de nuevo.

Miranda comenzaba a protestar, pero Billy ya estaba dentro de la cámara conmigo.

Nos adentramos apenas un par de metros por la galería y el eco de la voz era indudable. No tardamos mucho más en darnos cuenta a quién pertenecía.

Era la voz de Preston Matheson.

—No me dejen sola —dijo Miranda, que se nos acercaba sigilosamente.

Habíamos detectado el sitio preciso donde la voz era más potente. Permanecimos unos tres minutos con las orejas puestas en la pared, pero Preston no volvió a hablar. Billy estaba frente a mí.

—Oye, Billy, si las placas de madera eran para colocar rótulos —le susurré—, ¿por qué hay placas a ambos lados?

Billy examinó de cerca una de las placas de madera y rápidamente descubrió su función. Simplemente la deslizó hacia un costado y dos orificios iluminaron la galería con dos chorros de luz. Apagó la linterna de inmediato.

Dos orificios.

Mientras Billy se dejaba vencer por la tentación, Miranda se acercó a otra placa de madera y la deslizó para observar ella también. Por supuesto, hice lo mismo apenas un instante después.

Nuestro asombro fue tan grande que ninguno se atrevió a apartar la vista de aquellos orificios. La visión era magnífica. Nuestros ojos estaban a una buena altura, casi en el techo del despacho de Preston Matheson, lo que me llevó a preguntarme qué habría en el otro lado. Y entonces lo recordé. ¡Los rostros de piedra! Cada placa de madera se correspondía con uno de aquellos rostros demoníacos dispersos por toda la casa. La galería no era un refugio de guerra o un depósito de contrabandistas, ¡era una cámara de espionaje! No me hubiera extrañado nada que, con la cantidad de placas de madera que habíamos visto, fuera posible visualizar todas las habitaciones de la casa.

Desde donde estábamos podíamos ver el escritorio de Preston, pulcramente ordenado. Sobre él había una máquina de escribir electrónica, una agenda abierta, un teléfono y una lámpara direccional. Las paredes laterales estaban íntegramente ocupadas por estanterías. Preston Matheson estaba sentado en su confortable sillón de cuero, pero en ese momento lo había hecho girar y miraba a través de un imponente ventanal; sólo podíamos ver parcialmente su cabeza, oculta por el respaldo del sillón. Me pregunté con quién habría estado hablando antes, porque no se veía a nadie más en la habitación. La puerta estaba justo debajo de la hilera de rostros de piedra, completamente fuera de nuestro campo visual. Entonces se abrió, el ruido fue inconfundible.

Preston hizo girar el sillón. Primero advertí que en su rostro se dibujaba una sonrisa, luego apareció la sirvienta, de espaldas. En las manos llevaba algo, pero de momento no pude averiguar qué. El espectáculo, sazonado con el gusto de lo prohibido, me hizo olvidar que Billy y Miranda estaban a mi lado. Fue como si los ojos del rostro de piedra por un momento me pertenecieran; o más justo sería decir que sucedió a la inversa.

La criada era Adrianna, la hija de Elwald y Lucille. Se acercó al escritorio y depositó en una esquina una bandejita con una taza que parecía de té y un bollo de chocolate. También había un vaso con agua.

—Aquí tienes —dijo Adrianna sin entusiasmo.

Él se lo agradeció, pero seguía en su rostro la misma sonrisa que antes, un poco bobalicona, pensé en ese momento.

—Espera, Adrianna —la llamó él cuando ella se volvía para retirarse.

—Dime.

La acústica era estupenda y podíamos escuchar a la perfección todo cuanto sucedía en el despacho.

—¿Has pensado en lo que hablamos?

Adrianna bajó la cabeza.

—Sí, todo el tiempo —dijo ella.

Preston se masajeaba la barbilla mientras la miraba a los ojos. La sonrisa desapareció.

—¿Y?

—Voy a hablar con mis padres esta semana. Les diré que regresaré a Canadá.

Preston se puso de pie.

—Está decidido —dijo la muchacha—. Lo siento.

Preston pareció dudar si acercarse o no a Adrianna, que en ese momento dio un paso atrás y se aclaró la voz.

—¿Quieres algo más? —preguntó.

Tras una pausa de vacilación, en la que el hombre pareció no recordar la existencia del té y el bollo, Preston negó con la cabeza, contrariado. Hizo otro amago de acercarse a Adrianna, que tampoco prosperó.

—¿Seguro que no puedes esperar unos días? —preguntó él—. Piénsalo un poco más. Podría tener las cosas resueltas para entonces.

Ella no respondió. Parecía a punto de romper a llorar.

—Es lo mejor.

La muchacha dio media vuelta y salió de la habitación.

Miranda nos diría más tarde que Adrianna no estaba llevando bien la distancia, pero que nunca había pensado que pudiera estar afectándola tanto como para querer regresar a Canadá. Ni Billy ni yo insinuamos lo que a ambos nos resultó bastante evidente; que entre ellos había algo más.

Sentí un golpe en el costado. Era Billy. Él y Miranda me observaban.

—No deberíamos estar haciendo esto —dijo Miranda en un tono apenas audible.

—Miranda tiene razón —coincidió Billy, aunque era evidente que no quería dejar de espiar.

No me quedó otro remedio que estar de acuerdo.

En ese momento volvimos a escuchar la voz de Preston.

—Hola. Sí, soy yo, quién va a ser. Necesito que envíes a alguien a la conferencia de mierda de Banks.

Nos quedamos helados. Miré a mis amigos con ojos de súplica.

En menos de dos segundos, los tres estábamos espiando el despacho otra vez.

Preston había adoptado la misma postura de antes, mirando a través de la ventana. Escuchó durante un instante y luego dijo:

—No me interesa quién. Alguien.

Pausa.

—Claro que lo he intentado. Es lo único que he intentado desde que he llegado a esta ciudad, pero al tipo no se le da socializar con los nuevos vecinos. ¡Es inglés, qué quieres!

Su comentario al parecer le recordó el té en la bandeja, de modo que hizo girar el sillón y se estiró para tomar la taza.

—No creas que no me gustaría irme ya mismo de aquí, motivos no me faltan. —Probó el té e hizo una mueca—. Eso es lo más insólito. Sara, que fue la que puso el

297

grito en el cielo cuando le dije de venir, es la que mejor se ha adaptado. Ha hecho un grupo de amigas, asiste a clases de jardinería, decoración y Dios sabe qué mas..., qué quieres que te diga, hasta mi hija se ha adaptado de un modo asombroso.

Se acomodó el auricular entre la oreja y el hombro y utilizó las dos manos para romper la punta de un sobre de azúcar. Endulzó el té y volvió a probarlo. Esta vez pareció satisfecho.

—La conferencia es el viernes, ya lo sabes. Este fin de semana he invitado a Banks a mi casa. Le dije que quería hablarle de unos negocios; creo que supone que quiero comprarle la casa o algo así. Le haré una propuesta directa. Pero si eso falla, necesito tener un plan alternativo. Lo primero es conocer al detalle lo que sucede en esa conferencia. En función de eso veremos qué hacemos.

Asintió mientras mordisqueaba el bollo de chocolate.

—¡Claro! He vuelto para hacer un control de los daños..., sí, por supuesto, puede que esté exagerando. Espero que sí. Será un placer averiguarlo y marcharme de esta ciudad de una vez, para siempre.

7

Me tendí en la cama con la caja floreada y le quité la tapa. Allí estaban todos los recuerdos de mi madre: fotografías, recortes de periódico, algunas cartas. En un estuche de metal había dos anillos y una gargantilla de oro con la inscripción «PAM». A mí me gustaba pensar que ése era el nombre de mi abuela, de la cual lo único que sabía era que había muerto hacía muchísimo tiempo. También estaba Boo. Lo agarré y lo senté en mi pecho.

—Hoy he visto una filmación del accidente —le dije a mi juguete de la infancia—. Justo antes del accidente, en realidad.

Sus ojos me miraron con fijeza. Recordé una película que habíamos visto con Billy el verano anterior, en la que el protagonista sufría una parálisis total a causa de un accidente y sólo podía expresarse con los párpados.

—Una vez para sí, dos veces para no.

Devolví a Boo a la caja y me recosté. Había sido una jornada tan descabellada, que si mi oso de peluche hubiera pestañeado, no me hubiera sorprendido demasiado. Entrelacé las manos sobre mi estómago. Habíamos confirmado lo imposible: la película de French no sólo estaba relacionada con el accidente del Pinto, sino que el propósito de la misma parecía ser específicamente inmortalizar esos minutos que marcaron mi vida definitivamente. Que Joseph guardara en su casa esa cinta ya era de por sí llamativo, pero dar con ella por casualidad... parecía demasiado. Billy aseguraba que era un fraude, que French bien podía haberla fabricado a petición de Banks para que el inglés sustentara sus teorías, porque de otra manera —y aquí debía coincidir con mi amigo— no podía existir una razón lógica para montar una cámara en plena tormenta y esperar avistar una nave espacial. Aunque el truco estaba bien conseguido, no podía ser otra cosa que un montaje de un aficionado, una ilusión. Miranda fue la única que opuso una tibia resistencia a los terminantes razonamientos de Billy, preguntándose en voz alta por qué French guardaría esa cinta tan celosamente —junto a la prueba de que su hijo adoptivo era un asesino— si era una mentira. Además, nos recordó que el artículo del periódico en el que Banks había anunciado su conferencia, mencionaba también que disponía de pruebas filmográficas del día del accidente, que por alguna razón nunca llegó a exhibir públicamente.

Pero todo parecía indicar que la película era trucada. La calidad era pésima, las circunstancias en que había sido tomada eran sumamente extrañas, y los ovnis se veían a un millón de kilómetros de distancia.

Y estaba, por supuesto, la conversación de Preston Matheson refiriéndose a la conferencia de Banks..., ¿cómo explicar eso? Eran demasiados hechos encadenados para cargar a la cuenta corriente de la casualidad. Las referencias que Preston hizo a la conferencia de Banks fueron directas, dejando claro que tenía especial interés en los anuncios del excéntrico personaje y que intentaría alterarlos. Cuando debatimos esa cuestión, Miranda se apagó de repente. Aunque pareció pasar por alto la tensión entre su padre y Adrianna, no le gustó cómo él se refirió a Carnival Falls. Esos segundos de intromisión desenmascararon las mentiras que durante los últimos meses les había contado a ella y a su madre acerca de nuestra ciudad. La odiaba. Y tan pronto como solucionara los asuntos pendientes con Banks, la familia se marcharía. Cuando Miranda lo expuso le dije que podíamos estar equivocados, que no sabíamos con quién hablaba su padre y que bien pudo decir lo que su interlocutor quería escuchar. Además, le recordé, él mismo había aseverado que Sara y Miranda se estaban adaptando de maravilla, lo cual era completamente cierto, y que quizá eso pesara en el momento de tomar la decisión final. Miranda no pareció muy convencida. Yo, en el fondo, tampoco lo estaba.

Pero había algo más, además de la película y la conversación de Preston. Algo que no me atreví a revelarles a mis amigos. Era la visión del rostro de mi madre asomando bajo la sombrilla de Sophia French, observándome con ojos cómplices. Podía haber sido todo fruto de mi imaginación —de hecho tenía que serlo porque ni Billy ni Miranda vieron nada—, pero mientras estiraba uno de mis brazos hacia la caja floreada, apartaba a Boo y tomaba la cadena de oro que había pertenecido a mi madre, tuve la certeza de que había algo más. Aquel guiño había sido su manera de decirme que íbamos en la dirección correcta.

8

Asistir a la conferencia de Banks nunca fue un plan con demasiado sustento. Billy me convenció rápidamente de que sería imposible conseguirlo sin que Amanda se enterase, considerando que el evento tenía lugar en la biblioteca y que Stormtrooper se encargaría de decírselo. Y eso por no mencionar que la entrada costaba quince dólares, y yo en mi vida había tenido quince dólares en el bolsillo.

Tuvimos que conformarnos con la crónica del *Carnival News* del día siguiente.

Unos cuantos años más tarde, ya en Nueva York, encontré en una tienda especializada una deteriorada copia VHS de la conferencia y la compré. Dios sabe por qué entré en esa tienda y pregunté por la conferencia, pero lo hice. Formaba parte de una colección completa con las investigaciones de Banks y otros investigadores cuya existencia conocía pero que nunca me había parecido buena idea rastrear con demasiado ahínco.

9

El auditorio de la biblioteca pública tenía capacidad para unas doscientas personas, y ese día había más de trescientas. El corredor central y los dos laterales estaban llenos, lo mismo que las cercanías a la tarima donde Banks llevaría a cabo su exposición. Había varios grupos claramente diferenciados. Los reporteros, con sus acreditaciones correspondientes, amontonados en el frente con sus cámaras y grabadoras portátiles, no eran curiosamente los más sobresalientes. En las tres primeras filas había una legión de fanáticos de Banks, algunos con vestimentas que rayaban lo ridículo, como uniformes dignos de Star Trek. No había ninguno con máscaras de ojos grandes y antenas, como las que solían venderse en las ferias y en las tiendas de disfraces, pero era obvio que a más de uno le hubiera encantado pavonearse con un traje plateado y una pistola de rayos. El segundo grupo era el más numeroso, y estaba formado en su mayoría por hombres bien vestidos, impávidos ante los cuchicheos y vítores de los fanáticos que demandaban la presencia del anfitrión. Entre los hombres foráneos había algunos con aspecto de verdaderos catedráticos, rostros adustos y compuestos. Eran los especialistas.

En el escenario había un atril, una pantalla de proyección de diapositivas y una mesita alta con un televisor.

Banks apareció por la parte de atrás y se abrió paso entre la muchedumbre agolpada en uno de los pasillos laterales. La concurrencia fue alertada por una musiquilla cósmica que comenzó a sonar desde los altavoces. Los fanáticos inmediatamente se volvieron para localizar a Banks y no tardaron en hacerse oír —para fastidio de los especialistas—, coreando el nombre del inglés una y otra vez y batiendo las palmas. Se oyeron silbidos y se alzaron puños para recibir a la estrella de la noche. El rostro de Banks era la viva representación de la inexpresividad, pero ante semejante manifestación esbozó una efímera mueca que se quedó a medio camino de una sonrisa. Hizo un gesto pacificador para acallar a sus seguidores y se aclaró la garganta para beber luego un sorbito de agua.

Philip Banks vestía un impecable traje gris. Se quitó el saco, que un asistente junto al escenario se encargó de recoger, y tomó el micrófono que estaba en el atril. Hizo una pausa en la que escrutó a la audiencia y entonces habló por primera vez, con un acento capaz de provocar envidia a la mismísima reina de Inglaterra.

—Me hace muy feliz que estén conmigo en esta tarde tan especial.

El público aplaudió con efusividad.

—Hace más de cuarenta años, mi amada esposa, Rochelle Banks, y mi hijo por nacer, desaparecieron en la intersección de la calle Madison con Newton de esta ciudad. Un buen amigo pasó por allí y vio el coche, un Studebaker, con las luces exteriores e interiores encendidas y la radio funcionando. Nunca más volví a verla y es la razón por la que hoy estoy aquí frente a ustedes. —Hizo una pausa. El auditorio había enmudecido—. Asumo las suspicacias. Sé que muchos de ustedes piensan que no soy más que un viejo loco que no acepta la verdad. ¿Cuál es la verdad? ¿Que mi mujer que amaba perdidamente, con la que iba a tener un niño, decidió marcharse de la noche a la mañana? Si es así, ¿dónde está? Porque la policía no ha podido dar con ella; todos los recursos que he destinado a localizarla no han arrojado una sola pista. Ni una sola.

Hizo un gesto al asistente, ahora ubicado junto al proyector de diapositivas. En la pantalla de pie (muy similar a la de los Matheson) apareció un retrato en blanco y negro de una hermosa mujer.

—A ella le debo la verdad. Por ella sigo buscando desesperadamente desde hace más de cuatro décadas, sólo por ella.

El rostro de Rochelle desapareció de la pantalla y Banks se tomó unos segundos para reflexionar. Su aspecto era impecable. Tenía el cabello cano, pulcramente cortado al igual que la barba. Más allá de las historias que pudieran circular sobre él, de los trastornos sufridos por la desaparición de su esposa, lo cierto es que lo que transmitía cuando hablaba era sofisticación y cordura. He de reconocer con cierto pesar que nunca encontré en aquel hombre, las pocas veces que lo vi personalmente o en la televisión, un solo indicio de desconexión con la realidad. Es cierto que no era un científico, pero sí era un individuo extremadamente racional, o eso parecía.

—Voy a dividir esta conferencia en tres partes —anunció—. Las dos primeras ya son conocidas por algunos de ustedes, y tendrán como propósito situaros en lo que hoy sabemos de la vida extraterrestre; veremos algunos documentos reveladores y escucharemos testimonios.

Junto al atril había un puntero de madera. Banks lo agarró con delicadeza por un extremo y se encaminó hacia la pantalla. Una diapositiva mostró lo siguiente:

- ¿Quiénes son «ellos» y qué buscan?
- Tomando contacto
- ADN – Hallazgos reveladores

Señaló el último punto.

—Hacia el final nos ocuparemos del plato fuerte del día: los resultados definitivos que ya tengo en mi poder. —Tomó un sobre lacrado del atril y lo sostuvo en alto—. Son las pruebas realizadas en Suiza.

La multitud se encendió, pero esta vez Banks la apaciguó con un ademán. Devolvió el sobre al atril y se apoyó momentáneamente en el puntero, como si fuera un bastón.

—Existen en nuestro universo más de cien mil millones de galaxias. Eso es un uno seguido de once ceros. Si estimamos la cantidad de estrellas del tamaño del sol con planetas orbitando alrededor, el número aumenta considerablemente a un millón de billones; un uno con dieciocho ceros. Si sólo una billonésima parte de esos sistemas solares similares al nuestro albergasen vida, aún tendríamos un millón de colonias extraterrestres. Ir en contra de semejantes probabilidades es sencillamente ridículo.

Se desató el aplauso, uno de los tantos que vendrían después.

Banks exhibió una serie de diapositivas de antiguas representaciones en piedra, diversos objetos mayas y antiquísimos papiros chinos donde nuestros antepasados supuestamente dejaron plasmados sus contactos extraterrestres. «Las referencias están allí, para el que quiere verlas», decía Banks mientras señalaba con su puntero una serie de estrellas dibujadas en un tratado babilónico, entre las cuales aparecía una elipse perfectamente distinguible. No se detuvo demasiado en otros antecedentes y se centró en los datos recopilados durante los últimos años, cuando, a su modo de ver, los Gobiernos comenzaron a estudiar el tema seriamente debido a las tremendas implicaciones que podría tener en la humanidad un contacto con una civilización más inteligente que la nuestra. Una diapositiva con el mapa del país mostraba las zonas donde se habían producido la mayor cantidad de avistamientos de ovnis, así como desapariciones misteriosas y abducciones. Se veía claramente que ciertas regiones marcadas en rojo presentaban más casos que otras.

—No sabemos por qué las tareas de reconocimiento de las naves se concentran en determinadas zonas, pero es un fenómeno que se repite en todo el mundo. O bien los extraterrestres poseen bases aquí en la Tierra, en cuyo caso les es conveniente no alejarse de ellas, cosa que personalmente considero poco razonable; o estas localizaciones se condicen con puntos singulares del espacio: puertas en el universo que hacen posible viajar por nuestra galaxia de un modo que aún no entendemos.

Banks se acercó al atril y bebió un poco de agua.

—No hemos podido establecer con certeza cuál es el aspecto físico de nuestros visitantes. No existen documentos fotográficos ni filmográficos de estos seres; por lo menos no uno del que yo me fíe rotundamente. La mejor aproximación proviene de numerosos testimonios, cientos de ellos, y aun así no todos son enteramente coincidentes. Sabemos que es probable que un buen número de estos testimonios discordantes sea producto de engaños o alteraciones en la percepción, pero aun los más creíbles, o aquellos corroborados por varios testigos, no son coincidentes entre sí al ciento por ciento. Hay razones para ello. La principal es que hay al menos tres tipos de extraterrestres bien diferenciados que nos han estado visitando. Podrían ser seres con un mismo origen, un mismo planeta, o no. Lo que sí parece poco probable es que no se conozcan entre sí. De esas tres razas hay una que ha sido vista con mayor frecuencia, y es de la que quiero hablarles en este momento...

El operador proyectó una nueva diapositiva. Banks estaba de pie a un lado. El hecho de que no diera la orden a su asistente tomó al auditorio por sorpresa. Se escucharon varios suspiros.

—Damas y caballeros, conozcan al Aenar.

La cámara que registraba la conferencia se centró en la pantalla de proyección. En ella aparecía un hombrecito cuya cabeza era mucho mayor en proporción a su cuerpo; era gris y de extremidades esqueléticas. Buena parte de la cabeza estaba ocupada por dos inmensos ojos panorámicos, que se asemejaban más a lentes espejados que a otra cosa. La nariz se reducía a dos líneas verticales y la boca era una diminuta ranura horizontal. No tenía vello en ninguna parte del cuerpo, ni sexo.

Mientras Banks describía al Aenar, recuerdo haber sonreído en mi apartamento de Nueva York, observando la vieja cinta de VHS. La verdad era que aquel dibujo, no demasiado logrado por cierto, podía haber impresionado a alguien en la década de los setenta o principios de los ochenta pero a fines de los noventa era una versión casi risible de los extraterrestres tan repetidos en la ciencia ficción.

—Morfológicamente hablando, los ojos muy desarrollados no son una sorpresa. Aquí, en la Tierra, casi todos los animales han evolucionado de esta manera; la vista es el sentido que han desarrollado mejor la mayoría de las especies, y lo han conseguido por diversas vías, desde órganos infrarrojos, sonares, etcétera. No es llamativo que una raza claramente superior a la nuestra haya desarrollado órganos visuales que suponemos de una sofisticación asombrosa. El tamaño craneal presupone también un cerebro ostensiblemente más poderoso que el nuestro, con capacidades telepáticas y telequinéticas. Estos sentidos, para muchos investigadores —yo incluido—, presentes en humanos pero atrofiados, han sido llevados al extremo por esta súper raza. La complexión delgada evidencia la falta de necesidad de realizar esfuerzos físicos, reemplazados por el poder de una mente capaz de desplazar objetos a voluntad. El hombre ha basado su existencia en la fortaleza física. El Aenar no necesita más que una mínima estructura ósea y muscular, suficiente para sostenerlo.

10

Billy apartó el periódico. El *Carnival News* había transcrito literalmente algunas partes de la conferencia de Banks y mi amigo fue el encargado de leerlas. Cuando llegó a la descripción del Aenar, no lo soportó.

—¡Sam, vamos! —Dobló el periódico y lo dejó a un lado.

Estaba sentado contra el tronco, en el claro.

—Suena un poco inverosímil —acepté.

—¿Un poco?

Estábamos solos. Extrañé a Miranda.

—Mira..., he pensado en todo este asunto —dijo Billy con cierto pesar—. Sé que he sido un poco descreído con las teorías del viejo.

—¿Un poco? —repliqué imitando su expresión de hacía instantes.

Él me hizo un ademán para que lo dejara estar.

—Bueno, muy descreído. Me he burlado y todas esas cosas. Ya me conoces. Con lo que sucedió en casa de Miranda, la película y la conversación del señor Matheson, le he dado vueltas a todo el asunto, no creas que no. Fue una casualidad muy grande que escucháramos precisamente esa conversación, aunque también, reconozcámoslo, la conferencia estaba próxima. Si hubiéramos descubierto las galerías un mes antes, lo hubiéramos encontrado... cogiéndose a la sirvienta.

Alcé de inmediato la vista. Billy no utilizaba ese tipo de vocabulario delante de mí. No pude evitar sonrojarme y él también, pero no se desdijo. Muchas cosas cambiarían ese verano.

—¿Entonces?

—Lo he pensado. Y te concederé una cosa. Puede que Banks no esté loco, que crea absolutamente todo lo que dice y que todos los testimonios sean reales. Pero eso no es prueba de nada. Siguen siendo un hatajo de lunáticos, aunque quizá no en el sentido estricto, ¿me entiendes?

—No muy bien.

—Quizá toda esa gente cree que ha visto lo que dice haber visto. No sé si lo han soñado o qué. Si no, fíjate en la descripción del extraterrestre. —Billy tomó nuevamente el periódico, lo extendió y leyó—: «El auditorio de la biblioteca pública enmudeció ante la proyección del Aenar, un ser bajito, de ojos gigantes y maléficos». —Volvió a doblar el periódico—. ¡Un ser bajito, de ojos gigantes y maléficos! —repitió—; yo mismo creo que tendré pesadillas con eso. Es una bola de nieve, Sam. Las personas hablan, ven películas, escuchan testimonios, es casi imposible pasar un día en esta ciudad sin escuchar diez veces la palabra extraterrestre.

—Nunca hemos hablado del tema tan abiertamente.

Mi frase tomó a Billy con la guardia baja.

—Te pido perdón por ello.

—Gracias, Billy.

—Pero ¿entiendes lo que quiero decir?

—Sí, creo que sí. Pero es que..., supongamos por un momento que sea cierto, que sea como dice Banks y que ellos no quieren que estemos seguros de su existencia, ¿no es lógico que ocurra todo lo que tú dices?

—Si son tan inteligentes, no se dejarían ver.

Quizá no eran tan inteligentes, pensé. Por primera vez razonábamos juntos, sin abordar el tema tangencialmente o por medio de ironías. No quería echarlo a perder. Billy tenía su pensamiento, y era sumamente respetable. Lo cierto es que yo seguía teniendo mis dudas. Negarlo todo parecía lo más sencillo.

—Lo que quiero decirte, Sam, es que estoy contigo, y te prometo que llegaremos al fondo. Y no sólo por la promesa que hemos hecho con Miranda en la casa del árbol.

—Gracias, Billy.

—No me des las gracias a cada rato.

El comentario de Billy no me molestó, sino todo lo contrario. Era su manera de decirme que realmente le importaba. Supe perfectamente a qué se refería con eso de «llegar al fondo». La conversación telefónica de Preston Matheson había sido real, la habíamos escuchado con nuestros propios oídos; él era un empresario inteligente, un hombre poderoso; si había regresado a Carnival Falls, alguna razón fuerte debía de haber detrás, y esa razón estaba relacionada con lo que Banks había anunciado al final de la conferencia. Billy era un niño fantasioso y con una capacidad creativa fuera de serie, pero siempre necesitó algo que lo anclara a la realidad, así funcionaba él. La conversación de Preston Matheson era esa ancla.

Iba a decir algo pero me detuve. Alguien se aproximaba por el sendero.

¡Miranda!

Pero no era ella.

—Miren a quiénes tenemos aquí..., ¡las niñas del bosque!

Cuando me volví, una figura imponente franqueada por dos mastodontes hizo que me estremeciera.

—¿Qué quieres, Mark? —preguntó Billy casi sin inmutarse.

Era Mark Petrie, que ese verano crecía a toda velocidad. Y los que estaban detrás no eran mastodontes, como mi cerebro me había llevado a pensar desde el suelo. De hecho, uno de los niños era bastante delgado, más o menos de mi tamaño.

—¿Qué hacen aquí? —preguntó Mark. Su voz se había vuelto más gruesa. De pequeños habíamos jugado juntos en el Límite, pero eso fue, parafraseando a Billy, hasta que el cerebro de Mark dejó de desarrollarse. Mark se había pasado al bando de los chicos rudos y ahora, al parecer, se había convertido en una especie de líder.

—No hacemos nada —respondió Billy con calma. Seguía apoyado contra el tronco—. Nada en particular. ¿Ustedes qué hacen?

Mark frunció el seño. Fue evidente que no supo darse cuenta si la pregunta era una muestra de educación o una tomadura de pelo.

—Estamos buscando un sitio reservado para nuestra... competencia especial.

Cerró el puño y lo movió hacia delante y hacia atrás a la altura de la cintura, una y otra vez, con el rostro desencajado. Los dos chicos que lo acompañaban rieron. Uno de ellos era Steve Brown, amigo de Mark desde siempre y su inseparable secuaz. Si Mark era limitado, el caso de Steve era mucho peor. Había repetido todos los grados desde el quinto al séptimo y lo más probable era que hubiera llegado a su techo intelectual, aunque los que habían compartido clases con él aseguraban que ya lo había sobrepasado gracias a las influencias de su padre —un político de poca importancia—. Steve imitó el movimiento de su mentor mientras reía sin parar. El otro chico se llamaba Jonathan Howard y era nuestro compañero de grado; asustadizo y escuálido, no era un mal chico, pero carecía de personalidad. Era la primera vez que lo veíamos formar parte de la pandilla de Mark.

—Jonathan, ¿qué haces con ellos? —pregunté.

—No le respondas —intervino Mark—. Jonathan sabrá lo que es bueno de ahora en adelante. ¿Verdad, Steve?

—¡Claro!

—Creo que este sitio está bien para nosotros —dijo Mark echando un vistazo al claro mientras asentía una y otra vez—. Tendrán que irse.

Esta vez fue el turno de Billy de reír.

—Noticia de último momento —dijo Billy con su voz

de locutor—. Este sitio es nuestro. Nos reunimos aquí desde hace años. Búsquense otro. El bosque es grande.

—No lo sé. —Mark avanzó un paso, desafiante, hasta quedar a menos de un metro de donde yo estaba—. Este sitio nos gusta mucho, ¿verdad, chicos?

Steve Brown y Jonathan Howard asintieron. El primero lanzó un par de aullidos lobunos y volvió a soltar una de sus risotadas bobaliconas.

—Vete, Petrie —le disparó Billy—. Eres patético.

—¿Quién es patético? —graznó Mark Petrie. Remató la frase con una patada a la tierra. Me volví, pero no pude evitar que una buena cantidad de tierra se me metiera en la boca y en los ojos.

Billy se puso de pie como accionado por un resorte.

—Okey, es suficiente... —dijo. Apenas pude entreabrir uno de mis ojos para verlo avanzar a tropezones hasta Petrie. Era un poco más bajo que él, pero la complexión física era más o menos la misma. Billy también había crecido mucho ese verano. Le asestó un empujón que hizo que Mark se tambaleara hacia atrás.

Me puse de pie. La tierra se me había metido por dentro de la camiseta y me raspaba por todas partes. Intenté abrir los ojos completamente pero el ardor me lo impidió. Billy era una sombra delante de mí. No podía dejar de pestañear y de masajearme los ojos con los dedos.

—Miren, chicos —dijo Mark con voz aflautada—, el niño fuerte defiende a su novia. ¿No es adorable?

Steve celebró el comentario de su líder. No paraba de reír.

Logré quitarme algo de tierra de los ojos y acercarme a mi amigo para colocarle una mano sobre el hombro.

—Vámonos, Billy. Encontraremos otro lugar.

—Sí, encontrarán otro lugar —estuvo de acuerdo Mark Petrie—, claro que sí. ¡Lárguense!

Pero Mark no avanzaba, y Billy se dio cuenta que ésa era una ventaja a nuestro favor. Por alguna razón, Mark no estaba dispuesto a pelear, sólo quería bravuconear un poco.

—Nos quedaremos aquí —dijo Billy con tranquilidad—. Nosotros estábamos primero.

Acto seguido retrocedió y volvió a sentarse plácidamente contra el tronco, junto al periódico. Mark lo observó, desconcertado, y rápidamente fijó su atención en mí, que seguía de pie en el centro del claro.

—Ya han tenido su merecido —dijo señalándome—. Además, ahora que lo pienso, este sitio está muy a la vista. Necesitamos algo más privado.

—¡Privado! —repitió Steve como un loro mientras retomaba sus gestos obscenos.

Jonathan tenía la vista puesta en la punta de sus tenis. Sentí un poco de pena por él. Era de esos niños que se dejan influenciar con facilidad.

Mark comenzó a darse la vuelta para marcharse pero se detuvo.

—Y otra cosa —dijo—. Sabemos lo que le hicieron a Orson.

—¿Estás triste sin tu novia, Petrie?

—Orson era mi amigo —respondió Mark con seriedad—. Van a pagar lo que hicieron.

—¿Sólo porque compartían un montón de revistas viejas escondidas en el bosque te crees su amigo?

Mark abrió los ojos como platos.

—Lárguense de una vez, por favor —dije en tono conciliador.

—Oh, miren quién se digna a hablar, la señorita Tierra.

—Vete, Petrie —dijo Billy mientras simulaba leer el periódico.

—Ya ajustaremos cuentas por lo de Orson —dijo Mark Petrie—. Vamos, chicos. Estas niñas han hecho que se me empiece a poner dura.

El comentario debió de ser la cosa más graciosa que Steve Brown escuchó en su vida porque se dobló de la risa y comenzó a golpearse frenéticamente las rodillas con las manos. Se le saltaban las lágrimas mientras reía como una hiena.

Se fueron como llegaron, en perfecta formación, sólo que ahora su avance era anunciado por las carcajadas de Steve.

—¿Dónde estábamos? —preguntó Billy examinando el periódico.

Terminé de sacudirme la tierra lo mejor que pude y volví a sentarme.

II

La segunda parte de la conferencia de Banks fue la más extensa de las tres y de la que menos eco se hizo en el periódico al día siguiente. Constituyó una recopilación de historias y testimonios.

Cuando vi la cinta VHS en mi apartamento de Nueva York, una de esas historias me llamó particularmente la atención. Era la de un hombre llamado Frank DeSoto, un maestro de escuela en White Plains, una ciudad pequeña al norte de Carnival Falls. DeSoto había estado casado con una mujer, también maestra, de nombre Claudia, y juntos tuvieron a una hija a la que bautizaron Amarantine. En 1928, cuando la niña tenía apenas un par de meses de vida, Frank y Claudia estaban seguros de que algo en ella no andaba bien; apenas comía y lloraba casi todo el tiempo. A veces pasaba días en los que cerraba los ojos durante unas pocas horas. Cuando no lloraba estaba fastidiosa, no parecía sentirse a gusto en su cuna, ni cuando la alzaban o la paseaban. Los DeSoto iniciaron una serie de visitas a médicos de distintas especialidades, pero ninguno logró diagnosticar la extraña enfermedad. Les decían que así eran los bebés, que como padres primerizos tendrían que acostumbrarse a recortar las horas de sueño y adaptar su rutina a la recién llegada. Frank se había criado en un hogar numeroso, donde había visto nacer a varios de sus hermanos y sabía que el comportamiento de Amarantine no era normal. Siguieron visitando especialistas, gastaron sus ahorros en viajes a ciudades distantes, sólo para continuar acumulando decepciones. Por lo menos los médicos ya no insistían en que su hija estaba sana, pero no conseguían diagnosticarla. Un especialista de Boston fue el primero que sugirió que podía tratarse de un mal funcionamiento de la glándula pineal, y así fue como solicitaron análisis muy costosos que terminaron con los ahorros de los DeSoto. El resultado no ayudó mucho. Todo lo que pudo hacer el prestigioso médico de Boston fue recetarles una medicación carísima para que Amarantine se sintiera algo mejor y pudiera dormir un poco más, cosa que funcionó a medias. Frank era consciente del daño que aquellos medicamentos le causaban a su hija, lo veía en su expresión dopada cuando se los daba. Así estuvieron casi un año.

Frank estuvo a punto de perder su empleo en la escuela, que pudo conservar sólo gracias a la amistad con el director y a la buena consideración que le tenían sus colegas y conocidos. Nadie hubiera despedido a un hombre en su situación. Se le permitían licencias de todo tipo, faltas repetidas, menos horas que las que le correspondían por su salario; incluso sus alumnos del séptimo grado demostraron un gran corazón con el trato dispensado hacia el maestro. Mientras Claudia se ocupaba de Amarantine en casa, Frank pasaba muchas horas en la escuela, pero la mayoría de ellas no las dedicaba a la docencia, sino a redactar largar cartas para las familias cuyos niños padecían las mismas dolencias que Amarantine. A veces incluso los llamaba por teléfono, siempre con el consentimiento del director, aunque eran todas llamadas al extranjero. Entre los padres intercambiaban diversas técnicas que parecían aliviar los síntomas, como la música clásica, la alta ingesta de líquidos o los masajes relajantes. Pero eran recetas caseras que funcionaban o no según cada niño. La enfermedad afectaba al desarrollo, retrasando la capacidad de comunicarse mediante el habla, si acaso llegaban a conseguirlo. No existían registros de niños que hubieran sobrevivido más allá de los siete años.

Una tarde, Frank DeSoto regresó del trabajo a las siete. Ese día, Claudia iba a prepararle pavo con papas, su comida favorita y un lujo que se permitían muy de vez en cuando. La primera señal de que algo no andaba bien la encontró apenas enfiló hacia la puerta de la casa. Estaba abierta.

Se acercó con prudencia. Al principio no le pareció buena idea llamar a Claudia a viva voz, por lo que avanzó sin hacer ruido, todavía con su portafolios en la mano. Tampoco escuchó los llantos de Amarantine. Se asomó a la sala y de inmediato captó la figura de su esposa tendida en el suelo sobre un charco de sangre. Durante un instante se le paralizaron los músculos —contaría un anciano Frank DeSoto desde uno de los televisores durante la conferencia de Banks—. El hombre dejó caer el portafolios y se acercó a Claudia, sin importar que el responsable de aquella atrocidad pudiera estar todavía en la casa. Le dio la vuelta y comprobó que aún tenía pulso. Pero su rostro era una masa hinchada y sangrante. También se percató de una herida punzante cerca del cuello. Un vistazo rápido por la habitación le reveló la presencia de un desarmador que no había visto nunca, con la punta ensangrentada.

Se precipitó hacia el teléfono e hizo una llamada a urgencias. Tardó quince segundos en dar una descripción de lo sucedido, proporcionar la dirección de su casa y cortar. Después fue al baño donde tenían desinfectante y gasa. Cuando regresó donde estaba Claudia, ella abrió finalmente los ojos y sonrió. Él le preguntó por la pequeña Amarantine, pero ella estaba muy débil para responderle. Frank comenzó a vendar la herida del cuello, que parecía la más grave, cuando un impulso lo hizo ponerse en pie. Primero acomodó el brazo de Claudia para que ella misma mantuviera una gasa presionada contra la herida, mientras le decía que iría arriba a buscar a Amarantine, a ver si estaba bien. Claudia lo observó con ojos suplicantes pero él se fue de todos modos. Sabía que algo le había sucedido a su hija. El silencio en la planta alta era la prueba definitiva.

Amarantine, en efecto, no estaba en su habitación. Ni en la de sus padres. Ni en ningún lado. Cuando la policía se presentó en casa de los DeSoto, hallaron a Frank arrodillado junto al cuerpo aún con vida de Claudia, vendándole el cuello con bastante dificultad, mientras derramaba un mar de lágrimas y las manos le temblaban.

Claudia fue trasladada de inmediato al hospital, donde se le atendieron las heridas, que no resultaron ser críticas. Una vez que estuvo en condiciones, relató cómo dos hombres a los que no conocía entraron en la casa e intentaron violarla. Estaban muy borrachos, especialmente uno de ellos, que era el que daba las órdenes. Parecían hermanos, ambos con la misma nariz apelmazada y el cabello rubio y crespo. La golpearon en el rostro y la patearon en todo el cuerpo mientras se resistía en el piso de la cocina. Justo en ese momento, Amarantine había entrado en sus veinte minutos de sueño ligero del mediodía y ella no quería despertarla, por eso no gritó, pero sí se resistió. Mientras el más delgado la sostenía por los brazos desde atrás, el más grandote se quitó los pantalones y le sostuvo las piernas, pero en la maniobra ella logró zafarse y asestarle una buena patada en la cara. Eso despertó la ira del hombre. De un estuche para herramientas que pendía de su cinturón sacó un desarmador y se lo clavó entre el cuello y el hombro provocándole un dolor espantoso. Esta vez sí gritó y Amarantine despertó. El llanto de la niña desconcertó al que estaba más sobrio, que comenzó a discutir con el otro mientras Claudia se desangraba en la sala. En determinado momento creyó desmayarse. Vio las siluetas borrosas de los dos hermanos, si eso es lo que eran, discutiendo acaloradamente. El más fornido quería llevarse a la niña, decía que podía venderla. El otro se opuso al principio, pero al fin cedió. Tomaron a la niña y se fueron.

La policía dudó de la historia de los hermanos, que prefirieron marcharse con una niña llorando antes que cumplir con su plan de violación. Los vecinos no oyeron ni vieron nada, y las sospechas sobre la veracidad de la declaración de Claudia no tardaron en aparecer, llegando incluso a oídos del propio Frank. Claudia intentó seguir adelante con su vida, pero los cuestionamientos eran constantes y no creía poder soportarlo. Quería mudarse de White Plains. Frank no dudó ni por un segundo de su esposa, pero no quiso marcharse. Las horas que antes dedicaba a intercambiar correspondencia con otros padres en el exterior, pasó a emplearlas en la búsqueda de los dos hermanos. Preparó retratos de sus rostros, habló con todo el mundo, procuró que su esposa recordara detalles de sus agresores, intentó averiguar el origen del desarmador, pero todos sus intentos fueron vanos. El uso del estuche de herramientas y el modo de expresarse sugerían que los hermanos eran empleados de la construcción o de algún contratista de servicios y que no eran locales. Frank comenzó a enviar los retratos a todas las empresas contratistas del estado que habían hecho alguna obra en las inmediaciones de la ciudad, pero no hubo suerte. Uno de los detalles que más llamaron la atención de todos, especialmente de la policía, fue que nadie hubiera visto un vehículo estacionado, porque no se concebía que los hombres hubiesen huido a pie con un bebé en brazos sin ser vistos.

A los dos hermanos parecía habérselos tragado la tierra.

La respuesta al misterio llegaría unos cuantos meses después. Las cosas en el matrimonio no iban bien y Claudia fue a visitar a su hermana a Carnival Falls. Se quedaría con ella una semana mientras Frank se ocupaba de algunos asuntos atrasados de la escuela. Lo planearon de común acuerdo; no había rencores entre ellos, comprendían que acababan de pasar por un hecho traumático, pero se amaban y harían todo lo posible para salir adelante. Al segundo día de soledad en su casa, Frank tuvo el primer contacto extraterrestre.

Según reconocería él mismo en la entrevista exclusiva que Banks le haría años más tarde, nunca en su vida había tenido experiencias con extraterrestres o considerado seriamente su existencia. Por aquel entonces tampoco se hablaba demasiado del tema. Según el relato de Frank, estaba en la cocina preparándose algo para comer, cuando la radio comenzó a emitir una serie de distorsiones. Se acercó e intentó sintonizar la antena pero la interferencia no cesó. Iba a apagarla cuando captó algo con el rabillo del ojo. Al volverse, en el centro de la sala, vio a un ser gris, de cabeza gigante, levitando como un globo. Se quedó helado. La interferencia en la radio aumentó. El ser no le quitaba la vista de encima, y tras unos instantes de levitación en el mismo sitio, se desplazó, siempre sin que sus delgadas piernas tocaran el suelo. Cruzó la cocina, esquivando la mesa —afortunadamente por el lado opuesto al que Frank se encontraba— y traspasó la puerta mosquitera del porche sin abrirla. Siguió hasta el jardín, avanzando de espaldas, y cuando llegó más o menos al centro del mismo, se detuvo y giró, fijando sus grandes ojos negros en Frank, que lo observaba atónito desde la cocina. Al cabo de casi un minuto, el ser gris desapareció.

La misma situación se repitió al día siguiente. Mark había conseguido convencerse de que la visión del extraterrestre —porque supo de inmediato que de eso se trataba— había sido una alucinación, cuando la radio comenzó a emitir sus chillidos eléctricos. El ser gris volvió a aparecer en la sala y se desplazó hasta el jardín trasero, otra vez franqueando la puerta sin abrirla.

Cuando el mismo episodio volvió a repetirse al tercer día, comprendió con una mezcla de incertidumbre y ansiedad, que no sólo no se sentía atemorizado por la aparición, sino que la había estado esperando. «Esa misma noche pensé en la criatura, levitando en la sala, en el preciso lugar donde un tiempo atrás había yacido mi esposa al borde de la muerte».

Frank pasó toda la noche en el jardín trasero, con un pico y una pala, cavando hoyos sin parar. Empezó por el centro, pero siguió en círculos concéntricos. Lo hizo hasta el amanecer. Encontró el cuerpo de Amarantine en una fosa a medio metro de profundidad.

No había habido hermanos borrachos ni intento de violación. Claudia había asesinado a Amarantine, su propia hija.

Frank llamó a la policía. Claudia fue a prisión después de confesar el crimen de la niña. Frank encontró cierta paz tras el hallazgo del cuerpo de Amarantine, pero la traición lo sumió en una depresión profunda. Durante un año apenas tuvo voluntad suficiente para ir a la escuela.

Poco a poco fue recobrando la voluntad. Cinco años después de la primera visita del extraterrestre a la sala de su casa, comenzó a estudiar el fenómeno ovni. Fue uno de los precursores en la materia. Se encargó de aunar los pocos conocimientos que existían en esa época. La misma pasión con la que intercambió correspondencia con los padres de los niños que padecían la enfermedad de Amarantine, la utilizó para contactar con personas de otros estados, e incluso del exterior, que habían pasado por experiencias similares a la suya. Publicó varios libros y se convirtió en uno de los hombres que más hicieron por la divulgación del fenómeno ovni.

Banks afirmó, visiblemente emocionado, que para él Frank DeSoto había sido un ejemplo, un mentor y un amigo.

El auditorio celebró la historia con un efusivo aplauso. A mí lo que más me atrajo de ella fueron las similitudes entre la historia de DeSoto y la de Banks.

12

Después de nuestro enfrentamiento con Mark Petrie, Steve Brown y Jonathan Howard, Billy retomó la lectura del artículo del *Carnival News*. Avanzó un par de párrafos y se detuvo.

—¿Qué? —pregunté—. ¿Te preocupa que esos tres vuelvan con refuerzos?

Billy hizo una mueca.

—Lo que menos me preocupa es Mark Petrie —dijo—. Quizá en un par de años se vuelva peligroso, pero por ahora es un chico que no sabe lo que quiere. Y los otros dos..., bueno, mejor no hablo.

No me apetecía seguir en el suelo, en parte por el recuerdo de la polvareda en mi cara gentileza de Petrie, así que me tendí sobre el tronco. Billy seguía apoyado en un lado.

—Me preocupa un poco Miranda —dijo él de repente.

Guardé silencio.

—Fui a buscarla a su casa antes de venir, como siempre. Lucille me dijo que no se sentía bien, que quizá más tarde vendría al bosque. Le pregunté qué le pasaba exactamente y se limitó a decirme lo mismo, pero con una mirada consternada.

—¿Crees que te ocultó algo?

—Yo creo que sí. No quise insistirle —dijo Billy—. No tenía sentido. Lo que me preocupa es que Miranda no quiera vernos más.

Me incorporé de inmediato.

—¿Estás loco? ¿Por qué piensas eso?

—No lo sé.

—Lo más probable es que se sienta mal por lo de su padre, por lo que dijo acerca de Carnival Falls y todo eso. Tú y yo no tenemos nada que ver.

—¿No?

—¡Por supuesto que no! Lo mejor que puede hacer Miranda con esa galería es lo que acordamos cuando salimos de ella, decirle a su madre que los rostros de piedra de su habitación le dan miedo y cubrirlos con pósteres o cuadros o algo. Eso, y mantener la entrada a la galería escondida con ese baúl viejo que colocamos delante.

—¿Crees que ella ha vuelto a entrar?

—¡Billy, basta, por Dios! ¡¿Se han invertido los roles o qué?! Se supone que tú debes ser el racional y no paras de especular con cosas que no lo son. Miranda es nuestra amiga. Hicimos un pacto, ¿lo recuerdas?

—Por supuesto —dijo Billy en voz baja.

Volví a recostarme en el tronco.

—Ya sé que nosotros no construimos la galería —insistió Billy—. Pero si no fuera por nosotros..., en realidad por mí, nunca hubiéramos entrado a explorarla ni escuchado esa conversación.

—Eso es como echarle la culpa a la gravedad por las cagadas de paloma.

Billy rió.

—Eso es buenísimo, Jackson. No digas que te lo acabas de inventar porque es imposible.

—No, no me lo acabo de inventar. Es un dicho de Katie.

—Echarle la culpa a la gravedad por las cagadas de paloma. —Billy volvió a reír mientras repetía la frase.

Tomó el periódico para leer la última parte del artículo.

13

Durante la última parte de la conferencia, Banks se ocupó del accidente en la carretera 16, al que se refirió como una de las abducciones más enigmáticas de las que se tenía noticia. El interés del auditorio se reavivó de inmediato.

—Permítanme empezar de atrás para adelante.

Caminó hasta un extremo del escenario y su asistente le entregó una pequeña caja metálica. La depositó sobre el atril e introdujo su mano debajo del cuello de la camisa hasta dar con una llave que llevaba colgada de una cadena dorada. La enseñó un instante al público mientras la cámara se acercaba y le tomaba un primer plano.

Abrió la caja.

—Ésta es la muestra recogida en el lugar del accidente. —Sostuvo frente a la audiencia un diminuto tubo de cristal lleno hasta la mitad de un líquido rojo—. Sé que muchos de ustedes están aquí por estos resultados. Les prometo que en unos minutos los conocerán.

Otra vez apareció la sonrisa enigmática.

De la caja metálica sacó un portatubos, colocó en él la muestra y lo dejó todo en el atril.

—El 10 de abril de 1974, cerca de las siete de la noche, Christina Jackson terminó su turno como enfermera en el hospital municipal. Normalmente hubiera tomado el autobús, que era lo que había hecho durante los últimos años, para recorrer los cinco kilómetros que separaban el hospital de la habitación que alquilaba en las afueras de la ciudad. Pero esa noche en particular no tomó el autobús. Había comprado su primer coche, un Pinto rojo, Tenía veintiséis años.

En la pantalla aparecieron dos imágenes sucesivas. La primera era del anuario de Christina Jackson que yo conocía perfectamente, porque el anuario era otro de los objetos que yo conservaba en la caja floreada. El fotógrafo había logrado retratar a mi madre cuando sonreía, pero sus ojos apuntaban ligeramente hacia arriba, lo cual la hacía ver como si... tuviera una idea. Me encantaba esa expresión. También me parecía muy bonito su cabello rojo. En aquella fotografía —y en casi todas en realidad—, era imposible pasar por alto el parecido conmigo.

La siguiente fotografía ya no era tan placentera. En ella se veía el Pinto del revés con la parte delantera destrozada. Era la que había publicado el periódico tras el accidente.

Banks se acercó a la pantalla y la imagen cambió. Llevaba una hora y media hablando y moviéndose sin parar, sin embargo su aspecto era impecable, como si acabara de comenzar la exposición. No había gotas de sudor surcándole la frente, arrugas en su camisa o signos de cansancio en su postura. Extendió el puntero a un mapa esquemático de la carretera 16.

—El kilómetro treinta y tres de la carretera 16 es un tramo que todos los residentes de Carnival Falls conocen —dijo Banks señalando el punto al que hacía referencia—. Es una zona en la que no está permitido rebasar, por dos motivos: el primero y lógico es que la carretera cruza el río Chamberlain un poco más adelante; el puente data del año 57 y es más estrecho que los construidos en años posteriores. El otro motivo es que el puente se encuentra en un punto más bajo, de manera que en el kilómetro treinta y tres no es posible ver la carretera, salvo del otro lado del puente. Una lluvia intensa no hace más que empeorarlo todo. Podemos pensar que esa noche, unos metros por delante del Pinto de Christina Jackson, la carretera 16 dejaba de existir.

A medida que hablaba del puente y los desniveles de

la carretera 16, Banks los fue indicando en su mapa. Nada de esta información me resultó interesante. En efecto, todos en Carnival Falls conocíamos las peculiaridades de ese tramo. Sin ir más lejos, el de mi madre había sido uno entre más de diez accidentes en ese sitio de los que se tenía noticia. Para una ciudad no demasiado grande era un número exagerado, lo que originó que el municipio reforzara la señalización en varias ocasiones.

—Al día siguiente, la policía encontró marcas de frenado a unos doscientos metros del sitio donde hallaron el coche, sobre el carril derecho —dijo Banks—. Con la lluvia es muy difícil precisar con toda certeza si pertenecían al Pinto, pero todo parece indicar que sí.

Hizo una pausa y bebió un poco de agua.

—La policía no descarta la presencia de otro vehículo, pero no lo cree probable. Si alguno hubiera circulado en ese momento por el carril contrario, al encontrarse de frente con el Pinto habría atinado a frenar y, sin embargo, no había ninguna marca. Las razones por las cuales la señorita Jackson frenó doscientos metros antes del accidente no pudieron ser explicadas por la policía, pero si uno visita el lugar del hecho, como yo lo he hecho varias veces, es sencillo. Desde ese punto pudo ver las tres luces que surcaban el cielo esa noche, trazando recorridos imposibles.

El mapa de la carretera 16 fue reemplazado por una fotografía del cielo tormentoso de esa noche. En ella se veían tres luces estáticas formando un triángulo equilátero.

—Siete personas vieron las luces esa noche. Tres de ellas lograron fotografiarlas.

Desde el grupo de los fanáticos brotó un único aplauso que desconcertó al mismo anfitrión, pero que terminó desencadenando silbidos y vítores. Cuando la euforia pasó, Banks retomó la palabra.

—La primera fotografía, que es la que estamos viendo, fue tomada desde el lado oeste de la carretera por un granjero llamado Liam Sorensson, que presenció el fenómeno junto a su esposa y su hija de quince años. La muchacha dio la mejor descripción de cómo era el peculiar movimiento de las luces en el cielo. Dijo: «Era como si se cortejaran entre ellas». Y es una buena manera de exponerlo, ¡claro que sí! Como hemos visto en las filmaciones de los otros sucesos analizados, es como si las naves espaciales se movieran por turnos, siempre con esos desplazamientos ultraacelerados y frenando casi instantáneamente.

»La siguiente fotografía ha sido tomada desde el este, a una distancia de unos trescientos metros del accidente. Podemos ver en la diapositiva cómo la posición de las naves se ha modificado radicalmente. Pero no les diré más; mejor que sea quien tomó la fotografía el que lo haga. Adelante, señor Duvall.

De entre las primeras filas surgió un hombre rollizo de camisa a cuadros que se abrió paso hasta el escenario. Algunos de los fanáticos se levantaron de sus sillas para apartarse y dejarlo pasar. Una ola de aplausos se extendió por el salón. Banks se calzó el micrófono bajo el brazo y se sumó al aplauso. El señor Duvall hizo un esfuerzo para subir los dos peldaños del escenario sin aferrarse a nada.

Banks le acercó el micrófono.

El hombre habló con la cadencia de un participante de «Jeopardy».

—Mi nombre es Emery Gene Duvall.

—Señor Duvall, antes que nada, gracias por acompañarnos esta tarde.

Emery Gene Duvall asintió. Debajo de la camisa llevaba una camiseta con la inscripción: «Club Amigos de lo Desconocido». Emery Gene Duvall hubiera sido la pesadilla de un abogado defensor, el testigo que nadie quisiera sentar en el banquillo para prestar testimonio. Se movía constantemente, pasando el peso de una pierna a la otra, y lanzaba a Banks miradas de aprobación todo el tiempo. Dos o tres de sus amigos lo alentaron desde la platea, pero sólo consiguieron distraerlo.

—Cuéntenos dónde estaba la noche del 10 de abril de 1974, señor Duvall.

Emery Gene Duvall estiró el brazo para aferrar el micrófono pero Banks se lo impidió, apartándolo ligeramente.

—Con mi hermano Ronnie formamos parte del Club Amigos de lo Desconocido. —Se señaló el brazalete con orgullo—. Con él y nuestras esposas teníamos la costumbre de pasar la noche en la explanada, junto a la iglesia de Saint James. Íbamos en mi casa rodante y, bueno, preparábamos una buena comida, bebíamos unas cervezas y nos dedicábamos a explorar el cielo, ya sabe, con la esperanza de «verlos».

Abrió mucho los ojos al pronunciar la palabra «verlos».

—¿Durante cuánto tiempo lo hicieron?

—¿Qué? —preguntó Emery Gene Duvall.

Se escucharon algunas risas en el centro del auditorio.

—Lo que acaba de decir —aclaró Banks con tranquilidad—. ¿Cuántas veces acudió a ese sitio con la intención de ver una nave?

—Oh, muchas. Más de cinco años, todos los miércoles. Luego dejamos de hacerlo, usted sabe, llegaron los niños, primero los de Ronnie y después los nuestros, y ya no se pudo. Con los niños es más complicado. Verá..., queríamos ver más naves, o a uno de ellos, por qué no; desde niños nos ha fascinado todo lo relacionado con ellos, pero además nos lo pasábamos en grande durante los miércoles de observación; así los llamábamos Ronnie y yo: «miércoles de observación». Ronnie se instalaba en una tienda de campaña con su esposa, nosotros en la casa rodante y bueno, como le digo, nos lo pasábamos en grande.

—Así que usted se encontraba en la explanada, a trescientos metros del accidente la noche del 10 de abril.

—Sí, señor. Ronnie también estaba.

Señaló a su hermano. Ronnie levantó la mano pero nadie le prestó atención.

—¿Qué vieron?

Banks llevaba adelante un interrogatorio sencillo, pero aun así el hombre parecía más nervioso a cada momento. Las luces del auditorio, que parecían no surtir efecto alguno en el conferenciante, estaban derritiendo a Emery Gene Duvall como un cubo de hielo al sol.

—Vimos exactamente lo que usted explicó. Eran tres luces y se movían muy rápido. ¡No podíamos creerlo! Yo fui el que tomó la fotografía. Ronnie estaba ocupado con la...

—No se adelante, señor Duvall, ya llegaremos a ello.

Otra vez los ojos de Emery Gene Duvall se abrieron al máximo. Pasó el peso de una pierna a la otra por enésima vez.

—Ese día llovía torrencialmente —dijo Banks—, ¿por qué decidieron acudir de todos modos?

—Bueno, cuando salimos de casa no llovía, aunque los del servicio meteorológico lo habían anunciado. Pero es que esos tipos siempre se equivocan. Y cuando empezó a llover ya estábamos instalados, así que nos quedamos. Teníamos mi casa rodante. Además, durante los días de lluvia, a veces... nos lo pasábamos mejor. —Emery Gene Duvall se sonrojó.

Banks salió a su rescate.

—Pero había algo más, ¿no es cierto, señor Duvall?, una razón importante para acudir ese día.

—¡Claro! —El rostro del hombre se iluminó—. Teníamos la filmadora de Super-8. Queríamos comprarnos una, así que le pedimos prestado el equipo a un cliente de Ronnie, usted sabe, para probarlo y ver si nos servía. Era un poco costoso.

—¿O sea, que ese día disponían de un equipo de filmación?

—Sí.

Algunos aplausos desperdigados celebraron la afirmación.

—¿Lograron registrar las luces?

Emery Gene Duvall dudó un instante, luego se acercó al micrófono y respondió:

—Yo creo que sí.

Alguno de los especialistas dejó escapar un «Oh, por favor» que fue perfectamente captado por el micrófono del auditorio. Un fanático se puso de pie y se volvió con expresión amenazante; en la muñeca tenía el brazalete del Club Amigos de lo Desconocido.

—Caballeros, por favor —pidió Banks—. Señor Duvall, explíquese mejor, por favor.

—Bueno, teníamos la filmadora instalada debajo del toldo de mi casa rodante, montada en su tripié. Las cintas no son como las de ahora, que duran mucho, así que sólo íbamos a encenderla si veíamos algo, por supuesto. Entonces, de repente, la esposa de Ronnie, que tiene la vista de un lince, dijo que veía unas luces en el cielo, muy lejanas. Ronnie encendió la filmadora y comenzó a hacer tomas, pero no se veía nada. Llovía a cántaros... —Tragó saliva—. Entonces todos vimos las luces. Le pregunté a Ronnie si lo estaba registrando todo y me decía que sí. Estábamos entusiasmados.

—¿Dónde está esa cinta, señor Duvall?

Tras una pausa de dos segundos, Emery Gene Duvall bajó la cabeza y murmuró algo que nadie escuchó. Banks le acercó el micrófono todavía más.

—¿Cómo ha dicho?

—No lo sabemos —repitió Emery Gene Duvall—. Pasamos la noche de la tormenta en la explanada, en mi casa rodante. Cuando nos despertamos, nos dimos cuenta de que nos habían robado. La filmadora ya no estaba, ni la película, ni varios objetos de valor de mi esposa.

—O sea, que nunca llegaron a verla.

—No.

Banks hizo un gesto de asentimiento. Giró hasta quedar de frente a su público.

—La historia que tan amablemente nos ha narrado el señor Duvall no termina aquí. Cuando tomé conocimiento de estos hechos, hace ya cinco años, encargué a un muy buen amigo la búsqueda de esa película. Este buen amigo partió del supuesto de que los ladrones se deshicieron de la filmadora en alguna tienda de empeño sin prestar atención a la cinta que había en su interior; ciertamente mucho más valiosa que la filmadora en sí. En poco menos de un año, mi amigo dio con ella y logró seguir el rastro de la cinta. Me comunicó que creía poder recuperarla. Sin embargo, una lamentable tragedia personal se antepuso en la vida de mi amigo y nunca llegó a revelarme nada más de la película. Hoy está muerto.

Me resultó llamativa la delicadeza de Banks para referirse a Marvin French, al que ni siquiera llamó por su nombre durante la exposición. Me pregunté si Banks sabría que French no volvió a hablarle de la película porque en ese momento estaba en poder de su abogado, junto con otras tres cintas más, una de las cuales era la prueba de que su hijo adoptivo era un asesino.

Durante este tramo de la conferencia recuerdo haber experimentado una sensación muy particular. La cámara hizo un primer plano del rostro de Banks, acercándose lentamente hasta que sus ojos fueron tan grandes como pelotas de tenis. Eran penetrantes, pero eso no era una novedad. Lo que sentí mientras el inglés se preguntaba por el destino de la película de los hermanos Duvall, fue que me hacía esa pregunta a mí, que de alguna manera sabía que esa cinta había estado en nuestro poder y ahora vencía la barrera temporal e incluso su propia muerte y, finalmente, formulaba la bendita pregunta.

¿Dónde está la película, Sam?

Emery Gene Duvall seguía de pie, ahora más nervioso que durante su testimonio. Se advertía en su rostro el terror a haber sido olvidado en el escenario, debatiéndose entre regresar a su lugar en ese momento o esperar a que lo liberaran. El cámara del evento se recreó con dos o tres primeros planos del desdichado Duvall.

—Gracias, señor Duvall. Ha sido muy amable —le dijo Banks por fin.

En el rostro de Emery Gene Duvall se dibujó, por primera vez esa noche, una sonrisa ancha de dientes torcidos. Para un miembro del Club Amigos de lo Desconocido, participar en una conferencia con el mítico Banks debía de ser todo un acontecimiento.

—La razón por la que le he pedido al señor Duvall que nos cuente su experiencia —dijo Banks— es porque creo estar muy cerca de esa cinta y, cuando la tenga en mi poder, no dudaré en mostrársela al mundo. Entonces no habrá ninguna duda de lo que sucedió ese día en el kilómetro treinta y tres de la carretera 16.

El auditorio aplaudió efusivamente.

Banks se dio la vuelta un instante. Cuando encaró otra vez el público, tenía en sus manos el tubito con la muestra de sangre.

—Mientras tanto —dijo—, la única prueba de lo ocurrido esa lluviosa noche de abril, además de las fotografías y los testimonios, está en mis manos en este momento. Y apuesto a que ustedes quieren saber los resultados, ¿verdad?

El grupo de los fanáticos reaccionó de inmediato coreando el nombre de Banks una y otra vez. El clima festivo se apoderó del salón de conferencias de la biblioteca, y esta vez Banks no lo interrumpió con sus ademanes delicados sino que lo dejó crecer, sosteniendo el tubito con el líquido rojo como un talismán poderoso. Hasta algunos de los especialistas se plegaron al entusiasmo.

—En unos minutos lo sabrán —dijo devolviendo el tubito a su lugar.

La expectativa no podía ser mayor.

En la pantalla apareció proyectada una nueva diapositiva.

Reconocí de inmediato el lugar del accidente. Era de día y podía verse parte del puente sobre el río Chamberlain en primer plano. El fotógrafo, posiblemente Banks, había tomado la fotografía desde el paso peatonal del puente.

—El Pinto de Christina Jackson cayó en esta hondonada que vemos aquí, junto a estos árboles. La policía demarcó un perímetro bastante amplio, desde aquí, hasta aquí, con el bosque a un lado y la carretera 16 en el otro.

Banks marcó la zona con el puntero.

—No extendieron la zona hasta el río, a pesar de que más tarde la explicación dada por la policía fue que la mujer salió despedida por el parabrisas delantero y arrastrada por las aguas del Chamberlain. —Observó al público como si aquélla fuera la explicación más inverosímil de todas—. Muchos me han preguntado a lo largo de los años cómo fue posible que, apenas dos días después del accidente, cuando el área todavía estaba bajo vigilancia policial y ni siquiera habían quitado el coche, pude acercarme para tomar la muestra. La respuesta es simple: la muestra no estaba dentro de ese perímetro. De hecho, estaba bastante alejada.

»Cuando llegué al sitio del accidente todavía había bastante revuelo. Entre los presentes estaba Liam Sorensson, que intentaba hablar con la policía para contar su visión de las tres misteriosas luces en el cielo. Le presté atención de inmediato. Y entonces me pregunté, en función de lo que sabía en ese momento, ¿dónde se habría puesto un extraterrestre?

Banks, que siempre me había recordado vagamente al viejo Obi-Wan Kenobi, apuntó a la audiencia con el puntero, moviéndolo hacia uno y otro lado como si se tratara de su sable láser. Bbbzzzing Bbzing.

—Ya hemos hablado de la capacidad del Aenar para mover objetos con la mente —dijo con voz trémula—, y la sobreexigencia de las pruebas telequinéticas provoca hemorragias, de la misma manera que el esfuerzo físico extremo provoca desgarros o quebraduras. Así que al día siguiente del accidente de Christina Jackson fui al paso del puente del río Chamberlain y busqué señales de sangre. Sabía que era una posibilidad en un millón, que las lluvias torrenciales podían haber lavado toda evidencia, o que esa noche podía haber habido allí más de un individuo. En fin, las posibilidades eran múltiples, cada una más desalentadora que la siguiente. Tampoco sabemos hasta dónde llegan exactamente las capacidades mentales de estos seres. El cuerpo de Christina Jackson podía ser el equivalente humano de una mota de polvo.

En la pantalla apareció la última diapositiva de esa noche: un acercamiento de los tablones de madera de la plataforma del puente. Además de los restos de lodo entre las juntas, había una serie de manchas oscuras y redondas.

—Tuve suerte. Tomé esa fotografía antes de recolectar las muestras. Las guardé todo este tiempo. Apenas unos trocitos de madera ínfimos con manchas oscuras que podían ser cualquier cosa. Nunca les presté demasiada atención ni les di un carácter concluyente. El avance de nuestros conocimientos no permitía hacer nada hace diez años, ni siquiera un análisis de sangre convencional. Hemos necesitado una década de avances para poder analizar lo que pudo ser la hemorragia de un ser de otro planeta.

Volvió a tomar el tubito.

—¿Alguien tiene una pregunta antes de conocer los resultados?

Una mano se levantó en el centro del salón. Una decena de rostros se volvieron hacia el especialista que iba a demorar el momento tan esperado.

—Señor Banks, ¿es cierto que en el coche había un bebé y que el gobierno lo ha ocultado?

—Eso es un disparate —dijo Banks, terminante—. Christina Jackson no tenía hijos, como consta en los archivos municipales.

Esbocé una sonrisa. Banks murió unos años después de mi partida de Carnival Falls, y ciertamente no había pensado mucho en él. Siempre pensé que sería algo doloroso, que agitaría recuerdos con los que me costaba batallar, pero no fue así; fue todo lo contrario, de hecho. Cuando el inglés respondió a la pregunta y negó categóricamente que Christina Jackson fuera madre, supongo que hice las paces con él.

No hubo más preguntas y Banks estaba listo para comunicar los resultados, de una vez por todas.

—Éste es el informe de los laboratorios suizos Rougemont, que se encuentran entre los más prestigiosos y de vanguardia en investigaciones genéticas —anunció mientras agarraba una delgada carpeta del atril—. El informe consta de más de treinta páginas. No las leeré todas, no se preocupen, aunque serán publicadas próximamente en la prestigiosa revista *UFO Today*, pero sí les leeré las conclusiones.

»"El análisis de la muestra ha arrojado que la secuencia de formato, o genoma, es ligeramente superior a la humana, con una extensión de unos veintisiete mil genes, contra los veinticinco mil de la nuestra, pero no sólo eso, sino que además se han hallado en ella moléculas de xantina, que sólo hemos visto en restos de meteoritos y que en consecuencia sólo se encuentran en el espacio exterior".

Tras un breve silencio, un moderado aplauso surgió de las profundidades del auditorio, contagiándose como una ola que finalmente rompió en las primeras filas, donde los fanáticos se miraban con rostros confundidos, sin saber exactamente si aquellas conclusiones eran a favor de la visita de extraterrestres a la Tierra o no. Banks devolvió la carpeta al atril y, acercando el micrófono a sus labios, pronunció la siguiente frase:

—No sólo hemos probado su existencia, sino que sabemos que están aquí, entre nosotros.

14

Que Banks estableciese —a su modo— la presencia de extraterrestres en Carnival Falls a partir del accidente de mi madre, y que la ciudad entera se hiciera eco de eso, no me cambió la vida. Era más de lo mismo. Cada tanto, alguien aseguraba haber visto una luz en el cielo, o a su tatarabuelo muerto flotando en la chimenea, o reponían *E.T.* en el Rialto, o cualquier cosa relacionada con extraterrestres, y era suficiente para que los detractores y los defensores a ultranza se alinearan y esgrimieran sus respectivas argumentaciones. Pero los bandos no se desarmaban. Los que pensaban que Banks era un delirante que no había podido superar la desaparición de su esposa, seguían diciéndolo, y los que estaban convencidos de que una civilización del espacio exterior tenía un interés especial por Carnival Falls, una ciudad de veinte mil habitantes en el centro de Nueva Inglaterra, mantenían su opinión. El artículo, como tantos otros sucesos a lo largo de los años, actuó como un poco de gasolina para avivar un fuego que podía eventualmente perder su poder, pero que nunca se extinguiría por completo.

Billy siguió creyendo que todo era una mentira. Hasta era posible, especuló, que ese supuesto laboratorio suizo tan prestigioso se hubiera burlado del inglés, quitándole una tajada grande de su fortuna a cambio de decirle lo que él quería oír.

Esa tarde en que leímos el artículo extrañamos a Miranda. Nos había acompañado casi todos los días de ese verano y su ausencia dejó un vacío grande.

Cuando llegué a la granja fui directo al granero a

guardar mi bicicleta. En el trayecto me crucé con Tweety primero y Milli después. Me dio la sensación de que ambos apresuraron el paso para no hablar conmigo, lo cual relacioné de inmediato con el artículo del periódico; pero no dejó de asombrarme. En el granero, mientras arrimaba mi bicicleta a las otras, alguien se me acercó por detrás. Había dejado el gran portón de madera entreabierto y no era mucha la luz que se filtraba en el interior. Una sombra gris se anticipó a la mano que se posó sobre mi hombro.

Me sobresalté.

—¿Te asusté?

—Mierda, Mathilda, casi me matas del susto.

—Lo siento.

—Está bien. ¿Qué haces aquí?

—Pensaba.

—¿A oscuras?

—Eso parece.

Yo no tenía más que hacer allí, pero Mathilda no se apartó. Desde el episodio con Orson había creído advertir un cambio en su actitud. Ya no buscaba rivalizar conmigo todo el tiempo.

—Oye, Sam, quería preguntarte algo.

—Dime.

—Con lo del libro y todo eso. ¿En algún momento creíste que yo estaba detrás?

La pregunta me pescó por sorpresa. No sabía hasta qué punto convenía sincerarse con ella.

—Digamos que no estabas en el fondo de mi lista de sospechosos —dije con una sonrisa.

Entonces Mathilda hizo algo que me desconcertó completamente. Estiró su brazo y me apretó suavemente el hombro.

—Supongo que me lo había ganado —dijo.

No quise bajar la guardia del todo. Si Mathilda estaba dispuesta a cambiar su actitud hacia mí, perfecto, pero necesitaría algo más que una mano sobre mi hombro para convencerme.

—No importa, Mathilda, ya pasó...

—Gracias. Oye, Amanda y Randall quieren hablar contigo —me dijo en tono de confidencia—. Nos han pedido que cuando llegues salgamos de la casa. Quieren decirte algo importante.

No vi regocijo en su rostro.

—Oh..., en ese caso será mejor que vaya —dije frunciendo el ceño—. Gracias por el aviso.

—De nada. —Dio media vuelta y salió por el portón.

¿Ha estado esperándome?

Cuando me dirigí a la casa no tenía dudas de que algo sucedía, porque volví a encontrarme con las mismas miradas de desconcierto en los rostros de todos. Al entrar vi a Amanda y a Randall en la mesa de la sala, sentados uno junto al otro de cara a la puerta. ¿Cuánto tiempo llevarían en esa posición, esperando a que yo franqueara el umbral?

—Hola, Sam —me saludó Amanda cuando todavía no había cerrado la puerta—. Siéntate, por favor.

Vi el periódico sobre la mesa e inmediatamente entendí de qué se trataba todo aquello. No había nadie más en la sala o en la cocina.

Elegí la silla justo frente a Amanda. Sabía que sería ella la que tendría la palabra.

—Has leído el periódico de hoy, ¿verdad, Sam? —preguntó Amanda sin rodeos.

Randall se había quitado el sombrero y aguardaba en silencio.

—Sí.

—Ese hombre está mal de la cabeza —sentenció Amanda. No había resentimiento en sus palabras, sino pena—. Y no es el único, me temo; más de uno en esta ciudad ha perdido un tornillo. No queremos que te sientas mal por todas estas estupideces que se dicen.

—No le doy importancia.

Amanda tomó el periódico y se volvió hacia Randall.

—Este periódico solía ser prestigioso, ¿recuerdas? Deberían ser más cuidadosos con lo que publican.

Randall cerró los ojos y asintió con suavidad.

—No se preocupen por mí —intervine—. No me afecta, de verdad.

Amanda no parecía convencida. Era especialista en detectar cuándo le decían lo que ella quería oír.

—Lo de Orson ha sido muy reciente —dijo con verdadero pesar—. Es lógico que te sientas... vulnerable.

—Sólo queremos que sepas que estamos aquí para lo que necesites —dijo Randall.

—Se los agradezco.

—Si alguien te dice algo inapropiado, se te acerca en la calle o en cualquier parte —dijo Amanda—, acude a nosotros primero, por favor.

—Sé que el señor Banks es un lunático —dije—. Todo lo que dice son inventos.

—Bien —dijo Amanda—. Es todo lo que teníamos que decirte.

—¿Puedo retirarme?

—Sí.

Me bajé de la silla de un salto y caminé hasta la puerta en silencio. Antes de salir volví a echarle un vistazo a los Carroll.

No se habían movido.

15

La puerta de la calle estaba abierta, como de costumbre. Encontré a Joseph sentado a la mesa del comedor. Los restos del almuerzo todavía estaban tibios.

Collette llegó desde las habitaciones en ese momento. Se terminó de colocar un arete justo antes de abrazarme.

—¡Hola, Sam! —dijo mientras me plantaba un beso en la mejilla.

Joseph suavizó su rostro cuando advirtió aquella muestra de cariño. Ya sabíamos que si Collette me llamaba por mi nombre y me abrazaba, el proceso de aceptación se aceleraba.

—Hola, Collette —dije mientras ella terminaba de estrujarme. Rodeé la mesa y besé a Joseph en la mejilla. Él no se movió, siguió sentado con las manos a los costados, observándolo todo con esa mirada escrutadora y tranquila que lo caracterizaba.

—Qué bien que has llegado temprano, Sam —comentó Collette mientras se colocaba el otro arete—. Casualmente le comentaba a Joseph que vendrías a leerle un poco mientras yo voy a reunirme con las chicas.

—¿Las chicas? —preguntó Joseph. Era gracioso cuando utilizaba ese tono entre curioso y despreocupado para sonsacar información.

—Oh, las de siempre, cariño. Becca, Libby, Alicia. —El último nombre tuvo que gritarlo desde la escalera porque otra vez se marchaba a su habitación.

Joseph me miraba.

—No me gusta nada Becca —dijo, bajando el tono de

voz—. Es torpe. Una vez me derramó una copa de vino encima.

—¿De veras? Dios mío. —Conocía la anécdota de memoria. Había tenido lugar dos décadas atrás y era una de las preferidas de Joseph en la categoría chicas.

Joseph asintió apesadumbrado. Sacó sus manos de debajo de la mesa e hizo un gesto como si sopesara el aire alrededor, encogiéndose de hombros.

Collette habló desde el descanso de la escalera, ya de regreso:

—Me han llamado para reunirse una hora antes —decía mientras sus pasos ya repicaban en el último tramo de la escalera—. Por eso voy a contrarreloj.

Cruzó el comedor como una exhalación. Una estela de perfume la siguió.

—Yo recogeré la mesa, Collette, no te preocupes.

—Gracias, Sam. Eres un encanto.

Joseph se puso de pie de inmediato y me ayudó a llevar los platos al fregadero. En menos de tres minutos, la mesa estaba limpia. Collette se quejó porque no podía encontrar el libro que comentaría con sus amigas en el club de lectura, pero finalmente lo encontró.

—Estaba en el porche trasero —dijo cuando me interceptó en el comedor. Le lanzó una mirada a Joseph y en un tono más bajo agregó—: Me pregunto cómo habrá ido a parar allí.

Ahogué una risita.

Collette estaba impecable, como siempre. Se había retocado el maquillaje y su cabello era una espesa aureola castaño oscuro. Se inclinó ligeramente para despedirse de mí con un beso, pero su semblante cambió de repente.

—¿Tú cómo estás?

—Yo, muy bien. ¿Lo dices por el periódico?

—Me dio tanta rabia que lo quemé —dijo Collette, negando con la cabeza—. Amanda me dijo que hablaría contigo.

—Sí, ya lo ha hecho. Gracias por preguntar.

—Cuídate, Sam.

Volvió a abrazarme y a besarme. Me limpió el lápiz labial de la mejilla con el dedo pulgar.

—Adiós, Joseph —dijo mientras tomaba su bolsa y se la colgaba al hombro.

—Adiós, querida —respondió él.

—¡Diviértanse! —fue lo último que dijo Collette antes de cerrar la puerta tras de sí.

16

—¿Quieres conocer un secreto, Sam? —fue lo primero que me dijo Joseph cuando nos quedamos a solas.

—¡Claro!

Me senté en una de las sillas y lo observé con interés.

—Collette tiene una habitación secreta —dijo con seriedad.

—¿De verdad? ¿Dónde?

—En esta misma casa, por supuesto.

Ya había probado otras veces con decirle que no creía que eso fuera posible, o incluso revelar lo que había dentro de la habitación de las cajas de música, pero ninguna de esas cosas era tan efectiva como seguirle el juego. De este modo lograba ganarme su confianza mucho más rápido.

—No puedo creerlo. ¿En qué parte de la casa?

—En la segunda planta, junto a nuestra habitación.

Entrecerré los ojos.

—No comprendo... ¿Cómo es que es secreta?

—Verás, durante mis años de abogado monté allí un despacho para trabajar en casa en mis ratos libres. Jamás cerraba la puerta. Ahora que soy jubilado, el cuarto le pertenece a Collette.

—Pero... ¿está cerrado con llave?

—No lo sé, no he intentado abrirlo todavía. No quiero que ella piense que soy un entrometido.

—Entiendo.

—¿Quieres que vayamos a averiguar qué esconde mi esposa? —dijo con picardía.

Fingí pensarlo.

—Mejor hagamos una cosa —sugerí—. Vamos un rato al porche trasero como le hemos dicho a Collette que haríamos. Puedo leerle algunas historias de Jack London. Después podemos subir y echar un vistazo a esa habitación secreta.

Ahora fue su turno de meditar la respuesta.

—Me gusta mucho Jack London.

—¡A mí también!

—Acepto —dijo, poniéndose de pie.

Fuimos juntos hasta la biblioteca de la sala y tras una mínima disertación escogimos una recopilación de relatos. Una vez en el porche trasero ocupamos nuestros lugares habituales, de cara al jardín.

—¿Podemos empezar por uno en particular? —pidió Joseph.

—Desde luego, ¿cuál?

—*To build a fire* —dijo Joseph con determinación.

El libro casi se abría solo en aquel relato. Comencé a leer.

Me encontraba en el nudo de la historia cuando capté un movimiento de Joseph con el rabillo del ojo. Aparté la vista del libro y descubrí en su rostro una expresión conocida, la que se apoderaba de él cuando intentaba desentrañar algún misterio cotidiano sin que el resto lo advirtiera. Seguí la dirección de su mirada hasta el extremo del porche. De pie junto a la esquina de la casa estaba Miranda. Sostenía su bicicleta rosa y nos observaba con ojos asustados. Vestía un pantalón corto blanco, sandalias y una camiseta con Penélope Glamour. Verla allí fue tan inesperado que durante unos cuantos segundos no pude reaccionar. Había venido a verme, por supuesto, pero para llegar a casa de los Meyer debió de ir primero a la granja, preguntar por mí y averiguar la dirección. Tenía que haber un motivo importante para pasar por todo eso cuando por la tarde podría haberme encontrado en el claro, con Billy. Además, pensé en mi eterna pausa de reflexión, no habíamos oído el timbre. Miranda había rodeado la casa para encontrarnos.

—¡Hola, Miranda! —la saludé.

Ella no se movió. Parecía una aparición.

Al cabo de un instante levantó la mano en señal de saludo.

—¿Por qué no se acerca? —preguntó Joseph en voz baja.

—Miranda es mi amiga —respondí. Tenía tan incorporado el revelarle información al señor Meyer que apenas reparé en que no había respondido realmente a su pregunta.

—Sam, necesito hablar contigo —dijo Miranda todavía sin moverse.

—Podemos hablar aquí, con Joseph —respondí.

Ella sabía de la condición del señor Meyer pero no parecía convencida. Lo pensó unos segundos y luego apoyó la bicicleta en uno de los postes de la galería. Recorrió los seis o siete metros con la vista puesta en la punta de sus sandalias.

—Perdón que interrumpa la lectura, señor Meyer —dijo Miranda ahora mirándolo a los ojos—. Mi nombre es Miranda Matheson.

El semblante de Joseph cambió ligeramente al escuchar el apellido.

—Pues no tienes por qué disculparte —dijo Joseph con su vocecilla musical—. Será un placer que nos acompañes.

Miranda me observó, todavía con cierto desconcierto. Aproveché que Joseph no me miraba para hacerle un gesto de que aceptara sin problemas.

—Está bien —dijo.

—¡Perfecto! —Me puse de pie y acerqué otra silla. La coloqué de manera que Miranda estuviera de espaldas al jardín, así podríamos hablar viéndonos las caras. La ocupó dándome las gracias.

En una hora, a Joseph empezaría a darle sueño; mientras tanto, sería una agradable compañía. Nunca se lo había dicho a nadie, pero en ocasiones hablaba con Joseph de mis cosas; era un excelente oyente, perspicaz a la hora de hacer una observación y sabio para mantener la boca cerrada en los momentos claves. Y, por supuesto, que en cuestión de horas lo olvidara todo facilitaba las cosas.

—¿Qué ha sucedido? —pregunté—. Billy y yo estábamos preocupados. Hace una semana que no sabemos nada de ti.

Desde el día del descubrimiento de la galería, Miranda no iba al claro.

Mi amiga no parecía muy decidida a hablar.

—Miranda... —dijo Joseph sorpresivamente—, tú tienes que ser la hija de Preston, ¿verdad?

Nada como una pregunta sencilla para empezar a soltarse. A veces me olvidaba que aquel hombrecito de bigotito refinado había sido un experimentado abogado.

—Sí. ¿Usted lo conoce?

—¡Por supuesto! —Joseph dejó escapar una risita—. Todo el mundo conoce a tu padre, el hijo del gran Alexander Matheson.

El rostro de Miranda se iluminó al escuchar el nombre de su abuelo, del que tan poco sabía.

—¿Usted conoció a mi abuelo? —se maravilló.

Joseph hizo un gesto con la mano e infló las mejillas para dejar escapar el aire sonoramente.

—¡Claro! Esta ciudad le debe mucho a Alexander. Cuando él se instaló aquí, Carnival Falls era un caserío como tantos otros que había por esta zona. Su visión para los negocios dio trabajo a mucha gente y atrajo inversión. Una vez que empezamos a crecer, el efecto ha sido exponencial, ¿saben lo que significa «exponencial»?

—Cada vez mayor —respondió Miranda.

—Exacto. —Sonrió—. Veo que eres inteligente, como él. Tu abuelo, querida, fue un adelantado a su época. Vi-

vió siempre diez años por delante de nosotros. Cuando hacía algo, no faltaba quien dijera que había perdido la cabeza o que se estaba metiendo en un negocio sin futuro. Siempre tuvo razón. Tuve la oportunidad de conversar con él dos o tres veces, en reuniones de amigos en común. Era un hombre para escucharlo y aprender.

—Yo no lo conocí —dijo Miranda. El interés por Alexander la distrajo de su preocupación, lo cual agradecí.

—¿No llegaste a conocerlo?

—No.

Joseph frunció el ceño.

—Tu abuelo era un gran hombre. A veces un poco orgulloso, según me han dicho, pero no hay que creer todas las habladurías que circulan en esta ciudad. —Esbozó una amplia sonrisa.

—Hábleme de él, señor Meyer.

Joseph se alisó el bigote una y otra vez, recordando...

—Una vez tuve un cliente en el bufete que había sido empleado suyo —dijo Joseph con ojos soñadores—. Se llamaba Charlie Choi y acudió a mí por una demanda que le había puesto un vecino. Una tontería que se resolvió con una llamada telefónica. En agradecimiento me invitó a cenar y nos hicimos amigos. Dicho sea de paso, Sam, Charlie se casó con Becca...

—¿La chica derrama-vino?

Joseph lanzó una carcajada interminable. Miranda lo miró con atención, dejándose contagiar un poco por la alegría de nuestro interlocutor.

—Esa misma —dijo Joseph cuando la risa menguó—. Charlie empezó como obrero en Fadep, una de las empresas de Matheson. Llegó a ser director de planta. Alexander, según decía, era un obsesivo del control: sabía el nombre de casi todos sus empleados (y estamos hablando de más de quinientos), los procesos de fabricación, detalles mínimos de la contabilidad de sus empresas. En las reuniones de dirección, sus subordinados temblaban.

Alexander no era de esos dueños que sólo exigen resultados. A él le gustaba estar empapado de todo y podía interesarse por detalles ínfimos, de modo que todo el mundo debía estar preparado.

Miranda seguía el relato con sumo interés. No creo que la parte empresarial de su abuelo fuera la que más le interesaba de todas, pero al menos era algo.

—Mi padre discutió con mi abuelo por alguna razón —dijo Miranda—, o eso es lo que yo creo. Nunca me cuenta nada. Me gusta oírlo a usted hablar de él, señor Meyer.

Por un momento tuve la descabellada sensación de que Miranda había ido a buscar a Joseph y no a mí.

—Me alegra poder ser útil —dijo Joseph—. La anécdota de mi amigo Charlie Choi de cómo conoció a tu abuelo te dará una idea muy clara del tipo de persona que era.

—¡Me encantará oírlo! —Miranda ya no era la misma chica triste que había llegado hacía un rato.

—Charlie se desempeñaba como operario de una de las máquinas de la empresa, una mezcladora de materiales o algo por el estilo. La habían importado de Alemania y era totalmente automática. Charlie me dijo que una sola persona desde el panel de control podía hacer el trabajo de una docena de hombres. Un especialista vino para impartir un curso de cómo debía utilizarse. Aparentemente, la máquina era una verdadera maravilla tecnológica y ser uno de los dos operarios certificados para operarla le ayudó a mi amigo a ganar un poco de prestigio.

»Cierto día, un hombre al que no conocía, pero que supuso sería un cliente, se detuvo a su lado y le pidió si podía observarlo mientras operaba la dichosa máquina. Él le dijo que sí. Durante la primera hora, el extraño no dijo nada; después empezó a hacer preguntas. Charlie estuvo a punto de pedirle que lo dejara en paz, quizá decirle que su trabajo no era hacer de guía turístico con los que visitaban la fábrica o algo por el estilo, pero al final no lo hizo. Además, las preguntas del hombre eran inteligentes. Al cabo de cuatro horas lo saludó y el tipo se marchó. Minutos después se acercó el capataz y le reveló la identidad del individuo. ¡Era tu abuelo! El mismísimo Alexander Matheson. Charlie no podía creerlo. Unas semanas después, Alexander regresó y operó la máquina él mismo. Lo hizo durante unos minutos con una presteza envidiable y jamás regresó.

—Debió de ser muy inteligente —dijo Miranda, asombrada.

Y entonces, el señor Meyer dijo algo que encendió una luz de alarma en mi cabeza.

—Ya lo creo. Un hombre de una gran avidez por conocer todo cuanto sucedía bajo su mando.

Observé a Miranda para ver si ella había pensado lo mismo que yo, pero por lo visto no fue así, porque seguía embelesada con el señor Meyer, pidiéndole con la mirada más historias de su abuelo. Yo, desde luego, pensaba en la galería secreta.

—Cuando construyó la casa de la calle Maple, yo era un niño —dijo Joseph—. Revolucionó a todo el mundo. En Carnival Falls no había mansiones; las personas con mucho dinero preferían marcharse a Massachusetts o Nueva York. La casa sería majestuosa, decían algunos, pero aquí siempre estaría fuera de lugar.

—Yo vivo en esa casa ahora —dijo Miranda.

—Claro. Supuse que sería así, querida. Y, como bien sabes, todos los que pensaron que era una mala idea, se equivocaron. Otra vez Alexander tuvo razón. Al poco tiempo, dos o tres familias ricas compraron sus parcelas y se instalaron en Redwood Drive. Los precios de los terrenos se fueron por las nubes. Nació una zona residencial sin igual. Otra vez, nuestra ciudad se diferenció del resto gracias a tu abuelo.

—¿Usted vio cómo construyeron la casa?

—Claro. Fue todo un acontecimiento. La calle Maple,

para que se den una idea, era de tierra. No había nada. Ninguna de las casas que hay ahora. Los niños agarrábamos nuestras bicicletas y nos pasábamos horas allí, viendo al personal descargar camiones enteros con materiales importados. El ingeniero que dirigió la construcción hablaba muy poco inglés, pero nos permitía quedarnos allí en lo que hoy son los jardines de la casa, jugando o andando en bicicleta.

Los ojos se le humedecieron.

—¿Qué edad tenía usted, señor Meyer?

—Unos ocho o nueve años. La construcción necesitó casi dos años de trabajo, según creo recordar.

Joseph se recostó en su sillón con las manos en el regazo, una postura que yo conocía de sobra. Al cabo de un instante dijo:

—Me he ido por las ramas, perdóname. Tú ibas a decirnos algo, ¿verdad?

Una ráfaga de duda volvió a cruzar por el rostro de Miranda.

—Cuéntanos qué te ha sucedido —intervine.

—Esta semana ha sido un infierno —dijo Miranda. Parecía decidida a soltarlo todo—. Empezó el sábado, con la visita del señor Banks...

17

Los ojos de Joseph se abrieron de par en par al escuchar el nombre de Philip Banks; pero yo sabía que eso no significaba nada. Su rostro siempre adquiría esa expresión de sorpresa cuando alguien mencionaba a una persona que él reconocía.

Miranda estaba concentrada en mí:

—¿Recuerdas que mi padre dijo que vería a Banks el fin de semana, Sam?

Por supuesto que lo recordaba. Preston se lo había mencionado por teléfono a su interlocutor misterioso, el día que lo espiamos desde la galería.

Asentí.

—Vino el sábado por la tarde —dijo Miranda—. Estábamos en la sala con mi madre, mirando la televisión, cuando el hombre se acercó a saludarnos. Mi padre no pareció muy complacido, porque interrumpió a mi madre en plena conversación y le pidió a Banks que lo siguiera a su despacho. Estuvieron allí una media hora, más o menos.

—¿Sabes de qué hablaron? —pregunté.

Miranda entendió de inmediato que me refería a si los había espiado desde la galería.

—No. Me fui al invernadero. Desde allí vi a Banks cuando se marchaba, por eso sé que su encuentro fue breve. Durante la cena, mi padre parecía feliz, más comunicativo conmigo que de costumbre y más conversador con mi madre, algo extraño. Cuando ella le preguntó qué le sucedía, él le dijo que había recibido buenas noticias de la oficina.

Joseph oía el relato de Miranda con interés, pero seguía recostado contra el respaldo, con las manos en el regazo, y esa sonrisa tan característica. No volvería a intervenir.

Pensé en los resultados que Banks había anunciado en su conferencia. *No sólo hemos probado su existencia, sino que sabemos que están aquí, entre nosotros.* Me pregunté si Banks le habría anticipado a Preston esos resultados.

—Lo peor empezó el domingo —dijo Miranda—. A mi padre..., bueno, a veces a él... le gusta beber un poco más de la cuenta.

Miranda pronunció cada palabra con esfuerzo. La revelación me sorprendió.

—Qué pena —fue lo único que se me ocurrió.

Conocía de primera mano historias de borrachos, sabía de qué podía ser capaz un hombre con alcohol en las venas. Tenía bien presente la historia de Tweety, y cómo su padre adoptivo había reventado a patadas a su esposa. Temí por Miranda. Ella debió de advertirlo porque de inmediato dijo:

—Oh, no, Sam, no pienses mal. Mi padre sería incapaz de hacerme daño. Normalmente bebe solo, en su despacho, o frente al televisor, hasta quedarse dormido. Así ha sido desde que me acuerdo. Pero esta semana ha sucedido algo más.

—¿Qué?

Mientras hablaba observé cómo los ojos de Joseph se cerraban por primera vez, un pestañeo rápido, como el aleteo de una mariposa.

—Mis padres han discutido fuerte —continuó Miranda—. No es la primera vez, pero esta semana ha sido peor que nunca. En parte por la bebida, supongo.

—¿Dejó de estar de buen humor?

—Eso fue el sábado. El domingo, ellos estaban en la sala del segundo piso. Escuché los gritos desde mi habitación. Nunca se han preocupado por que yo oiga las discusiones, es... casi como si no existiera.

Se detuvo.

—Lo siento.

—No te preocupes, Sam. Ya me he acostumbrado a las peleas, eso no es problema. En Montreal eran casi siempre por las mismas cosas. Mi madre le echaba en cara a mi padre que no pasaba suficiente tiempo con ella, lo acusaba de tener romances con otras mujeres, que no le importaba su familia, que por su culpa vivíamos aislados de todos y cosas así. Mi madre tiene un carácter muy fuerte, no se calla las cosas.

Miranda sólo hizo hincapié en las argumentaciones de Sara; no fui capaz de imaginar qué diría Preston presa del alcohol.

—El motivo de la discusión era nuevo esta vez —siguió Miranda—. Mi padre quería que volviéramos a Montreal. Cuando escuché los gritos fui hasta el pasillo y pude escucharlo todo. Él estaba fuera de sí, decía que odiaba la ciudad, que odiaba la casa, que haber venido aquí era el peor error que había cometido y teníamos que volver de inmediato. Ella le decía que estaba loco, que nos había arrastrado a Carnival Falls y ahora quería sacarnos sin pensar en nada. Le preguntó si había dejado a alguna de sus...

Observó a Joseph, que había cerrado los ojos un momento. El sueño lo estaba venciendo.

—Miranda... —dije. No quería que perdiera el hilo o el valor para contarme aquello.

Ella prosiguió:

—Le preguntó si había dejado a alguna de sus prostitutas en Canadá —terminó Miranda con voluntad de acero—. Voy a contártelo todo, Sam. No dejaré nada. Para eso he venido.

Deshizo el nudo de dedos en su regazo y colocó las manos sobre sus rodillas. Aproveché para apoyar mi mano un momento sobre la suya.

—No es la primera vez que mi madre lo acusa de tener otras mujeres, pero esta vez la discusión cambió. Él no lo negó, ni le dijo que eran imaginaciones suyas. Le dijo que si necesitaba otras mujeres, era porque ella era... una inútil en la cama. Ésas fueron sus palabras exactas. La llamó frígida y ella se enfureció aún más.

—¿Qué es eso? —pregunté.

—No lo sé —contestó Miranda—. Un insulto, supongo.

Joseph había abierto los ojos de par en par al escuchar el final de la conversación. Abrió la boca para decirle algo a Miranda, y allí estaba..., la expresión de desconcierto se apoderó de su rostro. Casi seguro había olvidado el nombre de Miranda, y probablemente también el mío. Pensé en acompañarlo a su habitación para que durmiera la siesta, pero no podía interrumpir a Miranda en semejante punto de su relato.

—Entonces, las cosas se descontrolaron —dijo Miranda con terror en los ojos, probablemente recreando los gritos en su cabeza—. Nunca los había oído decirse tantas cosas horribles. Mi madre le dijo que si ella era una inútil en la cama era porque él estaba siempre borracho o se comportaba como un imbécil, que no sabía cómo tratar a las mujeres...

—No hace falta que me expliques eso, Miranda —le dije—. Seguro que se decían cosas que no sentían.

—Es la forma en que lo decían. Los gritos.

Joseph había vuelto a cerrar los ojos.

—Lo siento —repetí.

—Fui a mi cuarto a llorar. Me dormí hasta el día siguiente. Deseé que hubiera sido un sueño, pero el clima en la casa era insoportable. No se hablaron en todo el día. Elwald y Lucille estaban nerviosos. Adrianna ni siquiera salió de su habitación. Apenas terminado el almuerzo, mi padre comenzó a beber. Me fui al invernadero con mi madre, que estaba ocupándose de sus plantas, y al cabo de un par de horas llegó mi padre. Empezaron a discutir de nuevo, esta vez conmigo allí presente. Él derribó algunas plantas de una patada y me marché. Ninguno de los dos se dio cuenta.

Comencé a sospechar cuál sería el desenlace de la historia, la razón por la que Miranda se había puesto tan mal. Preston Matheson haría prevalecer su determinación, por supuesto. Tarde o temprano se saldría con la suya. Por más carácter que tuviera Sara, me costaba imaginarla sosteniendo la situación en la casa por mucho tiempo; tarde o temprano cedería. Y Miranda tendría que regresar a Canadá.

—¿Tendrás que regresar? —Las palabras se me escaparon.

—No lo sé.

Nos quedamos en silencio.

¿Esperaba que Miranda agregara algo más? ¿Que no quería marcharse y que prefería quedarse en Carnival Falls con Billy y conmigo?

—Tú quieres irte, ¿verdad? Piensas que será lo mejor...

—¡No! —Pareció verdaderamente sorprendida por mi pregunta—. Claro que no. Me gusta vivir aquí.

—Me alegra. A mí también me gustaría que te quedaras. Y a Billy también.

—Gracias, Sam. Déjame que te cuente el resto.

Me pareció entrever cierto brillo en sus ojos. Quizá me equivocaba y el desenlace no era el que yo suponía.

—Nada cambió durante el resto de la semana, salvo que Adrianna le dijo a mi madre que regresará a Montreal, que tiene un novio que la espera... allí. Yo nunca supe de ese novio. Todavía no me he atrevido a preguntarle si en realidad se marcha por cómo están las cosas en la casa, pero es lo que sospecho.

—Será mejor que acompañe a Joseph hasta su habitación —me disculpé.

Miranda parecía haber olvidado al señor Meyer. Cuando se volvió y vio que el anciano tenía los ojos cerrados y el mentón contra el pecho, asintió.

—Todavía falta lo más importante —me dijo con seriedad.

Mientras sacudía suavemente el antebrazo de Joseph, le pedí a Miranda que me llamara por mi nombre, que me dijera cualquier cosa.

El señor Meyer abrió los ojos y nos observó, desconcertado.

—Hoy tienes el pelo muy bonito, Sam —comentó Miranda.

Esbocé una sonrisa tímida. El señor Meyer escuchó mi nombre y eso le brindó cierta seguridad.

—Es hora de su siesta, señor Meyer —dije—. Vamos, lo acompañaré a su habitación.

—Mi siesta, claro —dijo, poniéndose de pie—. Puedo ir solo, Sam, no te preocupes.

Joseph caminó hasta la puerta y entró a la cocina.

—¿De veras puede ir solo? —me preguntó Miranda en voz baja.

—Oh, claro que sí. Pero en cuanto suba, me aseguraré de que vaya directo a su habitación. Si se entretiene en el camino y se salta la siesta, después su mente empieza a fallar a cada momento.

Le dije a Miranda que regresaría en un segundo. Entré en la casa y subí a la segunda planta. Me asomé por el pasillo justo en el momento en que Joseph cerraba la puerta de su habitación.

Cuando regresé al porche encontré a Miranda en la silla del señor Meyer, de cara al jardín trasero. Aunque la había dejado sola menos de un minuto, tenía la mirada perdida.

—Si mi madre viera este jardín, le daría un infarto —me dijo cuando me senté a su lado.

—A Collette le gustan las plantas en estado salvaje —expliqué—. Con el tiempo te acostumbras.

—Ese enano es tétrico.

—Se llama Sebastian.

—¿Tiene nombre? ¡Qué horror!

—Billy piensa lo mismo.

Guardamos silencio. La mención de Billy supongo que nos hizo pensar en él.

—Antes me dijiste que faltaba lo más importante.

Miranda seguía con la vista puesta en el jardín.

—Sam...

—¿Sí?

—Necesito que me prometas que no te reirás de mí —dijo sin mirarme—. Ni que pensarás que estoy loca.

—Miranda, nunca pensaría eso.

Me miró. No me gustó en absoluto su expresión, una mezcla de incertidumbre y terror. Con voz firme, dijo:

—El domingo vi a uno de «ellos».

Arqueé las cejas al instante.

—¿Uno de quiénes?

—Ellos... —dijo Miranda. Alzó un dedo señalando al cielo.

Guardé silencio. Lo primero que pensé es que se trataba de una broma; pero Miranda seguía seria.

—¿Ellos?

—Los hombres diamante.

18

En algún momento de la agitada semana vivida en la mansión de los Matheson debía de haber sucedido algo grave, porque de otro modo Miranda no podía pensar que realmente había tenido un encuentro con..., ¿cómo los había llamado? ¿Los hombres diamante? Me dolió romper la promesa que acababa de hacerle; si bien no me reí ni me burlé, lo cierto es que sí pensé que estaba desvariando, quizá por el estrés y la presión a que la sometían sus padres con sus peleas. Miranda debió de advertir algo en mi rostro, una sombra de duda, porque tras abrir la boca para hablar, volvió a cerrarla sin decirme nada. Me observó con ojos profundos. Tan fuerte fue la conexión que por un instante temí por mis sentimientos secretos.

—Me tomaste por sorpresa —dije a la defensiva.

—No te preocupes, yo también pondría esa cara.

Miranda volvió a escrutar el jardín de Collette. La imité, pensando que sería una buena idea no mirarnos mientras ella hablaba.

—Sucedió el sábado por la tarde —dijo mientras apoyaba las piernas en la silla y se abrazaba las rodillas.

El sábado por la tarde, pensé, habíamos estado esperándola con Billy en el bosque. Mi amigo y yo habíamos leído el artículo en el *Carnival News* acerca de la conferencia de Banks. Había sido la tarde del encuentro con Mark Petrie.

—Estaba en mi habitación... —dijo Miranda y, como si acabara de recordarlo, agregó—: ¡He tapado los rostros de piedra, como me sugirieron!

—Eso está muy bien.

—Los cubrí con unas coronas navideñas.

No conocía la habitación de Miranda, pero me pregunté si una corona colocada exactamente a la altura de los ojos de los rostros de piedra no llamaría demasiado la atención.

—Estaba recostada en mi cama, pero me sentía menos angustiada. Ese día almorzamos en paz y todavía no había estallado ninguna pelea. Mi padre parecía de mejor humor, aunque se había encerrado en su despacho y puede que estuviera bebiendo. Pensé que podría salir de casa, ir al bosque con ustedes. Me senté al borde de la cama, decidida, y entonces sucedió algo muy extraño. Escuché una voz en mi cabeza.

—¿Una voz?

—Me dijo que no era al bosque donde debía ir. Sólo que no me lo dijo específicamente. Fue como si pensara en ese lugar.

Y entonces supe que se refería a la galería. Simplemente lo supe. Me resultó bastante espeluznante.

—¿La galería?

—Sí. Sé que les prometí no volver allí, y jamás se me hubiera ocurrido regresar sola, pero no podía hacer otra cosa. Tenía que hacerlo.

Asentí en silencio.

—Me costó bastante trabajo mover el baúl que colocamos frente a la biblioteca, pero lo conseguí. Y cuando empujé la placa, supe que algo era diferente allí abajo. Había luz. Llevaba mi linterna, pero no fue necesario encenderla; la dejé junto a la escalerilla. Me asomé a la galería con mucho miedo. Me siento una tonta; nadie me obligaba a estar allí; estaba temblando. Y entonces lo vi, más o menos en el medio de la galería...

—¿El hombre diamante?

—Bueno, yo lo he bautizado así; fue lo primero que pensé. Tenía nuestra estatura y despedía mucha luz. Te digo, Sam, era tan potente como un reflector; parecía como esas bolas de espejos, que reflejan rayos en todas direcciones, sólo que no eran espejos, sino puntos..., como diamantes.

Toda la ciudad había estado hablando de extraterrestres esos días. Me pregunté si eso no habría influido en Miranda de este modo tan particular.

—¿Pudiste ver sus facciones? Perdona que haga tantas preguntas pero es que...

—No te preocupes. No, no pude ver su cara. No tenía. Era como si fuera una masa de diamantes con forma de hombre pequeño, emitiendo esa luz en todas direcciones. Sé que suena descabellado. ¿Crees que me he vuelto loca?

—No —respondí de inmediato—. Por favor, deja de decir eso. Si eso es lo que viste, te creo. ¿Te dijo algo o se quedó allí de pie?

—Durante unos segundos no hizo nada. Después extendió un brazo y me dijo que me acercara. Sólo que me lo dijo con el pensamiento. Y tampoco utilizó su voz, sino la mía. Fue como si yo pensara: «Él quiere que me acerque».

»Caminé despacio por la galería iluminada. Cuando estaba a dos o tres metros, el hombre diamante comenzó a retroceder, manteniendo la distancia. De repente se detuvo. Volvió a levantar el brazo y esta vez no necesitó hablar en mi cabeza para decirme lo que quería. Me señalaba la placa de madera del despacho de mi padre.

El relato de Miranda iba tomando para mí verosimilitud asombrosa. Aunque había visitado la galería en penumbras, mi mente se ocupó de imaginarla iluminada, con sus muros de piedra y el techo sostenido por vigas de madera.

—Me acerqué a la placa de madera, sin darme cuenta de que la luz podría filtrarse por los ojos de los rostros de piedra y alertar a mi padre. Pero entonces el hombre diamante se apagó y la galería quedó en completa oscuridad. No tenía la linterna, pero no me pareció importante ir por ella y averiguar si el hombre diamante seguía allí o si realmente había desaparecido. No creas que no he pensado en cómo logró meterse allí y volver a mover el baúl desde dentro. Lo cierto es que de todas las preguntas que tenía en mi cabeza, ésa era una de las que menos me inquietaban.

—Lo que sucedió en el despacho de mi padre —continuó Miranda— fue parecido a lo de la otra vez, por lo menos al principio. Por un momento, me imaginé que ustedes estaban a mi lado, espiando conmigo. Mi padre había bebido. No estaba muy borracho, pero sí bastante. Eso fue diferente. Pero luego se abrió la puerta y entró Adrianna, cargando una bandeja con un té que apoyó en la esquina del escritorio. Él no iba a beberlo, ni siquiera lo miró. Entonces le dijo a Adrianna algo de lo más extraño.

Durante el encuentro anterior entre Preston Matheson y Adrianna, su coqueteo se había quedado en insinuaciones. Con unas copas de más las cosas bien podrían haberse ido de las manos. Mi mente intentaba dejar de lado que Miranda estaba allí por orden del hombre diamante, o lo que fuese ese tipo brillante. ¿Por qué querría que Miranda viera a su padre seduciendo a la sirvienta? Entonces, por primera vez, concebí una posibilidad que hasta el momento me había negado a reconocer y que, sin embargo, era la más lógica de todas. Y era que Miranda tenía que haber imaginado todo aquello. Había sido un sueño, o un delirio, y ella no lo sabía, por supuesto. Me dolió desconfiar de sus palabras, porque sabía que no me mentía, pero... ¿sujetos brillantes del espacio exterior que disfrutan haciendo sufrir a chicas de doce años?

—¿Qué le dijo tu padre a Adrianna? —pregunté.

—Le dijo que ya no tenían de qué preocuparse, que podían hacer lo que quisieran.

Advirtiendo el inusitado desconcierto en el rostro de Miranda, pregunté con cautela:

—¿Tienes idea de a qué se refería?

—Ninguna. Mi padre nunca se ha relacionado mucho con Lucille, Elwald o Adrianna, aunque siempre han vivido cerca de nosotros. En Canadá también tenían una casa junto a la nuestra. Fue como si ellos dos, no sé..., tuvieran algún secreto.

—¿Un romance?

Era imposible seguir eludiendo una realidad tan evidente.

—¡No! —Miranda pareció ligeramente indignada—. Adrianna tiene un novio en Montreal.

La propia Miranda había dicho que no conocía la existencia de ese novio y ahora se aferraba a eso para negar la posibilidad de un amorío con su padre.

—Tienes razón. Tú los conoces mejor que nadie.

—Adrianna le dijo a mi padre que se marcharía, que lo tenía todo arreglado, y le preguntó qué pensábamos hacer nosotros. Él se puso de pie y caminó por el despacho, tambaleándose un poco. Lo he visto así otras veces. Levantó el vaso que tenía en la mano y dijo que todo se había arreglado, que el señor Banks lo había arreglado en su estúpida conferencia.

—Miranda, no hace falta que me cuentes esos detalles. Ha de ser doloroso para ti ver a tu padre así.

—Sí, lo es. Lo odio cuando está borracho. Es como si..., fuera otra persona. Un demonio.

No supe qué decir. Si Billy hubiera estado allí —y ciertamente lamentaba muchísimo su ausencia—, hubiera sido su turno de intervenir, porque yo no sabía qué más decirle a Miranda para consolarla. Paseé la vista por el jardín de Collette, por sus plantas salvajes, la lavadora olvidada entre la maleza y Sebastian, que parecía burlarse desde su rincón.

Miranda bajó las piernas de la silla y se incorporó. No me miró, pero me dio la sensación de que reunía valor para terminar con la historia.

—Pero no importa lo que piense de mi padre —dijo con decisión—. Tienes que saber lo que sucedió después, Sam, porque si no te lo digo..., entonces sí me volveré loca.

—Cuéntamelo —musité.

—Mi padre dejó el vaso sobre la mesa y tomó uno de sus puros. Lo encendió y le dio unas cuantas caladas. Adrianna observaba en silencio, como yo. El olor horrible de esas cosas llegó hasta la galería. Entonces, mi padre tomó algo del cajón. Cuando lo sostuvo en alto, me di cuenta de que era una fotografía de esas Polaroid. Estaba riendo y dijo...

Miranda parecía a punto de llorar. Me pregunté qué podía ser más inquietante que un encuentro con una bola de espejos extraterrestre con capacidades telepáticas.

—¿Qué es lo que dijo, Miranda? —la animé.

—Dijo que... esa fotografía era la prueba de dónde estaba Christina Jackson, y que iba a destruirla. Entonces la quemó con su puro.

El mundo giró vertiginosamente. Me aferré a la silla en un acto reflejo, como sucede con el carro de una montaña rusa cuando éste se mueve por primera vez. Escuchar el nombre de mi madre había sido absolutamente inesperado, suficiente para justificar mi reacción, pero ¿y lo demás? La prueba de dónde estaba —¿qué significaba eso?—, la fotografía, la llama consumiéndola. Pude verlo en mi cabeza: Preston Matheson acercando su puro a la fotografía hasta que una llama azulada la retorcía y la hacía desaparecer.

No podía concentrar mis pensamientos. Con el paradero de mi madre, Preston Matheson podía referirse a dos cosas, o bien que estaba viva, o a la localización de su cuerpo. Cualquiera de las dos alternativas era sobrecogedora, por supuesto, pero abrir la puerta a que pudiera estar viva, a que Banks pudiera haber estado en lo cierto...

—Sam, por favor, di algo.

Me volví en dirección a Miranda, que me observaba

con verdadero pánico en el rostro. Pese a sus esfuerzos por evitarlo, había derramado algunas lágrimas.

—¿Estás segura de que tu padre dijo «Christina Jackson»?

Miranda asintió en silencio, sin quitarme la vista de encima.

—Dios mío —musité.

—Tenía que decírtelo.

—Es que... no entiendo. ¿A qué se refería tu padre?

—Sam, hay un poco más. Sé que quizá es demasiado para ti, pero... será sólo un momento.

—Okey.

—Mi padre sostuvo la fotografía entre sus dedos mientras la llama la consumía —dijo Miranda—. Luego la lanzó a la chimenea para que terminara de quemarse. Adrianna se marchó casi de inmediato. Él permaneció solo un rato, terminando de beber el vaso de whisky y contemplando el teléfono. Estaba segura de que haría otra llamada, ya sabes, como la vez anterior, pero al cabo de unos minutos se levantó y salió del despacho. Cuando aparté los ojos de la mirilla, pensé que el hombre diamante estaría allí. Permanecí unos segundos de pie, a la espera de que apareciera, pero no lo hizo. Entonces regresé a tientas a donde estaba mi linterna. En esos metros de oscuridad entendí que el hombre diamante me había convocado en la galería para que viera lo que acababa de ver.

Miranda se levantó y volvió a ocupar la silla frente a la mía. Me aferró las dos manos y me miró a los ojos.

—El hombre diamante quería que viera la fotografía. Fui al despacho de mi padre de inmediato. Él no había regresado. Busqué en la chimenea, que lógicamente no estaba encendida, y allí estaba la fotografía. O, bueno, parte de ella.

—¿No se había quemado del todo? —pregunté.

—No.

Miranda se levantó un momento, retiró con delicadeza una de sus manos de entre las mías y se la llevó al bolsillo trasero de sus pantalones. Durante ese instante de espera no supe qué hacer. Fue eterno. Fijé la vista en el estampado de la camiseta de Miranda donde Penélope Glamour estaba de pie junto a su coche multicolor.

—Aquí está —dijo Miranda. Me extendía una media-luna de plástico con los bordes chamuscados.

La tomé y la contemplé largamente.

El fuego había consumido más de dos tercios de la imagen. Había sido tomada al aire libre, de eso no cabía duda. Se veía una franja vertical de césped, luego una línea de árboles muy lejanos y más arriba un cielo celeste. En el margen derecho, que era el afectado por el fuego, asomaba un triángulo diminuto de lo que parecía ser un trozo de tela ondulante. Esa insignificante forma gris era lo único que quedaba del sentido de aquella fotografía, salvo por una cosa, que atrajo mi atención de un modo magnético. Sobre el césped había una sombra. La quema-dura había consumido a la persona de aquella fotografía, pero no a su sombra: una estilizada silueta perfectamente distinguible. La sombra de una mujer.

—Fíjate por el otro lado —me dijo Miranda.

Di la vuelta a la fotografía.

En la parte de abajo, escrito en borroneadas letras azu-les, había un nombre: Helen. A continuación decía algo más, posiblemente un apellido, pero sólo era posible leer la primera letra con claridad, una P. La siguiente podía ser una R, pero era imposible decirlo con certeza.

El nombre no me dijo nada.

Repasé la fotografía con el dedo, y con la mente lo que Preston Matheson había dicho de ella: «La prueba de dón-de estaba Christina Jackson». La lógica indicaba que se refería al sitio donde estaba su cuerpo, lo sabía, mi madre tenía que estar muerta, porque, de lo contrario, ¿por qué me había abandonado? La prueba, si en efecto lo era y el padre de Miranda no había desvariado en su estado de ebriedad, podría conducirnos a un cementerio, un hospital donde encontrar un registro o incluso a una persona —Helen P.— que pudiera aportar información vital. Eso dictaba la lógica, claro. Pero por un segundo, mientras sostenía aquel trozo de fotografía parcialmente carbonizada, me permití mandar la lógica de paseo y escuchar al corazón, como le había escrito a Miranda en el poema que le había enviado mil años antes. Mi madre vivía, había sobrevivido al accidente y su nombre era Helen P. La razón por la que no había regresado conmigo era simple: los hombres diamante se lo habían ordenado a cambio de salvarle la vida. Con la lógica lejos, hasta era posible asumir que mi madre no recordara su pasado como Christina Jackson, su empleo de enfermera, el coche nuevo que compró con el crédito y, por supuesto, tampoco a mí. Viviría una vida diferente como Helen P., se habría casado, tendría otros hijos. Y Preston Matheson lo sabía.

—Sam, ¿estás bien?

Empezaba a razonar como Banks.

—Sí. ¿Puedo quedármela?

—Por supuesto.

Me guardé el trozo de fotografía en el bolsillo.

—Mira, Sam —dijo Miranda. Ahora que se había desahogado parecía más relajada—. Hablaré con mi padre y le preguntaré mañana mismo qué es lo que sabe. A pesar de lo que te he contado de la bebida y las discusiones, no es mala persona. No sé cómo haré para explicar que lo sé. Le diré que lo escuché desde detrás de la puerta, no sé. Siento que te lo de...

—No lo hagas —la interrumpí.

—¿No? ¿No quieres saberlo?

—No es eso. Me gustaría pensarlo un poco.

Miranda me estudió durante un segundo.

—Quizá sea bueno consultarle a Billy —sugirió.

—¿A ti no te molesta?

—Sé que no me creerá —dijo Miranda, bajando la

vista. Otra vez sus manos se enredaban—. Por eso preferí venir aquí y contártelo a ti, porque sabía que tú me creerías y porque..., bueno, se trata de tu madre, por supuesto.

—Billy te creerá —le aseguré, aunque no sabía hasta qué punto sería cierto—. Si quieres, puedo ir a su casa mañana y contárselo todo, para que no tengas que revivirlo de nuevo. Has sido muy valiente.

—Gracias. Me parece una buena idea. Pero... no quiero que se enoje. Hicimos un pacto: que llegaríamos al final de esto, los tres.

—Miranda, ese pacto no debe hacernos infelices...

—No podemos romperlo.

Una tibia sonrisa despuntó en sus labios.

19

Terminaba mis cereales cuando Billy entró en la cocina. Mi amigo tenía los ojos hinchados, el cabello enmarañado y el andar de un zombi; pasó a mi lado sin prestarme atención, como si fuese perfectamente normal encontrarme en la cocina de su casa, tomó un tazón de la alacena y se sentó. Se sirvió leche y cereales, en silencio, dedicando toda su atención a aquellas pequeñas acciones. Una cantidad exagerada de Corn Flakes aterrizó sobre la leche. Me señaló la cuchara, que yo ya no utilizaba, y se la tendí. Empezó a comer, masticando sonoramente.

—Hola, Sam.

—Pareces Morocco Topo.

—Gracias.

—¿Ya estás despierto?

—No.

Me dedicó una sonrisa.

—Me asusté cuando mi madre me despertó —dijo Billy—; pensé que estábamos en época de clases.

—No falta tanto.

—Faltan tres semanas; suficiente para mí. Y antes de que te eche en cara el susto, dime que has venido por algo importante.

—Es importante.

—¿Quieres que vayamos a otra parte?

—Tu madre me dijo que iría al mercado, creo que tenemos tiempo.

No podía esperar más. Llevaba la fotografía en el bolsillo y no veía la hora de enseñársela a Billy.

—Dispara, Jackson.

En diez minutos se lo había contado todo, sin saltarme ningún detalle. Billy no me interrumpió en ningún momento, pero su rostro se transformó a partir de la mención de los hombres diamante. De ahí en adelante siguió mi relato absorto.

—¿Tienes la fotografía? —El único vestigio del niño semidormido era el cabello revuelto. Billy estaba alerta.

—Claro.

Se la tendí y dejé que la estudiara un rato largo.

—¿Y?

—No tengo idea. La sombra es claramente la de una mujer. El cabello la delata.

Billy parecía más intrigado por el nombre en el reverso que por lo que revelaba la imagen chamuscada. La dejó sobre la mesa.

—Sam, en cuanto a ese... hombre diamante —dijo con una mueca en el rostro—. Ya sabes lo que pienso, ¿verdad?

—Que Miranda se lo imaginó.

Billy asintió.

—Es que... es ridículo. Si Miranda lo hubiera visto en el bosque, en la calle o en el jardín de su casa, no sé, tendría un poco más de sentido, pero ¿en esa galería? —Billy negó con la cabeza una y otra vez.

—¿Y si no estaba allí? —dije. La noche anterior apenas había dormido pensando en todas las posibilidades—. ¿Y si le hizo creer que estaba allí?

—En ese caso, Miranda estaba sola en la galería, lo cual se acerca más a lo que yo pienso que realmente sucedió.

—No le digas que no le crees, por favor.

—¡Claro que no se lo diré! Igualmente, no tiene importancia si creo que ese hombre diamante estuvo allí o no. Miranda se lo inventó para justificar espiar a su padre. Lo importante es lo que vio y escuchó desde la galería.

Billy volvió a tomar la fotografía.

—Es una casualidad muy grande —apunté.

—Puede ser. Pero por lo que vimos el otro día, el señor Matheson está bastante pendiente de Banks, su conferencia y todo lo demás. Ha de haberse ocupado del tema más de una vez durante estos días.

Le señalé la fotografía. Era el momento de la verdad.

—¿Qué crees?

—Sam, no voy a mentirte, pero ahora estoy verdaderamente preocupado. Esto es real. Esta fotografía está relacionada con tu madre de alguna manera. El nombre, Helen P., tiene que tener algún significado. Y Preston Matheson no sólo lo sabe, sino que le preocupa tanto que se ha trasladado con su familia a Carnival Falls.

—¿Crees que es uno de esos cazadores de extraterrestres? —pregunté. El insomnio había traído consigo algunas ideas espeluznantes.

—Sinceramente, no sé qué papel desempeña Preston Matheson en esta historia, o qué sabe del accidente de tu madre. Quizá equivocamos su relación con Banks desde el inicio.

No entendí por qué Billy había dicho esto, pero preferí dejarlo pasar. Él siempre me aventajaba en sus razonamientos.

—¿Qué vamos a hacer? Miranda me dijo que puede intentar hablar con su padre.

—No. Él lo negará todo. —Billy habló con convencimiento. Apareció en sus ojos el brillo que yo tanto ansiaba—. Perderemos la ventaja que hoy tenemos.

—¿Qué ventaja?

—La de estar al tanto sin que él lo sepa, por supuesto.

Saltó de su silla y comenzó a caminar por la cocina, como lo hacía en el claro cuando tramaba alguno de sus planes.

—Si pudiéramos saber cuándo fue tomada la fotografía —pensó en voz alta—, podríamos descartar algunas posibilidades. Me gustaría saber también con quién ha estado hablando Preston Matheson.

—¿Cómo?

No pareció escucharme. Siguió con su andar reflexivo.

—Ya sé lo que haremos —anunció al cabo de unos minutos.

20

Nos reunimos con Miranda en la puerta de servicio. El muro nos protegía, nadie podía vernos desde la mansión.

—Aquí tienes —dijo Billy, tendiéndole el sobre con cierta solemnidad.

Miranda lo tomó. Tenía el nombre de Preston Matheson mecanografiado en el centro. Billy había utilizado la máquina de escribir de su padre.

—Es una Underwood más común que los resfriados. Además, utilicé una cinta vieja que ya hice desaparecer.

Miranda abrió el sobre y extrajo la hoja de papel que estaba doblada dentro. No habíamos discutido con ella la frase exacta y yo insistí para que la leyera, aunque Billy seguía pensando que no era una buena idea.

Desplegó la hoja.

SÉ LO DE CHRISTINA JACKSON
LA VERDAD SALDRÁ A LA LUZ

—¿Estás segura de que quieres seguir adelante, Miranda? —pregunté.

—Sí, por supuesto.

Habíamos discutido el plan el día anterior; Billy tenía razón en que las posibilidades de que nos descubrieran eran mínimas. Miranda le entregaría el sobre a su padre diciéndole que lo había encontrado en el buzón. Si Billy estaba en lo cierto, Preston Matheson se sentiría amenazado e intentaría contactar con su interlocutor secreto, con el que había hablado por teléfono el día que lo espiamos. Y entonces se presentaban dos escenarios posibles: que intentara hablar con su contacto por teléfono, o que fuera a verlo directamente, si es que vivía en Carnival Falls. Para las dos posibilidades estaríamos preparados. Miranda, después de entregar el sobre, se apostaría en la galería para escuchar una posible conversación en el despacho. Billy y yo aguardaríamos en la esquina de la casa, a la espera de la salida del Mercedes. Entonces lo seguiríamos en nuestras bicicletas. Si no salía de la zona urbana, no tendríamos problemas.

—No es necesario que regreses a la galería si no quieres —le dije a Miranda, que jugaba con el sobre entre los dedos—. Puedo ir yo en tu lugar.

—No te preocupes —me tranquilizó—. Será mejor así. Ustedes conocen la ciudad y se pueden separar para seguir el coche si es necesario. Además, tendría que hacerte entrar a hurtadillas y ahora en la casa están todos atentos. No te preocupes, estaré bien.

Billy bajó ligeramente la vista cuando nuestra amiga pronunciaba estas palabras. En ningún momento habíamos hablado del hombre diamante y su llamada telepática.

—No olvides cerrar el sobre —apuntó Billy.

Miranda lamió la solapa y lo cerró.

—Listo.

Billy le dio las últimas indicaciones.

—Si tu padre te pregunta, tú no has visto a nadie. Nada de nada. Has ido a la tienda de Donovan a comprar unos dulces y al regresar encontraste el sobre. Nada más.

—Entendido.

Nos despedimos. Billy y yo habíamos dejado nuestras bicicletas a una cuadra de distancia. Rodeamos el muro de piedra y esperamos en una esquina. Al cabo de unos minutos vimos a Miranda salir de la casa y dirigirse a pie a la tienda de Donovan. Si su padre efectivamente le hacía preguntas, sería mejor tener algunos dulces encima y el testimonio del empleado para corroborar su versión.

Aunque Miranda nos aseguró que su padre jamás sospecharía de ella, Billy no quería dejar nada al azar. Nos jugábamos el pellejo. Miranda también sabía que si alguien nos veía o alguno de los sirvientes merodeaba por la zona, la interceptaríamos para abortar el plan. Como no fue el caso, ella se acercó al buzón, simuló tomar el sobre y entró en su casa.

Me recosté contra el muro de piedra. Ya no había marcha atrás, pensé con horror. Estábamos a punto de amenazar a uno de los hombres más influyentes de Carnival Falls.

21

El plan se torció desde el principio. Preston Matheson salió demasiado pronto de la casa, menos de quince minutos después de que Miranda entrara para entregarle el sobre con la amenaza. En ese tiempo difícilmente podría haber hecho una llamada telefónica —salvo una muy breve—. Pero ése no fue el verdadero problema, aunque es cierto que nos tomó un poco por sorpresa. El problema fue que salió a pie y no en su Mercedes.

Caminaba hecho una exhalación hacia Redwood Drive, alejándose de nosotros, lo cual hizo que abortar el plan no fuera estrictamente necesario. Me quedé en blanco. Billy entendió que si Preston salía a pie, era porque se dirigía a un sitio próximo, y adivinar adónde no fue demasiado difícil. Giró su bicicleta y se puso en marcha. Me gritó que lo siguiera mientras ya se alejaba pedaleando a toda velocidad, rodeando el muro de los Matheson en sentido contrario al de la puerta principal. A medio camino comprendí lo que hacíamos. Preston Matheson iba a casa de Banks, y por lo que habíamos visto por su paso, no precisamente para compartir el té de la tarde. Sabíamos que Banks no era su interlocutor secreto porque Preston lo había mencionado durante su conversación telefónica, pero la posibilidad de que fuera a visitarlo se nos había escapado por completo. En ese momento, el millonario podía estar pensando que su vecino estaba detrás del anónimo que acababa de recibir. Nada bueno podía salir de aquello.

Llegamos a Redwood Drive justo a tiempo para ver a Preston cruzar la calle, a una cuadra de distancia. Acercarnos más era demasiado arriesgado. Billy me dijo que, una vez que entrara, podríamos acortar la distancia, pero eso no ocurrió. Vimos aparecer a Banks detrás de la reja de su casa. Los dos hombres hablaron allí, reja de por medio, durante menos de cinco minutos. Preston estaba claramente exaltado, agitando los brazos mientras hablaba, aunque no gritaba. Banks lo escuchó con parsimonia, después dijo algo que pareció descolocar a Preston y desapareció de nuestra vista. El padre de Miranda permaneció un instante más de pie en el portal de Banks y emprendió el regreso.

Volvimos a rodear el muro en nuestras bicicletas, esta vez con un poco más de calma, especulando acerca de la conversación que los dos hombres acababan de mantener. Cuando llegamos a la esquina donde habíamos estado antes, nos asomamos, por mera precaución, porque sabíamos que nuestro magistral plan había muerto incluso antes de nacer. Pero entonces escuchamos el rugido de un motor y unos segundos después el Mercedes negro salió a toda velocidad, rebotó ligeramente contra el asfalto y giró acelerando por Maple.

Nos miramos. El corto pero intenso paseo había mermado nuestras energías.

Billy tomó la iniciativa y se lanzó a perseguir el coche, de pie en los pedales para lograr la máxima aceleración. Lo seguí, lo más cerca que pude, viendo cómo su bicicleta se balanceaba hacia uno y otro lado. El Mercedes nos llevaba más de ciento cincuenta metros y la distancia iba en aumento. Maple era una calle poco transitada y sin semáforos; el primero lo encontraríamos en la intersección con Maine, medio kilómetro más adelante.

Logré alcanzar a Billy con el corazón a punto de estallarme. Mi Optimus emitía media docena de quejidos, algunos breves y estridentes, como el del asiento rebotando bajo mi peso, otros prolongados y siseantes, como el del disco de los pedales al rozar con la cadena. Mis frenos funcionaban pésimamente, con lo cual transitar por Maple a semejante velocidad era prácticamente un suicidio. Antes de llegar a Main vimos el Mercedes detenido a la espera de la luz verde. Dejamos de pedalear, acercándonos poco a poco. Lo peor había pasado. Preston Matheson doblaría a la derecha y se internaría en las calles más transitadas de la ciudad, donde sería mucho más sencillo seguirlo. Con un poco de tráfico y algunos semáforos salvadores no habría problemas.

Pero entonces ocurrió lo inesperado. Cuando el semáforo le dio paso, siguió recto por Maple en vez de doblar. La maniobra nos tomó tan desprevenidos que durante varios segundos ni Billy ni yo atinamos a volver a pedalear. La calle Maple se extendía otro medio kilómetro más y dejaba de existir en un cruce.

El cruce con la carretera 16.

Si Preston tomaba esa carretera estaríamos perdidos. Bastaría una milésima de segundo para que el Mercedes se convirtiera en un punto negro inalcanzable para nuestras bicicletas. Le dije a Billy que lo dejáramos estar, que sería imposible seguirlo, pero él ya estaba nuevamente en marcha. Esta vez me costó horrores ordenarle a mis piernas que hicieran el máximo esfuerzo. Si Preston Matheson tomaba la carretera 16 en dirección norte, llegaría al sitio del accidente de mi madre —lo cual no me pasó desapercibido en ese momento—. Hacia el sur estaba la zona industrial, donde también había moteles y gasolineras, y que abrazaba media ciudad como un camino de circunvalación.

Billy ya se había alejado más de treinta metros, así que tuve que gritarle que lo dejara, pero no me hizo caso, siguió pedaleando con furia. El Mercedes estaba mucho más adelante, pero la topografía del terreno nos permitía verlo, reducido al tamaño de un juguete. Cuando todavía faltaban unos trescientos metros para el cruce, mi corazón dijo basta y me fue imposible seguir a ese ritmo desenfrenado. Dejé que los pedales se apoderaran de mis pies mientras respiraba agitadamente por la boca. Recorrí unos metros perdiendo velocidad y viendo a Billy alejarse. El Mercedes casi había llegado a la intersección. Billy había conseguido no reducir la velocidad pero todavía estaba unos ciento cincuenta metros por detrás del coche. En breve se rendiría; él sabía tan bien como yo que sus posibilidades en la carretera 16 serían nulas.

Tras un instante de indecisión, Preston Matheson cogió la carretera 16 en dirección sur. Sentí alivio. Dondequiera que se dirigiera, no era al lugar del accidente.

Entonces, Billy hizo lo impensado. Cuando llegó a la intersección, giró también hacia el sur y desapareció.

Tenía que regresar de un momento a otro. Lo esperé en el acotamiento.

Pasaron diez minutos y empecé a preocuparme.

Pedaleé hasta la intersección a poca velocidad, sabiendo que si no veía el Mercedes estacionado en las inmediaciones, no tendría sentido aventurarme más allá. Cuando llegué, no vi rastro del coche ni de la bicicleta. En la carretera 16, la velocidad máxima permitida era de ochenta kilómetros por hora. Preston bien podría haberla superado motivado por nuestra bonita misiva. ¿En qué pensaba Billy para lanzarse a seguirlo?

Decidí regresar a casa de Miranda, que habíamos acordado sería el punto de reunión cuando todo aquello terminara, ciertamente no de este modo.

Toqué el timbre y esperé. Alguien desde dentro me dejó pasar activando el interfón. Miranda se reunió conmigo a mitad del camino de entrada. Me miraba con preocupación. El plan era que Billy y yo regresáramos juntos; cualquier variación significaba que algo había salido mal.

—No te preocupes —le dije mientras le palmeaba suavemente el hombro—. Sólo lo perdimos de vista. Billy decidió seguir. No pude detenerlo.

—Dios mío.

—Ven, vamos más allá. —La conduje por el inmenso jardín.

Fuimos andando hacia una de las fuentes. El ángel de piedra sobre el pedestal central vertía agua desde un cuenco. Dejé mi bicicleta en el césped y nos sentamos en el borde.

—Tu padre no tomó Main como suponíamos —expliqué—. Siguió de largo.

—¿Ha salido de la ciudad?

—Es muy probable.

—¿Y Billy fue tras él?

—Así parece.

Tres cuartos de hora después, el portón de hierro de la mansión se abrió y el Mercedes avanzó lentamente. Vimos cómo Preston se apeaba y entraba a la casa, ya sin el apremio de antes. Nos miramos un instante y sin decir nada nos encaminamos a la entrada. Billy debería llegar de un momento a otro, si acaso había conseguido seguirlo. Decidimos esperarlo en la calle.

Pasaron más de veinte minutos y empecé a intranquilizarme.

—Ya debería estar aquí —comenté.

El sol no se había ocultado pero lo haría pronto.

—Ha pasado casi una hora y media desde que salieron —dijo Miranda—. Quizá Billy se detuvo a reponer energías o prefirió venir más despacio.

—Tienes razón.

La calle Maple, cada vez menos transitada y poblada de sombras alargadas, me inquietaba. Me imaginé en el umbral de la casa de Billy, ante la señora Pompeo, explicándole la ausencia de su hijo.

Me sentía fatal.

Unos minutos después, la mano de Miranda me aferró el antebrazo y me sacudió.

Billy avanzaba por Maple. Pedaleaba con la cadencia cansina de alguien extenuado, pero estaba de regreso y eso era lo importante.

Cuando llegó, lo abracé con todas mis fuerzas.

—¡Billy! —exclamé, descargando mi preocupación contenida.

—¿Qué? —Estaba agotado. Respiraba agitadamente y las piernas apenas parecían sostenerlo.

Miranda se ofreció a llevar su bicicleta mientras nos acercábamos a la casa.

—¿Ya está aquí? —preguntó Billy cuando vio el Mercedes estacionado.

—Sí, qué esperabas, ¿rebasarlo?

Billy me dedicó una sonrisa cansada.

—¿Pudiste seguirlo? —preguntó Miranda.

—No —dijo Billy—, cuando dobló por la carretera 16 se me fue de la vista y lo perdí.

—¡Maldición, Billy! ¿Por qué no regresaste?

—Pensé que podría estar por esa zona y decidí echar un vistazo.

—O sea, que lo perdiste cinco minutos después de separarte de mí. —Negué con la cabeza—. Y pasaste más de una hora buscando una aguja en un pajar.

—Eso parece.

Habíamos llegado al Mercedes. Miranda nos invitó a entrar; dijo que podríamos ir al invernadero un rato y descansar antes de irnos. Eran más de las cinco de la tarde y ninguno de nosotros podía regresar a casa más allá de las seis.

—Mi bicicleta está en la fuente —dije con intención de ir a buscarla.

Comencé a caminar en aquella dirección, pero Miranda me dijo que podía dejar mi bicicleta donde estaba, que luego iríamos por ella. Billy había aprovechado la pausa para tomar aire. Seguía extenuado. Advertí cómo se acercaba al coche, lo cual me llamó la atención. Fue a la parte de atrás y se inclinó cerca de la rueda trasera. Algo le había llamado la atención.

De repente se irguió.

—¡Ya sé dónde ha ido! —exclamó.

—¿Dónde? —preguntó Miranda.

Billy no respondió inmediatamente. Meditaba.
No me gustó nada lo que vi en su rostro.

22

En el dibujo de las llantas del Mercedes, Billy encontró unas minúsculas piedras incrustadas. Era una grava redondeada muy particular, nos explicó, que reconoció de inmediato del camino de acceso de la ferretería Burton, la empresa de su tío Patrick.

Fue así como de un modo inesperado nuestro plan nos llevó al misterioso interlocutor de Preston Matheson. La revelación nos dejó perplejos, especialmente a Billy, que intentó encontrar una explicación alternativa que en el fondo sabía no existía. Lo que no teníamos manera de saber era si el papel de Patrick en la historia era el de un amigo dispuesto a escuchar los problemas de su exsocio o si, por el contrario, podía tener una participación más activa, conocer la trascendencia de los resultados anunciados por Banks o —uno de los grandes interrogantes— saber quién era Helen P. Billy nos confió que su tío Patrick tenía una cámara Polaroid, y que la fotografía bien podía haber sido tomada con ella.

Especulamos acerca de todo esto en el jardín de Miranda. Una hora después del hallazgo de la grava en las llantas del Mercedes no habíamos sacado gran cosa en claro, salvo que nuestra intervención se estaba volviendo peligrosa. Preston estaría en ese momento devanándose los sesos para saber quién era el extorsionador anónimo, y posiblemente habíamos hecho que dos amigos se enfrentaran. Miranda sugirió que Billy hablara con su tío intentando averiguar qué sabía, pero tanto él como yo estuvimos de acuerdo en que sería imposible que no sospechara algo, sobre todo si no dejábamos pasar un tiempo prudencial; y por tiempo prudencial tendríamos que pensar en meses. Por otro lado, no encontrábamos una razón válida para que Billy pudiera hablar abiertamente con Patrick de la fotografía de Helen P.

Íbamos a irnos cuando Billy, tras una de sus caminatas circulares, dijo que quizá estábamos más cerca de lo que pensábamos de responder a una de las preguntas que más nos interesaban. Era cierto que estando implicados el padre de Miranda y el tío de Billy tendríamos que andar con cuidado, porque el más mínimo error nos pondría en evidencia. Pero podríamos averiguar el modelo de la cámara Polaroid de Patrick y constatar el año de fabricación. Si la fecha era posterior a la del accidente, sabríamos que la fotografía también lo era. Al principio, las implicaciones de esto no parecían tan trascendentales, pero si la fotografía había sido tomada años después, entonces la historia de mi madre no había terminado en el río Chamberlain.

23

—¿Y si tu tío no fue quien tomó la fotografía? —le pregunté a Billy.

Estábamos en una de las mesas de lectura de la biblioteca. El salón se encontraba casi vacío, no había nadie en diez metros a la redonda, pero Stormtrooper estaba apostado en el mostrador del frente a la espera de la menor oportunidad para lanzarnos una de sus miradas de mayordomo inglés y hacernos callar. No íbamos a darle el gusto.

—No digo que no sea posible —me susurró Billy—. Pero lo que yo pienso es que mi tío tomó esa fotografía para Preston cuando él estaba en Canadá. Por eso lo fue a ver cuando recibió la nota.

—¿Y Banks?

—Todavía no sé bien qué papel desempeña en todo esto, pero algo ha de saber también, por eso el señor Matheson quiso descartarlo primero.

—Pero...

—Sam, déjate de hacer preguntas y ayúdame a buscar.

Billy me pasó unas veinte revistas de la pila que tenía delante. Eran parte de la colección de una publicación llamada *Fotógrafo aficionado*. Los números estaban desordenados, así que no sabíamos exactamente qué años abarcaban, pero sí detectamos rápidamente un número de 1972, con lo cual supusimos que podríamos cubrir el período desde el accidente de mi madre en adelante. En cada revista había publicidades de distintos tipos de cámaras y accesorios. Polaroid no era la excepción.

En los primeros ejemplares, el corazón se nos paralizó

cada vez que descubrimos un anuncio de Polaroid, pero rápidamente comprendimos que todas las revistas tenían por lo menos uno y que la cantidad de modelos era casi infinita. La empresa había sacado uno nuevo cada mes, o casi, durante aquellos años. Algunos eran muy parecidos entre sí. Nosotros buscábamos la SUN 640, que Billy había comprobado en casa de su tío antes de reunirse conmigo en la biblioteca.

Teníamos unas doscientas revistas para revisar y queríamos marcharnos cuanto antes, de modo que, para desazón de Stormtrooper, nos dedicamos a hojearlas en completo silencio. Y al cabo de veinte minutos lo encontramos. En una esquina, un recuadro anunciaba en exclusiva la SUN 640, un modelo rígido color negro con flash incorporado y película tipo *pack* de carga en la base. Le di un codazo a Billy y le permití durante dos segundos que llegara a la misma conclusión que yo.

El accidente de mi madre había sido en 1974.

La cámara Polaroid SUN 640 había empezado a comercializarse en 1981.

Siete años después.

24

El martes 6 de agosto de 1985 fue uno de esos perfectos días de verano donde la temperatura no llega a los veinticinco grados. A sólo dos semanas de empezar las clases ya sentía esa nostalgia tan conocida, ahora mezclada con la íntima sensación de que ese verano en particular quedaría grabado en nuestra memoria para siempre. El octavo grado estaba a la vuelta de la esquina y era probable que cuando nos reuniéramos en el claro al siguiente año —si es que reunirnos en el claro seguía siendo una idea atractiva—, ya no quisiéramos jugar en la casa del árbol o ir de excursión al pantano de las mariposas. Estuve a punto de preguntarle a Billy si creía que debíamos llevarnos la caja de tesoros —todavía escondida en el tronco caído—, pero me contuve. Además, mi amigo estaba inquieto, caminando de un lado a otro y lanzando miradas desesperadas al sendero por el que Miranda debía llegar.

—No vendrá... —decía Billy.

—Sí vendrá —le respondía yo.

Y así pasamos la siguiente media hora, prácticamente sin hablar de nada más. Billy había trazado un plan, para variar; uno que, me prometió, nos daría todas las respuestas que necesitábamos: quién era Helen P., qué relación había tenido Preston con mi madre (tanto a Billy como a mí nos costaba hablar de mi madre en tiempo presente), qué había mostrado la fotografía tomada por Patrick. Todo.

Alguien se aproximaba por el sendero.

—¡Miranda! —dijo Billy con algo de indignación. Inmediatamente rectificó su actitud con una pregunta—: ¿Te ha sucedido algo?

—He ido con mi madre a comprar el material nuevo para la escuela —explicó mientras llevaba su bicicleta hasta el tronco y la apoyaba en él.

—Ahora que estamos los tres... —empezó Billy.

—Espera —lo interrumpí—. ¿Cómo van las cosas en tu casa, Miranda?

—La verdad, un poco mejor. Mis padres ya no discuten; incluso han mantenido algunas conversaciones breves. Es un avance.

—¿Adrianna ya se ha marchado? —indagué.

—Sí. —Miranda se sentó en el tronco caído—. Creo que ese anónimo le ha hecho bien a mi familia, por alguna razón.

Como siempre que se refería a temas privados, sus manos se movían inquietas en el regazo y conservaba la vista baja. Billy abrió la boca para decir algo pero lo detuve con un gesto. Me acerqué a Miranda y apoyé las manos en sus rodillas. Ese día llevaba unos pantalones cortos, de modo que el contacto fue directamente entre mis manos y su piel. Alzó la vista. Miranda había pasado por cosas horribles esa semana. Yo no podía quitarme de la cabeza que podía salir lastimada de todo aquello

—¿Has vuelto a verlo? —le pregunté sin mover las manos.

Ella inclinó ligeramente la espalda hacia atrás, sorprendida. Durante un instante, su mirada se desvió hacia Billy, que seguía detrás de mí, en silencio. No parecía decidida a hablar.

—Miranda —volví a intentarlo—, ¿has vuelto a ver al hombre diamante?

—Sí —dijo al fin.

Lentamente aparté mis manos de sus piernas.

—Cuéntanoslo, por favor.

Volví mi rostro para asegurarme de que Billy no hiciera ningún comentario. Iba a indicárselo con la mirada cuando él se me adelantó con un casi imperceptible gesto de asentimiento.

—Lo he visto dos veces en realidad —dijo Miranda—. La primera fue el viernes, después de que se fueron, el día que le entregué el sobre a mi padre.

Ya podía escuchar la voz de Billy en mi cabeza como si me hablara telepáticamente. Otra vez Miranda veía al hombre diamante el día que cargaba con la culpa de hacer algo indebido contra su padre. Primero había sido al espiarlo desde la galería, después al mentirle acerca del origen del sobre que ella misma le había entregado.

—¿Has vuelto a la galería? —pregunté, asumiendo que el encuentro con el extraterrestre había tenido lugar allí.

—¡No! —se apresuró a responder ella—. Odio ese sitio. Fue en el jardín de mi casa.

—¿En el jardín? —El tono de Billy fue más de sorpresa que de incredulidad.

—Después de cenar fui al invernadero —dijo Miranda—. Mi madre estaba allí, podando sus plantas y cantando, que es lo que hace cuando está sola. Me acerqué al cristal y lo vi, la luz que emitía era más fuerte que la de los faroles. Estaba parado junto al Mercedes.

—¿En qué parte? —preguntó Billy.

—¿Qué importancia tiene eso? —le espeté, creyendo que aquella pregunta lo único que buscaba era desacreditar el relato de Miranda.

—El Mercedes fue donde encontramos la grava que nos condujo a mi tío —se defendió Billy.

¡Era cierto!

Miranda tampoco había reparado en ello, al parecer, porque abrió bastante los ojos.

—Billy tiene razón, ahora que lo pienso, estaba junto a la parte de atrás del coche.

—¿Hizo... algo? —pregunté.

Miranda continuó:

—Lo observé un rato y entonces comenzó a caminar por el jardín, sólo que no caminaba, era como si flotara a ras del suelo. Fue hasta la fuente en la que tú y yo estuvimos esa tarde. Allí se detuvo. Había estado observándolo con tanta concentración que olvidé a mi madre, que en algún momento dejó de cantar y se acercó. Se paró a mi lado y me hizo un comentario. Sobre lo bonito que era el jardín de noche o algo así.

Se detuvo.

—Tu madre no podía verlo —dije.

Ella asintió.

—Me sentí una tonta. Mi madre estaba detrás de mí, peinándome el cabello con las manos mientras me hablaba del jardín, de sus plantas, no sé de qué, y allí estaba el hombre diamante, emitiendo una luz tan poderosa que yo tenía que cerrar un poco los ojos para no quedarme ciega.

—¿Esta vez no te dijo nada? —pregunté—. En tu cabeza, quiero decir.

—No. Cuando llevaba más de un minuto junto a la fuente, hizo una cosa extraña, creo que se burlaba de mí. Adoptó la pose del ángel sobre la fuente, ya saben, con las manos abiertas formando las alas y una de sus piernas doblada. Se quedó en esa posición unos segundos y desapareció. Durante un buen rato seguí viendo su silueta en la oscuridad, como cuando miras directamente a un foco y lo apagas.

No sabía qué decir. ¿Por qué Sara Matheson no podía ver al hombre diamante?

La voz de Billy me gritó la respuesta en mi cabeza:

¡Porque no había ningún hombre diamante!

—Antes dijiste que lo has visto otra vez...

—Sí, al día siguiente, en mi habitación —dijo Miranda con un cansancio en su voz que hizo que me arrepintiera de haberle preguntado—. Pero justo antes de dormirme. Quizá fue un sueño.

—Me alegra que nos lo hayas contado —dije.

Retrocedí tres pasos describiendo una curva. Ahora tenía a Billy a mi derecha y a Miranda a mi izquierda.

—A mí también me alegra —dijo Billy.

—Gracias, chicos.

Me senté en el tronco al lado de Miranda. Me incliné y le susurré al oído:

—Todo va a salir bien.

Entonces fue el turno de Billy de decirnos lo que había pensado. Aseguró que su plan nos permitiría averiguar la verdad de todo, y que el riesgo sería muy bajo. Billy sabía vender sus planes magistrales.

25

El plan de Billy era condenadamente bueno. Sin embargo, una vez que lo pusimos en práctica, cuando ya era demasiado tarde para volver atrás, tuve la certeza de que íbamos camino de una fatalidad. No había una luz al final de aquella locura, sino castigos inimaginables. Me hallaba en la galería secreta de la mansión de los Matheson, esperando. Durante los últimos veinte minutos no había intentado otra cosa que pensar en lo cerca que podíamos estar de hallar la última respuesta —la definitiva—, pero mis pensamientos se torcían una y otra vez hacia la oscuridad que me envolvía y empezaba a tener miedo.

A esas alturas, Billy ya habría dado el banderazo de salida. Su parte era la más delicada de todas, porque si corríamos algún riesgo, era en ese momento del plan. Mi amigo se presentaría en casa de Patrick con alguna excusa. Su tío tenía la costumbre de ausentarse una hora y media de la ferretería para almorzar y dormir una breve siesta. Exactamente a las dos de la tarde, Miranda llamaría por teléfono a la casa de Patrick y Billy se aseguraría de estar cerca del teléfono para responder. Esa llamada tendría como propósito confirmar que Preston Matheson ya se había encerrado en su despacho como hacía todas las tardes, pero Billy le transmitiría a Patrick un mensaje totalmente diferente. Le diría que había llamado un hombre que dijo ser Preston Matheson —aunque a él no le había parecido su voz en absoluto, agregaría—, que necesitaba verlo en su casa y que fuera allí de inmediato.

En mis manos tenía la linterna de Miranda, pero no

la encendí. Ni siquiera quería observar por la mirilla a Preston Matheson, que estaba a solas en el despacho desde hacía un rato. Lo había hecho al principio, pero en dos o tres ocasiones el hombre había alzado la cabeza sin razón aparente, apartando la vista de un vaso y una botella de whisky que parecían hechizarlo, y yo no podía dejar de pensar que en cualquier momento se fijaría en los rostros de piedra y me descubriría. Preferí dejarlo estar. Era mejor pensar que en ese momento Patrick ya habría recibido el falso recado de Preston y estaría en camino. Billy nos había asegurado que su tío jamás sospecharía de él, precisamente porque sería el propio Billy el que le advertiría de que la voz no le había parecido la del señor Matheson, sino la de un impostor. Ésa era la genialidad del plan, nos había explicado sin una gota de modestia. Cuando los hombres se encontraran y se dieran cuenta de que alguien los había engañado, Patrick recordaría el comentario de su sobrino y lo liberaría de toda sospecha.

En la soledad de la galería, pensé que si Billy actuaba con total naturalidad, no habría problemas. En aquella época no había identificación de llamadas ni registros en los recibos telefónicos, de manera que Patrick nunca podría demostrar la procedencia de esa llamada. A lo sumo todo moriría en una tibia duda.

El papel que tenía Miranda también era importante. Ella sería la encargada de recibir a Patrick en la casa y conducirlo al despacho. Si alguno de los sirvientes lo hacía en su lugar, seguro que consultaría a Preston antes de permitirle la entrada, lo cual podía echarlo todo a perder. Nadie en la mansión desconocía que el dueño de la casa había adquirido la preocupante costumbre de beber por las tardes en soledad.

Una vez que Preston y Patrick estuvieran solos, Miranda se encargaría de montar guardia en las proximidades del despacho e impedir que alguien entrara. Si era uno de los sirvientes, podía decirle que creía que su padre y el señor Burton discutían, y eso sería suficiente. En el caso de su madre tendría que inventar algo más original.

De un momento a otro, la puerta del despacho se abriría. Deseaba con toda el alma que la espera terminara, aunque temía lo que podía venir. Empezaba a tener la sensación de que había transcurrido demasiado tiempo, que algo había salido mal, pero en el fondo sabía que era mi ansiedad la que estiraba los minutos. Mejor pensar que de un momento a otro...

Aparecerá el hombre diamante.

... llegaría Patrick.

El hombre diamante.

Allí lo había visto Miranda por primera vez, estirando su brazo y señalando la placa de madera que ocultaba la mirilla. Me había hecho en mi cabeza una representación bastante precisa a partir de las descripciones de Miranda. La visión en el jardín, junto a la fuente, era tan poderosa como si proviniese de un recuerdo propio. Podía ver al hombre diamante en actitud burlona, adoptando la pose del ángel de piedra y...

Un ruido.

Abrí los ojos, sólo para encontrarme con más oscuridad. Lo que había escuchado no era la puerta del despacho, sino el tintineo de la botella de whisky al chocar con el vaso. Preston se había servido un trago. Otro más.

Aferré la linterna con las dos manos.

Apenas llegara Patrick, yo entraría en acción. «Tú te llevas la parte más fácil, Sam, sólo debes observar», me había dicho Billy. En ese momento dudaba seriamente de que la mía fuera la participación más sencilla. Tenía las palmas de las manos sudorosas y las piernas me temblaban de un modo inexplicable. A medida que se acercaba el momento, más me traicionaban los nervios.

La puerta del despacho se abrió.

Me incorporé. Dejé la linterna en el suelo y me puse de pie. Deslicé la placa de madera. Los dos haces de luz provenientes del despacho hicieron que debiera entrecerrar los ojos.

—¿Qué haces aquí, Patrick? —decía Preston en ese instante.

Experimenté una creciente excitación cuando vi al hombre avanzar hasta el escritorio de Preston.

—Tu paranoia nos va a enterrar —dijo Patrick sin un ápice de humor—. ¿Qué es eso tan importante que tienes que decirme para llamarme a mi casa y pedirme que venga de inmediato?

La transformación en el rostro de Preston Matheson fue instantánea.

—Yo no te he llamado. —El dueño de la casa se puso de pie.

—¿No? —Patrick se quitó el sombrero y lo dejó en alguna parte, no pude ver dónde. Sin esperar invitación acercó al escritorio una de las sillas que estaban contra la pared y se sentó en ella—. Bueno, esto es extraño. Alguien llamó haciéndose pasar por ti entonces.

—¿Y no hablaste con esa persona? —La mirada de Preston denotaba incredulidad.

—No. Mi sobrino recibió el recado. Dijo que viniera aquí de inmediato.

Contuve la respiración. Si había un instante en que podían desenmascararnos, era precisamente ése. Preston se llevó el vaso a la boca pero no bebió, lo sostuvo frente a su rostro e hizo que el líquido girara. No estaba muy borracho, o eso creí. Tras un instante de cavilación pareció olvidarse del mensajero y centrarse en el mensaje.

—Te lo dije —espetó con un dedo acusador. Se dio la vuelta y caminó hasta el mueble con puertas de cristal donde guardaba las bebidas.

—Oye, Preston —se defendió Patrick desde su silla—, reconozco que el otro día cuando me viniste con eso del anónimo no me preocupé demasiado.

—¡Pero te mostré la maldita nota! —respondió Preston mientras llenaba de nuevo su vaso y tomaba otro para el recién llegado—. ¿Qué quieres?

—Nada, Preston, por el amor de Dios. ¡No son ni las tres de la tarde!

Preston dejó abiertas las puertas de su arsenal de bebidas.

—Esto es... —sostuvo su vaso en alto, observándolo como a un objeto mágico. Parecía a punto de declarar algo importante, sin embargo terminó la frase con sencillez—: temporal. Cuando pasen estos días de incertidumbre, de peleas constantes con Sara; cuando ella entre en razón..., ya no será necesario.

—Si tú lo dices...

—¿Qué más te dijeron por teléfono?

—Nada más. Sólo que viniera aquí, que tú querías verme urgentemente. Anteayer no creía que hubiera alguien interesado en todo esto, pero ahora...

Preston se sentó pesadamente en su sillón. Bebió casi la mitad del vaso y lo dejó sobre el escritorio. Se reclinó y colocó las manos detrás de la cabeza. En su mirada permanecía ese brillo de desconfianza.

—¿Quién quiere joderme, Patrick? —preguntó Preston apretando los labios.

—Tiene que ser el inglés, ya te lo dije.

—Él no sabe lo que sucedió.

—Pero lo intuye, Preston. Cualquiera en su lugar se daría cuenta. Te presentas aquí, no haces otra cosa que hacerte su amigo a la fuerza, le propones hacer negocios juntos y después te interesas por los resultados que expondrá en su estúpida conferencia. ¡El tipo es un fabulador!

—Quién sabe...

—Preston, por favor. La persona que me pediste que enviara a la conferencia, para empezar ya no me habla porque cree que estoy interesado en esa mierda extraterrestre, y segundo, sus anotaciones no se entienden. ¿Sabes por qué?

—Dímelo tú.

—Se lo pregunté, no creas que no. Me dijo que ahogar la risa hacía que su brazo temblara como una puta salchicha. Banks está chiflado. Te lo repito, ¡es él! Haber venido aquí fue un error, te lo dije desde el primer momento. Debiste quedarte en Canadá, tranquilo con tu familia, lejos del circo de ese loco.

Preston observaba a su amigo en silencio, procesando sus palabras, sin parpadear. Patrick hablaba cada vez más deprisa, como si temiera que el silencio lo condenara.

—¿Has visto lo que sucede en las películas? —seguía diciendo Patrick—, eso de que el asesino regresa a la escena del crimen y la policía lo atrapa entre la multitud, con cara de yo no he hecho nada, pero más culpable que Nixon. Eso has hecho tú al venir aquí y...

—¡Cállate! —Preston se puso de pie como accionado por un resorte—. No necesito que me repitas lo mismo una y otra vez. Además, ¿desde cuándo sabes tú de negocios? A ver si esa ferretería de mierda te ha nublado el juicio, *cowboy*. Lo que vine a hacer aquí fue un trato con Banks, ganarme su confianza, y lo conseguí. Hizo lo que yo quería.

Patrick se acomodó en su silla. La tensión se percibía perfectamente desde mi posición en la galería.

—Perdona, Preston —dijo Patrick, incapaz de sostenerle la mirada—. Ha sido un mal ejemplo. Pero... ¿cómo puedes estar completamente seguro?

—Déjame contarte una breve historia. —Preston volvió a sentarse, se terminó el vaso de whisky de un solo trago y adoptó la misma posición de antes—. Mi abuelo vino a este país sin nada, literalmente. Cuando murió, les repartió a cada uno de sus hijos (y tenía quince) unas mil hectáreas. Mi padre construyó esta casa y un imperio millonario. Y yo, aquí como me ves, sentado a las tres de la tarde bebiendo a gusto, he conseguido que el capital de las empresas Matheson se duplicara en los últimos quince años. Está en mi sangre. Los Matheson sabemos rodearnos de las personas adecuadas y hacer buenos negocios. Y también sabemos cuándo nos mienten.

Dicho lo anterior volvió a ponerse de pie, dejando al pobre Patrick temblando como una hoja a juzgar por sus constantes reacomodamientos en la silla. Preston fue hasta el mueble para servirse más whisky. Ahora, sin consultar a su invitado, tomó un segundo vaso y sirvió una buena medida en él. Rodeó el escritorio y se lo entregó a Patrick, que lo aceptó sin decir nada y bebió un poco. Preston se apoyó en el escritorio, ahora del lado de su amigo.

—Oye, Preston, si tú dices que Banks no tiene nada que ver, pues no tiene nada que ver.

—Perfecto.

—Yo estoy de tu parte, siempre lo he estado. Sólo quiero ayudarte a desenmascarar a este cabrón.

Preston no le daba tregua, seguía observándolo como a un sospechoso en un interrogatorio.

—Eso es lo que quiero yo también —dijo Preston.

—¿Qué hay de la muchacha? —aventuró Patrick.

—¿Qué much...? ¿Adrianna?

Patrick asintió tímidamente.

—Regresó a Montreal —dijo con cierto recelo, no parecía demasiado dispuesto a dar detalles—. Dijo a sus padres que quería regresar con su novio.

—¿Quizá ese novio...?

—¡Adrianna no tiene ningún novio en Montreal! —Preston miró al techo, resignado—. No volvamos una y otra vez sobre lo mismo. Hay alguien que quiere joderme y no haces más que decir siempre las mismas cosas. Adrianna nunca habló de Christina Jackson con nadie, puedes apostar lo que quieras. Reconozco que regresar aquí no le sentó bien, por eso permití que se marchara.

A estas alturas, la posibilidad de que Preston y Adrianna no estuvieran relacionados sentimentalmente era mínima, pero no dejaba de ser poderosamente llamativo que pudieran ocultarlo en las mismas narices de ambas familias, si es que Elwald y Lucille no estaban al tanto. Era una casa grande, pero el olfato de las esposas también lo era. ¿Sabría Sara de la relación de Preston? Me parecía tan retorcido que era mejor no pensar en ello. Lo verdaderamente importante era cómo Adrianna sabía de mi madre, o qué sabía...

—Adrianna estará mejor en Montreal —dijo Preston al cabo de un momento. Su mirada vagaba por la pared que tenía delante, peligrosamente cerca de los rostros de piedra—. A fin de cuentas, espero regresar allí muy pronto.

—¿Sí?

—En cuanto resuelva este pequeño contratiempo. —Se dio la vuelta y tomó un papel del escritorio. Lo sostuvo en alto un momento y lo dejó caer. Incluso desde donde estaba pude apreciar las dos líneas de texto escritas con la máquina de escribir de Billy.

—Me alegra —dijo Patrick, ahora más relajado.

—Sara está oponiendo más resistencia de la esperada, pero nada que no pueda manejar.

La seguridad de aquella frase hizo que experimentara una dolorosa punzada en el pecho. En pocas semanas, Miranda podía marcharse de Carnival Falls.

Preston rodeó el escritorio, pero no se sentó. Bebió el contenido del vaso de una vez y se limpió los labios con la mano. Volvió al mueble.

—Preston, deja de beber, por favor. ¿Por qué no intentamos dilucidar quién está detrás de todo esto?

—Beber me ayuda —dijo Preston mientras se servía otro trago. El tercero en pocos minutos—; además, yo ya sé quién está detrás de todo esto.

—¿Lo sabes?

—No te sorprendas tanto.

Patrick se escudó en su bebida.

—¿Quién? —balbuceó Patrick.

—¡Tú! —Preston lo señaló, salpicando un poco de whisky.

Patrick no respondió. La acusación lo puso blanco.

—¡Desde el accidente no has hecho otra cosa que intentar quitarme del medio! —bramó Preston.

El accidente.

¿Se refería al accidente del Pinto?

—Baja la voz, por favor. Alguien puede oírte. Lo que dices no es cierto, no he hecho otra cosa más que ayudarte.

—Voy a contarte lo que sucedió esa noche de abril de 1974 —dijo Preston.

—Sé perfectam...

—Ah, ah... —lo detuvo Preston con el mismo gesto que utilizaría un oficial de tránsito con un coche—. No lo sabes todo.

Preston Matheson esbozó una sonrisa de zorro. La de Patrick se había borrado hacía rato.

—Llovía como el puto diluvio universal, la carretera 16 era casi invisible y yo había bebido dos botellas de vino tinto. Puede que algunos detalles de esa noche se me escapen, pero sí recuerdo perfectamente que ese Pinto se me vino encima, y que debí irme al acotamiento para que no me chocara de frente. Yo no causé ese accidente, Patrick. La puta casualidad hizo que estuviera allí cuando esa mujer, no sé por qué razón, invadió mi carril.

Contrariamente a lo que cabría esperar, la revelación no me sorprendió demasiado. En el fondo creo que había esperado algo así.

—Oye, Preston, ya te lo he dicho mil veces, que si tú dices que ella invadió tu carril y no a la inversa, ¡está bien! —Patrick se puso de pie y dio un paso. Lo único que separaba a los dos hombres era el escritorio—. Pero quién invadió el carril contrario no importa una mierda. Tú estabas borracho hasta el culo y viajabas con..., déjame ver..., ¿cuántos años tenía Adrianna ese año? Oh, sí, ya lo recuerdo. Diecisiete. Hiciste lo correcto, Preston. Borracho y con una menor de edad no tenías otra alternativa que irte a toda velocidad.

Las piezas encajaban. El romance entre Preston y Adrianna se remontaba a una década atrás, lo cual no dejó de sorprenderme. Quién sabe de dónde regresarían juntos esa noche lluviosa; sin duda sería una razón más para desaparecer.

—Vamos, Preston, me llamaste en cuanto llegaste a casa para que fuera a echar un vistazo y constatar que no hubiera heridos. ¡Hiciste más de lo que te correspondía!

—Siéntate.

Patrick lo hizo, casi como un acto reflejo.

—¿Por qué estás tan misterioso, Preston?

—Porque estoy harto de este asunto. No te equivocas en una cosa. Esa noche sí hice más de lo que me correspondía. Cuando vi por el retrovisor que el Pinto perdía el control, detuve el coche y fui a ver qué podía hacer. Adrianna estaba aterrorizada, pero le dije que me esperara allí, que sería sólo un momento. Caminé por la carretera, unos cincuenta metros hasta el barranco donde estaba el Pinto... ¿Sorprendido?

Patrick había abierto los ojos como platos.

—Nu... nunca me dijiste eso —musitó.

—Intenté ver algo desde la carretera pero era imposible. Tenía una linterna en el coche pero no iba a regresar por ella, era demasiado arriesgado permanecer allí. Si un vehículo pasaba en ese momento, recordaría a un Mercedes estacionado con los faros encendidos; hasta era posible que el conductor se detuviera por si necesitábamos algo. La puta ladera estaba resbaladiza o yo demasiado borracho o ambas cosas, y me caí de bruces. Me golpeé la cabeza con una roca y por un momento perdí el conocimiento.

—Dios mío.

—Cuando volví en mí, me dolía la cabeza y tenía sangre en los labios. En lo más alto del barranco vi a Adrianna. Hice un esfuerzo para escalar nuevamente la cuesta. Supongo que la desesperación me dio las energías necesarias, porque no sé cómo lo hice. Después resultó que habían pasado apenas cinco minutos desde que me desmayara; Adrianna ni siquiera se dio cuenta. Me sentía desorientado. Conduje hasta aquí con la pierna tiesa a causa del dolor. Entonces te llamé para que fueras a echar un vistazo.

Preston Matheson tenía razón en una cosa, sí era capaz de dominar su estado de ebriedad con bastante decoro. Relató aquellos instantes con lucidez, sin que las sílabas se le enredaran o tuviera que hacer pausas para escoger las palabras correctas. Se sentó en el sillón como un abogado que acaba de efectuar su alegato.

—Pero entonces, ¿no lograste llegar al coche? —preguntó Patrick, asombrado.

—No.

—No entiendo, ¿por qué me ocultaste una cosa así?

—Al día siguiente, por la tarde, mucho después de que la noticia del accidente se conociera, me di cuenta de una cosa.

—¿Qué?

—Mi madre me regaló una gargantilla de oro para un cumpleaños, la llevaba siempre conmigo. Tenía una medalla con mis iniciales. Todo el conjunto era de oro puro. Esa noche, durante la caída, debió de romperse y la perdí. *PAM*.

El corazón se me paralizó. En ese momento supe con certeza que el hombre no sólo había heredado los millones de su padre sino también su nombre: Alexander. La gargantilla que yo conservaba en la caja floreada no había pertenecido a mi madre, sino a Preston Alexander Matheson. La policía la habría recuperado de la escena del accidente y asumido que había estado en el coche junto con el rosario y Boo.

—Dios mío —dijo Patrick.

—¿Ahora entiendes por qué salí pitando a Canadá?

—Claro.

—¿Y por qué no quería que la policía volviera a echar un vistazo al caso? Esa gargantilla debe de estar juntando polvo en alguna caja de pruebas en la comisaría porque algún policía incompetente no supo darse cuenta en su momento de que una joya de oro no iba con una enfermera.

—¿Crees que alguien puede haber encontrado la gargantilla y por eso busca chantajearte?

—No. No es eso lo que pienso.

—No entiendo, por qué me lo cuentas ahora.

—Porque quería explicarte las verdaderas razones por las que me marché y te regalé tu puta ferretería de mierda.

Preston se inclinó sobre el escritorio y lanzó a Patrick una mirada de una intensidad brutal.

—Voy a preguntártelo una vez más, Patrick, ¿qué pasó esa noche?

El rostro de Patrick era el de un hombre acorralado.

—Fui hasta allí, Preston, como me pediste —dijo Patrick—. Antes de llegar al puente me salí de la carretera, según tus instrucciones, y oculté mi coche. Encontré el Pinto enseguida. Estaba volcado... No me mires así, Preston, ya sabes cómo sigue la historia, nunca te he mentido. Christina Jackson todavía estaba viva, así que la saqué del coche para llevarla al hospital.

Me sobresalté. Me alejé de la mirilla en un acto reflejo como si un rostro horrible hubiera aparecido en el otro lado.

Christina Jackson todavía estaba viva, así que la saqué del coche para llevarla al hospital.

26

Viva.

En el bolsillo trasero de mis *jeans* tenía la fotografía quemada de Helen P., tomada como máximo tres años atrás, según lo que habíamos averiguado de la cámara fotográfica de Patrick. Llevé la mano instintivamente a ella, conteniendo la respiración, mientras me acercaba otra vez a la mirilla.

—Para eso me pediste que fuera, ¿recuerdas? —decía Patrick en ese momento—. Para ver si había heridos.

—Debiste pedir una ambulancia. Decir que pasabas por allí y viste el accidente. Llevarte el cuerpo fue la cosa más estúpida que podías haber hecho, ¿no crees?

—Preston, ¿otra vez volvemos sobre esto? No entiendo por qué quieres revolver el pasado. Sí, tienes razón, no debí mover a la mujer, debí ir a un puto teléfono y llamar a una ambulancia; no lo pensé; ¿satisfecho? Cuando me llamaste estaba dormitando frente al televisor después de un día agotador en la ferretería. Por aquel entonces estaba solo. Así que tienes razón, cometí una tontería. Saqué a la mujer por el parabrisas del Pinto y la recosté en el asiento trasero de mi coche. Aguantó un kilómetro, Preston. Murió en mi puto coche. ¡¿Qué pretendías que hiciera?!

Muerta.

Apreté los labios. No quería llorar. ¿Por qué iba a hacerlo? Mi madre estuvo muerta toda mi vida; dos minutos no podían cambiar una idea arraigada durante una década. Dos minutos no eran nada.

—Es una historia bastante creíble —dijo Preston.

—¡No es ninguna historia! No entiendo por qué toda

esta desconfianza. Tú me llamaste esa noche, estabas borracho, creí que habías sido responsable de que ese Pinto se desbarrancara. ¿Qué iba a hacer? ¿Conducir hasta la morgue y explicarles que te hubiera gustado llevarles el cuerpo tú mismo pero que estabas en casa borracho como una cuba?

—Claro, y en lugar de eso no tuviste mejor idea que enterrarlo en ese viejo cementerio —dijo Preston con desprecio.

—Lo cual, déjame decirte, ha demostrado ser una excelente idea, porque la mujer sigue allí, descansando como se merece, y nadie se ha enterado.

Helen P.

Volví a llevarme la mano al bolsillo del pantalón.

—Pero también es una bomba de tiempo —dijo Preston con la misma sonrisa enigmática en el rostro—. Si lo hubieras arrojado al río Chamberlain...

—Podría haber hecho muchas cosas. ¿Sabes, Preston? Creo que me iré. Cuando se te vaya la paranoia podremos hablar más tranquilos y ver quién está detrás de ese anónimo. Ahora es como razonar con una pared.

—Siéntate —dijo Preston con la frialdad de un bloque de hielo.

Patrick se detuvo. Con resignación volvió a sentarse. Negaba con la cabeza.

—Lo que tú digas, Preston.

—Ahora que sabes que la verdadera razón por la que me marché de Carnival Falls fue la gargantilla de oro que perdí en el lugar del accidente y no tu puta estrategia de enterrar el cuerpo donde cualquiera que supiera dónde buscar podía desenterrarlo e identificarlo, hay dos cosas que quiero preguntarte. La primera de ellas es: ¿por qué fastidiarme ahora? Ya te he regalado la puta ferretería y jamás he intentado recuperarla. ¿Por qué me envías esta nota ahora?

Patrick abrió los brazos, azorado. Al menos en lo concerniente a la nota el hombre era absolutamente inocente. Su sorpresa era en parte genuina, lo cual desorientaba a Preston, que intentaba mantenerse firme en sus acusaciones.

—¡Yo no tengo nada que ver con esa nota! —disparó Patrick—. El que te la envió quiere joderte pero...

—¡Nadie quiere joderme más que tú! ¿Por qué quieres sacarme del medio, Patrick? ¿Qué más quieres? ¿Por qué no me lo dices de una puta vez?

Patrick alzó la vista en dirección al techo. Tomó aire sonoramente.

—No confías en mí, lo entiendo —dijo Patrick ahora con voz pausada—. Me duele. Soy tu amigo. Pero no debería sorprenderme tanto. Esto mismo sucedió tres años atrás, cuando me llamaste para pedirme pruebas y te envié la fotografía. Tampoco entonces me creíste.

Tres años atrás.

Preston seguía de pie, ahora con ambos puños sobre el escritorio.

—Sí te creí, aunque pudiste haberle tomado la fotografía a cualquier tumba y enviármela. Quería saber el sitio por si a ti te sucedía algo, nada más. Simple precaución.

Preston volvió a sentarse. Pareció más calmado. Su oponente circunstancial no tenía manera de saber —y yo tampoco— que aquélla era la calma que antecedía a la tormenta.

—Me alegra oír eso —dijo Patrick, bajando la guardia.

—Pensé que me cubrías las espaldas, que habías hecho algo inteligente y gracias a eso la policía tejió la hipótesis de que el cuerpo había salido despedido al río. Después Banks comenzó con sus teorías extraterrestres y todo fue todavía mejor. Hasta pensé en regresar a Carnival Falls para intentar recomponer la relación con mis padres, pero Sara no quiso...

Mientras veía a Preston interpretar su papel de víctima, volví una y otra vez a la fotografía parcialmente quemada que tenía en el bolsillo. Aunque la había estudiado tantas veces que podía reproducirla en mi mente a voluntad, sentí la tentación de encender la linterna y volver a observarla. ¿A quién pertenecía la sombra que se veía en la fotografía? Si había sido tomada en un cementerio, de lo cual ya no quedaba constancia, alguien había posado junto a la tumba, lo cual no dejaba de resultar llamativo.

—Pero, entonces, Banks reavivó el fuego con su teoría y el hallazgo de esa sangre —dijo Preston.

—¿Pensaste que podía ser tuya?

—¡Claro que puede ser mía! Pero ¿qué importancia tiene eso? —dijo Preston, masajeándose la frente—. Lo que verdaderamente me preocupaba, si no colaba la bobada extraterrestre, es que con el jaleo de la prensa a algún jefe se le ocurriera echarle un vistazo al caso y enviara a un poli a revisar evidencias. Si la gargantilla estaba allí y el poli tenía más cerebro que una ardilla, daría conmigo. ¿Cuántas personas con mis iniciales hay en esta ciudad? Toda mi familia conoce esa gargantilla; cualquiera de mis primos estaría encantado de identificarla y empujarme a un abismo.

Patrick seguía el relato con mirada recelosa. Olía la tormenta.

—Contraté a un investigador privado —dijo Preston, y dejó que sus palabras impregnaran el aire.

—No lo entiendo, ¿para qué?

—Para que me informara sobre el estado de la investigación. Tenía la esperanza de que habiendo transcurrido tanto tiempo ya no quedara rastro. En el mejor de los casos, mi gargantilla de oro habría sido fundida por algún poli corrupto.

—¿Logró averiguar algo?

—Sí, que la evidencia existe todavía. Se encuentra en un depósito estatal en Concord. Demasiado arriesgado intentar acceder sin levantar sospechas.

—Si crees que no estoy siendo sincero contigo, no sé por qué me cuentas todo esto.

—Porque pensé que hoy, tú y yo, podíamos poner todas las cartas sobre la mesa. Yo también te he ocultado información en el pasado y ahora te lo he dicho todo. Esperaba lo mismo de ti, Patrick.

—¿Por qué no me dices tú lo que crees que sucedió? Porque la verdad, amigo mío, no te sigo.

—Te diré qué creo que pasó, con todo gusto. Luego tú me dirás en qué me he equivocado. —Preston sonrió—. Para empezar, esa noche no acudiste al lugar del accidente. Pensaste: «¡justo lo que necesito!» Con tu socio en la cárcel por conducir en estado de ebriedad con una menor de edad y provocar un accidente, tendrías pista libre para quedarte con el negocio.

—Eso es ridículo.

Preston lo ignoró:

—Al día siguiente, cuando trascendió la noticia, ¡sorpresa! No encontraron el cuerpo de la mujer. La policía no pudo probar que fue un choque, porque realmente no lo fue, como te he explicado, así que ¡Preston estaba libre de todo cargo! Entonces viste la oportunidad de redimirte conmigo por no hacer lo que te había pedido. Me llamaste por la tarde, cuando ya se sabía todo lo referente al accidente, y me contaste esa historia fantástica de la mujer desangrándose en tu coche. Muy conveniente. Quizá tu intención no fue extorsionarme en ese momento, pero era una buena baza para el futuro, ¿verdad? Un futuro que, al parecer, ha llegado...

Patrick aferraba los apoyabrazos de su silla como un condenado a muerte presto a recibir su descarga letal.

—Entonces ¿crees en la teoría de Banks? —preguntó Patrick con incredulidad—. ¿Crees que los extraterrestres se llevaron a Christina Jackson?

Preston volvió a ponerse de pie.

—Puede ser. Quizá ese hombrecito espacial que él

describe estuvo en el puente y se llevó a la mujer haciéndola flotar. O quizá cayó al río Chamberlain, como afirma la policía. Quién sabe. Lo que sí sé es que tú no la rescataste esa noche, no la transportaste casi un kilómetro en tu coche y no la enterraste en ningún lado. Te inventaste esa historia y siete años más tarde me enviaste una fotografía de una tumba cualquiera. ¿Estoy cerca?

—Estás delirando.

—No, no estoy delirando.

Preston fue de nuevo al mueble que tenía detrás. Dejó el vaso vacío en uno de los estantes pero no volvió a llenarlo. Se agachó y abrió otras dos puertas que estaban más abajo. Patrick lo perdió de vista un momento pero yo podía verlo perfectamente. Con rapidez, Preston Matheson accionó el mecanismo giratorio de una caja fuerte. Cuando la abrió, sacó una carpeta delgada del interior. Se incorporó y regresó al escritorio. Patrick tenía el ceño fruncido.

—¿Qué es eso?

—Ésta, bastardo, es la prueba de que no fuiste a la carretera 16 esa noche.

La carpeta aterrizó en el centro del escritorio con un sonoro chasquido. Patrick la observaba como si se tratara de una serpiente venenosa.

27

Preston abrió la carpeta con delicadeza y la hizo girar ciento ochenta grados. Patrick se inclinó todo lo que pudo para ver la primera página, pero no estaba lo suficientemente cerca para leer el texto impreso. Alzó la vista, interrogante.

—Eso que ves allí —dijo Preston— es una copia de un informe del departamento de policía y los servicios sociales. Lo consiguió mi investigador casi sin proponérselo. Lo incluyó en su informe como un documento secundario, no lo creyó importante.

—¿Qué dice? —preguntó Patrick con un hilo de voz.

—En el accidente del Pinto fue hallado un bebé de un año, todavía con vida, y por razones de confidencialidad esto no se reveló a la prensa. Es llamativo que no se haya filtrado algo así.

Patrick tenía la mandíbula desencajada.

—No puede ser —dijo—. ¿Vive?

Preston hizo un ademán desestimando la pregunta.

—No tengo idea. En ese informe ni siquiera figura su nombre. ¿Entiendes lo que esto significa, Patrick?

El hombre no respondió.

—Si fuiste esa noche al sitio del accidente, como dices —continuó Preston—, me pregunto cómo es posible que no advirtieras la presencia de un bebé en el asiento trasero. Debió de llorar, imagino.

—Tú tampoco lo oíste —dijo Patrick. Hablaba casi sin mover los labios, la vista fija en la carpeta.

—Pero yo no llegué hasta el Pinto. Además llovía y había truenos. En cambio tú, supuestamente, estuviste en el coche, maniobrando heroicamente el cuerpo de la mujer para sacarla con vida. La tarea debió de ser difícil con tanto hierro retorcido, ¿no es así?

—¡Basta! Está visto que no vas a creerme.

—No, no voy a creerte. Quiero que confieses.

Patrick calló por una eternidad, luego dijo:

—El bebé debió de desmayarse o algo así, no hizo ningún ruido mientras estuve allí. Además, el techo tenía una hendidura. No era sencillo ver el asiento trasero.

Preston emitió una risotada.

—Otra vez, muy conveniente —dijo con su sonrisa triunfal—. Lo del techo lo vimos todos en las fotografías del periódico, pero ¿y los laterales? ¿No te molestaste en ver si había alguien más en el Pinto, Patrick?

—Supongo que no. Me concentré en la mujer moribunda.

—¿Sabes qué?

—¿Tengo alguna opción? Realmente no tienes intenciones de escucharme.

—Resulta tan claro que no estuviste esa noche en el lugar del accidente que el hecho de que sigas negándolo es patético.

Preston se inclinó sobre la carpeta y pasó algunas páginas con delicadeza. Parecía que hubiera estado bebiendo té helado y no whisky.

—El resto del contenido —dijo Preston— fue un poco más complejo de reunir. Un trabajo de varios meses. Me ha costado un poco de dinero y favores adeudados pero ha valido la pena. Lo que ves aquí es un listado pormenorizado de todas las operaciones fraudulentas de Ferretería Burton, la compra de maquinaria extranjera declarada a valores inferiores de los reales, adquisición de equipamiento para la construcción declarado como agrícola para conseguir exenciones impositivas, subfacturación, etcétera. Todo bien detallado, con copias de recibos, facturas al exterior y demás documentación de cinco años a esta parte. Acércate, échale un vistazo tú mismo.

Patrick así lo hizo. Se levantó y acercó la silla al escritorio. Con mano temblorosa pasó una o dos páginas y se recostó en la silla, blanco como la nieve.

—No te detengas, mira un poco más. Ve hasta el final.

A regañadientes, Patrick volvió a acercarse, abatido. Pasó unas cuantas páginas todas juntas y se detuvo a medio proceso. Desde donde yo estaba no podía ver qué había en esas páginas, pero eran demasiado coloridas para tratarse de documentos.

—¿Qué es esto?

—¿No la reconoces?

Aparentemente sí la reconoció —a quien sea que se refiriera Preston con ese «la»—, porque Patrick volvió a caer derrotado contra el respaldo de su silla. De tratarse de un combate de boxeo, el árbitro hubiera intervenido bastante tiempo atrás para dar la pelea por terminada.

Preston volvió a arremeter:

—¿Creíste que una preciosidad como Rachel se interesaría en un puesto de mierda en tu ferretería?

Billy me había hablado de la nueva secretaria de su tío, y de su afición a las minifaldas. El propio Billy había visitado la ferretería más que de costumbre con la excusa de conseguir material para nuestra casa en el árbol.

Imaginé que la carpeta contendría fotos comprometedoras de Patrick y la muchacha.

—¿Tú la contrataste? —preguntó Patrick, desencajado. De un manotazo rápido cerró la carpeta.

Preston rió.

—Lo que no entiendo es cómo creíste que semejante coñito se interesaría en alguien con el aspecto de Rosco Coltrane. ¿Y sabes qué? Me pregunto qué opinará Patty cuando le envíe copias de las fotografías.

Patrick se puso de pie. Caminó unos pasos en dirección a la puerta y se detuvo.

—Todo este tiempo —dijo con cierto desprecio—, mientras remodelaba esta casa y recordábamos buenos tiempos, tú investigabas mis finanzas y contratabas a una puta para que me sedujera... Hay una sola persona patética en esta habitación.

—¡Oye, no te enojes! Hice lo que tenía que hacer. Como te dije antes, el imperio Matheson no se construyó de la nada. Vivimos en un mundo complicado.

Patrick negó con la cabeza.

—Supongo que nuestra amistad está terminada.

—Supones bien —dijo Preston—. Esa carpeta permanecerá en mi poder en tanto y en cuanto te olvides de tus amenazas estúpidas. No quiero más anónimos, ¿entendido?

—Adiós, Preston.

Patrick recorrió los metros finales arrastrando los pies. Poco después de verlo desaparecer de mi campo visual, la puerta se abrió y se cerró suavemente. Preston se quedó solo. Permaneció unos minutos de pie, pensativo, y luego agarró la carpeta y la guardó en la caja fuerte.

Deslicé la placa de madera y la oscuridad me envolvió, pero extrañamente no me asustó, en cierto sentido me reconfortó. El plan de Billy había funcionado; lo sabíamos todo, o casi todo. No habría más anónimos ni amenazas y Preston creería que su maniobra intimidatoria había funcionado. Patrick había sido víctima de un engaño quizá sin merecerlo, aunque los argumentos esgrimidos por Preston eran sólidos.

Lo que le sucedió a mi madre la noche del 10 de abril seguía siendo incierto, al menos para mí. Patrick pudo haberla enterrado en algún cementerio perdido, o bien un extraterrestre con asombrosas capacidades telequinéticas quién sabe dónde.

28

Cuando salí de la galería, tanto Miranda como Billy querían saberlo todo. Les relaté una versión simplificada; obvié por completo la participación de Adrianna, por ejemplo. Al día siguiente, le conté a Billy la versión completa. Lo hice porque lo necesitaba, pero también porque él tenía el derecho de conocer la verdad y juzgar a su tío como lo creyera conveniente.

Tanto a Miranda como a Billy les pedí una cosa: no volver a hablar del tema, por lo menos durante ese verano. Ambos estuvieron de acuerdo.

Lo que nunca les dije, a ninguno de los dos, es lo que hice tres días después. En un sobre mecanografié el nombre completo de Preston, tal como lo había hecho Billy con el anónimo anterior, sólo que yo no utilicé la máquina de escribir de los Pompeo sino la de los Meyer. Dentro del sobre coloqué la gargantilla de oro con las iniciales de Preston Alexander Matheson. Esperaba que con la gargantilla en su poder Preston olvidara la historia para siempre. Sabía que eso le daría la libertad necesaria para regresar a Canadá o irse a otra parte, pero si ése era el precio para que los Matheson no discutieran más y Miranda no sufriera, lo pagaría con gusto.

29

Los tres días siguientes fueron grises, con el sol asomando a ratos y una brisa intermitente que presagiaba lo que finalmente sucedió el jueves, cuando un montón de nubes negras trajo consigo una tormenta de proporciones épicas. Días como aquéllos se hacían especialmente largos en la granja. La casa era grande, pero cuando se convive con quince personas, la mayoría niños en edad escolar acostumbrados a pasar el día al aire libre, el aburrimiento se convierte en una amenaza constante que a la larga termina llevándose a unos cuantos a su trinchera de horas eternas. La lectura era mi pasatiempo por excelencia y Amanda permitía un poco más de flexibilidad con la televisión si veíamos programas como *La Casa de la Pradera*, pero en algún momento las opciones terminaban agotándose.

Decidí pasar el rato en el granero. Allí ya estaban Mathilda, Milli, Tweety y Randy; todos ellos habían sido autorizados a salir de la casa bajo promesa de secarse en el porche y limpiarse los zapatos al regresar.

En el granero las opciones de esparcimiento no eran muchas, pero el cambio de aire ayudaba a matar las horas. Jugamos a las cartas y conversamos, mientras la lluvia azotaba la construcción de madera sin darle un instante de tregua. Tras una hora de juegos y convivencia pacífica con Mathilda —hecho que a nadie le pasó inadvertido— subí al altillo y me recosté en un fardo de heno. El griterío ocasional de mis hermanos no impidió que pudiera pensar en todo lo vivido en las últimas semanas.

Entre las pocas certezas que dejó nuestra aventura

detectivesca, una en especial me inquietaba. Era la convicción de que los Matheson se marcharían de Carnival Falls en muy poco tiempo. En ese momento, mientras las ráfagas de viento vencían la protección del alero y el agua me salpicaba, decidí lo que haría al día siguiente. Me puse de pie y caminé hasta la ventana. Me asomé y alcé el rostro al cielo, una sopa negra en plena ebullición, y dejé que la lluvia me empapara mientras suplicaba en voz baja. *Por favor, para de llover. Por favor.* Al día siguiente, Billy iría a la fiesta de cumpleaños de uno de sus hermanos; era la circunstancia perfecta para estar a solas con Miranda. En diez días comenzarían las clases y difícilmente se repetiría otra oportunidad como la que se me presentaba.

30

Desperté a las siete y salté de la cama. Permanecí de pie rascándome la cabeza, concediéndole a mi cerebro un segundo para recordar qué era aquello tan importante que había programado mi reloj biológico a semejantes horas.

El silencio era absoluto.

No llovía.

Me lancé hacia la ventana y corrí la cortina de un manotazo. *Rex*, que seguramente captó movimientos extraños en mi habitación, me observaba desde el otro lado con su semblante de perro adusto, pero enseguida mi atención se fijó en el cielo, totalmente despejado. Esbocé una sonrisa amplia y me puse a dar saltitos de felicidad.

Mientras me vestía escuché que Amanda bajaba de su habitación e iba a la cocina. Decidí que podía disponer de unos minutos para desayunar con ella y eso hice. Le dije que pasaría la mañana en casa de los Meyer y almorzaría con ellos, lo cual era cierto en parte, y que después iría al bosque, lo cual era cierto del todo. Fui al granero en busca de mi bicicleta respirando el aire límpido de la mañana. *Rex* celebró mi presencia dando vueltas a mi alrededor y empujándome con su cabezota para jugar con él.

—Ahora no, *Rex* —le dije mientras lo acariciaba—. Hoy voy a pasar el día con la chica más bonita del mundo.

Me avergoncé de sólo expresarlo en voz alta. Era la primera vez que decía algo así. El perro pareció entender la gravedad del asunto porque sacó su lengua rosada y me

miró con expresión consternada. Subí a mi bicicleta y comencé a pedalear. La tierra estaba húmeda, había algunos
charcos, pero el sol se encargaría de evaporarlos para la
tarde.

Todo sería perfecto, pensé.

31

Miranda se presentó en el claro con cierta incredulidad, algo que sus ojos azules no fueron capaces de disimular. Habíamos estado a solas otras veces, por supuesto —en el invernadero, en los jardines de su casa, en el porche trasero de los Meyer—, todos fueron encuentros intensos, donde incluso derramamos lágrimas y nos confiamos intimidades. Pero esta vez había algo más y ella debió de advertirlo desde esa mañana, cuando la llamé por teléfono desde la casa de Collette, porque su actitud al llegar fue distinta. Y había un detalle más.

—Llevas puesta la gargantilla... —dije, señalándola.

—Sí —dijo Miranda. Se llevó la mano al pecho y la mantuvo allí un segundo—. Como me has dicho que Billy no vendría, decidí usarla.

—Ya veo.

—De todas maneras —comentó al pasar—, ya sé que Billy no ha sido el que me la envió.

Me miró.

—¿No ha sido Billy? —murmuré.

Esbozó una sonrisa que no pude descifrar.

—Yo creo que no —dictaminó—. Pero no sé quién pudo ser, la verdad. No se me ocurre nadie.

—A mí tampoco.

Miranda caminó hasta el sendero que conducía a la casa del árbol y se volvió.

—Hay una huella de bicicleta —dijo.

—Es mía. Aproveché que he llegado antes para recorrer el sendero y ver en qué condiciones está. No muy buenas, la verdad. Y seguro que más cerca del arroyo será un lodazal.

Ése parecía ser el día destinado a las verdades a medias.

—Oh —dijo ella con cierta decepción—, la verdad es que me has intrigado mucho con eso que quieres mostrarme. ¿Crees que deberíamos dejarlo para otro día?

—No —dije de inmediato—. Podemos tomar el sendero hasta el pantano de las mariposas y luego un camino diagonal. Es un poco más largo, pero no nos estancaremos en el lodo.

—¿Sabes cómo llegar? Digo, Billy es el que...

—No te preocupes por nada —la interrumpí—. Hemos hecho ese camino mil veces. Además, podremos detenernos un momento en el pantano de las mariposas; con tanta lluvia quizá valga la pena.

Consulté mi Timex. Eran las tres y veinte. Antes de las cuatro estaríamos en la casa del árbol, calculé. Mis nervios no me dejaban en paz. Una voz me insistía que lo que había preparado para Miranda era una gran estupidez, pero entonces se acoplaba otra, más pausada y racional, que me decía que lo verdaderamente importante era disfrutar de su compañía por última vez. Algo me decía que las cosas cambiarían a partir de ese verano, tanto si Miranda se marchaba como si se quedaba y hacía amigas en su nueva escuela.

Cuando llegamos al pantano de las mariposas, descubrimos lo que yo había anticipado: estaba completamente anegado a causa de las lluvias recientes. Pocas veces lo había visto en ese estado. Apenas unas pocas islas afloraban como los lomos de hipopótamos a medio sumergir; la cascada brotaba de la cresta del peñasco en todo su esplendor. Los helechos, muchos de los cuales daban la impresión de flotar, lucían un verde que parecía artificial. Y, por supuesto, estaban las mariposas; decenas de ellas, revoloteando en torno a los rayos de sol que se filtraban hasta abajo. Nunca había visto tantas. La mayoría eran monarcas, pero había otras especies también. Nos quedamos sin poder creerlo.

Unos cuantos niños se habían congregado para disfrutar del acontecimiento. Uno de ellos me saludó en cuanto me vio; se llamaba Hector y era alumno de séptimo grado, no de mi clase sino de otra; tenía los pantalones arremangados, el agua lodosa a la altura de la pantorrilla y enarbolaba una red para capturar mariposas. Justo antes de advertir nuestra presencia, lo habíamos visto quieto como una estatua, con un brazo embadurnado de mermelada extendido hacia delante. La mermelada era de fresa, lo que de inmediato me recordó nuestro pacto en la casa del árbol. A su lado había otro niño, cuyo nombre no recordaba, y que se mantenía a prudente distancia en una isla, sosteniendo un frasco de cristal que todavía estaba vacío. No había sido alcanzado por una sola gota de lodo.

Hector me hizo señas para que nos acercáramos.

—¿Quieren quedarse con nosotros, Sam? —preguntó Hector.

El niño pulcro no quitaba los ojos de encima a Miranda.

—Gracias, pero tenemos cosas que hacer —dije—. Sólo vinimos a echar un vistazo.

—Es increíble, ¿verdad?

—Sí. Nunca había visto tantas mariposas. Lástima que casi todas son monarcas.

—No —me corrigió Hector—. Lo que sucede es que algunas se les parecen mucho. La gente piensa que todas las mariposas naranjas y negras son monarcas, pero no es así. Ya hemos visto unas de borde dorado, Virreyes y algunas Baltimore.

Hector buscaba impresionarnos con sus conocimientos, y la verdad es que lo consiguió, aunque no teníamos manera de saber si toda esa información era cierta.

—¿Adónde se dirigen? —preguntó Miranda. Observaba hacia arriba, a las mariposas que volaban más alto.

—A cualquier parte del bosque. —Tenía su lado cómico escuchar a Hector hablar tan seriamente con la mano embadurnada de mermelada—. Aquí se crían, porque hay humedad y están las plantas de las cuales se alimentan. Pero cuando sucede la metamorfosis y las crisálidas se convierten en mariposas, se marchan a otras partes.

—¿Para qué las cazas? —inquirió Miranda.

—Eso mismo digo yo... —empezó a decir el niño pulcro.

—Yo las colecciono —tartamudeó Hector, intentando explicar que él no era un simple asesino de mariposas—. En mi casa tengo una jaula grande, de alambre tejido. Cuando mueren, las enmarco y las agrego a la colección.

Miranda asintió. Volvió a concentrarse en las mariposas que revoloteaban a nuestro alrededor.

—He visto una dama americana —dijo Hector—. Son bastante difíciles de ver, pero hay una por aquí. La he visto.

—Yo no he visto nada —lo contradijo el niño pulcro.

—Te digo que sí, lo que sucede es que tú no las conoces. Ya te he dicho, son negras y tienen el centro de las alas rojo. Si la ves, no te muevas.

Miranda y yo estábamos a unos dos metros de los niños. Avanzar más hubiera significado adentrarse en el lodazal, cosa que no íbamos a hacer.

—Nos vemos después —anuncié.

—Espera, Sam —dijo Hector mientras salía del agua y se subía a la isla colonizada por el niño pulcro, que sutilmente se alejó de él como si fuera un leproso—. Hoy vinieron unos chicos preguntando por ti. Eran tres.

Fruncí el ceño.

—¿Quiénes?

—No lo sé. Eran mayores que nosotros. A uno lo conozco de la escuela.

—Se reía todo el tiempo —acotó el niño pulcro.

Supe de inmediato que Hector se refería a Mark Petrie, Steve Brown y probablemente también a Jonathan Howard, el trío con el que nos habíamos enfrentado Billy y yo. Le agradecí el dato. Aquellos tres no podían traerse nada bueno, pensé. Sería buena idea mantenerse lejos del claro como teníamos previsto.

Nos marchamos del pantano de las mariposas y veinte minutos después llegamos a la casa del árbol. Escondimos las bicicletas en los arbustos y recorrimos los metros finales a pie.

—Me muero de ganas por saber cuál es la sorpresa que me tienes preparada, Sam —dijo Miranda mientras llegábamos al abeto.

32

De las tonterías que he hecho por amor, la de aquella tarde fue de lejos la más escandalosa. Cuando Miranda vio la caja de música que nos esperaba en la casa del árbol no entendió lo que era, lo cual hizo que el acto previo de taparle los ojos para aumentar el suspenso resultase un fiasco rotundo. Me observó con incredulidad, la misma que cuando se presentó en el claro una hora antes, pero ahora con una mezcla de desconfianza y temor. Entendí en ese instante que yo prácticamente me había criado en una habitación repleta de cajas de música, pero que ella no debía de estar familiarizada con una de aquéllas, más grande y aparatosa que las comunes. Sin perder un segundo le quité la tapa y procedí a abrir las pestañas metálicas desde donde la multitud vitoreaba a las atracciones circenses. En cuanto Miranda vio las figurillas de hojalata, su expresión se suavizó.

—Dales cuerda —le pedí.

En uno de los laterales estaban las seis diminutas manivelas mariposa. Miranda eligió una y la hizo girar. El equilibrista se sacudió, como si despertara de un sueño, y comenzó a deslizarse por la pista, pasando junto al resto de las atracciones, todavía dormidas. Una de las particularidades de aquella caja de música era que, si bien los mecanismos eran independientes, cuando se activaban a destiempo los tamborcillos se alineaban, de manera que la melodía general siempre era la misma. A medida que Miranda fue accionando las diversas manivelas, las atracciones despertaron de su letargo como si un hada invisible se paseara por la pista y les diera vida con un toque de su varita mágica.

—Es preciosa, Sam —dijo Miranda. El equilibrista ya empezaba a perder velocidad, pero la rueda de su velocímetro todavía giraba—. ¿Cuándo la has traído?

—Esta mañana —respondí con cierta vergüenza.

Aquella caja de música era una de las más preciadas de Collette, herencia de su padre, y yo no había tenido mejor idea que dejarla a la intemperie, donde podía mojarse o alguien podía encontrarla. Era cierto que en el cielo no había una sola nube y que la casa del árbol era un sitio seguro, pero de todas maneras no dejaba de ser algo arriesgado. Si Collette descubría lo que había hecho, no quería ni pensar en la decepción que le causaría.

—¿Es tuya? —Miranda no terminaba de entender qué hacía exactamente la caja de música en la casa del árbol; pude advertirlo en sus ojos y en el tono de voz.

—En realidad, no. Es de Collette.

—Oh.

El equilibrista se detuvo. El resto de las atracciones seguía girando en la pista circular.

—¿La has traído para mí? —preguntó Miranda. No tuvo más remedio que hacer la pregunta. La situación se me había ido de las manos. Yo había creído que la presencia de la caja de música hablaría por sí sola, pero en ese momento, ante el rostro desorientado de Miranda, entendía que me había equivocado. Explicarlo sería lo peor de todo.

Sentí un calor abrasador en las mejillas.

—La primera vez que vinimos a la casa del árbol —expliqué—, dijiste que nunca habías ido al circo.

Uno de los payasos hizo su mueca final en ese instante.

Miranda me miró con una ternura que casi hizo que la locura valiera la pena. Lo que mi cabeza ideó como un modo original de pasar la tarde con ella se convirtió, a la luz del día, en una demostración evidente de mis verdaderos sentimientos, algo que no podía permitirme, por supuesto. Bajé la vista, incapaz de sostenerle la mirada. La melodía de la caja de música seguía desarticulándose, ahora orquestada únicamente por el paso del domador y su león y el hombre con zancos.

—Te lo agradezco mucho, Sam. Es muy bonita.

Miranda alargó una mano blanca y la posó en mis rodillas, donde sus dedos ejercieron una suave presión.

—Ha sido una estupidez —dije.

—Claro que no.

—Es sólo una caja de música.

—El gesto es lo que cuenta. Además, es una preciosidad. Apuesto a que es de colección.

Agradecí el esfuerzo de Miranda por convertir aquella realidad bochornosa en algo perfectamente razonable, aunque cuando volví a mirarla no me pareció que fingiera. Pero a esas alturas ya no confiaba en mi juicio.

La razón no engaña al corazón.

Las últimas notas de la melodía se estiraron, dejando que el silencio se llenara poco a poco con los sonidos del bosque.

—¡Quiero verlo de nuevo! —dijo Miranda, aplaudiendo.

Hizo girar las manivelas otra vez, y mientras las atracciones volvían a cobrar vida, se concentró en los detalles de aquella verdadera pieza de colección, escrutando cada rincón del circo de hojalata y mencionando cada cosa que le llamaba la atención: la diminuta rueda del monociclo que giraba al avanzar, la boca del león que se abría y se cerraba cuando alzaba la cabeza, los brazos articulados de los dos payasos.

Cuando concluyó la segunda función, volvió a darme las gracias y apenas pude soportarlo. Sabía que las suyas eran muestras condescendientes para no herirme. Sentí deseos de aferrar la caja de música y lanzarla al vacío.

—¿Puedo preguntarte algo? —Necesitaba cambiar de tema. Un comentario más sobre la caja de música y el tesoro más preciado de Collette se estrellaría contra la tierra tapizada de agujas de pino.

—Claro.

—¿Te irás de Carnival Falls?

La pregunta la tomó por sorpresa.

—No lo sé.

—He pensado que como tu padre ya no tiene motivos para permanecer aquí...

—Mi padre sigue con la idea de marcharse —confesó Miranda—, pero ya no discute con mi madre, ni bebe tanto. Además, las clases están a la vuelta de la esquina. Mi sensación es que nos quedaremos aquí. A mí me gusta mucho Carnival Falls y mi madre está encantada, nunca la he visto tan feliz como aquí, a pesar de las discusiones.

—Me alegra mucho oír eso.

—Creo que aquí podremos ser una familia feliz —dijo Miranda—; aunque últimamente las cosas no vayan bien, tengo esperanzas.

Entonces, Miranda hizo algo totalmente inesperado. Rodeó la caja de música y avanzó de rodillas hasta mí. Me abrazó con fuerza. Por un instante no pude gobernar mis brazos, que caían laxos como si pesaran mil kilos cada uno. Superado el *shock* inicial logré doblegarlos y le devolví el abrazo.

—Hay algo que tengo que decirte, Sam —me dijo al oído—. Pero debes prometerme una cosa.

Asentí con un movimiento de cabeza.

—¿Qué?

—Tienes que prometerme que no te enojarás.

—Lo prometo.

Miranda volvió a su anterior ubicación.

—¿Recuerdas cuando les hablé de los otros encuentros con el hombre diamante?

Solté el aire. Sin darme cuenta había dejado de respirar.

—Claro que lo recuerdo. ¿Has vuelto a verlo?

—No. Es sólo que hay algo más que no les he dicho...

—¿Algo más?

En la casa del árbol, las sombras ganaban terreno. Todavía no había oscurecido, pero los rayos de sol que conseguían filtrarse dentro de la densa maraña de ramas proyectaban apenas un puñado de círculos desvaídos que bailoteaban aquí y allá.

—Cuando el hombre diamante se apareció en mi habitación, me habló. Yo... ya estaba dormida, estoy segura. Soñaba con ustedes, estábamos en el bosque, aquí, en la casa del árbol. Algo nos inquietaba. Algo muy peligroso. No sé si era exactamente una pesadilla. Cuando desperté, no grité, pero me senté en la cama respirando agitada. Y entonces lo vi. El hombre diamante estaba parado en un rincón, sólo que su luz no era tan intensa esta vez. Era apenas una silueta. Al estar casi apagado pude verle la piel, era... parecida a la de un cocodrilo. Lo primero que pensé es que seguía soñando y fue entonces cuando me habló por primera vez; me dijo que aquello no era un sueño.

»Fue diferente esta vez, Sam. Esta vez, el hombre diamante no me dio ni pizca de miedo. Al contrario. No sé si ha sido el mismo de las otras veces, y estoy casi segura de que no. Éste no era el autoritario de la galería, que me llevó a espiar a mi padre, o el burlón que se pavoneaba por el jardín frente a mi madre y a mí. Aunque todos a su modo buscaban decirme algo, éste sólo quería ayudarme. Por eso me levanté de la cama y caminé hacia él. Creo que era más bajo que los otros. Y más esbelto. Cuando me acerqué se encendió un poco más, pero apenas para iluminar la habitación como una lámpara pequeña. Extendió la mano y me di cuenta de que me ofrecía algo.

Miranda interrumpió su relato y se llevó las dos manos a la nuca, donde comenzó a manipular el broche de la gargantilla. Una vez que se la quitó, la sostuvo frente a su rostro.

—¿Qué te ofrecía? —pregunté, como si la respuesta no fuera obvia.

Miranda sostuvo la gargantilla con dos dedos de una mano y la dejó caer en la otra, formando un diminuto montículo plateado que observé con fascinación.

—Me dijo que la gargantilla me protegería. Me dormí aferrándola en el puño, así, y no volví a tener pesadillas. Pero antes de regresar a la cama le pregunté al hombre diamante si sabía quién me la había regalado, junto con el poema.

Me embargó un cosquilleo súbito, paralizante. Ni siquiera me atreví a abrir la boca. Me concentré en un par de manchas de luz en el pretil de madera, que aparecían y desaparecían como dos ojos que pestañeaban.

—Me dijo que yo ya sabía la respuesta a esa pregunta.

Alcé la vista, sólo para encontrarme con los insondables ojos azules de Miranda.

—¿Tú lo sabes? —me obligué a preguntar.

Ella hizo una pausa reflexiva.

—Sam, yo... ¿te gusto? —preguntó tímidamente.

—¿Qué? —Forcé una sonrisa, negando con la cabeza, como si aquella pregunta fuera el disparate más grande que hubiera escuchado en mi vida—. Eso es ridículo, no tiene sentido. Eres mi amiga.

Intenté dotar la frase de una convicción casi indignada, pero todo se fue al caño cuando algo en mi interior se quebró. Fue algo explosivo, como si las jarcias de un barco se rompieran todas al mismo tiempo y las velas aletearan descontroladamente. Perdí el control.

Miranda se acercó más y volvió a abrazarme. Ahogué el llanto en su cabellera, mientras ella me aferraba con fuerza.

—Nunca más volveré a preguntártelo —me decía

mientras me pedía perdón una y otra vez——. No hace falta que hablemos de ello, nunca más.

Permanecimos así durante mucho tiempo. Cuando las lágrimas cesaron encontré que la oscuridad que me proporcionaba el abrazo de Miranda era reparadora, y seguir junto a ella me pareció la mejor idea del mundo. No pensé en qué le diría a continuación, o en cómo serían las cosas de ahí en adelante, simplemente me dejé llevar por lo que más quería en ese momento, y eso era abrazarla y dejarme abrazar. Esta vez, mis brazos hicieron más que la vez anterior y rodearon el delicado cuerpo de mi amiga, estrechándolo con fuerza.

Todo iba a estar bien, pensé.

Entonces advertí cómo Miranda, sin soltarme ——ni yo a ella——, estiraba uno de sus brazos y le daba cuerda a una de las manivelas de la caja de música. La melodía hizo que nos meciéramos ligeramente.

Cuando ella se disponía a hacer girar las restantes manivelas, escuchamos la risa desquiciada de Steve Brown, estallando en la distancia como una jauría de perros rabiosos.

33

Dejamos de abrazarnos al instante. Miranda no conocía a Steve Brown, por lo que su expresión fue más de sorpresa que de otra cosa. Si bien la risa se escuchaba todavía lejana, de inmediato pensé en la caja de música, que seguía emitiendo su melodía. Lo primero que hice fue inmovilizar la manivela con los dedos, después busqué una ramita pequeña y la utilicé para frenar el avance del equilibrista, que era la única figurilla que estaba en movimiento.

—¿Quién es? —me preguntó Miranda.

Le indiqué, con un dedo sobre mis labios, que guardara silencio. Volvió a repetir la pregunta, esta vez en un susurro.

Le dije que aquél era uno de los tres chicos con los que habíamos tenido el encontronazo en el claro, y que seguro que Mark Petrie estaba con él. A Mark cada día se le soltaba un tornillo nuevo, le expliqué, y Billy lo había puesto en su sitio la última vez.

—¿Qué vamos a hacer?

—Nada, aquí estamos a salvo. Esperaremos a que pasen de largo y eso será todo.

Mi plan tenía dos inconvenientes. El primero, que eran más de las cinco y media y teníamos que ir saliendo en ese momento si no queríamos sobrepasar el límite de las seis. El segundo lo expuso Miranda en ese instante:

—¿Y si descubren nuestras bicicletas? Sabrán que estamos cerca.

«Están ocultas debajo de los arbustos», pensé, pero aun así era una posibilidad. Y cuando empezaba a convencerme de que sería imposible que el trío revisara cada arbusto de un bosque inmenso, el corazón se me paralizó.

—¿Qué? —preguntó Miranda.

—Nos están siguiendo —dije—. Las huellas en el barro de nuestras bicicletas. Sabrán que estamos aquí.

Miranda se preocupó de inmediato.

—¿Crees que nos quieren hacer daño?

—Digamos que sería mejor evitarlos. Deben de haber ido al claro con la idea de encontrarnos allí, y en lugar de eso se toparon con la huella de mi travesía de la mañana —le eché a la caja de música una mirada de soslayo, como si fuera la culpable de todo—. El rastro se pierde en los arbustos. Será sencillo que encuentren nuestras bicicletas.

Las carcajadas de Steve Brown volvieron a escucharse, ahora mucho más cercanas.

Transcurrieron casi dos minutos de silencio. Aguzamos el oído con la esperanza de volver a escuchar la risa mucho más lejos o de no escucharla nunca más, sin embargo, nos llegaron voces amortiguadas, tan cercanas que nos espantaron. Me acerqué al pretil muy despacio, procurando que la madera no crujiera. Me asomé e intenté visualizar el suelo, pero casi no había luz y el follaje era demasiado espeso. Creí advertir un par de figuras caminando a la par, pero podía ser el efecto del suave balanceo de las ramas generando una falsa sensación de movimiento. La confirmación me llegó cuando reanudaron la conversación. Las voces eran claras y las reconocí de inmediato.

—Deben de estar por aquí —decía Mark Petrie.

—¿Por qué dejarían las bicicletas y seguirían a pie? —preguntó Jonathan Howard.

—Yo qué sé. ¿Por qué la mierda tiene olor?

El silencio que vino después del remate humorístico de Mark me confirmó que Steve no estaba con ellos, porque era imposible que no hubiera celebrado el comentario con una de sus risotadas. Evidentemente se había quedado vigilando las bicicletas.

Miranda se acercó y también se asomó.

—Quiero volver a casa —decía Jonathan abajo.

—Tú no irás a ninguna parte, tonto. Primero tenemos que darles su merecido, especialmente a Pompeo. Lo voy a hacer trizas.

—Pero... su bicicleta no está allí.

—Siempre están juntos. Ya aparecerá.

—Entonces ¿vamos a esperarlos?

Aguardamos la respuesta con verdadera expectación.

—Por supuesto —dijo Mark—. Pronto se hará de noche, tienen que regresar. Aparecerán de un momento a otro, ya verás. Hasta es posible que podamos toquetear a la putita de su amiga, no me digas que no sería grandioso.

Cruzamos miradas de preocupación. En el rostro de Miranda se dibujó una mueca horrorizada.

La voz de Mark comenzó a desvanecerse a medida que se alejaban:

—Regresemos. Será mejor que volvamos junto a las bicicletas. Nos esconderemos y...

La luz solar era devorada por las sombras del bosque a una velocidad desesperante. Si no partíamos en ese instante, haríamos parte del trayecto de noche. Iba a decírselo a Miranda cuando ella me aferró las manos, y con los ojos demasiado abiertos me dijo:

—Tengo miedo, Sam. No quiero bajar.

—Tenemos que irnos —dije sin soltarle las manos—, en poco tiempo será de noche y será más difícil volver. Eso por no decir lo preocupados que estarán tus padres.

—Quizá esos chicos se marchen.

—No van a marcharse tan rápido. Ya has escuchado a Mark. Miranda, conozco a esos chicos, no son tan malos. Hablaré con ellos y verás cómo no nos hacen daño. Sólo están pavoneándose.

—Pero antes dijiste...

—Sé lo que dije. Sería mejor no tener que enfrentarlos, pero ya los has oído. Quieren vérselas con Billy. Cuando les explique que no está por aquí, entrarán en razón. Steve, el de las risotadas, hará todo lo que Mark le diga y creo poder disuadirlo. Además, el otro, Jonathan Howard, es bueno. No sé qué hace con esos dos.

—¿Y si nos vamos por otro lado?

—¿Caminando? Tardaremos mucho. Necesitamos las bicis. Mira, déjame hablar a mí con ellos, puedo manejarlos, una vez que les explique que la cosa es con Billy nos dejarán agarrar nuestras bicicletas y marcharnos. En menos de diez minutos estaremos de camino a casa, te lo prometo.

Miranda asintió.

Cubrí la caja de música con su tapa. Mi idea inicial era llevármela en el descansillo de mi bicicleta, porque era demasiado pesada para transportarla a pie, pero supuse que no habría inconveniente en dejarla allí esa noche y recogerla al día siguiente. Tratándose de una emergencia, era lo más sensato.

El descenso fue más complicado que de costumbre; la oscuridad y el nerviosismo no ayudaban. Le pedí a Miranda que imitara mis movimientos. Era difícil visualizar las ramas y las sogas a las que aferrarse hasta llegar a la escalera. A mitad del recorrido volvieron a repetirse las risas; la de Steve a la cabeza secundada por las demás. En determinado momento, Miranda trastabilló y se aferró a mí dándome un susto de muerte. Fue una suerte que no dejara escapar un grito.

Cuando pusimos los pies sobre la tierra, la sensación de vulnerabilidad no tardó en hacerse sentir. Miranda me aferró el brazo con ambas manos. No sé hasta qué punto creía lo que le había dicho hacía un momento respecto a poder convencer a los tres chicos de que nos dejaran en paz, pero tenía que intentarlo. Pero antes de partir me pareció prudente esconder la escalera. Le pedí a Miranda con delicadeza que me soltara un momento y me ayudara a alejarla del abeto. Una vez que lo hicimos ella volvió a acercarse y aferrarse a mí.

—Soy una estúpida —me susurró al oído—, me gustaría ser valiente como tú.

—Yo no soy valiente —respondí—, sólo lo sé parecer.

Eso le arrancó una efímera sonrisa.

Avanzamos procurando no hacer ruido. Parecía buena idea no alertarlos de nuestra presencia antes de lo estrictamente necesario; quizá espiarlos un rato y conocer un poco más de sus intenciones. Nos fuimos escondiendo detrás de los gruesos troncos de los abetos, avanzando de uno a otro como soldados en una maniobra de aproximación.

Llegamos a uno de los últimos árboles antes del claro. Más allá estaban los arbustos y algunos afloramientos rocosos que llegaban hasta el arroyo. No podríamos avanzar más sin que nos vieran, pero me preocupaba el silencio. El sol ya se había ocultado casi por completo.

—Voy a ver —le dije a Miranda.

Ella asintió. Me aferraba el brazo con tanta fuerza que me hacía daño.

En ese momento escuchamos una voz del otro lado del tronco. No estaba demasiado cerca, quizá unos diez metros. Lo que me llamó la atención era que no pertenecía a Mark, Steve o Jonathan. Me asomé con sumo cuidado.

Era Orson.

34

Orson escapó de Fairfax en un confuso episodio que nunca llegó a esclarecerse del todo. A las ocho de la mañana, Grayson Wylie hizo el reparto semanal de alimentos como de costumbre. Se acreditó en la caseta de la entrada y condujo su camión mediano por los bloques del internado hasta el pabellón que albergaba el comedor y la cocina, que diariamente alimentaba a más de doscientos adolescentes. Allí descargó la mercadería junto al personal de cocina y, según sus propias palabras a la policía, estaba seguro de que no había nadie escondido en la parte de atrás cuando cerró la portezuela con llave. En vistas de lo que sucedió poco tiempo después, una posibilidad era que Orson se hubiera colado en el camión en un descuido de su conductor, pero éste aseguraba que eso era imposible. El posterior hallazgo del camión con la portezuela cerrada parecía confirmar lo dicho por Wylie.

A las ocho y media, el repartidor abandonó Fairfax. Una cámara de seguridad registró el momento en que esperaba el visto bueno del guardia y luego salía de la propiedad. La importancia de este registro es que demostraba que Orson tampoco escapó en el techo del camión. En definitiva, nadie supo dónde se escondió, aunque la única posibilidad parecía ser debajo del vehículo, al estilo Indiana Jones; algo realmente difícil de creer. Dos kilómetros después, Wylie se detuvo en un baño público junto a la carretera, según él por primera vez desde que abandonó Fairfax. Se apeó, y fue entonces cuando Orson Powell, a quien en ningún momento relacionó con Fairfax porque tenía el tamaño de un adulto, se le abalanzó y lo golpeó con algo contundente en la cabeza. Wylie no había cumplido los cuarenta y estaba en buena forma, pero el ataque fue tan violento e inesperado que hizo que se desplomara y estuviera a punto de perder la conciencia. Cuando cayó al suelo, Orson lo pateó en el estómago y en la cabeza. Antes de desmayarse, Wylie escuchó que el motor aceleraba y el camión se alejaba.

Un policía que hacía sus rondas habituales encontró a Wylie tendido en el suelo y lo llevó al hospital. Para entonces, tanto el dueño del camión como la policía creían que se trataba de un robo. El camión fue hallado esa misma tarde, a poco más de un kilómetro del baño público, lo cual desconcertó a todo el mundo. En Fairfax, mientras tanto, nadie relacionó la desaparición de Orson con el repartidor de alimentos de la mañana.

Un periódico de Maine fue el que más atención prestó al caso. Se tomaron la molestia de averiguar los antecedentes de Wylie y resultó que tenía unos pocos arrestos menores, todos ellos relacionados con actos indecorosos en la vía pública. Se mencionaba brevemente que el último había tenido lugar unos seis meses antes. La policía lo detuvo en una parada para camiones manteniendo relaciones en la cabina de su Dodge con un joven de veinte años.

Cuando le dije a Miranda que Orson estaba con los otros se llevó la mano a la boca y abrió los ojos como platos. No sé cómo pude mantener la compostura. Supongo que verla a ella tan asustada me dio un poco de fuerzas.

—Tenemos que volver a la casa del árbol —le susurré.

Era la única opción mínimamente segura. Si descubrir la casa era difícil a plena luz del día, de noche sería imposible. Una vez allí arriba sólo tendríamos que preocuparnos por no hacer ningún ruido. Hasta podríamos dormir allí, si era necesario. La familia de Miranda se preocuparía, Amanda y Randall se preocuparían, pero las circunstancias habían cambiado ostensiblemente con Orson a la caza. Nuestra desobediencia estaría más que justificada. Nadie dudaría de nuestra palabra; aunque nos libráramos de Orson, habría constancia de su escapada de Fairfax, pensé.

Otra posibilidad era aventurarse en el bosque en otra dirección, pero caminar en plena noche sería peligroso. Miranda me abrazaba con fuerza —aunque justo es reconocer que yo también me aferraba a ella— y sus piernas parecían haber echado raíces. Temblaba de miedo. Sentí el impulso de arrastrarla pero supe que no haría más que empeorar las cosas. Le tomé el rostro entre las manos y le hablé, nuestros labios casi tocándose.

—Miranda, sólo tenemos que regresar a la casa del árbol.

—No puedo.

—Claro que puedes.

—No.

—Vamos primero hasta ese árbol de aquí. Un paso a la vez.

Le señalé el tronco del abeto más cercano. Creí que había conseguido vencer su miedo cuando escuchamos voces provenientes de los arbustos.

—Ve al otro lado —dijo Orson—. No tiene sentido que estemos los cuatro aquí.

—Claro, Orson, eso mismo pensaba yo —respondió Mark con tono servicial.

—Entonces, ve de una puta vez.

El tronco tras el cual nos ocultábamos era lo único que nos separaba de Mark. Escuché sus pasos arrastrándose al otro lado. Si no se hubiera detenido a decirle a Jonathan que lo acompañara, no nos hubiera dado tiempo a correr hasta el siguiente árbol. Esos segundos concedidos le sirvieron a Miranda para vencer el miedo y ponerse en movimiento. No nos atrevimos a correr por temor a que nuestras pisadas fueran escuchadas, pero apresuramos el paso en una marcha rápida. Logramos llegar al tercer tronco de un abeto plateado imponente, posiblemente el más grueso de aquel grupo. Miranda permaneció de espaldas al tronco mientras yo me asomaba y veía cómo Mark y Jonathan recorrían el sendero paralelo a la hilera de árboles. Sabía que eran nueve en total. Quedaban seis. Pero el problema no sería ir de un tronco al otro con aquellos dos tan cerca; el verdadero problema sería encontrar la escalera y trepar al árbol con semejante oscuridad.

Mark y Jonathan pasaron de largo a una distancia de seis o siete metros, tan cerca que los bufidos del primero fueron perfectamente audibles. Comencé a rodear el tronco ante la atenta mirada de Miranda, que escuchaba cuidadosamente mis indicaciones. Seguía aterrorizada. Me impresionó ver cómo su cabeza temblaba, como si estuviera a punto de congelarse. Pero lo peor de todo eran sus ojos: dos abismos de miedo en estado puro.

Parecía una locura ir de un árbol al siguiente acercándonos a nuestros perseguidores, pero no teníamos otro remedio. Cuando determiné que el riesgo era razonable, le indiqué a Miranda con el dedo el camino a seguir. Era demasiado peligroso hablar, aunque fuera en susurros, y ella lo entendió de inmediato. Esta vez avanzamos muy despacio, apoyando únicamente las puntas de los pies como si temiéramos despertar a alguien. Era difícil escudriñar el suelo para evitar pisar ramas o cualquier cosa que pudiera delatarnos, pero la oscuridad era nuestra aliada en ese momento, y allí entre los árboles se estaba volviendo cada vez más espesa.

Logramos llegar al séptimo árbol. El inconveniente con el siguiente era que era demasiado delgado y estaba muy cerca de Mark y Jonathan, que se habían detenido en el mismo sitio que antes, a los pies de nuestra casa elevada. Maldije por lo bajo. ¡Estábamos tan cerca! Pero seguir adelante era un suicidio. Tendríamos que esperar a que aquellos dos se alejaran.

Desde donde estábamos pudimos escuchar a Jonathan con toda claridad, a pesar de que no alzó demasiado la voz.

—Orson me da un poco de miedo —dijo.

Mark dejó escapar una risita ahogada.

—Haces bien.

—¿Tú de dónde lo conoces? Nunca lo había visto por aquí.

—Es de confianza, no te preocupes.

—¿Crees que se molestará si me marcho?

—Jonathan, ¿por qué no dejas de decir estupideces? Pareces una niña. Si quieres irte, ve y díselo.

—¿Crees que me lo permitirá?

Mark volvió a proferir la misma risa burlona.

—¡Claro que no! Te molerá a golpes. Hemos venido en busca de Jackson y Pompeo. No nos iremos hasta encontrarlos.

Guardaron silencio, lo cual me preocupó. Tampoco escuchaba sus pasos amortiguados en la tierra. Me permití asomarme con cuidado, casi esperando encontrarme con el rostro gomoso y minado de espinillas de Mark Petrie, pero en su lugar vi a los dos chicos sentados sobre la tierra, de espaldas.

Aquél era el momento. No íbamos a tener otra oportunidad como ésa. Podíamos esperar a que se marcharan, pero ¿y si venían los otros? Le señalé a Miranda el siguiente árbol y ella me devolvió una mirada dudosa. El tronco parecía en efecto muy estrecho y el último abeto estaba demasiado lejos. Acerqué mis labios a su oído y le susurré que Mark y Jonathan estaban de espaldas, que sería nuestra mejor oportunidad. Ella finalmente asintió.

Caminamos otra vez de puntitas, ahora con la cabeza vuelta a la izquierda, nuestros ojos fijos en las dos espaldas grises que salían de la tierra como lápidas. Los dos chicos seguían en silencio, lo cual no era una buena señal, porque cualquier cosa podía suceder de un momento a otro.

Cuando llegamos al octavo abeto, nada había cambiado. El siguiente ya no se veía tan lejano. Miranda disminuyó la presión de su mano en la mía con claras intenciones de soltarme, pero yo se la apreté a su vez y ella entendió que lo que quería era que siguiéramos adelante. Estábamos a cuatro metros de nuestro destino final.

Tres. Dos.

Jonathan se puso de pie de repente. Su reacción fue tan súbita que Miranda y yo sólo atinamos a recorrer los metros finales a toda velocidad haciendo que el crepitar de una rama al romperse delatara nuestro avance. Antes de llegar al tronco alcancé a ver cómo el rostro de Jonathan se volvía en nuestra dirección, una luna blanca de mirada sorprendida.

¡Nos ha visto!

El corazón se me desbocó. No sé si Miranda había alcanzado a ver lo mismo que yo, pero lo más probable era que sí porque cuando le dije que se preparara para correr, asintió repetidas veces con ojos aterrorizados.

—¿Qué te sucede? —preguntó Mark.

Hubo un segundo de expectación. Jonathan no había alzado la voz de alarma al instante, lo cual era una buena señal. La espera en su respuesta también lo era.

—No me sucede nada —respondió finalmente.

Era demasiado peligroso asomarse en esas circunstancias.

—¿Has visto algo? —preguntó Mark.

—No —respondió Jonathan. El modo en que le tembló ligeramente la voz me confirmó que en efecto nos había visto.

Pero Mark no era tan perspicaz como para advertir una inflexión en la voz.

—¿Por qué te levantas entonces? —graznó Mark—. Si te vas, ya sabes lo que te espera.

—No voy a ninguna parte. Creo que tengo ganas de mear.

Jonathan comenzó a canturrear una canción. Se acercaba, porque cada vez podíamos escucharla con más claridad. Le indiqué a Miranda que guardara silencio.

Cuando Jonathan rodeó el tronco y nos vio, su rostro no perdió la compostura, seguía entonando su cancioncilla despreocupada. Apoyó una de sus manos en el tronco y abrió las piernas como si se dispusiera a orinar. Desde el ángulo en el que se encontraba, Mark sólo podría ver una de sus piernas. Jonathan se inclinó para hablarme.

—Hola, Sam —susurró, interrumpiendo brevemente su melodía.

—Hola, Jonathan.

—Hay un chico loco que te busca. Se llama...

—Orson, ya lo sé.

Jonathan pareció sorprendido.

—En unos minutos llevaré a Mark lejos —me dijo al oído—. Vayan por ahí.

Me señaló con el mentón en la dirección opuesta a Orson y Steve. De inmediato reanudó la cancioncilla. Nos dedicó una sonrisa y regresó junto a Mark.

En ningún momento se me cruzó por la cabeza que Jonathan no cumpliera su palabra. Vi en sus ojos su propia cárcel, el deseo de terminar con esa caza nocturna de una vez por todas, y eso no iba a suceder si nos encontraban.

Menos de un minuto después, Jonathan preguntó:

—¿Has visto eso, Mark?

—¿Dónde?

—Allí, en ese sendero. Vi una silueta. Parecía Pompeo.

—Vamos a ver. Agáchate para que no nos vean.

Las voces se alejaban.

—¿Avisamos a Orson? —preguntó Jonathan.

No llegué a distinguir la respuesta, pero imagino que Mark preferiría atrapar a la presa y llevársela a su nuevo amo como lo haría un perro de caza. La distracción había funcionado.

—Vamos —le dije a Miranda—. Tenemos que buscar la escalera.

Encontrar la rama fue sencillo sin la presión de aquellos dos. Recordaba el sitio exacto en que la habíamos dejado y su tamaño hacía que aun con la poca iluminación fuera visible. La tomamos de los extremos y la arrastramos hasta el abeto. La erguimos hasta apoyarla en el tronco.

—Sube tú primero.

Miranda asintió.

Mark y Jonathan no habían regresado. Supuse que Jonathan nos alertaría si a su compañero se le ocurría abandonar la búsqueda demasiado pronto.

Una vez que llegamos al primer nivel de ramas e izamos la improvisada escalera, el peligro había pasado. Sólo sería cuestión de escalar hasta la casa con cuidado.

—No te apresures —dije—. Aunque regresen ahora, no podrán vernos con facilidad, pero si resbalamos o caemos, nos descubrirán.

—Eso si no nos partimos la cabeza.

Sonreí. Empezaba a relajarme.

Cuando llegamos a la plataforma de madera, nos tendimos boca arriba, contemplamos el cielo de ramas oscuras y entrelazadas, escuchamos el ulular de un búho y por fin las voces amortiguadas en la base de nuestro abeto protector. Aunque la casa del árbol sólo contaba con un pretil perimetral de apenas cincuenta centímetros, la sensación de seguridad era equiparable a la de una cámara acorazada. Me volví a mirar a Miranda. La madera de la base me rozó la mejilla mientras le hablaba.

—Ya no tenemos de qué preocuparnos. Aquí nunca nos encontrarán.

Su rostro era bello aun con aquel velo de oscuridad. Adiviné una sonrisa.

—Billy no va a poder creerlo cuando se lo contemos —dijo ella.

—Se morirá de la envidia.

Miranda dejó escapar una risita ahogada y un instante después sentí sus dedos reptando entre los míos. Le aferré la mano mientras volvía la vista al manto negro que nos cobijaba. Sentí que mis piernas se relajaban. Experimenté cierto regocijo ante esta nueva victoria. Orson estaría colérico, pero tendría que contentarse con destrozar mi bicicleta o arrojarla al río.

Transcurrieron unos cuantos minutos, quizá más de diez, hasta que abajo Mark empezó a hablar. Agucé el oído de inmediato. El gigantón explicaba lo que Jonathan había creído ver hacía un momento, de modo que supe que Orson debía de estar allí con ellos. A modo de confirmación, la voz grave y resentida de Orson se oyó a continuación, seguida de una carcajada de Steve.

—¿Qué es lo dices que viste, niño estúpido? —repitió Orson.

Aquella pregunta iba claramente dirigida a Jonathan. Quizá Orson sospechaba que había gato encerrado. Si lograba quebrar a Jonathan...

Él no sabe que estamos en la casa del árbol. A lo sumo le dirá que nos fuimos.

Solté la mano de Miranda. Tenía que asomarme para no perderme ningún fragmento de la conversación. Me incorporé, y fue entonces cuando con el pie le di un golpe a la caja de música de Collette, que había olvidado por completo. No fue un golpe demasiado fuerte, o al menos no lo suficiente para que pudiera ser advertido desde abajo.

La caja comenzó a emitir su música circense.

La ramita que había colocado para interrumpir el avance del equilibrista y bloquear el mecanismo ya no cumplía su propósito.

Mis articulaciones se paralizaron. La melodía sonaba con una estridencia demoledora.

Me abalancé sobre la caja negra. Le quité la tapa y palpé la pista en busca de la figurilla en movimiento. Cuando di con ella, la detuve con dos dedos temblorosos; la hubiera arrancado de buena gana, pero un instante de lucidez hizo que buscara la ramita y volviera a colocarla en el surco que servía de guía.

La melodía se interrumpió.

—¿Qué demonios ha sido eso? —gritó Orson.

35

Los cuatro se arremolinaron al pie del abeto como perros de presa.

—¡Están allí arriba! —decía Mark.

—¿Dónde? —preguntaba Jonathan—. Yo no veo nada.

—¡Claro que no ves nada! Tú dijiste que los habías visto en la dirección contraria. Mi vista es la de un lince. Están en...

—¡Cállense! —gritó Orson—. Déjenme oír.

Miranda se había arrodillado y otra vez me abrazaba con fuerza. Yo la estreché a su vez, pero en mi caso el pánico no había ganado terreno todavía. Sentía furia. Furia por la estupidez que acababa de cometer, por transformar una situación absolutamente controlada en otra a punto de costarnos el pellejo. Cuanto más lo pensaba, más me enfurecía, en especial porque Miranda estaba en el medio; y si había alguien que no merecía pasar por esa situación era ella.

¡Maldita sea!

Todo por mi culpa.

—Miranda, escúchame bien —dije, aunque por su expresión no sé hasta qué punto entendía lo que le decía—. Debes subir un poco más alto, ¿entiendes? Trepa por esa rama y colócate en el otro lado del tronco. Si suben, no quiero que te vean.

El vozarrón de Orson me interrumpió.

—¡Jackson, estás ahí arriba! Voy a matarte, ¿me oyes?

No le hice caso.

—Miranda, debes trepar ya mismo —repetí.

Ella me miraba con ojos desconsolados.

—¿Tú qué harás? —dijo todavía sin soltarme.

—Intentaré hacer que se alejen del árbol. —No tenía sentido mentirle.

Con todo el dolor del alma me deshice de su abrazo y la conduje con suavidad hasta el tronco.

—Es sencillo —la animé—. Son unas pocas ramas. Y recuerda, colócate en el otro lado. Ocúltate detrás del tronco.

Miranda apoyó un pie en el pretil de madera y me lanzó una mirada de súplica.

—No me dejes aquí sola, Sam, por favor —me dijo antes de ponerse en movimiento.

—No lo haré.

Dudó un segundo. Se quitó la gargantilla con presteza y la sostuvo frente a mi rostro.

—No la sueltes —dijo con suma seriedad—. Los hombres diamante nos protegerán.

Abrí la mano y dejé que ella dejara caer la gargantilla sobre mi palma. La aferré con fuerza.

—Haré todo lo posible para alejar a Orson del abeto —expliqué—. Cuando eso suceda, baja y ve a pedir ayuda.

Miranda asintió.

Otra amenaza flotó hasta la copa del árbol.

—¡Voy a prender fuego a este puto árbol si es necesario!

Mark y Steve lo celebraron con aullidos y risas. Sopesé la posibilidad de responder, pero no se me ocurrió qué. Azuzar a Orson no haría más que complicar las cosas. El miedo empezaba a ganar terreno y sabía que no podía permitírmelo. El miedo era paralizante. Y si había algo que necesitaba en ese momento era pensar con lucidez. De cualquier forma no parecía haber muchas alternativas.

—¡Súbanme! —ordenó Orson a sus amigotes.

Miranda todavía no había conseguido trepar lo suficiente.

No podía ver lo que sucedía abajo, pero imaginé que

en ese momento, Mark y los demás estarían levantando a Orson para que alcanzara la primera rama. Él no necesitaría improvisar una escalera. Sentí un escalofrío al pensar que en ese instante Orson Powell podía estar en el abeto, pasando de una rama a la otra como un orangután. Me asomé por la abertura en la plataforma y forcé la vista para penetrar aquella oscuridad. El corazón me dio un vuelco. Orson no sólo había logrado trepar al árbol, sino que ya había escalado casi la mitad de la altura. En ese momento se aferraba al tronco con su brazo poderoso, como King Kong al Empire State, y giraba su voluminoso cuerpo con admirable destreza. Me puse de pie como un resorte. Miranda ya había conseguido superar una rama difícil e intentaba alcanzar la siguiente. Por suerte casi estaba en el otro lado del árbol, donde quedaría oculta si Orson llegaba a la plataforma, cosa que sucedería de un momento a otro.

Con resignación, me ubiqué en un rincón, me abracé las rodillas y esperé. Menos de un minuto después, una sombra monumental surgía en la plataforma.

—¿Dónde está tu amiguita? —disparó.

—¿Qué amiguita?

La respuesta llegó en forma de patada. De una zancada, Orson llegó a mi lado y me asestó un golpe en el muslo izquierdo. Aunque fue doloroso, supe que Orson no había empleado ni un diez por ciento de su fuerza. Alcé la cabeza para poder mirarlo a los ojos y evaluar la mejor manera de actuar. No sé si fue fruto de mi desesperación o qué diablos, pero en un mes Orson parecía haber crecido veinte centímetros. Además tenía puestos unos *jeans* y una camisa muy holgados que lo hacían parecer todavía más grande de lo que era.

—Miranda ha ido a buscar ayuda —dije.

Orson había visto nuestras bicicletas, así que sabía que éramos sólo Miranda y yo, pero creía que le podía colar esa mentira.

—¿A pie? —preguntó, examinándome desde la cima de la montaña que era su cuerpo.

—Sí.

—¿Por qué no has ido con ella?

Era el momento de jugar la única carta que tenía.

—No podía cargar con eso sin mi bicicleta —dije, señalando la caja de música. Mi voz no tembló. Hasta el momento llevaba la presencia de Orson con bastante decencia.

—¿Qué mierda es? —Tocó la caja de metal con la punta de su bota, la misma con la que me había propinado el puntapié.

—Una caja de música.

Orson la empujó con el pie. No llegó a ser una patada pero sí consiguió arrancarle algunos acordes. No supe si mi explicación lo había convencido pero se desentendió rápidamente de la caja de música, lo cual era un buen comienzo. Se inclinó hacia mí y me sostuvo el mentón con los dedos. Hizo que lo mirara a los ojos.

—Ahora vas a bajar de este puto árbol para que podamos conversar, tú y yo, ¿me has entendido?

Él se encargó de mover mi mentón de arriba hacia abajo.

—Así me gusta —dijo, complacido.

Durante el descenso experimenté una mezcla de alivio y terror. Alivio porque Orson no había descubierto la presencia de Miranda, que se las había arreglado para permanecer todo ese tiempo en silencio, oculta detrás del tronco, un par de metros más arriba. Y terror porque a pesar de conocer la disposición de las ramas de aquel abeto de memoria, esa noche mis pies no atinaban a apoyarse en ellas, mis manos resbalaban por las sogas, y no era sólo por la oscuridad, no, señor, la razón tenía nombre y apellido y venía detrás de mí, propinándome empujones para que me diera prisa, mascullando cosas con odio. Pero lo peor vino al final, cuando llegué a la última rama, más de dos metros por encima del nivel del suelo. Me volví para pedirle a Orson que me ayudara a acomodar la escalera pero su vozarrón me interrumpió.

—¡Baja!

Intentaba explicarle que de ninguna manera iba a saltar desde esa altura, que normalmente...

Y entonces, me empujó. Apoyó su mano en mi espalda y estiró el brazo lenta pero decididamente, como una prensa para basura. Tuve un segundo para mirar hacia abajo y ver cómo los tres rostros se apartaban en direcciones opuestas al advertir la maniobra, luego agité los brazos con desesperación intentando mantener la verticalidad, cosa que logré a medias, y finalmente acompasar la caída con las piernas, lo cual, claro está, no sirvió para nada.

Hubo una fracción de segundo en la que me permití fantasear con un aterrizaje sin problemas, como si hubiera saltado desde una silla y no desde un árbol. Pero la ilusión se esfumó pronto; en cuanto toqué el suelo, mis piernas retrocedieron con la explosividad de dos pistones. Sentí un desgarro horrible en la entrepierna, e inmediatamente después la rodilla derecha me partió la boca. Caí de costado, debatiéndome a causa del dolor en el vientre y en el rostro. Saqué la lengua sólo para probar el gusto metálico de la sangre. El labio inferior, que había sido aprisionado entre dientes y rodilla, comenzó a hincharse casi de inmediato.

Abrí los ojos, todavía en el suelo, justo para ver cómo Orson se colgaba de la misma rama desde la que me había empujado y se dejaba caer. Decididamente había crecido en las últimas semanas, pensé, mientras me seguían llegando llamadas de alerta desde la entrepierna. Sentía un dolor pulsante, una brasa al rojo vivo.

¡Dios, qué dolor más horrible!

36

A continuación se generó una discusión entre Orson y los demás, aunque más justo sería decir que se trató de una serie de diatribas del grandullón con tibias objeciones por parte de los otros. Lo bueno fue que durante esos minutos se olvidaron de mí, que retorciéndome junto a las raíces del árbol era cualquier cosa menos una amenaza. Levantarme y correr ni siquiera se me cruzó por la cabeza; demasiado tenía con contener las ráfagas de dolor producto de la caída.

—¿Y Pompeo? ¿Dónde está? —preguntaba Mark.

—Me importa una mierda Pompeo —le espetó Orson con frialdad—. Lárguense.

—Orson, tengo que ajustar cuentas con él —se quejó Mark.

—No me has oído, idiota. ¡Largo!

Abrí un ojo y examiné el cuadro de situación. Orson estaba de espaldas, los otros tres de frente. Justo en ese instante, Jonathan me lanzaba una mirada preocupada. El rostro de Mark estaba completamente transformado ante el cambio en el temperamento de Orson.

Bienvenido al club.

—Orson, tú y yo somos amigos y... —dijo Mark con su habitual lentitud para comprender las cosas.

—¡Basta!

Orson dio un paso desafiante y sostuvo un puño en alto. El movimiento fue sutil. La reacción exagerada de Jonathan para cubrirse con el antebrazo resultó cómica.

—Oye, Mark —dijo Orson, suavizándose un poco, aunque a mí no me engañó ni por un segundo. Conocía perfectamente el timbre de su voz manipuladora—. Tengo que arreglar unos asuntos con Jackson, a solas. Sé que tú y el chico Pompeo tienen asuntos pendientes, pero él no está aquí.

—Lo entiendo —dijo Mark.

—Así que mejor se largan, ¿okey?

—¿Qué vas a hacerle? —se atrevió a preguntar Jonathan.

Orson se volvió para mirarlo y adiviné su expresión al ver cómo Jonathan retrocedía un paso vacilante.

—A ti qué te importa, cara de culo. A lo mejor quieres quedarte para que te viole también, ¿es eso?

También.

Steve no se resistió esta vez y festejó la gracia.

Orson fijó su atención en Mark Petrie, que todavía seguía un poco desconcertado por los cambios de su *amigo*. Me pregunté vagamente si sabría las razones por las que Orson había sido recluido en Fairfax. Jonathan desde luego no lo sabía, porque de otro modo no estaría con ellos en ese momento. Intenté mantener contacto visual con él, aunque desde el suelo se hacía difícil, especialmente porque Jonathan estaba aterrorizado y su mirada vagaba perdida. Pero lo cierto es que si ellos se iban, nuestras posibilidades de salir indemnes de aquella situación eran mínimas. Quién sabe lo que Orson tenía reservado para mí, planeado en sus horas de encierro en el internado.

—Mark, quiero decirte algo. —Orson se acercó y le habló en tono confidente, apoyando una mano en su hombro en un gesto de confianza—. Necesito que se vayan por aquella dirección.

Señaló en dirección opuesta al arroyo.

—Pero será más complicado llegar con esta oscuridad —se quejó Mark.

—Lo sé, amigo, pero la putita millonaria se ha ido en esa dirección. ¿Por qué no la encuentran y le dan un buen susto?

Emitió una risita sutil.

—¿Cómo sabes que se ha ido en esa dirección?

—Lo sé, Mark. Punto. —Orson le quitó la mano del hombro.

—Vamos a buscarla —dijo Steve.

Regresar a pie hasta la ciudad sin la ayuda del arroyo e internándose en el bosque en plena noche podía llevarles, en el mejor de los casos, unos cuarenta minutos. Si la suerte no los acompañaba, vagarían sin rumbo hasta caer rendidos. Orson lo sabía.

Mark finalmente aceptó marcharse. Jonathan me lanzó una última mirada desesperada que creí entender.

Resiste.

—¡Ten cuidado con ese marica, Mark! —gritó Orson cuando se alejaban, en clara alusión a Jonathan—. No confíes en él. Seguro que vio cuándo la putita se marchaba y los guió en la dirección equivocada.

Mark lo miró por encima del hombro y asintió. La perspicacia de Orson me puso los pelos de punta. Era asombroso cómo detrás de aquel chico bruto se escondía esa agudeza diabólica. Cuando se volvió, pude apreciar en sus ojos ese brillo despiadado que se dejaba ver de tanto en tanto.

—Por fin estamos a solas. —Se acercó y plantó sus pies muy cerca de mí.

Una de sus botas con puntera de acero prácticamente rozó mi nariz. El olor del cuero y la hierba húmeda se mezcló con la sangre del labio. Me pasé la lengua, consciente de que lo había estado haciendo sin parar durante los últimos minutos.

Durante un segundo tuve la convicción de que me asestaría otro puntapié como en la casa del árbol, pero en su lugar se alejó, retrocediendo lentamente. Cuatro, cinco metros.

¿Qué hace?

Se sentó en el suelo, con las piernas abiertas, los brazos

estirados hacia atrás. Supuse que buscaba darme una aparente ventaja para escapar, regocijarse al verme ponerme de pie y darme alcance con facilidad, y lo cierto es que intenté incorporarme, pero el dolor seguía siendo demasiado intenso. La entrepierna me ardía como si un río de lava hirviente la recorriera. Donde me había asestado el golpe con su bota sentía ahora como si un pájaro carpintero me diera un picotazo tras otro.

—Hay una cosa que quiero saber antes —dijo Orson.

No le preguntes antes de qué. Es lo que él quiere.

—¿Antes de qué?

—De violarte —dijo él—. Por supuesto.

Su cuerpo era una forma oscura. Un escurridizo rayo lunar trazaba una medialuna celeste en su rostro, que en ese momento esbozaba una sonrisa tétrica.

—¿Qué quieres saber? —dije en voz baja.

—Es algo que me he preguntado todo este tiempo mientras estaba en ese nido de ratas de Fairfax. No he dejado de pensarlo un segundo, porque no puedo entenderlo.

El tono de su voz se fue volviendo cada vez más grave. Hablaba con un resentimiento que no le había visto nunca. Se inclinó ligeramente de costado, estiró uno de sus brazos...

Pareció que buscaba algo en el suelo, hasta que el movimiento de su brazo se desató, con la velocidad de un latigazo. Una sombra creció ante mis ojos hasta enceguecerme, cuando la piña que había lanzado me dio de lleno en el rostro.

Dejé escapar un grito de sorpresa.

La piña me impactó en el labio, que ardió como si me lo hubieran quemado con un encendedor.

—En Fairfax era el mejor lanzador, de lejos —se vanaglorió Orson—. Como te imaginarás, no hay muchas cosas que hacer, encerrado todo el día, así que piensas. Piensas en cómo ser libre otra vez, pero también en las cosas en las que te has equivocado, para no cometer los mismos errores de nuevo, ¿me entiendes?

—¿Puedo sentarme?

—¿Puedes?

—Puedo intentarlo.

—Inténtalo entonces.

Apoyé los brazos en la tierra y me incorporé; la pierna se me había adormecido. Con dificultad logré sentarme. Orson aprovechó para agarrar otra piña que tenía en las inmediaciones, lo que hizo que yo instintivamente me cubriera la cabeza con los brazos.

Pero el disparo no llegó esta vez, por supuesto. Orson jugueteó con la piña lanzándola hacia arriba apenas unos centímetros y atrapándola al caer. Quería que supiera que estaba en condiciones de realizar un segundo lanzamiento en cualquier momento. Entonces, me di cuenta de una cosa. Durante la caída desde el abeto había perdido la gargantilla de Miranda. Eché un vistazo a mi alrededor pero no la vi.

—¿Qué buscas?

—Nada.

—¿Se te ha perdido algún diente? —dijo Orson, y festejó su propia gracia con una risotada que no tenía nada que envidiar a las de Steve.

Olvídate de la gargantilla.

Tenía que lograr que nos alejáramos del árbol. Era la única manera de que Miranda pudiera escapar.

—¿Qué es eso que quieres saber?

—¿Cómo dieron con la película de Marvin French? —preguntó Orson sin rodeos.

—Estaba guardada en una estantería, en un cuarto en desuso.

—No me refiero al sitio donde estaba guardada, sino a cómo se les ocurrió buscarla. Le he dado vueltas y no logro entenderlo.

Me pregunté qué importancia podía tener para él

cómo dimos con la película, pero a juzgar por la expresión de Orson parecía que mucha. Supongo que para alguien que lleva la manipulación a flor de piel, era desesperante cuando la padecía en carne propia.

—Mi amigo Billy se dio cuenta, buscó en la biblioteca la relación entre ustedes.

—Pero ¡¿por qué lo hizo?! —gritó Orson.

Entendí a qué se refería. A Orson lo trastornaba la conexión entre él y French.

—Sabíamos cuál era el apellido de tu familia adoptiva —dije.

Orson no respondió. Masticaba su odio como si fuese algo palpable.

Entonces, el mundo se oscureció.

Dejé escapar otro grito.

—¡Hijo de puta! —le espeté. La piña me golpeó de lleno en el rostro. Esta vez ni siquiera la había visto venir.

—Cállate o la próxima te la meteré en el culo —bramó—. No debieron entrometerse. Hoy te tocará a ti. Después buscaré a Pompeo y lo moleré a golpes, a ver si sigue teniendo ganas de hacerse el listillo.

Apenas fui consciente de sus palabras. Sentía como si un destapacaños invisible me succionara el rostro una y otra vez. Me llevé la mano al párpado derecho y comprobé que tenía un corte sangrante.

Orson se puso de pie.

Temí que siguiera con las patadas. Me encogí instintivamente como un ovillo, la cabeza entre las rodillas.

No sucedió nada durante un par de segundos, tiempo más que suficiente para que Orson recorriera la distancia que nos separaba, pero podía oírlo, muy cerca. Me permití levantar la cabeza y mirarlo un instante, justo cuando terminaba de desabrocharse el cinturón y se bajaba los pantalones hasta los tobillos.

Su miembro erecto estaba a menos de veinte centímetros de mi rostro.

El miedo fue tan atroz que no pude hacer otra cosa que volver a esconder la cabeza.

Ahora, ¡escapa! Tiene los pantalones bajados, no podrá darte alcance.

Pero una cosa era pensarlo y otra muy distinta ponerlo en práctica. A pesar de la hinchazón del labio apreté mi boca contra las rodillas con tal fuerza que el dolor se hizo insoportable. El dolor era preferible al miedo. No recuerdo haber sentido tanto en toda mi vida. Entonces, la manaza de Orson me agarró del cabello y tiró primero hacia arriba y luego hacia atrás. Abrí los ojos justo a tiempo para ver cómo Orson extraía algo del bolsillo de su camisa. Lo sostuvo cerca de mi rostro. Era una navaja. Hizo que la hoja larga se desplegara ante mis ojos con un sonido metálico. Intenté apartarme pero la otra mano me aferraba el cabello con fuerza.

—Si me muerdes, te la clavo en un ojo, ¿entiendes?

Balbuceé una respuesta afirmativa mientras las lágrimas brotaban sin que pudiera contenerlas más. Orson sostenía mi cabeza con una mano y la navaja con la otra. Su miembro asomaba entre los faldones de la camisa, vivo, amenazante y monstruoso. Hubo un momento de expectación hasta que se produjo el primer embate. El movimiento brusco me tomó por sorpresa y dejé escapar un grito que fue ahogado por Orson al invadir mi boca. Una arcada hizo que me doblara. Orson tiró de mi cabeza hacia atrás en el preciso instante en que un torrente de vómito caliente brotaba de mi boca como la lava de un volcán. Intenté contenerlo inclinando la cabeza, cosa que Orson permitió, aunque sin soltarme, y lo logré en parte. El caldo maloliente inundó mi boca haciendo que chorreara por las comisuras de mis labios. Me incliné, esta vez hacia delante, y el vómito cayó a la tierra, aunque una parte regresó a mi garganta y se deslizó con pesadez; trozos de comida a medio digerir y una estela de acidez hicieron que me estremeciera.

Abrí la boca para tomar una desesperada bocanada de aire; pensé que el desafortunado accidente aplacaría la furia animal de Orson, pero no fue así. Apenas sorbí un poco de olor a bosque cuando Orson volvió a arremeter con sus sacudidas, esta vez moviendo también mi cabeza con su mano izquierda. Todo sucedía tan rápido que no podía pensar qué hacer, si acaso había algo que yo podía hacer para frenar esa locura. Mi lengua no encontraba espacios mientras aquel émbolo implacable seguía machacando el fondo de mi garganta; la navaja flotaba cerca de mi rostro, cada tanto reflejando la luna perdida; el picante del vómito seguía presente; pequeñas arcadas se repetían cada vez con mayor frecuencia; Orson mascullaba groserías en medio de sus jadeos lujuriosos. Lo único que recuerdo haber pensado en ese momento de frenesí y vértigo fue en Miranda.

Por Dios, que no esté viendo esto. Que siga en la copa del árbol o haya escapado. Por favor por favor por favor por...

Cuando se produjo la segunda convulsión fuerte, otra vez Orson tuvo el tino de apartarse justo a tiempo. Esta vez expulsé un torrente tostado, más líquido que el anterior. Mientras yo hacía todo lo posible por respirar un poco de aire fresco supe que aquello desataría la ira inmediata de Orson, sin embargo, por alguna razón que sólo es posible atribuir a una mente enferma él pareció exacerbar su regocijo. Lo observé con desesperación, vi en sus ojos el deseo ardiente, más presente que nunca.

Tras un par de minutos de sacudidas frenéticas retrocedió, siempre sin soltarme el cabello y con el pito duro como el mango de una sartén, mientras reía y sorbía saliva sonoramente, gruñendo como un animal desbocado. Aparté la vista todo lo que pude, a la espera de que en cualquier momento el ataque se repitiera, cuando un rayo milagroso de luz de luna hizo que un punto resplandeciera en la tierra, muy cerca de donde yo estaba.

La gargantilla.

En ese segundo todo lo que me importaba era recuperarla. Creí que si me estiraba un poco podría agarrarla, pero supe que no podría intentarlo con Orson mirándome como lo hacía ahora, con ojos dementes, cargados de lujuria pero atentos a todo.

Cuando la tercera arremetida tuvo lugar, tan o más feroz que la anterior, me las arreglé para ordenarle a mi mano que palpara la tierra a mi alrededor en busca de la gargantilla. Al principio no di con ella, lo cual me aterró porque creía estar explorando el sitio exacto donde la había visto, pero rápidamente mis dedos se toparon con el delicado metal entrelazado de la cadena y la aferré en mi mano con fuerza, como un talismán.

Los hombres diamante nos protegerán.

La sensación de paz fue inmediata. Orson debió de advertirlo, porque sus movimientos se volvieron todavía más violentos. «No puede doblegarme», pensé. No importaba que Orson tuviera la fuerza de Goliat. Yo tenía la gargantilla.

Había dejado de llorar.

—¿Qué mierda te pasa? —rugió, y retrocedió un paso.

Le devolví una mirada desafiante. Me imaginé allí, sonriendo con restos de vómito en la comisura de los labios y supe que debí ofrecer un aspecto bastante desquiciado.

—¡Bájate los pantalones! —ordenó.

Apreté el puño con más fuerza.

Orson se terminó de quitar el suyo a toda velocidad.

—¡Ahora! —me gritó, blandiendo la navaja.

Comencé a quitármelos lentamente, no para fastidiarlo, sino a causa del dolor en la pierna izquierda. Orson se apartó un par de metros y me observó.

Un ruido en la copa del árbol atrajo su atención.

—¿Qué mierda...?

Y fue entonces cuando se desplomó.

La pesada caja de música lo golpeó de lleno en la cabeza como una bala de cañón. Un par de acordes circenses coronaron el impacto. El cuerpo de Orson cayó como un saco de papas hacia un lado, sus ojos en blanco. La navaja describió un arco y cayó en la tierra a medio metro de donde yo estaba. Sin pensarlo dos veces la agarré, aunque Orson estaba completamente quieto. Su rostro había quedado vuelto hacia mí. Una cinta de sangre asomó por debajo de su cabello y cruzó su frente, el párpado y la mejilla.

Alcé la cabeza.

En la copa oscura del abeto divisé a Miranda, de pie sobre una rama gruesa, justo encima del sitio donde yacía Orson. Volví a observar al gigante abatido, todavía inmóvil.

Se levantará. Como en las películas.

No le podía quitar los ojos de encima. Sostenía la gargantilla en una mano y la navaja en la otra, incapaz de decidir cuál soltar para abrocharme los pantalones.

Si Orson se levantaba de golpe y me saltaba encima, le clavaría la navaja. Sólo necesitaba una excusa.

¡Muévete!

Pero no se movió.

Unos segundos después, Miranda se acercaba hasta donde yo estaba. Atiné a limpiarme el vómito del rostro con mi camiseta antes de que llegara a mi lado.

—No pude dejarla caer antes —dijo Miranda—, fue difícil bajar con semejante peso, y además estaban demasiado cerca. ¿Te encuentras bien?

Asentí.

No podía quitar los ojos de Orson, pero durante un instante le dediqué a Miranda una mirada desesperada. Extendí mi brazo y abrí la mano. Ella sonrió al ver la gargantilla de Les Enfants.

Miranda señaló la sangre que manchaba mis piernas.

Un instante después nos pusimos a reír.

Cuarta parte

Hoy (II)
2010

I

Miranda me salvó la vida aquella noche y eso selló nuestra amistad para siempre, aunque muchas de las cosas que pronosticamos con Billy terminaron cumpliéndose con endiablada fatalidad.

En la Bishop, la escuela privada de Carnival Falls, Miranda hizo amigos rápidamente. Por más que intentó seguir en contacto con nosotros, los encuentros se espaciaron y los temas de conversación se agotaron; nuestros mundos comenzaron a separarse como dos planetas cuyas órbitas no están destinadas a tocarse. Además, Billy entró en la etapa de fascinación con las computadoras, con lo cual nada volvió a ser como antes. Durante dos o tres años, Miranda incluso me evitó, y mentiría si no dijera que para mí fue todo un alivio. Era como si —y esto es algo que corroboré con ella más tarde— no nos reconociéramos, como si el verano de 1985, incluido el terrible episodio del bosque, nos resultara algo ajeno, fruto de un sueño o un suceso imaginado. Había desaparecido ese velo mágico que hacía que pudiéramos decirnos casi cualquier cosa, mirarnos a los ojos y abrir nuestros corazones; dejamos la niñez atrás como la piel de una serpiente, y la pubertad nos arrebató la frescura de la verdad. Cada cual recorrió su camino. No sé en qué momento dejé de amar a Miranda —porque sí la amé, eso nunca lo dudé.

Durante ese tiempo se hizo evidente mi incapacidad para relacionarme sentimentalmente. Tenía diecisiete años y no había salido con nadie. Me sumergía más y más en un mundo que no existía salvo en mi cabeza. En ese tiempo escribía casi siempre acerca de mí, aunque no me diera cuenta: mujeres que eran obligadas a casarse con príncipes horribles, reinos sometidos a la voluntad de ricos todopoderosos, cosas así.

En algún momento del año 1986, Preston Matheson se divorció de Sara y abandonó la mansión para regresar a Montreal. Por aquel entonces todavía nos reuníamos ocasionalmente, así que Miranda nos lo contó a Billy y a mí, omitiendo detalles que igualmente intuimos. Preston se casó con Adrianna, con quien tuvo dos hijos. Miranda viajaba ocasionalmente a verlo; él no solía venir. Ese hecho oxigenó la mansión de la calle Maple. Miranda creció sin las constantes discusiones entre sus padres y Sara se fue adaptando cada vez más a la vida social de la ciudad, ocupándose de sus plantas, sus múltiples compromisos y la crianza de Brian. Con el cambio de milenio, conoció a otro millonario y se casó con él.

A los quince años, Billy medía casi un metro ochenta, tenía los hombros anchos y el cuerpo fibroso, empezaba a perder la efusividad desbocada de su niñez y su carácter ya perfilaba la calma reflexiva que lo definiría como adulto. Era un chico seguro de sí mismo, apuesto, de una inteligencia superior a la media y que sabía lo que quería, y una de esas cosas era Miranda, por quien estaba dispuesto a salir del garaje de su casa, dejar las computadoras por un rato y conquistarla. El problema eran las amistades de ella, a quienes Billy consideraba niños consentidos con la cabeza hueca. Una cosa no había cambiado en mi amigo: seguía sin callarse las cosas. Así que la intrusión de Billy en el círculo cerrado de amistades de la escuela Bishop fue de todo menos plácida. El problema tenía nombre y apellido: Alex Cuthbert, un idiota presumido que se paseaba en motocicletas ruidosas, vestía chamarras costosas y tenía un copete de medio metro que desafiaba las leyes de la gravedad. Además era guapo y tenía un séquito de incondicionales que iban con él a todas partes, como un grupo de gaviotas volando en formación. Miranda se enamoró de él perdidamente. Billy perdió la batalla amorosa pero intentó convencer a Miranda de que Alex no le convenía, que era un engreído que no la quería de verdad. Nada funcionó. Ya lo había escrito alguien alguna vez: *La razón no engaña al corazón*. Y aparentemente tampoco puede disuadirlo de cometer estupideces. Billy llegó a increpar a Alex y se convirtieron en enemigos a muerte, pero Miranda ya había hecho su elección. Estaba cegada.

A principios de los noventa, Billy y yo apenas hablábamos de Miranda o del clon de Jason Presley con el que salía. No sé casi nada de su vida durante esos años; parecía otra persona. Una vez me la crucé camino a la escuela. Iba sola, así que nos pusimos a hablar. Si no tocábamos temas espinosos podíamos mantener una conversación con normalidad. Era Halloween, y en la intersección de Main y Kennedy nos cruzamos con un grupo de niños disfrazados, la mitad de ellos de extraterrestres. Se me ocurrió preguntarle si había vuelto a ver a los hombres diamante y fue la peor idea que pude tener. Me miró con un odio extremo, ensanchando la nariz y apretando los dientes. Sin decir una sola palabra se largó y me dejó allí, con media docena de extraterrestres de un metro de altura que me disparaban con sus pistolas de plástico.

Miranda y Alex fueron formalmente novios durante los años siguientes. La suya era una de las parejas más populares en la escuela, así que las noticias corrían rápido. A veces sentía rabia cuando me llegaban chismes de las conquistas de Alex, pero en general optaba por no hacerles caso. Estaba a punto de terminar mis estudios en la preparatoria y tenía algunas decisiones que tomar. Decisiones importantes en cuanto a mi futuro. No tenía tiempo para estupideces.

Cuando me marché a Nueva York, un universo nuevo se abrió para mí. Aunque nunca perdí contacto con los Carroll ni con Billy, de Miranda supe muy poco. Apenas lo que me contaba Billy cuando hablaba por teléfono con él, aunque a mi amigo la vida de Miranda tampoco le quitaba el sueño. Así fue como me enteré de que ella y Alex se casaron, en algún momento del año 1998, cuando cumplió los veintiséis. La pareja había sobrevivido más de una década.

La vida nos llevó por caminos distintos, pero nunca olvidé lo que Miranda hizo por mí aquella noche en el bosque, ni sus palabras de consuelo; me alegré por ella cuando supe de su boda y deseé de corazón que las cosas con su marido funcionaran bien. Quizá Alex había sentado cabeza con el tiempo y su comportamiento desvergonzado y egoísta era cosa del pasado, pensé.

Sara Matheson me llamó por teléfono a Nueva York en diciembre de 2004 y en cuanto la oí supe que algo malo había sucedido. Hacía años que no hablaba con ella. Aferré el celular con fuerza mientras me preparaba para lo peor.

2

Sara no me lo contó todo durante aquella conversación telefónica, un frío día de enero, pero me dijo lo suficiente para que cancelara las presentaciones navideñas de mi tercera novela y tomara el primer vuelo al aeropuerto Skyhaven, en Rochester.

Miranda había sido madre un tiempo atrás, ésa fue la primera gran noticia, que no hizo más que recordarme lo mucho que nuestras vidas se habían alejado. La propia Sara, me confesó, no visitaba muy a menudo a su hija; Miranda tenía serios problemas en su matrimonio, pero se negaba a recibir ayuda, rechazaba la realidad y abusaba de los medicamentos. Sara temía por su pequeña nieta, Blue, y un día se plantó ante Cuthbert, que ya no tenía su copete kilométrico sino una calvicie incipiente, y descubrió horrorizada que la salud de Miranda no parecía importarle mucho. Lo único que él argumentó cuando Sara le sugirió la posibilidad de internar a su esposa fue qué pensaría la gente de ellos. Desesperada, recurrió a Preston. Si había algo que nadie podía poner en duda de Preston Matheson era el amor por sus hijos, así como su capacidad para llevar las cosas adelante cuando era necesario. Viajó desde Montreal con un par de abogados de la compañía y le dijo a Sara que él se ocuparía de todo. Fue a ver a Cuthbert y en menos de dos días éste había firmado toda la documentación necesaria para internar a Miranda en un centro especializado en Boston. La internaron en contra de su voluntad. Permaneció dos meses en el Lavender Memorial, hasta que la diagnosticaron correctamente e iniciaron un tratamiento adecuado.

Miranda era esquizofrénica.

Fue entonces cuando Sara me llamó por teléfono. Su hija necesitaba estar rodeada de gente que la amara. El primer mes fue traumático para ella, me explicó, porque debió afrontar un período de abstinencia de los antidepresivos y tranquilizantes a los que se había acostumbrado.

La recuperación fue lenta. Dos años después volvió a recobrar la vivacidad de la chica que conocí en el bosque. El cariño de su familia fue fundamental; Preston la visitó algunas veces, hasta que un cáncer incurable se lo impidió. Brian, ya un apuesto chico de dieciocho años, tomó la decisión de no asistir a la universidad y quedarse en Carnival Falls, y fue una pieza fundamental en la recuperación de Miranda. La devoción de Brian hacia su hermana siempre me ha emocionado. Billy también volvió a acercarse. Para entonces, la idea de vender su empresa y regresar a Carnival Falls ya estaba casi tomada, pero es seguro que la situación de Miranda ayudó a inclinar la balanza.

Miranda y la pequeña Blue se instalaron en la mansión de la calle Maple. Sara y su segundo marido, Richard, se encargaron de velar por ella, al igual que Brian. El entorno no podía ser mejor. Cada año, durante los últimos cuatro, he comprobado con alegría cómo Miranda ha vuelto a ser la que era. Debía seguir un tratamiento estricto y recibir controles médicos periódicos, pero pudo mantener su enfermedad bajo control y llevar adelante una vida normal.

En el año 2010, durante mi visita anual a Carnival Falls, repetí el ritual de mis viajes anteriores. Permanecí de pie frente al portón, sin tocar el timbre, sólo contemplando la fachada bien cuidada, las jardineras, las fuentes de piedra. El tiempo no parecía haber transcurrido para la casa. Casi esperaba ver sobre el buzón el paquete con la gargantilla y el poema que le había escrito a Miranda hacía veinticinco años, o verla venir en su bicicleta rosa con uno de sus vestidos blancos. Más de una vez hasta pensé en trepar al olmo y comprobar que el corazón tallado en la corteza seguía allí, pero nunca lo hice.

—¡Hola!

Reconocí a la dueña de la voz, pero no vi a nadie.

Pronunció mi nombre dos o tres veces entre risitas divertidas.

—¿Quién me llama? —exclamé.

La risita volvió a escucharse. Una cinta azul asomó por el costado de uno de los pilares de piedra del portón, luego lo hizo un rizo rubio y por último el rostro redondo y rubicundo de Blue, una niña regordeta de seis años con espíritu aventurero. Se acercó a los barrotes de hierro e introdujo su rostro entre dos de ellos.

—Mi cabeza ya no pasa.

Me agaché y le di un beso en la frente.

—Hola, Blue. Estás muy bonita.

—Tengo dos novios.

—¿Dos?

—Sí, en la escuela. Ya voy a primero.

—¿Cómo se llaman?

Mientras conversaba con Blue vi a Sara y a Richard acercarse por el camino de entrada. Siempre tenían la deferencia de venir a recibirme.

—Se llaman Peter y Tommy —dijo Blue.

—¿Tommy Pompeo?

—¡Sí! Mamá dice que debo quedarme con él. Pero es muy pequeño para mí. No me decido.

Sara abrió la puerta y me hizo pasar. Me estrechó entre sus brazos con fuerza. Acababa de cumplir los sesenta pero su aspecto era el de una mujer quince años menor. Richard me estrechó la mano y me dedicó una de sus sonrisas fraternales desde su barba encanecida. Los tres caminamos hasta la casa con Blue revoloteando a nuestro alrededor, dando saltitos y giros de bailarina. Recordé a Miranda en el invernadero, bailando entre las estanterías de las plantas mientras yo la observaba desde el olmo.

Durante los últimos cuatro años, la visita a la mansión de la calle Maple se convirtió en otro momento esperado de mi viaje. Aunque con Miranda hablaba periódicamente por teléfono e incluso me había visitado en Nueva York en un par de ocasiones, ver al resto de su familia y recorrer las distintas habitaciones de aquella casa inmensa disparaba recuerdos de mi niñez que eran impagables. La decoración había cambiado sustancialmente. Los muebles habían sido reemplazados por otros más modernos, los grandes óleos habían cedido su sitio a cuadros abstractos, pero la esencia era la misma. Los rostros de piedra seguían observándolo todo, y cuando recorría la casa me era imposible no mirarlos, aunque sabía que la galería secreta había sido descubierta y clausurada varios años atrás.

Miranda nos vio desde el invernadero y me saludó efusivamente. Cuando entramos en la sala, ella apareció por el pasillo, quitándose los guantes de jardinería y un delantal de plástico que dejó en uno de los sillones antes de abrazarme. Desde hacía un año llevaba el cabello más corto, apenas por encima del hombro, y de un color rojizo que hacía que sus ojos resaltaran de un modo especial. Viéndola era sencillo entender por qué me había enamorado de ella. Pero lo más importante era que había recuperado su luz. Tenía sus días malos, me decía a veces, pero eran cada vez menos. Éste en particular se la veía radiante, y no me pasó desapercibido el hecho de que tenía puesta la gargantilla de Les Enfants, que el tiempo demostró era de mejor calidad de lo que yo pensaba, porque conservaba el color plateado.

—¡¿Qué es eso!? —me dijo—. ¿Es lo que yo pienso?

—Oh, ¿esto? —dije, alzando el envoltorio que tenía en mi mano derecha—. Apuesto a que no te lo imaginas.

Sara y Richard presenciaron cómo Miranda me arrebataba el paquete y lo abría con verdadero interés, lanzándome miradas escrutadoras mientras despedazaba el papel y lo hacía una bola que terminaría junto al delantal y los guantes de jardinería. Era un ejemplar de mi última novela, por supuesto, pero eso Miranda ya lo había adivinado con sólo ver la forma del paquete. Admiró la portada, en la que se veía a una mujer con cara de preocupación asomada detrás de la cortina de baño. Abrió el libro y su sonrisa se ensanchó al leer el poema que yo había escrito con bolígrafo en la primera página.

Nuestro poema.

—Gracias —me dijo, llevándose el libro al pecho y apretándolo con fuerza, como si buscara nutrirse de su energía. Me dio otro abrazo—. ¡¿Qué tal si vamos al comedor y probamos ese pastel tan rico?!

—¡Sí! —exclamó Blue. Dirigiéndose a mí agregó—: Lo hice yo, Sam.

—¿De verdad?

—Con la abuela.

—¡Fantástico! ¿De qué es?

Blue lo pensó un segundo. La niña se apartó de mí y se acercó a Sara, que se agachó y le dijo algo al oído.

—¡De chocolate! —exclamó la pequeña.

—¡Mi preferido!

La mesa estaba preparada para recibirme. Brian era el único miembro de la familia que no estaba en casa pues se había marchado a la universidad.

Pasamos una media hora grandiosa, degustando el pastel de chocolate y bebiendo té. Blue hizo unos cuantos dibujos con sus lápices de colores, arrodillada en su silla y sacando la lengua mientras trazaba formas con suma concentración. Hizo uno para mí y me lo regaló. Me dibujó en medio de un bosque de árboles pequeños y hongos gigantes, animales más altos que todo el resto y varios planetas en el cielo. Cuando le preguntamos qué sitio era ése nos dijo con total naturalidad que era uno de mis libros. Le dije que lo colgaría en mi estudio y por supuesto he cumplido con mi palabra. De hecho, he alzado la cabeza para verlo justo antes de escribir esta frase.

Después de merendar, Miranda y yo nos fuimos al invernadero. Blue quiso acompañarnos, pero Sara la convenció de que se quedara con ella y Richard, bajo la promesa de que irían al centro comercial a elegir un regalo para el tío Brian, que cumplía años la semana siguiente. Blue dudó un instante pero terminó aceptando.

—Me gusta mucho el nuevo color de pelo —le dije mientras atravesábamos la sala.

—Gracias, me lo he oscurecido un poco.

—Resalta más el color de tus ojos.

Cuando entramos en el invernadero hice lo que hacía siempre, observar el gran olmo asomado tras el muro perimetral.

—El día que talen ese olmo no vendrás más —bromeó Miranda.

—Espero que eso no suceda nunca —dije mientras seguía con la vista fija en la copa frondosa de aquel árbol en el que había pasado tantas horas.

— Yo también me quedo mirándolo a veces.

Cuando Miranda y yo empezamos a frecuentarnos de nuevo, una de las cosas que le confesé fue cómo la había espiado durante casi medio año desde aquel árbol. Después de tanto tiempo no había nada de qué avergonzarse.

—Billy te manda saludos —dije—. Acabo de estar en su casa.

—Muchas gracias. Él y Anna estuvieron aquí la semana pasada. Ella es adorable.

—Sí, la verdad es que sí. ¿Tú cómo estás?

Nos sentamos a la mesa redonda.

—La verdad es que me siento muy bien. Tan bien que a veces creo que ya no necesito que el doctor Freeman me recete sus polvos mágicos, ni las dos sesiones semanales con mi analista. Pero creer que no lo necesito es el primer paso para cometer equivocaciones. Todos me están ayudando mucho. Brian habla conmigo todos los días. Le llevo diez años y parece mi hermano mayor.

—Me alegra oírte. Te veo espléndida.

—Tú no estás nada mal.

—Pero eso no es novedad.

Miranda rió.

Se inclinó sobre la mesa y estiró los brazos. Le estreché las manos. La gargantilla de Les Enfants pendía a centímetros de la mesa.

—Veo que sigues usando esa joya tan valiosa.

—Por supuesto. —Me soltó una mano y tomó la medialuna con dos dedos. La observó como si fuera la primera vez que la veía—. Ya lo sabes, pero este trocito de metal me ayuda a recordar las cosas importantes. Créeme, alguien que ha convivido dieciséis años con el hijo de puta de Alex, seis de ellos bajo el mismo techo, necesita de todo aquello que le ayude a tener los pies sobre la tierra.

—¿Ha visto a Blue últimamente?

—Se le nota en la cara que se siente obligado a cumplir con sus responsabilidades como padre, pero ama a Blue, eso me consta. Estos últimos meses ha cumplido con sus visitas semanales. Le ruego a Dios para que las cosas sigan así, por lo menos hasta que Blue crezca.

—Esa niña es un sol.

Le besé la mano. Me gustaba coquetear con ella cuando no había nadie cerca. Miranda miraba a todos lados como si alguien pudiera descubrirnos pero también se divertía. Era nuestro juego.

—¿Cómo van las cosas con Jenny? —me preguntó.

—Con algunas idas y vueltas. Ya sabes que el primer aniversario es mi punto de inflexión.

—Sí, lo sé, y sería bueno que te mentalizaras para no pensar en ello.

Ahora fue mi turno de reír.

—Perdón por ser un desastre con mis relaciones, doctor Phill.

Miranda retiró la mano izquierda y negó con la cabeza. Se puso un poco seria.

—Lo digo en serio, Sam. Jenny es un encanto. No dejes que tu obsesión por el trabajo te aleje de ella.

Jenny era Jenny Capshaw, mi flamante novia publicista, con quien hacía un par de meses habíamos intercambiado las llaves de nuestros respectivos apartamentos. Todo parecía indicar que en breve nos quedaríamos con uno solo.

—Yo también creo que Jenny es la elegida. Pero lo mismo pensé con Heather, y después con Clarice. No te preocupes, no la dejaré escapar. Te manda saludos y te espera de nuevo en Nueva York cuando quieras. Al parecer ir de compras contigo es mucho más emocionante que hacerlo conmigo. Me ha herido un poco con eso, pero tengo que aceptar la dura realidad.

—Coincido plenamente.

—¡Cuidado con lo que dices, Matheson! A Jenny se lo perdono porque me lo retribuye con creces ya sabes dónde...

Miranda soltó una carcajada.

—¿Y tú? —la sorprendí.

—¿Yo qué?

—¿Alguna novedad? ¿Qué hay de ese hombre que conociste en la escuela?

Miranda miró hacia el techo.

—Kiefer sigue acercándose para hablar conmigo cuando va a buscar a su hijo a la escuela; ya me ha dicho de varias maneras que está divorciado, pero no me ha invitado a salir.

—Lo hará pronto, ya verás.

—Yo creo que le gusto —dijo Miranda, acomodándose el cabello detrás de la oreja, algo que había empezado a hacer desde que lo llevaba más corto—. No se anima. ¡Es demasiado tímido!

—Dale un mes e invítalo tú.

—¡No!

—No importa, en menos de un mes no podrá resistirlo, ya verás.

—Tú tardaste seis meses en darme esta gargantilla.

—Era muy joven. Despliega tu seducción, Matheson, y Kiefer caerá rendido.

Nos quedamos en silencio. Así eran también nuestras largas conversaciones telefónicas.

—Si hay algo de lo que no puedes dudar es de tu encanto —dije de repente—. A mí me salvó la vida.

Miranda no comprendió.

—Lo que sucedió en el bosque aquella noche, con Orson...

Callé. Busqué las palabras adecuadas.

—Si no te hubiera conocido a ti antes..., si no te hubiera espiado desde aquel árbol tarde tras tarde —señalé la copa del olmo—, hubiera dudado toda mi vida hasta qué punto ese episodio desagradable me marcó y me hizo como soy hoy. Orson me ensució, no puedo negarlo. Pero a ti te amé antes.

—Sam, me vas a hacer llorar.

—Prohibido llorar. —Esbocé una sonrisa—. Nunca imaginé cuán importante sería para mí el haberme enamorado de ti ese verano.

Fue mi turno de inclinarme sobre la mesa y estrecharle las manos. Ella agradeció el gesto y me devolvió la sonrisa.

—Eres una mujer sensacional, lo sabes, ¿verdad?

Miranda se puso de pie y observó el jardín. Estaba de espaldas a mí pero podía ver su rostro parcialmente reflejado en el cristal.

—Ese día fue como... un punto de inflexión —dijo Miranda—. Después, las cosas..., ya sabes, conocí a Alex y..., no sé, me cuesta reconocerme durante esos años. Lo curioso es que en ese tiempo pensaba exactamente a la inversa. Estaba convencida de que tú y Billy me habían forzado a hacer cosas que yo no quería, incluso llegué a hacerlos responsables de mis problemas. Pero todo eso ya lo sabes...

Se volvió.

—Todo ha resultado bastante bien —la animé.

—Sí.

Tras un largo silencio musitó:

—Los sigo viendo, Sam.

Me limité a asentir con la cabeza.

—El resto de los síntomas han desaparecido —continuó—, pero a ellos los sigo viendo.

—Ven... —Le hice un gesto para que rodeara la mesa.

Miranda se sentó a mi lado y la abracé.

—¿Se lo has dicho a tus médicos?

—No. —Miranda mantuvo la cabeza sobre mi hombro, estrechándome con fuerza—. Los he visto dos o tres veces por año, siempre a distancia, y están quietos, sin hacer nada. Este año he visto a uno solo, en la escuela de Blue. Cuando salía con ella de la mano, lo vi al otro lado de la calle. Entonces, un autobús se cruzó y el hombre diamante ya no estaba.

Miranda me miró a los ojos con cierto temor.

—¿Me crees?

Me tomé un instante para responder, pero no porque dudara de ella, sino porque quería transmitirle seguridad antes de hablar:

—Por supuesto que te creo. ¿Y sabes qué?

—¿Qué?

—Pronto dejarán de observarte. ¿Dices que este año lo han hecho sólo una vez? Pues el que viene no lo harán más. Puedes contar con ello.

Miranda volvió a abrazarme.

3

La iglesia católica de Saint James estaba emplazada en un promontorio junto a la carretera 16, no demasiado lejos de donde los hermanos Duvall dijeron haber tomado la filmación de las tres luces en el cielo. Lo único que había cambiado desde esa época era la reja perimetral. Detrás de la iglesia había un cementerio en desuso al que se podía acceder desde la propia iglesia o por una puerta lateral que normalmente permanecía cerrada. El reverendo Pegram me ofreció una vez una copia de la llave pero la rechacé; me gustaba visitarlo, y conversar con él se había convertido en parte integral de aquel ritual. Me conocía desde mis trece años, cuando la casualidad quiso que descubriera la tumba donde había sido tomada la fotografía de Helen P.

Una de las cosas que más me gustaba de Michael Pegram era su discreción. Nunca me preguntó por qué quería visitar el cementerio, aunque al principio yo simplemente me colaba por la parte de atrás sin avisarle. Dos o tres veces lo descubrí observándome desde alguna de las ventanas traseras de la iglesia, pero nada más. Cuando se me acercó por primera vez, yo ya había cumplido los quince, y con el tiempo nos hicimos amigos. Si no había trabajo en la iglesia, me invitaba a beber una taza de chocolate caliente y a conversar, o se quedaba un rato a mi lado.

Helen P. resultó ser Helen Peterson. Descubrí su tumba unos meses después de escuchar la conversación entre Preston y Patrick desde la galería secreta en la mansión Matheson. Parecía algo sencillo por lo que dijeron esa tarde, pero no lo fue. Por ese entonces no sabía de la existencia del viejo cementerio de Saint Mary, así que me concentré en el municipal. Los paseos por allí no me hacían mucha gracia; después de unos pocos intentos lo dejé estar. Fue por casualidad como me enteré del cementerio en la iglesia del reverendo Pegram, y en cuanto llegué, supe que estaba en el sitio correcto. Los árboles que bordeaban la propiedad eran idénticos a los de la fotografía tomada por Patrick, que todavía conservaba en mi caja floreada.

A diferencia de las otras tumbas, que eran de mármol o estaban ornamentadas, la de Helen Peterson estaba señalada por una cruz de madera bastante austera. La iglesia contaba con registros, sin embargo, no todas las sepulturas estaban identificadas y aquélla en particular era una de ellas. El hecho no me extrañó en absoluto.

La sombra proyectada en la fotografía también encontró su explicación racional. A escasos metros de la cruz de Helen se hallaba una de las estatuas más bonitas del cementerio. Pertenecía a una niña de nombre Mary Ellen McBridge, muerta el 19 de junio de 1880, poco después de su séptimo cumpleaños. La escultura era de una calidad asombrosa; los pliegues del vestido, la capellina en su cabeza y los rizos que caían sobre sus hombros y espalda estaban muy conseguidos. En la mano sostenía una canastilla donde casi siempre había flores. Sus pupilas esculpidas habían sido testigo de lo sucedido en la tumba contigua.

He visitado el cementerio todos los 10 de abril que he podido. He dejado flores y es el sitio donde más cerca de mi madre me he sentido. Allí le conté acerca de mi primer libro y de los que vinieron después, de las mujeres que amé, de las metas que he alcanzado y de aquellas que anhelo. Allí he llorado y he reído. El tiempo de preguntarme si Christina Jackson realmente está enterrada en aquella tumba quedó atrás en algún momento, no importa cuándo. He tenido el mismo sueño recurrente muchas veces, y en él sigo viendo su rostro entre los dos asientos delanteros, hasta que su cuerpo es arrastrado fuera del coche. Lo que sucedió de ahí en adelante...

Epílogo

Mis viajes a Carnival Falls tenían una última parada obligada. Estacionaba mi coche en la planta de agua abandonada, a orillas de Union Lake, y desde allí caminaba por el bosque hasta el pantano de las mariposas.

La primera vez no supe muy bien por qué fui. Con el tiempo comprendí que así como cada persona a la que visitaba me conectaba con una parte de mi pasado, había un sitio íntimo que necesitaba revisitar en soledad.

Cuando consigues aquello que anhelas, de vez en cuando necesitas mirar atrás, sentirte vulnerable otra vez.

Me sentaba en algún tronco y contemplaba las mariposas mientras pensaba. Cada encrucijada, cada abismo inexorable había sido una prueba necesaria. Mi amor por Miranda fue el comienzo, mi roca. Pero me esperaba un camino duro. Incluso años después, ya en Nueva York, hasta la cosa más sencilla como ir de la mano con mi novia me costaba. Heather me decía que allí las personas eran diferentes, más abiertas, y yo sabía que era cierto. Pero si alguien se fijaba excesivamente en mí, le soltaba la mano de inmediato.

Hasta ese momento había conseguido engañarlos a todos. Casi había conseguido engañarme a mí misma.

Carnival Falls fue mi propio pantano; la idea tiene hasta su lado poético. Necesité irme para iniciar un nuevo ciclo, como todas aquellas mariposas que vagaban por el bosque y sólo regresaban para aparearse. No es que mis seres queridos no me apoyaran, los Carroll siempre fueron comprensivos, una vez que me animé a ser sincera con ellos, y Collette fue un encanto. Billy, mi inseparable amigo..., mi protector, ha sido incondicional y lo seguirá siendo. Fui yo quien necesitó nuevos aires para asumir mi identidad y luchar por mis sueños.

Mi madre ha de estar orgullosa de mí.

Noticia aparecida en la revista Panorama Literario,
junio de 2010

... Durante la presentación de su último libro, y ante un auditorio lleno a rebosar, la reconocida escritora Samantha Jackson anunció que acaba de terminar una biografía novelada de su infancia que podría ver la luz el próximo año. Adelantó que lleva por título *El pantano de las mariposas* y que «... se trata de un libro íntimo, con experiencias personales que me marcaron profundamente, de seres entrañables, amores y aprendizajes que me moldearon como ser humano y como mujer».

Agradecimientos

A Patricia Sánchez, mi agente y madrina de esta novela, por su trabajo, optimismo y empuje constante. Sin ella, este libro no sería una realidad.

A Anna Soler-Pont, por permitirme ser parte de su fantástica agencia.

A Silvia Sesé y Sandra Oñate, por una edición esmerada e incansable, y por el esfuerzo puesto en enaltecer cada detalle.

A mis padres, Luz Di Pirro y Raúl Axat, por colaborar con lecturas, opiniones y revisiones. Mi madre se ha convertido en una magnífica correctora.

A mis hermanos, Ana Laura Axat y Gerónimo Axat, por su apoyo de siempre, y porque tener hermanos así es algo que debe agradecerse.

A Montse de Paz, colega y amiga, por la revisión detallada del primer manuscrito.

A Raúl Ansola, colega y amigo, por sus lecturas analíticas y las valiosas sugerencias para el epílogo. Alguna frase suya se ha colado intacta, y es un honor.

A Ariel Bosi, amigo y lector cero de todas mis novelas, por captar el espíritu de esta historia desde el principio.